KALTE BÖSE
LÜGEN

KALTE BÖSE
LÜGEN
(COLD WICKED LIES)

TONI ANDERSON

Übersetzt von
MARTIN WICK

DEUTSCHE BÜCHER VON TONI ANDERSON

Romantische Krimis

Kalte Gerechtigkeit Serie
Ein kalter, dunkler Ort (A Cold Dark Place)
Kalte Jagd (Cold Pursuit)
Kaltes Morgenlicht (Cold Light of Day)
Kalte Angst (Cold Fear)
Kalte Schatten (Cold in the Shadows)
Kaltes Herz (Cold Hearted)
Kalte Geheimnis (Cold Secrets)
Kalte Bosheit (Cold Malice)
Eiskaltes Versprechen (A Cold Dark Promise)
Kaltblütig (Cold Blooded)

Kalte Gerechtigkeit – die Verhandler Serie
Kalt und tödlich (Cold & Deadly)
Kälter als die Sünde (Colder Than Sin)
Kalte böse Lügen (Cold Wicked Lies)
Kalter grausamer Kuss (Cold Cruel Kiss)
Eiskalt (Cold as Ice)

DEMNÄCHST ERHÄLTLICH …
Kalte Stille (Cold Silence)
Tödliches Spiel (The Killing Game)

Andere deutsche Titel
Im Sog Der Gefahr
Wogen Des Zorns

Auf meiner Website findest du alle deutschen Übersetzungen
meiner Bücher:
toniandersonauthor.com/german

Melde dich für meinen deutschsprachigen Newsletter an und
erhalte zwei kostenlose, exklusive „Kalte Gerechtigkeit"-
Kurzgeschichten sowie Informationen darüber, wann meine
nächste deutsche Übersetzung verfügbar ist.

WIDMUNG

Für meine Autorenkollegin Jenn Stark
Hohepriesterin und Vorbild. Freundin und Inspiration.
Einfach magisch!

KAPITEL EINS

TJ VERLIEß DEN Tunnel und betrat den Wald, den er sein ganzes Leben lang erkundet hatte, wobei er sorgfältig darauf achtete, den Kameras auszuweichen, bei deren Montage er ein Jahrzehnt zuvor mitgeholfen hatte. Jahrelang waren Sicherheit und Abgeschiedenheit das Einzige gewesen, was für seine Familie gezählt hatte. Dann hatte ihn der herzzerreißende und unerwartete Verlust seiner Mutter im Frühjahr gelehrt, dass es keine Garantie für das Überleben gab, egal wie gewissenhaft man plante und sich schützte. Letztendlich hatte es keine Rolle gespielt, wie sehr sie es versucht hatten, die Welt mit all ihren Gefahren zu meiden.

Diese ruhige, abgelegene Region des Staates Washington zog kommerzielle Holzfäller und Umweltschützer an, und der drohende Konflikt, der ihm in der Vergangenheit immer so unausweichlich und doch so weit entfernt erschienen war, wurde nun zu einer greifbaren Realität. TJ wollte keinen Ärger, aber er war darauf vorbereitet. Es gab da nur ein Problem …

Sein Atem gefror beim Ausatmen und bildete eine Wolke, die zu dem Nebel aufstieg, der die Baumkronen umhüllte. Ein Zweig knackte unter seinem Stiefel, und ein Reh hob erschrocken den Kopf, hüpfte davon und verschwand raschelnd im dichten Unterholz. TJ verfluchte sich selbst dafür, dass er nicht darauf geachtet hatte, wohin er seine Füße setzte. Ablenkung war gefährlich.

Er wollte von niemandem gesehen werden, außer von der Person, die er hier treffen wollte. Er konnte es nicht riskieren, entdeckt zu werden. Noch nicht. Er war noch nicht bereit, sie aufzugeben, auch wenn sein Vater ihn windelweich schlagen würde, wenn er erfuhr, was TJ den ganzen Sommer über getrieben hatte.

Er ging durch den Wald und die steil abfallende Schlucht hinunter zu dem fast ausgetrockneten Bachbett, das die Grenze des Harrison-Grundstücks markierte. TJ warf einen Blick auf das Schild, das Unbefugte warnte, sich fernzuhalten oder zu riskieren, erschossen zu werden. Es war keine leere Drohung.

Er stieg über das schmale Wasserrinnsal – ein kleiner Akt der Rebellion. Er durfte das Harrison-Grundstück nicht verlassen. Nicht ohne die Erlaubnis seines Vaters.

TJ zweifelte nicht an der Liebe seines Vaters, aber der Mann war überfürsorglich. Mit achtzehn war TJ alt genug, um seine eigenen Entscheidungen zu treffen.

Mit leisen Schritten stieg er das gegenüberliegende Ufer hinauf, und sein Herz setzte einen Schlag aus, als er an das Mädchen dachte, das er treffen wollte. Er hielt den Atem an, als er die Spitze der Anhöhe erklomm und den steilen, bewaldeten Abhang hinunterblickte.

Langsam sog er die eisige Luft in seine Lungen, während sein Herz mit der Enttäuschung kämpfte. Sie war nicht da.

Er runzelte die Stirn. Er war zwanzig Minuten zu spät, weil er sich nicht früher hatte wegschleichen können, ohne dass ihn jemand sah. Hatte sie ihn etwa schon aufgegeben?

Monatelang hatten sie sich jeden Mittwoch heimlich

getroffen und einen Vormittag miteinander verbracht. Sie waren auf seinen Lieblingswegen gewandert und hatten Wildtiere beobachtet. Einmal hatten sie sich sogar ins Kino geschlichen, als sein Vater in die Stadt gefahren war. TJ war zum ersten Mal in einem Kino gewesen, und es war überwältigend gewesen – nicht die Geräusche, die Gerüche oder die riesige Leinwand, sondern das Gefühl von Kaylas Lippen auf seinen. Ihr süßer Geschmack. Es war das erste Mal gewesen, dass er ein Mädchen geküsst hatte, und wie sich herausgestellt hatte, machte es süchtig, Kayla zu küssen.

Er wollte sie sehen, damit er sie wieder küssen konnte.

Wo war sie? Er konnte sie nicht anrufen. Er hatte kein Handy dabei – selbst wenn die Regierung damit nicht den Aufenthaltsort einer Person verfolgen würde, waren sie in diesen Bergen nutzlos.

TJ bahnte sich vorsichtig einen Weg durch die dunkelgrünen Nadelbäume, wobei er darauf achtete, im Schatten zu bleiben. Vielleicht hielt sich Kayla versteckt, bis er sich zeigte.

Es waren mehr Menschen als je zuvor in den abgelegenen Bergen unterwegs. Die Zahlen waren im Mai explodiert, als ein Kanadier behauptet hatte, er habe einen Yeti im Hochwald nördlich von hier gesehen. Dort wollten die Abholzungsarbeiter angeblich als Nächstes hin.

TJ wollte nicht, dass die Bäume abgeholzt wurden, aber sein Vater hatte ihm gesagt, er solle sich da raushalten. Er sollte keine Aufmerksamkeit auf ihr Grundstück und die Menschen, die dort in Ruhe lebten, lenken.

TJ versuchte, sich nicht zu hetzen, und sah sich immer wieder nach anderen Menschen auf dem Berg um. Er wollte nicht bestraft und eingesperrt werden, falls ihn jemand von zu

Hause entdeckte. Er wollte nicht, dass sie ihm verboten, Kayla jemals wiederzusehen.

TJ erreichte den Baum, an dem sie sich verabredet hatten: Eine massive, beschädigte Douglasie, die der Axt der Holzfäller entgangen war und diesen Teil des Waldes gerettet hatte. Es war die Heimat eines brütenden Paares der seltenen Nordfleckenkäuze. Die Umweltschützer hatten einen großen Sieg errungen, als die vom Aussterben bedrohten Vögel entdeckt worden waren.

Die Eulen waren der Grund, warum er und Kayla sich überhaupt kennengelernt hatten. Sie waren beide hergekommen, um den Jungen bei ihren ersten Flugversuchen zuzusehen, und hatten dabei ein Auge aufeinander geworfen. Als er sie das erste Mal gesehen hatte, hatte sie gerade gezeichnet, wobei ihr das lange Haar ständig über eine Seite ihres Gesichts gefallen war.

Mehr als sechs Monate wöchentlicher Treffen später hatte sich TJ verzweifelt gewünscht, er könnte sie mehr als nur ein paar kurze Stunden pro Woche sehen. Er wollte ständig bei ihr sein. Doch er wusste, dass der Schnee selbst für diese heimlichen Momente bald zu tief sein würde – der erste große Schneefall war in diesem Jahr jedoch spät gekommen, und TJ hatte das als ein Zeichen der Zustimmung zu ihrer Beziehung von oben genommen.

Er schluckte den Klumpen frustrierter Sehnsucht hinunter, der sich mit der vertrauten Erregung in seinem Blut vermischte. Er lehnte sich an den großen, alten, dicken Baum, die raue Rinde bohrte sich in seine Wirbelsäule. Das wütende Geschnatter der Eichhörnchen und der Ruf der Bergvögel durchschnitten die kühle, scharfe Luft.

Er hatte mit dem Gedanken gespielt, von zu Hause

abzuhauen und sich Kayla in ihrem Kampf zum Schutz des Waldes und der darin lebenden Kreaturen anzuschließen. Sie hatte ein Zelt, und er hatte ein wenig Geld gespart. Er wusste, dass sie mit einer Freundin unterwegs war, aber sie könnten es schaffen. Seine Familie hatte Geld – Bargeld und Gold – an Stellen vergraben, von denen keiner sonst wusste. Er konnte ein wenig davon mitnehmen, genug, um davon leben zu können. Es gehörte ihm genauso, wie es seinem Vater gehörte.

Aber sein Vater hatte ihn gewarnt, dass das Ende aller Tage näher rückte, und sie sich darauf vorbereiten mussten, sich zu verteidigen. TJ biss die Zähne zusammen. Was war mit Kayla? Wer würde sie beschützen?

TJ würde sie nicht zum Sterben zurücklassen, nicht wenn er ihr Sicherheit bieten konnte. Es war ihm egal, dass die anderen sagten, dass sie keine Streuner aufnehmen sollten. Seine Mutter hatte Fremde aufgenommen, so lange TJ denken konnte. Die meisten waren entfernte Verwandte, und sie alle mussten versprechen, etwas beizutragen und sich an die Regeln seines Vaters zu halten. Seine Eltern hatten noch nie jemanden abgewiesen. Warum sollte TJ die einzige Person, die ihm neben seinem Vater etwas bedeutete, zurückweisen?

Angenommen, Kayla würde mit ihm kommen wollen …

Er steckte die Hände in die Taschen und ließ die Schultern hängen. Wenn sie nicht auf dem Gelände leben wollte, würde sie dann bis zum Frühling in ihrem Lager auf ihn warten? Würde sie klarkommen? Oder würde sie gezwungen sein, an einen Ort weiterzuziehen, an dem er sie nie wieder finden würde?

Die Vorstellung, sie zu verlieren, war wie ein Schlag mit dem Vorschlaghammer gegen seine Brust.

Sollte er das einzige Zuhause, das er je gekannt hatte,

aufgeben, die einzige Sicherheit, die sie im Angesicht der bevorstehenden Apokalypse hatten? Ja, vielleicht. Vielleicht für dieses Mädchen, das ohne ihn nicht überleben würde. Wenn sie wollte, dass er sich ihr anschloss …

Er blickte den Berg hinunter und fragte sich, ob sie schon gegangen war, und er sie verpasst hatte. Da erregte ein kleiner roter Fleck seine Aufmerksamkeit. Er machte einen Schritt vorwärts. Und dann noch einen. Kayla hatte eine rote Wollmütze in genau diesem Farbton … Hatte sie sie fallen lassen?

Sie kam nie zu spät. War sie gekommen und gegangen und hatte vielleicht einen Zettel in der Mütze hinterlassen, weil sie gewusst hatte, dass er sie finden würde?

Er bewegte sich schneller, achtete aber auf die Wurzeln und losen Steine, die den unebenen Boden bedeckten. Als er die Mütze erreichte, sah er, dass es einfach nur eine Wollmütze war, in der sich kein Zettel befand. Verwirrt hob er sie auf.

Sie sah so ähnlich aus wie die, die Kayla normalerweise trug, aber er verbrachte normalerweise nicht viel Zeit damit, ihre Mütze zu betrachten, wenn ihr Gesicht so nah war.

Als er sich umsah, erblickte er einen Gegenstand, der unnatürlich und in der Dunkelheit des Waldes fehl am Platz aussah.

Seine Füße trugen ihn in diese Richtung, und eine Vorahnung überkam ihn, als er um die breiten Röcke eines westlichen Schierlings auswich. Das war böse. Er wusste, dass es schlimm war, noch bevor sich das Ding zu einem menschlichen Arm verlängerte. Der Rest der Person kam ins Blickfeld, als er sich näherte. Ihm fiel die Kinnlade herunter, und seine Kehle schnürte sich so fest zu, dass die Luft in seinen Lungen eingeschlossen wurde.

Schau nicht hin, schau nicht hin!

Aber sein Gehirn verlangte nach Antworten.

„Kayla?"

Die Leiche einer jungen Frau in Wanderstiefeln, einer Jeans, deren Reißverschluss offenstand, und einem grünen T-Shirt, das hochgeschoben worden war und eine nackte Brust enthüllte, lag auf dem Boden inmitten der Tannennadeln. Ihr Mantel lag ein paar Meter entfernt. Sie sah kalt aus. Der Gedanke klapperte in seinem zertrümmerten Gehirn wie ein loser Knochen.

Dunkles Haar verdeckte die Züge der Frau, und ihr Gesicht war von ihm abgewandt. Sie hatte die gleiche Größe wie Kayla. Seine Kayla.

Tränen stiegen ihm in die Augen, und er trat noch einen Schritt näher, weil er wusste, dass er den Puls überprüfen sollte, auch wenn er die Grenze zwischen Leugnung und Wahrheit nicht überschreiten wollte.

Er wollte sie nicht anfassen.

Er wollte ihr Gesicht nicht sehen.

Wollte nicht, dass es wahr war.

Er hockte sich neben die Leiche und konnte nicht widerstehen, dem Mädchen aus Respekt das T-Shirt über die Brust zu ziehen. Seine Finger zitterten, als er Schnitte und Schürfwunden an ihrem Oberkörper sowie an ihrem Hals und Gesicht bemerkte.

Er zwang sich, seine Finger an die Seite ihres Halses zu drücken, wo ihr Puls normalerweise sanft gegen das zarte Fleisch flatterte. Ihre Haut fühlte sich zäh und fremd an, nicht warm und weich oder lebendig, so wie Kayla sich normalerweise anfühlte, wenn er sie berührte. Er zog seine

Finger schnell zurück und wischte sie an seiner Jeans ab, als eine Welle des Ekels über seine Schultern, seinen Nacken und seine Kopfhaut hinauf bis in seinen brennenden Hals kroch.

Er erkannte das T-Shirt, aber er konnte sich immer noch nicht dazu durchringen, das dunkle Haar aus ihrem Gesicht zu streichen, um ihre schönen, vom Tod getrübten Züge zu betrachten. Seine Hand schwebte über ihrer Stirn.

Das Knacken eines Zweiges warnte ihn, dass er nicht allein war.

„Was hast du getan? Geh weg von ihr!"

TJ blickte in die wütenden Augen eines US Fish & Wildlife Officers. Erst als der Beamte nach der Waffe an seinem Holster tastete, wurde TJ klar, wie das hier aussah.

Auf keinen Fall würde er für etwas, das er nicht getan hatte, ins Gefängnis gehen, nicht wenn die Welt bald untergehen würde. Er würde in einem System gefangen sein, in dem er sicher sterben würde. Er zog seine eigene 9-mm-Handfeuerwaffe heraus und richtete sie auf den überraschten Gesetzeshüter.

„Sie haben das falsch verstanden. Ich habe sie so gefunden." TJs Stimme klang kehlig und rau.

„Klar, Junge." Die Oberlippe des Wildlife-Officers kräuselte sich. „Warum legst du nicht die Waffe weg, und wir reden darüber."

Aber TJ sah die Wahrheit in den Augen des Mannes. Er war bereits überzeugt, dass TJ Kayla getötet hatte. TJ begann, sich durch das Geäst der Bäume zurückzuziehen.

„Folgen Sie mir nicht", warnte TJ den Mann, bevor er sich umdrehte und schneller als ein Maultierhirsch durch die Bäume und den Hang hinaufsprintete. Diesmal machte er sich keine Sorgen um seinen Halt oder darum, leise zu sein. Wenn man ihn erwischte, würde er im Gefängnis sterben, und niemand würde je glauben, dass er Kayla bereits tot aufgefunden hatte.

Tränen verschleierten ihm die Sicht. Es musste Kayla sein. Wer sonst sollte hier oben sein? Er umklammerte die Wollmütze, die er immer noch in den Händen hielt, und stellte fest, dass er sie immer noch bei sich trug.

Verdammt.

Er hatte einen Kloß im Hals und bekam kaum Luft, aber er öffnete seinen Mund weit, um den Sauerstoff einzuatmen, den er brauchte, um zurück zum Grundstück zu gelangen. Dort wäre er in Sicherheit. Er warf die Mütze weg und mit ihr die Hoffnung auf eine Zukunft mit der Frau, in die er sich verliebt hatte.

Der Wildlife Officer rief ihm hinterher. TJ sprang über den Bach und schaffte es zum gegenüberliegenden Ufer, wobei er ein paar Mal auf dem gefrorenen Boden ausrutschte, bevor er die Spitze des Hangs erreichte.

„Halt! Federal Wildlife Officer. Bleib stehen, du verdammter Mistkerl!"

TJ wurde nicht langsamer. Die Bundesbeamten würden ihn einsperren und den Schlüssel wegwerfen, ohne ihm die Chance zu geben, sich zu verteidigen. Wer würde schon einem Außenseiter wie ihm glauben?

Niemand, das stand fest.

Mit schmerzender Brust rannte er in die einzige Sicherheit, die er je gekannt hatte. Und diesmal machte er sich keine Mühe, sich vor den Kameras zu verstecken, sondern stellte sicher, dass der diensthabende Wachmann ihn sehen und kommen hören konnte und die gottverdammte Eingangstür öffnete.

Hundert Meter vor dem Eingang hörte TJ das Quietschen von Stahlscharnieren, die dringend geölt werden mussten.

„Stehenbleiben!", schrie der Wildlife Officer hinter ihm.

TJ hörte das Geräusch einer Kugel, die den verstärkten Stahl des Haupteingangs durchschlug, und spürte im selben Moment das Brennen eines Querschlägers auf seiner Wange. Ein Zentimeter weiter links, und er wäre geblendet worden. Er stürzte durch die Tür, als eine der Wachen das Feuer erwiderte.

„Nicht!", keuchte TJ. „Nicht schießen. Er ist ein Bundesbeamter."

Das Geräusch des Schnellfeuergewehrs durchschnitt die Luft, und TJ wusste, dass es zu spät war. Auf diese Entfernung würde die Wache auf keinen Fall danebenschießen.

Sie hatten sich sein ganzes Leben lang auf die Revolution vorbereitet. Und TJ hatte sie gerade auf ihre Schwelle gebracht.

KAPITEL ZWEI

IHREN KLEINEN KOFFER hinter sich her schleifend, stürmte Supervisory Special Agent Charlotte Blood aus dem riesigen C-17-Militärtransportflugzeug. Der Leiter des Geiselrettungsteams hob eine Augenbraue, offenbar amüsiert über die Tatsache, dass ihr Gepäck Rollen hatte.

Sie verdrehte die Augen und ignorierte ihn.

Das Einzige, was Charlotte interessierte, war, diese Situation ohne weitere Verluste von Menschenleben zu lösen.

Der Abteilungsleiter der Kriseneinheit hatte sie zur Verhandlungsführerin für diesen Fall ernannt, wofür sie ihm später entweder dankbar sein oder ihn verfluchen würde, je nachdem, wie es ausgehen würde. Sie war froh über die Möglichkeit, ihre Fähigkeiten unter Beweis stellen zu können. Drei ihrer brillanten Kollegen von der CNU waren bereits am Tatort eingetroffen, und ein weiterer Verhandlungsführer vom FBI würde morgen früh aus San Francisco einfliegen. Hoffentlich konnten sie einen Einheimischen rekrutieren, um ihr Team etwas zu unterstützen, und Zugang zu relevanten Informationen erhalten, die nur ein Ortsansässiger kennen konnte.

Idealerweise würde diese Belagerungsaktion eher früher als später zu Ende sein, aber das FBI hatte auf die harte Tour lernen müssen, dass überstürzte Aktionen eher zu tödlichen

Ergebnissen führten. Da Thanksgiving gerade vorbei war und die Feiertage vor der Tür standen, würden einige Leute verzweifelt versuchen, die Sache so schnell wie möglich zu beenden, damit sie nach Hause zu ihren Familien fahren und feiern konnten. Sie wollte sicherstellen, dass jeder diese Möglichkeit hatte, solange Gerechtigkeit gewährleistet war.

Draußen war es bereits dunkel, und die Gegend war nur schwach beleuchtet, um ihre Ankunft auf dieser geheimen Militärbasis im Norden des Staates Washington zu verbergen. Wenn die Medien über die Ankunft des Geiselrettungsteams berichteten, könnte das die Situation weiter anheizen, und das war das Letzte, was irgendjemand gebrauchen konnte.

Unten an der Treppe des Flugzeugs sah sie sich im Hangar um und entdeckte einen Mann, der neben einem schwarzen Geländewagen wartete, dessen Türen und hintere Ladeluke weit geöffnet waren.

Ihr „einheimischer" Ansprechpartner war von der nächstgelegenen Dienststelle, die trotzdem hundert Meilen von diesem abgelegenen Teil des Staates entfernt war.

„Irgendwelche Neuigkeiten?", fragte sie, nachdem sie sich vorgestellt hatte.

„Nicht, seit der Direktor uns mitgeteilt hat, dass Sie unterwegs sind." Der Agent zeigte ihr seinen Ausweis. Devon Truman. Mit seinen obsidianfarbenen Augen, dem pechschwarzen Haar und der gebräunten Haut sah er wie ein Filmstar aus. Wenn er über entsprechende Sprachkenntnisse verfügte, dann hätte sie wetten wollen, dass ihn die Abteilung Undercover-Operationen bereits für mögliche zukünftige Einsätze vorgemerkt hatte.

Er nahm ihren Koffer und verstaute ihn auf der Rückbank. „Ich muss noch etwas Ausrüstung für den Einsatzleiter holen.

Ich brauche nur ein paar Minuten."

Er lächelte, und ihre Eierstöcke begannen zu tanzen, als sie ihm nachsah. Kein Ehering. Ein gutaussehender Herzensbrecher. Vielleicht hatte dieser Auftrag ja doch noch etwas Gutes.

Sie zog den Reißverschluss ihres schwarzen Daunenmantels bis zum Kinn hoch und versuchte, die Kälte an ihren Ohren und ihrer Nasenspitze zu ignorieren. Sie trug mit Fleece gefütterte Leggings, feste Stiefel und Seidenunterwäsche, die eher funktional als sexy war. Als sie erfahren hatte, wo ihr Zielort lag, hatte sie von allem noch mehr eingepackt.

Das war nicht ihr erstes Rodeo in diesem Teil der Welt. Sie hatte dieses Jahr mehrere Wochen damit verbracht, die Freiheitskämpfer von ihrem letzten Aufstand abzubringen.

AGENT TRUMAN SPRACH mit einem der Männer vom Geiselrettungsteam. Er zeigte in Richtung mehrerer großer Kisten, die er und einige der anderen Männer zum Geländewagen schleppten.

Charlotte wandte ihren Blick wieder dem Leiter des Geiselrettungsteams zu. Payne Novak. Er schenkte ihr ein Lächeln, bevor er sich abwandte, um das Entladen der Unmengen von Ausrüstung zu dirigieren, die sein Team für einen reibungslosen Ablauf brauchte.

Und doch fand er es amüsant, dass sie einen Koffer mit Rollen hatte.

Der Taktische Kommandant und die Verhandlungskommandantin bildeten zusammen mit dem Einsatzleiter die „Triade der Kontrolle", was bedeutete, dass es Charlotte bevorstand, eine ganze Menge Zeit mit dem verdammten Payne Novak zu verbringen. *Na toll.*

Obwohl sie noch nie direkt miteinander gesprochen hatten, konnte sie aus seinen missbilligenden Blicken und der finsteren Miene ableiten, dass er sie aus irgendeinem Grund nicht mochte. Sie hatte keine Zeit für territorialen oder machohaften Unsinn und hoffte, dass er damit umgehen konnte, mit einer Frau auf Augenhöhe zu arbeiten.

Charlotte setzte sich auf den Beifahrersitz des Geländewagens und wartete, bis Agent Truman mit dem Einladen der Ausrüstung fertig war. Dann stieg er ein und ließ den Motor an.

Sie würde lügen, wenn sie behauptete, dass sie sich nicht darauf freute, ein wenig Zeit allein mit Agent Hottie zu verbringen – und vielleicht herauszufinden, ob der Typ vergeben war oder Single und auf der Suche nach Liebe.

Mit zweiunddreißig, nachdem sie Beziehungen zugunsten ihrer Karriere auf Eis gelegt hatte, hatte sie endlich erkannt, dass sie proaktiver werden musste, was Verabredungen betraf. Sie war nicht mehr auf dem College, und die meisten der sympathischen heterosexuellen, alleinstehenden Männer waren bereits vergeben. Agent Truman entsprach genau ihrer Vorstellung von ihrem perfekten zukünftigen Partner. Höflich, gebildet, kultiviert. Jemand, der bequem hinter das Steuer des Familien-Geländewagens passen würde, mit zwei Kindern und einem Hund auf dem Rücksitz. Jemand, der hinreißend genug aussah, um ihn vernaschen zu wollen, und männlich genug, um sich revanchieren zu können.

Als es plötzlich heftig ans Fenster klopfte, sprang ihr fast das Herz aus der Brust.

Supervisory Special Agent Payne Novak schaute sie durch das beschlagene Glas an.

Sie ließ das Fenster ein paar Zentimeter herunter.

„Ich fahre mit Ihnen mit, damit Sie uns beide gleichzeitig auf den neusten Stand bringen können. So sparen wir Zeit. Entriegeln Sie die Tür", sagte Novak an Truman gewandt.

Er stieg ein, und Charlottes Stimmung sank. Sie fuhr das Fenster wieder hoch und blickte durch die beschlagene Scheibe nach draußen.

Es war wahrscheinlich eine kluge Idee. Das hieß aber nicht, dass sie sein Bulldozer-Auftreten gutheißen musste.

„Was können Sie uns über die Situation sagen? Irgendwelche Updates?", fragte Novak.

Truman antwortete: „Es ist das reinste Chaos. Ein Federal Wildlife Officer namens Bob Jones wurde auf einem Privatgrundstück, das an den Colville National Forest grenzt, erschossen. Er hatte zuvor über Funk gemeldet, dass er die Leiche einer jungen Frau entdeckt hatte und einem Verdächtigen auf den Fersen war. Er wurde erschossen, vermutlich von dem Verdächtigen oder von Mitgliedern einer Survival-Gruppe, denen das Land und das Gelände gehört, auf dem der Verdächtige lebt. Der Sheriff und ein paar weitere Wildlife Officer sind dorthin gefahren, um FWO Jones zu unterstützen, aber es kam zu einem Feuergefecht, und jetzt können sie sich dem Ort nicht mehr nähern, um seine Leiche zu bergen. Auch ein Hilfssheriff wurde verletzt und liegt im Krankenhaus. Sein Zustand ist kritisch. Der Sheriff hat uns in Spokane kontaktiert, und wir haben Seattle angerufen, die wiederum das Hauptquartier angerufen haben. Der Direktor ist eingeschritten. Alle wurden angewiesen, sich zurückzuhalten, bis die Kavallerie eintrifft."

Die Kavallerie. Der taktische Operationsarm des FBI. CIRG. Die Critical Incident Response Group – bei der das Geiselrettungs- und das Verhandlungsteam die beiden gleichberechtigten Zweige bildeten.

„Wie ist die Frau gestorben?", fragte Charlotte.

Truman schüttelte den Kopf. „Das wissen wir noch nicht. Agenten meiner ortsansässigen Dienststelle helfen bei der Untersuchung des Tatorts. Der Gerichtsmediziner ist vor etwa dreißig Minuten eingetroffen."

„Ihre Leiche ist noch da?", fragte Charlotte erstaunt.

„Der Direktor hat unseren leitenden Special Agent angewiesen, die Einheimischen nichts anfassen zu lassen. Bestimmt wird er langsam unruhig."

Das konnte Charlotte ihm nicht verübeln. Dieser Vorfall enthielt Aspekte zweier der größten Misserfolge des FBI, Waco und Ruby Ridge. „Können Sie mich zu der Stelle bringen, wo die Leiche liegt? Ich würde sie mir gerne ansehen, bevor der Gerichtsmediziner sie wegbringt, wenn das möglich ist."

„Das ist nicht Ihr Job", erklärte Novak entschlossen vom Rücksitz aus.

Sie drehte sich zu ihm um. Sein kurz geschorenes dunkelblondes Haar war unter einer schwarzen Strickmütze verborgen, aber seine gefrorenen Augenbrauen waren deutlich sichtbar und trafen sich zu einem missbilligenden Stirnrunzeln. Charlotte, die angesichts von Novaks Dreistigkeit ein wenig fassungslos war, hob eine Augenbraue, behielt aber die Kontrolle. „SSA Novak, der Einsatzleiter ist noch nicht da. Mein Team richtet das Verhandlungszentrum ein und arbeitet daran, eine erste Kommunikation mit den Menschen auf dem Eagle Mountain herzustellen. In der Zwischenzeit würde ich mir gerne ansehen, wo das alles angefangen hat, um herauszufinden, was genau passiert ist, damit wir die Sache aufklären können, ohne dass noch jemand zu Schaden kommt."

Charlotte hielt dem stählernen Blick dieser blaugrünen Augen stand und biss bei dem Versuch, höflich zu sein, die Zähne zusammen. „Wir können Sie vorher absetzen, wenn Sie Ihre Leute beaufsichtigen müssen."

Truman blickte unsicher von ihr zu Novak und wieder zurück.

„Eigentlich nicht." Novak warf ihr einen grimmigen Blick zu. „Ein kurzer Erkundungsgang ist keine schlechte Idee."

Ärger schlängelte sich durch ihr Nervenkostüm. „Sind Sie sicher, dass Sie Zeit dafür haben, SSA Novak?"

„Sicher. Worauf warten wir noch?", fragte Novak ungeduldig.

„Ich dachte, Sie wollten, dass mir das Geiselrettungsteam zu der Ranch folgt, auf der wir unser Lager aufschlagen", sagte Truman.

Novak warf einen Blick über die Schulter in Richtung seines Teams. „Geben Sie mir die GPS-Koordinaten, und ich sage ihnen Bescheid. Sie werden es schon finden. Also, los jetzt!"

Charlotte stieß einen langen Atemzug aus und betete um Geduld. „Yippie-ya-yay", murmelte sie leise vor sich hin, woraufhin Agent Trumans volle Lippen sich leicht kräuselten.

„Schweinebacke", kam die Ergänzung vom Rücksitz.

„In der Tat", sagte Charlotte.

———

PAYNE NOVAK LEHNTE sich in seinem Sitz nach vorne, ungeduldig weiterzumachen. Es machte ihm zu schaffen, dass ein Kollege von der Bundespolizei draußen im Dreck lag, den Elementen ausgesetzt und weggeworfen wie Müll. *Keiner wird zurückgelassen* war ein Mantra, nach dem er seit seiner Zeit als Green Beret gelebt hatte. Er schluckte und versuchte, den Kloß in seinem Hals loszuwerden, als er an einen anderen Soldaten auf einem anderen Hügel auf der anderen Seite der Welt dachte. Er hatte nicht die Absicht, diesen missglückten Einsatz zu wiederholen.

Eine kurze Erkundungstour war keine schlechte Idee, solange sie ihn nicht davon abhielt, seine Männer vor Sonnenaufgang in Position zu bringen. Als taktischer Kommandant des Geiselrettungsteams vor Ort war es seine Aufgabe, die Bedrohung einzuschätzen, sich darauf vorzubereiten und Aktionspläne zur Beseitigung der Gefahr zu entwickeln.

Aber aus seiner persönlichen Sicht musste er auch die Leiche von FWO Jones so schnell wie möglich zu dessen Angehörigen zurückbringen.

Vielleicht konnten die Verhandlungsführer die Besitzer dieses Geländes zu einem Waffenstillstand und zur Herausgabe der Schützen überreden, aber Novak bezweifelte das. Diese hübsche Blondine sah nicht so aus, als würde sie knallhart mit Killern umspringen. Sie sah eher aus wie jemand, der Muffins backte, Händchen hielt und Auas besser küsste.

Novak hatte die zierliche Agentin seit dem Sommer bei mehreren Einsätzen gesehen, immer lächelnd und scherzend mit ihren Kollegen. Sie warf einen Blick über ihre Schulter, und ihre blauen Augen verengten sich vor unausgesprochener Kritik.

Aus irgendeinem Grund mochte sie ihn nicht.

Er lächelte ihr zu.

Es war ihm egal.

Special Agent Truman fuhr schnell, offensichtlich war er

sich der Anspannung bewusst, die den Wagen wie CS-Gas erfüllte, und klug genug, den Mund nicht zu öffnen und einzuatmen.

Charlotte Blood war die Verhandlungsführerin in diesem Fall, was bedeutete, dass Novak mit ihr zusammenarbeiten musste, ob sie ihn mochte oder nicht. Bis der übergeordnete Einsatzleiter vor Ort war, leiteten Novak und Blood diese verdammte Show. Novaks direkter Vorgesetzter war außer Landes, um sich um irgendeinen Geheimauftrag mit der US Naval Special Warfare Development Group zu kümmern. Wahrscheinlich ging es darum, ein hochrangiges Ziel in einem abgelegenen Teil des Nahen Ostens zu eliminieren. Wenn Novak das vermasselte, würde er nie erfahren, wie es ausgegangen war.

Die Geiselrettungsteams waren eng zusammengeschweißte Gruppen. Genauso wie die Verhandlungsführer. Theoretisch standen sie alle auf der gleichen Seite und hatten bis zu einem gewissen Punkt dieselben Ziele. Die Belagerung zu beenden und die Unschuldigen zu beschützen. Sie hatten nur völlig unterschiedliche Vorstellungen, was die Vorgehensweise betraf.

„Haben Sie Erfahrung mit Mordermittlungen?" Der bissige Unterton in SSA Bloods Stimme war unüberhörbar und schien nur dann zum Vorschein zu kommen, wenn sie mit ihm sprach. Zu allen anderen war sie zuckersüß.

„Nicht viel." Er lehnte sich in seinem Ledersitz zurück und blickte aus dem Fenster. Er war zwei Jahre lang als einfacher Polizist im Einsatz gewesen, wobei er die Strafverfolgungsbehörden kennengelernt hatte, aber das hatte ihm nicht annähernd so viel Spaß gemacht wie seine jetzige Aufgabe, Türen einzutreten und Terroristen auszuschalten. „Ich war in der Abteilung für Gewaltverbrechen in Miami, bevor ich zum Geiselrettungsteam kam."

Er hatte Zeit überbrücken wollen, bis er sich bewerben konnte. Das war vor fünf Jahren gewesen. Sein Aufstieg durch die Ränge hatte mehr mit seinem militärischen Know-how zu tun als mit seinen Fähigkeiten als Ermittler.

„Natürlich", murmelte sie leise.

Novak sah, wie Truman einen überraschten Blick in SSA Bloods Richtung warf, wahrscheinlich wegen ihres ätzenden Tonfalls, aber er sagte nichts. Kluger Mann.

„Ich nehme an, *Sie* haben viel Erfahrung mit Mordermittlungen?" Er hatte nicht abfällig klingen wollen, konnte es aber nicht verhindern. Ihre Schultern strafften sich.

„Ich habe mehrere Mordermittlungen in drei verschiedenen Außenstellen geleitet. Wir haben in allen Fällen Verhaftungen vorgenommen, bis auf zwei, die noch nicht abgeschlossen sind."

Es überraschte ihn nicht, dass sie alte Fälle im Blick behielt.

„Gehen Sie dem Gerichtsmediziner einfach aus dem Weg und kontaminieren Sie den Tatort nicht", wies sie an.

„Ich bin ein qualifizierter FBI-Agent, SSA Blood. Nicht irgendein Penner, den sie von der Straße aufgelesen haben."

„Wir alle wissen, dass das FBI Sie wegen Ihrer taktischen Fähigkeiten und Ihrer Erfahrung wollte, nicht wegen Ihrer Fähigkeiten als Ermittler."

Wollte sie ernsthaft andeuten, dass er nicht die gleichen Standards wie andere Bewerber erfüllte, obwohl er sie in Wirklichkeit weit übertroffen hatte? „Stellen Sie meine Fähigkeiten in Frage, SSA Blood?"

„Nur Ihre Erfahrung an Tatorten und was das Finden von

friedlichen Lösungen betrifft, SSA Novak."

Das ärgerte ihn. „Das Geiselrettungsteam ist die Spitze des Speeres. Wir werden nicht fürs Händchenhalten bezahlt."

„Die Verhandlungsführer auch nicht."

Er öffnete den Mund, um etwas zu erwidern, doch sie ließ ihn nicht zu Wort kommen.

„Sie wissen, dass das FBI den Auftrag hat, die Verhandlungen so weit wie möglich voranzutreiben, solange keine Menschenleben in Gefahr sind."

„Natürlich, das weiß ich." Novak verschränkte die Arme vor der Brust und starrte auf den nervigen Hinterkopf von Charlotte Blood. Sie hielt ihn offensichtlich für einen verdammten Idioten. Wenn sie nach einer Woche ohne Schlaf, in der sie das Äquivalent von vier Marathons in voller Montur gelaufen war, immer noch komplexe Algebra-Gleichungen lösen konnte, würden sie sich unterhalten.

KAPITEL DREI

NOVAK SAß SCHWEIGEND auf dem Rücksitz und versuchte, seine nervtötende Kollegin zu ignorieren. Lange Straßen schlängelten sich durch die karge Landschaft, bevor sie in felsige Ausläufer übergingen, die hoch hinaufführten, vorbei an steilen Ufern, die mit dichtem Wald bedeckt waren. Es dauerte vierzig Minuten, bis sie das Tal erreichten, das dem Vorfall am nächsten lag, und die kleine Stadt Eagle Creek. Schneeflocken wehten im Wind, eine Warnung, dass das Wetter jeden Moment umschlagen konnte. Sie mussten den gefallenen Officer zu seiner Familie bringen, bevor der Schnee ihn bis zum Frühling unter sich begrub.

Truman deutete auf die Ranch, von der aus sie ihre Operationen durchführen wollten. Sie ließen den Konvoi aus Fahrzeugen des Geiselrettungsteams, der sie vor zwanzig Minuten eingeholt hatte, hinter sich. Es dauerte weitere zehn Minuten, bis sie eine unbefestigte Waldstraße erreichten, weitere zehn Minuten zähneklapperndes Elend, bis sie zu einer Polizeisperre gelangten, von der aus sich eine Reihe von Einsatzfahrzeugen am Straßenrand erstreckte.

Truman hielt neben einem Krankenwagen an. Der Außendienstmitarbeiter hatte über das Satellitentelefon angerufen, um jemanden zu organisieren, der sie abholen und zum Einsatzort führen würde. Truman zeigte mit offensichtlicher Erleichterung aus dem Seitenfenster. „Das da drüben ist Agent Fontaine. Sie wird Sie zu der Stelle bringen, wo das weibliche Opfer gefunden wurde. Ich werde irgendwo wenden und hier auf Sie warten."

Charlotte Blood schenkte dem Agenten ein Lächeln, als ob sie kein Wässerchen trüben könnte.

Ha. Deshalb war sie also sauer, dass er mitgekommen war. Sie wollte den Schönling Truman anbaggern, und Novak hatte ihre Dating-Pläne ruiniert. Tja, Pech gehabt.

Er stieg aus dem Geländewagen und blickte sich stirnrunzelnd um. Eine Menschenmenge, darunter auch die Medien, wurde an einem Ende der unbefestigten Straße zurückgehalten. Die Ordnungskräfte mussten den gesamten Berg sichern und verhindern, dass jemand unerlaubterweise das Gelände betrat. Das würde keine leichte Aufgabe sein.

Außerdem herrschte reges Polizeiaufkommen. Zu viele Augen und Ohren für seinen Geschmack. Zu viele lose Lippen und potenzielle Möchtegern-Helden und -Opfer, die in die Schusslinie geraten könnten, wenn die Männer auf dem Gelände beschlossen, einen Vorstoß zu wagen, bevor das Geiselrettungsteam vor Ort war.

Novak lenkte seine Aufmerksamkeit auf die Leiterin. Agent Fontaine hatte langes dunkles Haar, das zu einem strengen Pferdeschwanz zurückgebunden war, und lächelnde rote Lippen. Ihre Augen leuchteten ein wenig auf, als sie ihn erblickte. Manche Frauen hatten eine Vorliebe für Schutzwesten und Oberschenkelholster.

Allerdings nicht seine Verhandlungsführerin. Und auch nicht seine Ex-Frau, um genau zu sein. Sie hatte sich nicht einmal die Mühe gemacht, ihm zu sagen, dass sie ihn wegen eines anderen Mannes verließ. Als er von einem langen

Auslandseinsatz nach Hause gekommen war, hatte er einfach ein leeres Haus vorgefunden mit einem Zettel auf dem Küchentisch, auf dem stand, wie viel er ihr für die Nebenkosten schuldete.

Er verdrängte die Gedanken.

Charlotte Bloods Lippen kräuselten sich, als sie Fontaines Reaktion auf ihn bemerkte. Novak richtete sich ein wenig auf und blähte seine Brust auf. Nicht, weil er mit Agent Fontaine flirten wollte, sondern weil er es unglaublich amüsant fand, Charlotte Blood zu ärgern, vor allem, weil sie ihn für einen solchen Trottel hielt.

„SSA Payne Novak", stellte er sich vor, während er Fontaine die Hand schüttelte. „Das ist SSA Charlotte Blood."

Agent Fontaine stieß ein überraschtes Lachen aus. „Blood und Payne. Blut und Qual … perfekt. Sie sollten Partner werden und Ihre eigene Fernsehsendung bekommen."

Charlotte und er sahen sich an, und in ihren Augen spiegelte sich das gleiche Entsetzen wider, das auch er empfand.

„Ha. Genau", sagte SSA Blood mit zusammengebissenen Zähnen. „Bitte, nennen Sie mich Charlotte."

„Und *mich* können Sie Payne nennen." Novak schenkte Fontaine sein bestes Lächeln.

„Witzig", murmelte Charlotte. „Ich nenne Sie immer so."

Er ließ die Hand von Fontaine los und warf seiner SSA-Kollegin einen Blick mit hochgezogener Augenbraue zu. „Ich dachte, Sie wären die Diplomatin hier?" Charlotte seufzte. „Sie haben recht. Es war ein billiger Scherz. Ich entschuldige mich. Haben Sie eine Ahnung, wer das Opfer ist, oder woher sie kam, Agent Fontaine?"

Agent Fontaine blickte zu Charlotte und dann wieder zu

ihm. Kein Zweifel, sie interessierte sich für mehr als nur für das Holster seiner Waffe. Nicht, dass er sich mit Kolleginnen einlassen würde, vor allem nicht mit jüngeren – aber er war kein gewöhnlicher Polizist, und Fontaine lebte am anderen Ende des Landes. Ein kurzes Techtelmechtel ohne emotionale Verstrickungen wäre nicht völlig ausgeschlossen, wenn sie wirklich daran interessiert wäre, seine Ausrüstung zu überprüfen. Wobei er wahrscheinlich ohnehin keine Zeit haben würde, eine solche Gelegenheit zu nutzen, sollte sie sich ergeben. Wahrscheinlich war das auch ganz gut so.

Fontaine senkte ihren Blick wieder auf Charlotte. „Wir glauben, sie gehörte zu einer Gruppe von Umweltschützern, die in dieser Gegend ihr Lager aufgeschlagen haben." Fontaine deutete nach Osten. „Einer der Hilfskräfte des Sheriffs glaubt, sie von einer Demonstration wiederzuerkennen, aber wir haben ihre Identität noch nicht bestätigt. Der FBI-Direktor hat Sheriff Lasalle angewiesen, die Sache dem FBI zu überlassen, aber wir hatten bisher weder die Zeit noch genügend Ermittler, um die Leute dort zu befragen. Die Hilfskräfte des Sheriffs nehmen die Daten von allen auf, die gehen."

„Wogegen protestieren sie?" Novak nahm die dichten Wälder in Augenschein, die sie umgaben, und wusste die Antwort, noch bevor sie antwortete. „Abholzung."

Charlotte schaute ihn überrascht an.

Ja, SSA Blood, ich habe ein paar Gehirnzellen in meinem Dickschädel.

„Na dann los." Charlotte bedeutete Agent Fontaine, voranzugehen, und Novak ließ sie als Nächste gehen, während er die Nachhut bildete. Jenseits der hellen Lichter der Polizeifahrzeuge war es stockdunkel – die Art von Dunkelheit, bei der man die Hände vor sich ausstrecken musste, um nicht gegen einen Baum zu laufen. Seine Augen würden sich rechtzeitig anpassen, aber die anderen waren ungeduldig. Sie schalteten ihre Taschenlampen ein und stapften den steilen, unebenen Pfad hinauf.

„Es gibt mehrere Gruppen, die sich zusammengeschlossen haben, darunter neuerdings auch ein kleines Kontingent von Bigfoot-Fans, die einer glaubwürdigen Sichtungsmeldung nachgehen", sagte Fontaine mit ernstem Gesicht.

Novak schüttelte den Kopf, um das Klingeln loszuwerden. *Glaubwürdige* Sichtungsmeldung …? „Wollen Sie damit sagen, dass das Opfer an Bigfoot geglaubt hat?"

Fontaine räusperte sich. „Nicht unbedingt. Die meisten Aktivisten hier protestieren gegen die Zerstörung der Wälder wegen des Lebensraums für seltene Vögel und Säugetiere, aber … na ja, es ist möglich, und ich wollte nicht, dass Sie blind in diese Situation hineingehen."

Na toll.

Charlotte Blood sagte nichts, als sie weiter den Hang hinaufgingen. Er ertappte sich dabei, wie sein Blick auf dem wiegenden Hintern seiner Kollegin verweilte, als sie vor ihm herging. Ihre schlanken Beine steckten in hautengen, schwarzen Leggings, und ihre Füße in festen Stiefeln, mit denen sie über den unebenen Boden stapfte. Leider war es nicht Agent Fontaines Hintern, den er anstarrte, sondern der von seiner nervigen Verhandlungsführerin Charlotte Blood.

Wie auch immer.

Sein animalisches Gehirn hatte es registriert, und nun konnte sein zivilisiertes Hirn die Tatsache ignorieren, dass sich unter dem frostigen Äußeren der Verhandlungsführerin ein fitter Körper verbarg.

Ein Zweig knackte, und sie alle hielten inne, als er mit

seiner Taschenlampe in den Wald leuchtete.

Ein riesiger Hirsch starrte ihn an, die Netzhäute seiner Augen blitzten unheimlich im Lichtstrahl. Nicht Bigfoot.

Er lachte über sich selbst und machte einen weiteren Schritt. Sein Fuß blieb an einer Wurzel hängen, und er fiel hart zu Boden, wobei er SSA Blood mit sich riss. Er schaffte es, sich mit einer Hand an ihrem Oberschenkel festzuhalten, um den Aufprall etwas abzufedern, aber er wog um die hundert Kilo, die Ausrüstung nicht mitgerechnet. Sein Gesicht landete auf ihrem weichen Hintern, und für eine quälende Nanosekunde lagen sie in einer Schockstarre da.

„Das tut mir leid. Alles in Ordnung?" Er rollte sich weg, allerdings nicht bevor er sich das Gefühl ihres Körpers von seiner Taille an aufwärts eingeprägt hatte.

Sie drehte sich auf den Rücken, starrte ihn an und rappelte sich auf, wobei sie sich nach seiner Berührung abstaubte, als hätte er Läuse. „Mir geht's gut."

„Sie müssen aufpassen, wo sie hintreten. Manche Stellen sind tückisch." In Agent Fontaines Stimme lag ein Hauch von Belustigung.

Großartig. Er war nie so tollpatschig. Er sollte ein verdammter Elite-Krieger sein. „Ich bin über eine Baumwurzel gestolpert."

„Nun, vielleicht sollten Sie Ihr Nachtsichtgerät herausholen, damit Sie sehen können, wohin Sie gehen?", schnauzte Charlotte.

Glaubte sie, das wäre Absicht gewesen?

Die beiden Agentinnen schritten weiter den Hang hinauf.

„Es war ein Versehen", stieß er hervor.

„Natürlich war es das." Charlotte funkelte ihn an.

Er fluchte. Charlotte Blood dachte, er hätte sie absichtlich zu Boden gerissen, wie ein dämlicher Abwehrspieler. Sie hatte wirklich eine schlechte Meinung von ihm.

Ein leises Rascheln im Blätterwerk lenkte Novaks Aufmerksamkeit wieder auf den Wald. Seine Nackenhaare sträubten sich plötzlich, und er wurde das Gefühl nicht los, dass er beobachtet wurde.

Ein Teil von ihm wollte nach dem suchen, was ihm Unbehagen bereitete, aber als er einen Blick auf die anderen warf, die rasch aus seinem Blickfeld verschwanden, wollte er sie nicht im Stich lassen – auch wenn sie beide professionelle Gesetzeshüter waren, die ihn fertigmachen würden, wenn er so etwas Sexistisches aussprach, wie dass er sie beschützen würde. Er joggte, um sie einzuholen. Charlotte blickte zurück und hielt unwillig inne, um auf ihn zu warten.

„Wir sind fast da", sagte Fontaine.

Charlotte zeigte den Hang hinunter, in der Ferne waren flackernde Lichter zu sehen. „Ist das der Ort, wo die Umweltschützer kampieren?"

Fontaine nickte. „Es ist etwa eine halbe Meile geradeaus den Hügel hinunter. Eigentlich sollten letzten Sommer Holzfäller in diesen Teil des alten Waldes kommen, um die größten Bäume zu fällen, aber sie mussten ihr Vorhaben aufgeben, als einige gefährdete Vogelarten entdeckt wurden, die hier nisten. Die Demonstranten sind jedoch überzeugt, dass die Holzfällerfirma trotzdem zurückkommen wird, sobald sie gehen."

Novak presste angewidert die Lippen zusammen. Die Vorstellung, dass irgendjemand diese majestätischen Bäume abholzen könnte, hinterließ einen bitteren Geschmack in seinem Mund. Nicht, dass seine persönlichen Gefühle eine Rolle spielten. Sein Job war es, die Leiche des toten Wildlife

Officers zu bergen und die Unschuldigen und das Eigentum des Staates zu schützen. Er war hier, um die Einhaltung des Gesetzes zu garantieren.

Trotzdem, er mochte Bäume. Sie widersprachen nicht.

„Sie scheinen eine Menge über die Situation zu wissen", meinte Charlotte zu der anderen Frau.

Fontaine ließ ein bescheidenes Lächeln aufblitzen. „Ich interessiere mich für den Naturschutz. Ich habe Biologie studiert, und ich habe eine Schwäche für die Wildnis."

„Nun, die Holzfäller werden jegliche Aktivitäten auf diesem Berg aufschieben müssen, bis wir die Sache geklärt haben", sagte Charlotte selbstbewusst.

„Denken Sie, das könnte ein Motiv gewesen sein?", fragte Agent Fontaine.

„Die Abholzung zu stoppen? Das erscheint mir etwas extrem." Charlotte runzelte die Stirn.

Novaks Stimmung verschlechterte sich. Er hatte schon alle möglichen Gründe für Mord gesehen. Die meisten von ihnen waren extrem. Herumzustehen und zu spekulieren würde sie nicht weiterbringen. „Lassen Sie uns weitergehen."

„Wir haben darauf gewartet, dass Sie uns einholen." Charlotte sah ihn an, als wäre er schwer von Begriff.

Er stieß ein Lachen aus. „Sie denken, ich habe Probleme mit der Ausdauer?"

„Mit der *Ausdauer*?" Der Blick, den sie ihm zuwarf, verriet ihm, dass sie ihn provozieren wollte, aber es ärgerte ihn trotzdem.

„Wie witzig. Ha, ha." Seine Wangen brannten.

„Bereit?" Charlotte schenkte ihm ein selbstzufriedenes Lächeln und ging weiter den Pfad hinauf, Fontaine hinterher.

Sie war wahrscheinlich die nervigste Frau, mit der er je das

Unglück gehabt hatte, zusammenzuarbeiten. Dieser Auftrag war das reinste Fegefeuer.

„Ich habe mir etwas in den Bäumen angesehen", sagte er und gab dem Bedürfnis nach, sich zu verteidigen.

„Was war es?", fragte sie.

Jetzt fühlte er sich noch dümmer. „Wahrscheinlich nur ein Reh." Er räusperte sich. Er war sich zwar sicher, dass da draußen noch etwas anderes lauerte, aber das wollte er nicht laut aussprechen.

Bigfoot, verdammt noch mal.

„Kommen Sie. Wir sollten Fontaine einholen. Wir wollen sie doch nicht verlieren", sagte Charlotte ungeduldig.

Er biss die Zähne zusammen. Im Moment wäre es ihm völlig egal, wenn er Charlotte verlieren und ein anderer Verhandlungsführer das Kommando übernehmen würde. Eigentlich wäre ihm das sogar ganz recht.

Nach weiteren fünf Minuten sahen sie den ersten Hinweis darauf, dass sie am richtigen Ort waren. Die Hilfskräfte des Sheriffs waren an verschiedenen Stellen entlang des gelben Tatortbandes, mit dem ein weitläufiges Gebiet abgesperrt war, postiert.

Ein Mann nahm ihre Namen auf, sie trugen sich in das Logbuch ein und zogen sich Papierstulpen über ihre Schuhe, bevor sie sich unter dem Band hindurchduckten.

Vor ihnen war der Bereich mit tragbaren Lampen gut beleuchtet. Novak entdeckte eine Gruppe von Menschen, die in der Nähe der Leiche einer jungen Frau standen, und war sofort ernüchtert. Hier waren belanglose Differenzen oder duellierende Persönlichkeiten absolut fehl am Platz.

Ein Mann mittleren Alters hockte neben der Leiche. Er blickte auf, als sie sich näherten. „SSA Blood?"

Charlotte nickte eifrig. „Ja, Sir. Entschuldigen Sie, dass wir Sie draußen in der Kälte haben warten lassen. Wir sind so schnell gekommen, wie wir konnten." Sie warf Novak einen Blick zu, als wäre er derjenige gewesen, der sie aufgehalten hatte, und er wollte am liebsten die Augen verdrehen. „Das ist SSA Novak. Mein Kollege vom Geiselrettungsteam."

Der Gerichtsmediziner nickte. „Ich bin selbst noch nicht so lange hier. Wir sind gerade dabei, die junge Frau in den Leichensack zu heben. Vielleicht können Sie assistieren?", fragte er an Novak gerichtet, und Charlotte sträubte sich.

Für seine Muskelkraft gebraucht zu werden, war kaum ein Kompliment. Er bezweifelte ernsthaft, dass jemand seinen Mensa-IQ zu schätzen wusste, nicht wenn es Leichen zu bewegen galt.

Novak inspizierte die nähere Umgebung, bevor er seine Kaltwetterhandschuhe in eine Tasche stopfte und die Latexhandschuhe anzog, die ihm jemand gereicht hatte. Er näherte sich dem toten Mädchen von der linken Seite. Eine lange klaffende Wunde bedeckte die rechte Seite ihres Gesichts. Jemand hatte sich an ihrer Kleidung zu schaffen gemacht. Ihr war der Mantel ausgezogen worden – vorausgesetzt, sie hatte einen getragen, obwohl es dumm gewesen wäre, keinen zu tragen. Der Reißverschluss ihrer Jeans war offen.

„Sie könnte gegen den Baumstamm gefallen sein. Hat sich den Schädel gebrochen." Novak zeigte auf den nahen gelegenen Baumstamm, auf dem Flecken zu sehen waren, bei denen es sich um Blut handeln könnte.

Der Gerichtsmediziner sah beeindruckt aus. „Gute Augen. Das war mein erster Gedanke."

„Wissen Sie, ob sie angegriffen wurde?", fragte Charlotte

den Gerichtsmediziner.

„Auf den ersten Blick wäre das eine Möglichkeit, aber es könnte auch ein Unfall gewesen sein. Bis ich sie auf dem Tisch habe und dann ein paar Tests mache, ist es schwer zu sagen. Sie könnte versucht haben, ihre Blase zu entleeren, gestolpert sein und sich den Kopf an dem Baum gestoßen haben, wie SSA Novak vorgeschlagen hat."

„In diesen Wäldern stolpert man schnell einmal", bemerkte Charlotte mit fester Stimme.

Novak warf ihr einen strengen Blick zu.

„Okay, bewegen wir sie. Vorsichtig jetzt."

Novak nahm den Arm des Opfers und half vier anderen Männern, sie vorsichtig in den Leichensack zu legen. Bei dem Geräusch des Reißverschlusses, als sie ihn zuzogen, biss er die Zähne zusammen. Er hatte es schon einmal gehört, in Feldlazaretten in der Wüste. Diese letzte, unheilvolle Todesglocke.

Er blickte auf und sah, dass Charlotte Blood ihn beobachtete, ihr Gesichtsausdruck war ausnahmsweise mitfühlend. Er senkte den Kopf.

Er brauchte Charlotte Bloods Mitleid nicht. Er brauchte von niemandem Mitleid, Punkt.

Er zog seine Handschuhe aus und warf sie einem Assistenten zu, der gerade Müll einsammelte. Der Tatort war zertrampelt worden. Hoffentlich konnten die Leute von der Spurensicherung irgendetwas Brauchbares in diesem Kriegsgebiet finden.

„Wo ist das Privatgrundstück?", fragte er Fontaine, während die anderen sich an die unangenehme Aufgabe machten, die junge Frau zu identifizieren und festzustellen, wie sie gestorben war.

„Eine Viertelmeile in diese Richtung, auf der anderen Seite eines kleinen Baches." Fontaine entfernte sich von den anderen und deutete nach Westen.

In einigen der Mulden lag Schnee. Zwar nicht so viel, dass er sich auf dem Boden ansammelte, aber genug, um sie alle daran zu erinnern, dass der Winter im Anmarsch war. Dieses Jahr war er spät dran. Novak wettete, dass sie normalerweise schon knietief in dem weißen Zeug versinken würden.

Fontaine ging weitere zehn Meter bergauf und schwenkte dann ihre Taschenlampe in Richtung der gelben und roten Markierungen, die im Abstand von etwa einem Meter auf dem Boden ausgelegt waren. „Hier sind, wie wir glauben, die Spuren unseres unbekannten Täters sowie die von FWO Jones." Sie zog Lippenbalsam aus ihrer Tasche und trug etwas davon auf, um sich gegen die Kälte zu schützen.

„Als die Hilfskräfte des Sheriffs eintrafen, haben sie den Tatort nicht so gut bewahrt, wie sie es hätten tun sollen, aber wir haben es geschafft, Fotos und einen Abdruck von einem ordentlichen Fußabdruck des Unbekannten zu machen. Leider ist der Boden an den meisten Stellen hart und felsig, also haben wir nicht so viel gefunden, wie wir gehofft hatten. Wir haben die Spuren ein Stück tiefer im Wald verloren."

„Einer unserer Verhandlungsführer war Soldat beim britischen Special Air Service. Er ist wirklich gut im Spurenlesen. Sollen wir ihn für morgen herbestellen, um zu sehen, was er in Erfahrung bringen kann?" Charlotte Blood verfolgte die beiden aufmerksam, wahrscheinlich aus Sorge, Novak könnte sich verirren.

„Ein Soldat des Special Air Service?", fragte Fontaine interessiert.

„Er musste seine britische Staatsbürgerschaft aufgeben,

um dem FBI beizutreten, aber er hat immer noch seinen niedlichen Akzent." Charlotte lächelte.

Novak kannte Max Hawthorne. Der Typ war ein guter Agent, aber Novak war ein Warrant Officer bei den Green Berets gewesen. Er verfügte selbst über einige hilfreiche Fähigkeiten. Er ging auf das Gelände zu.

„Wir sollten zurückgehen." Charlotte erhob ihre Stimme, als wäre er ein Kind, das nicht hören wollte.

„Ich möchte mir das kurz ansehen." Er blieb nicht stehen, seine Augen suchten im Licht der Taschenlampe den Boden ab, aber er konnte an der Länge der Schritte erkennen, dass der unbekannte Täter schnell gelaufen sein musste. Spuren waren leicht zu verfolgen, wenn man wusste, wohin die Leute liefen. Nach dem anfänglichen Zick-Zack-Kurs durch die Bäume war er geradeaus weiter nach Westen gelaufen.

Agent Fontaine fügte Markierungen zu jedem neuen Abdruck hinzu.

Schließlich erreichte Novak das steile Ufer eines kleinen Baches. Es gab genügend Bäume, die ihm Deckung boten, sodass er von dem Gebäude aus nicht zu sehen war und sich keine allzu großen Sorgen machen musste, zur Zielscheibe zu werden. Trotzdem hielt er den Lichtstrahl gesenkt und vom anderen Bachufer entfernt.

Er suchte das Bachbett ab und ging dann in die Hocke. „Hier sind wieder dieselben Fußabdrücke, aber diesmal führen sie in die Richtung, in der wir das Mädchen gefunden haben." Er zeigte auf eine schwache Vertiefung im trockenen Schlamm. „Die Fußabdrücke sind ungefähr gleich alt, und diesmal geht er, anstatt zu rennen."

Wollte er damit angeben? Wollte er den Agenten beweisen, dass er ein ebenso guter Spurenleser wie Max

Hawthorne war? Wahrscheinlich. Angewidert von sich selbst schüttelte er den Kopf.

Er blickte durch die Bäume. Er war so nah an der Stelle, wo der gefallene Offizier lag, dass er dem Drang nicht widerstehen konnte, noch näher heranzugehen. Erinnerungen daran, wie er gezwungen gewesen war, die Leiche eines seiner Männer zurückzulassen, nachdem eine überwältigende Anzahl von Feinden seinen Zug in Brand gesetzt hatte, fraßen an seinem Verstand. Es war ihm gelungen, das Kommando zu überreden, am nächsten Tag mit Verstärkung zurückzukehren, aber zu diesem Zeitpunkt war die Leiche von Sergeant Frankie Duke bereits von den Feinden entwendet und geschändet worden. Sie hatten seine Überreste nie gefunden. Seine trauernde Familie hatte nie den Abschluss bekommen, den sie gebraucht hätte.

Übelkeit stieg in ihm auf, und er nahm zwei lange, bewusste Atemzüge durch die Nase, um sich nichts anmerken zu lassen. Dann richtete er seinen Blick wieder auf den Boden und suchte nach der ruhigen Konzentration, die er brauchte, um seinen Job zu erledigen.

Da waren noch andere Fußabdrücke, nicht viele, aber ein paar. Novak wusste nicht, ob sie zu Ordnungskräften gehörten, zu Leuten von dem Privatgrundstück, zu Baumschützern oder zufälligen Wanderern.

Vorsichtig ging er weiter. Fontaine und Blood folgten ihm, aber sie wurden beide unruhiger, je näher sie dem Gelände kamen.

Jetzt, wo er schon einmal hier war, konnte er sich genauso gut umsehen und sich überlegen, wie sie FWO Jones am besten und schnellsten zurückholen könnten.

„Novak", zischte Charlotte, als er die Anhöhe des

gegenüberliegenden Bachufers erreichte.

Er hob seine Hand, um ihr zu bedeuten, leise zu sein, und, oh Wunder, sie tat tatsächlich, wie ihr geheißen.

Da war wieder dieses kribbelnde Gefühl in seinem Nacken. Anders als zuvor, aber immer noch warnend. Das „Betreten verboten"-Schild war ein zusätzlicher Warnhinweis.

Ein paar Hilfssheriffs näherten sich ihnen von Süden her. Seiner Einschätzung nach viel zu spät. Es bewies, dass das Gebiet nicht sicher war, und die Leute im Inneren des Gebäudes vielleicht schon entwischt waren. Novak ließ Fontaine mit den Polizisten verhandeln. Durch das dichte Dickicht der Bäume konnte er nichts sehen. Kein Licht, aber das war nicht überraschend. Er zog eine Nachtsichtbrille aus einer Gürteltasche.

„Verhalten Sie sich leise", befahl Novak, als die Hilfskräfte nahe genug waren, um mit den anderen Agenten zu sprechen.

Charlotte starrte ihn an.

Aber das war ihm egal.

Er setzte die Nachtsichtbrille auf und blickte in die grün gefärbte Nacht. Ein toter Mann lag irgendwo in dieser Dunkelheit, ermordet, während er seinen Job gemacht hatte. Und die Arschlöcher in dem bewachten Bunker wollten nicht einmal zulassen, dass sie seine Leiche bargen? Was zum Teufel sollte das?

Keiner wird zurückgelassen.

Diesmal nicht.

Ein leises mechanisches Surren erregte seine Aufmerksamkeit. Eine Kamera. In seine Richtung gerichtet. Verdammte Scheiße.

„Wussten Sie, dass es in diesen Wäldern Überwachungskameras gibt?", fragte Novak und nahm die Nachtsichtbrille ab, damit die Taschenlampen der anderen ihn nicht blendeten.

„Was?" Charlotte machte einen Schritt auf ihn zu.

„Was zum Teufel?" Einer der Hilfssheriffs stürzte vor.

Novak deutete auf den kleinen grauen Kasten, der in fünf Metern Höhe im Baum angebracht war. Der Hilfssheriff zog sofort seine Waffe und zielte, aber Novak drückte seinen Arm in Richtung Boden.

„Was denken Sie, was Sie da tun?"

„Die Kamera beseitigen!"

„Lassen Sie die Waffe im Holster. Das FBI hat jetzt das Sagen. Solange Ihr Leben oder das eines anderen nicht unmittelbar in Gefahr ist, bleibt Ihre Waffe im Holster und Ihr Mund geschlossen."

Der Hilfssheriff schimpfte, aber Novak ignorierte ihn und schritt davon. Charlotte kam mit ihm, und sie blickten beide in die Dunkelheit in Richtung des Anwesens.

Die örtlichen Hilfssheriffs waren übermütig und schießwütig. Novak konnte das verstehen – verdammt, er war genauso, wenn es darauf ankam. Er verstand, wie es war, wütend zu sein und sich an jemandem rächen zu wollen, der auf einen geschossen oder einen der eigenen Leute verletzt hatte. Aber darum ging es hier nicht.

Diese Survival Typen waren bewaffnet, bereit, sich gegen einen taktischen Angriff zu verteidigen. Da sie nichts zu verlieren hatten, würden sie auf alles und jeden schießen, den sie als Bedrohung ansahen. Wie konnte er sie davon über-zeugen, dass er unbewaffnet war, und das Einzige, woran er interessiert war – zumindest dieses Mal – darin bestand, die Überreste des toten Mannes zu bergen?

Vielleicht würden sie nicht auf die weiblichen Agentinnen schießen, aber Novak würde dieses Risiko nicht eingehen. Die einzige Möglichkeit, dass die Leute, die sich hier verschanzt hatten, tatsächlich glaubten, dass jemand unbewaffnet war, war, wenn er splitternackt war.

Novak erstarrte. Ihm gefiel der Gedanke nicht, der sich in seinem Gehirn festsetzte. Aber wenn es andersherum wäre, wäre das der einzige Weg, darauf zu vertrauen, dass jemand keine Schusswaffe trug.

Als er sich auf eine Stelle zwischen zwei Bäumen zubewegte, hörte er das Surren einer zweiten Kamera, die ihm folgte. Nun waren beide auf ihn gerichtet. Die Leute im Inneren des Anwesens beobachteten ihn aktiv.

„Novak …", zischte Charlotte.

„Bleiben Sie in Deckung."

Sie murmelte „Neandertaler", aber er ignorierte sie.

Er zog seine Schutzweste aus, dann seine Fleecejacke und das schwarze Hemd sowie das langärmelige T-Shirt, das er darunter trug. Er warf alles auf einen Haufen hinter sich.

„Was machen Sie da?", fragte Charlotte, sichtlich erschrocken.

„Ich ziehe mich aus."

„Sie ziehen sich aus?"

„Ich entledige mich meiner Klamotten."

„Ich weiß, was sich ausziehen bedeutet", schnauzte Charlotte, und verdammt, wenn das nicht ein Grinsen auf seine Lippen zauberte.

Nachdem er das Pistolenholster abgelegt hatte, fühlte er sich wirklich nackt. Demonstrativ legte er seine SIG Sauer langsam auf den Klamottenhaufen auf dem Boden. Dann sein Messer und die Ersatzmunition, wobei er darauf achtete, dass sie sahen, wie er seine Ersatz-Glock-22 aus dem Knöchel-holster nahm.

Anschließend zog er sein Thermounterhemd aus, und die eisige Luft stach wie Wespen in sein Fleisch. Er bückte sich und zog seine Stiefel aus, ebenso wie die Papierschuhe und Socken und warf sie auf den wachsenden Haufen.

Unter null Grad mit dem zusätzlichen Peitschenhieb eines messerscharfen Windes – es war so kalt, dass er kaum atmen konnte.

„SSA Novak, ich weiß nicht, was Sie glauben, was Sie da tun, aber –" Charlottes Stimme erhob sich scharf, verstummte jedoch, als er sich seiner langen Unterwäsche entledigte. Er warf sie hinter sich und hörte einen erstickten Aufschrei.

Er hob seine Hände als altbekanntes Zeichen der Kapitulation und schaute über seine Schulter zu der anderen SSA, die mit offenem Mund versuchte, ihren Blick nördlich seiner Taille zu behalten. Das war auch gut so, in Anbetracht der Temperaturen.

„Ich werde die Leiche von FWO Jones bergen und dabei keine Gefahr für die Sicherheit der Leute in diesem Lager darstellen. Bleiben Sie alle zurück, lassen Sie Ihre Waffen stecken, und machen Sie keine Bewegung, die mich umbringen könnte." Seine Stimme schallte durch die stille Nacht, dann fügte er leise an Charlotte und Agent Fontaine gewandt hinzu: „Sie sollten vielleicht die Augen zumachen."

Er machte eine langsame dreihundertsechzig Grad Drehung vor den Kameras, um zu beweisen, dass nichts an seinem Rücken klebte. Dann nahm er seine Taschenlampe in die Hand und schaltete sie ganz bewusst ein, sodass sie seinen Körper und den Boden vor ihm erhellte. Er leuchtete wie ein nackter menschlicher Weihnachtsbaum und fror sich die verdammten Eier ab.

Yippie-ya-yay, Schweinebacke. Zeit zum Feiern.

KAPITEL VIER

„WAS MACHT DIESER Witzbold da?" Malcolm Resnick erhob sich von seinem Platz vor den Monitoren.

TJ war beim besten Willen kein Fan seines Onkels. Der Mann hatte ihn vorhin den Wölfen zum Fraß vorwerfen wollen – obwohl einer von Malcolms Kumpels den Mann, der ihn gejagt hatte, abgeknallt und getötet hatte.

Sein Onkel lebte noch nicht lange bei ihnen. Malcolm, einer der vier Brüder seiner Mutter, war im März zum ersten Mal aufgetaucht.

„Sieht aus, als würde er sich ausziehen." Einer der anderen Männer, die im Überwachungsraum saßen, kicherte.

Dieses Chaos war ganz allein TJs Schuld. Er hätte bleiben und dem Gesetzeshüter die Situation erklären sollen. Die Konsequenzen tragen. Andere könnten verletzt werden, nur weil er aufgebracht war und Angst hatte. Die Behörden würden ihm die Schuld an beiden Todesfällen geben, und damit hatten sie wahrscheinlich sogar recht.

Kayla wäre nicht tot, wenn er sich nicht mit ihr verabredet hätte. Der Gesetzeshüter wäre nicht tot, wenn TJ nicht weggelaufen wäre.

Der Kloß in seinem Hals fühlte sich spitz und scharfkantig an, als er schluckte. Wie konnte sie tot sein? Die Anstrengung, die Tränen zurückzuhalten, der Schmerz in seiner Brust, der ihm das Atmen erschwerte, brachten ihn um. Was war mit ihr geschehen?

Sein Onkel wollte die Sprechanlage betätigen, die den Überwachungsraum mit den Männern verband, die die vorderen und hinteren Ausgänge bewachten, aber TJs Vater kam ihm zuvor. „Nicht schießen."

Mit zusammengekniffenen Augen musterte Tom Harrison den mittlerweile völlig nackten Mann, der die Hände hochnahm, sich um die eigene Achse drehte und dann auf ihr Haus zusteuerte. TJs Vater mochte überfürsorglich sein, aber er war scharfsinnig. Er handelte weder vorschnell, noch neigte er zu Gewaltausbrüchen. Anders als einige der Männer, die heutzutage hier lebten, tolerierte Tom nicht, dass ein Mann eine Frau oder Kinder schlug.

„Ich wiederhole, nicht schießen. Er ist unbewaffnet."

TJ biss die Zähne zusammen. Er hatte seinem Dad noch nicht von Kayla erzählt. Er konnte sich einfach nicht dazu durchringen, die Worte laut auszusprechen. Die anderen hier glaubten, der Wildlife Officer hätte einfach ohne Grund Jagd auf ihn gemacht.

Bei dem Gedanken, seinem Vater die Wahrheit zu sagen, drehte sich ihm der Magen um. Die Vorstellung, den einzigen Menschen auf der Welt zu enttäuschen, der ihm noch etwas bedeutete. Das war zu viel. Besonders vor den anderen. Wenn er mit seinem Vater unter vier Augen sprechen könnte …

„Ich glaube, er will beweisen, dass er uns nichts Böses will. Erkennt jemand sein Gesicht?"

TJ stellte sich neben seinen Vater, während alle den Kopf schüttelten. TJ hatte den nackten Kerl noch nie gesehen, aber der Kleidung und Ausrüstung nach zu urteilen, die er abgelegt hatte, war er entweder vom Militär oder von der Polizei. Da es dem Militär nicht erlaubt war, US-Bürger auf US-Boden anzugreifen, war er wahrscheinlich Polizist. Nicht, dass sich die Regierung immer an die Regeln halten würde – wie ihn sein Vater oft erinnerte.

„Das ist eine Falle", schnauzte Malcolm. „Es muss eine sein."

Tom richtete seine müden Augen auf den anderen Mann. „Wieso sollte es eine Falle sein? Glaubst du, er hat ein Sturmgewehr im Hintern stecken?"

Einige der Männer schnaubten.

TJ tat es nicht. Er merkte, welchen Tribut das alles bereits von seinem Vater gefordert hatte, und Schuldgefühle mischten sich mit der Verwirrung, die durch seine Adern rauschte. Tom war um ein Jahrzehnt gealtert, seit TJs Mutter gestorben war. Mit ihrem Tod war auch etwas in dem Mann gestorben, und Malcolm hatte diese Trauer ausgenutzt, um das Tagesgeschäft der Gemeinde zu übernehmen und seine Stellung als Stellvertreter zu festigen, obwohl er noch gar nicht so lange hier war.

TJ mochte ihn nicht. Traute ihm nicht.

Tom drückte wieder auf die Sprechanlage. „Nicht schießen. Ich wiederhole, nicht schießen. Aber behaltet ihn im Auge."

„Er könnte die Mauern stürmen und in unsere Verteidigungslinie eindringen", argumentierte Malcolm.

„Unsere Verteidigungslinie kann es mit einem einzelnen Mann aufnehmen, und er würde erfrieren, bevor er es nach drinnen schafft." Tom schüttelte den Kopf. „Der einfachste Weg ins Innere des Geländes führt über einen Hubschrauber und ein langes Seil. Nein. Er ist auf der Suche nach der Leiche ihres Mannes, was mir recht ist." Der Mund seines Vaters verzog sich grimmig. „Ich möchte nicht unbedingt, dass eine Leiche vor dem Tor liegt und verrottet. Der Mann sollte ein anständiges Begräbnis bekommen."

TJ wusste, dass sein Vater den Tod des Mannes bedauerte, genauso wie er selbst. Die Wachen am Tor waren verwarnt worden, aber da war es schon zu spät gewesen. Ein Bundespolizist war tot. Jetzt würde die Regierung hier auftauchen und versuchen, sie alle zu vernichten.

„Wir brauchen die Medien auf unserer Seite, wenn wir das hier durchstehen wollen." Tom schaute zwischen den Männern umher.

„Die Medien? Das staatliche Fernsehen? Wie sollen die uns helfen?" Malcolm lachte.

Die anderen Männer im Raum verlagerten unbehaglich ihr Gewicht. Sein Vater war schlau, aber Malcolm war gerissen. TJ hoffte, dass sein Vater den anderen Mann wegschicken würde, wenn das alles vorbei war, aber im Moment war das unmöglich, und das war TJs Schuld.

TJ richtete seinen Blick auf Malcolm, der ihn erwiderte.

„Es wird einen öffentlichen Aufschrei geben, wenn wir die Bundesbeamten ihre Toten nicht bergen lassen. Und wir werden wie ein Haufen Verrückter aussehen, wenn wir einen unbewaffneten Nackten töten, und damit alle unsere potenziellen Verbündeten gegen uns aufbringen", erklärte Tom geduldig. „Wir halten keine Geiseln fest. Wenn wir demonstrieren, dass wir zwischen einer Kriegshandlung und einem Akt der Barmherzigkeit unterscheiden können, glaubt uns die Welt vielleicht, wenn wir sagen, dass wir Grund hatten, auf den Wildlife Officer zu schießen, der auf TJ geschossen hat. Obwohl ich wünschte, die Leute wären nicht so verdammt schießwütig gewesen." Die Ermahnung richtete sich an Malcolm und seine Handlanger.

TJs Mund wurde trocken, die Schuldgefühle fraßen ihn auf. Es war auch seine Schuld. „Was denkst du, was sie mit uns machen?"

Sein Vater presste die Lippen zusammen und sah ihm in die Augen. „Ich weiß es nicht, mein Sohn. Aber wir wussten immer, dass dieser Tag kommen würde. Wir sind hier sicher, selbst wenn sie eine Bombe auf uns werfen sollten."

Zehn Meter tiefer unter der Erde befand sich ein Notbunker, aber die Vorstellung, bombardiert zu werden, war nicht gerade beruhigend. Was, wenn sie lebendig begraben würden? Zum Sterben in der Dunkelheit zurückgelassen?

„Du hast gar nicht erzählt, was du da draußen gemacht hast, TJ", bemerkte Malcolm süffisant.

„Ich bin spazieren gegangen." TJ leckte sich über die trockenen, rissigen Lippen. „Dann fing der Typ an, mich zu verfolgen, und hat plötzlich auf mich geschossen."

„Und wir haben das Recht, uns auf unserem eigenen Land zu verteidigen", erklärte Tom entschieden.

Malcolm starrte TJ an, als wüsste er, dass er log. TJ erwiderte den Blick.

Sein Vater drückte wieder auf die Sprechanlage. „Passt auf, dass der Typ sich nicht die Waffe von dem Toten schnappt. Richtet das Scheinwerferlicht auf ihn."

TJ wandte seinen Blick wieder dem Bildschirm zu, als der Fremde aus dem Wald herauskam und direkt auf die Leiche des Mannes zusteuerte, der ihn gejagt hatte.

Galle brannte in TJs Kehle.

Auf den restlichen Bildschirmen waren andere Ordnungskräfte in der Umgebung zu sehen. Männer und Frauen, die alle auf diesen nackten Kerl starrten, der den toten

Polizisten über seine Schulter hievte.

War es eine Falle oder ein Ablenkungsmanöver?

TJs Augen huschten zu den Monitoren in der Nähe des Hinterausgangs und nach Osten und Westen, aber aus dieser Richtung schien sich niemand zu nähern. Vielleicht hatte das FBI den anderen Ausgang noch nicht gefunden? Vielleicht sollte TJ rausgehen? Sich stellen.

Wenn er sich ergab, würde zumindest nicht noch jemand verletzt werden …

NOVAK BEGANN LANGSAM vorwärtszugehen, wobei er sich bewusst war, dass die Überwachungskameras seinen Weg verfolgten, und weitere Kameras seine Annäherung aus verschiedenen Winkeln aufzeichneten. Vermutlich waren überall auf dem Gelände Kameras, aber damit würde sich das Geiselrettungsteam auseinandersetzen müssen, bevor sie sicher in das Gebiet eindringen konnten.

Felsen und Stöcke schnitten in seine Füße. Die Brise war so kalt, dass er befürchtete, sein Schwanz könnte abfallen oder sich so weit zurückziehen, dass er für den Rest seines Lebens wie ein Mädchen pinkeln würde. Er würde lügen, wenn er behaupten würde, er sei nicht nervös angesichts der Vorstellung, eine Kugel in die Brust zu bekommen, falls er die Mentalität hinter der Betonwand doch falsch eingeschätzt hätte. Er hatte einfach darauf spekuliert, dass diese Typen nicht auf einen offensichtlich unbewaffneten Kerl schießen würden, der nur die Absicht hatte, einen Toten zu bergen.

Sie befürchteten einen Angriff auf ihr Zuhause, und dass das FBI einen oder mehrere von ihnen mitnehmen und einsperren würden. Das bedeutete nicht, dass Novak morgen nicht mit einer schwer bewaffneten Einheit hierher zurückkommen und versuchen würde, genau das zu tun. Im Moment wollte er jedoch einfach nur FWO Jones mit seinen Lieben wiedervereinen und ihn mit dem Respekt behandeln, den er verdiente.

Novak begann, die Taschenlampe in einem konstanten Bogen ein paar Meter vor sich zu schwenken. Er folgte einer parallelen Spur sowohl des laufenden Unbekannten als auch der Stiefelabdrücke, von denen er annahm, dass sie dem Wildlife Officer gehörten.

Wieder beschlich ihn das Gefühl, dass ihn jemand beobachtete. Noch mehr Kameras? Wahrscheinlich. Das war es wahrscheinlich, was ihn vorhin im Wald aufgeschreckt hatte. Sie würden das ganze Gebiet nach Geräten absuchen müssen.

Nicht nach *Bigfoot*.

Novak trat aus dem relativen Schutz der Bäume heraus, hielt inne und drehte sich noch einmal komplett um die eigene Achse, um zu beweisen, dass er keine Waffe versteckt hatte. Jeder Muskel in seinem Körper spannte sich an, als er sich vorstellte, wie die Läufe geladener Gewehre von schlecht ausgebildeten Milizionären auf ihn gerichtet wurden, und wie ihre fleischigen Finger über die Abzüge strichen.

Er traute diesen Männern nicht. Sie würden ihn wahrscheinlich töten, wenn er sie nur falsch anschaute. Deswegen hatte er auch diese extremen Bemühungen auf sich genommen, um zu beweisen, dass er unbewaffnet war.

Ein dunkler Hügel tauchte vor ihm auf und entpuppte sich im flachen Strahl seiner Taschenlampe als Federal Wildlife Officer Jones. Novak ließ den Strahl von den Stiefeln des

Mannes bis zur Spitze seiner Glatze wandern. Die Kappe des Mannes lag verkehrt herum auf dem Boden in der Nähe, seine 9-mm-Handfeuerwaffe nah bei seiner rechten Hand. Novak konnte sich dieser Waffe nicht nähern, es sei denn, er wollte riskieren, dass sein Hintern mit Blei gespickt würde.

Er hob die Beine von FWO Jones auf und zerrte ihn ein paar Meter zurück in Richtung der Bäume und weg von der Waffe. Novaks Bewegungen waren unbeholfen, da er versuchte, während des Unterfangens die Taschenlampe festzuhalten, damit die Leute im Inneren der Festung sehen konnten, was er vorhatte. Doch er hätte sich keine Sorgen machen müssen. Ein riesiger Scheinwerfer erwachte zum Leben, blendend weiß wie die Oberfläche der Sonne. Sicherlich ein wenig übertrieben, aber verdammt effektiv, um jeden zu blenden, der sich näherte, besonders wenn er ein Nachtsichtgerät trug.

Ja, vorausgesetzt, Novak überlebte die nächsten dreißig Sekunden, hatte er definitiv ein paar Dinge über die Fähigkeiten der Leute hinter diesen Wänden gelernt.

Sie waren professionell, organisiert und hatten Zugang zu einigen Hightech-Geräten, die man normalerweise nicht am Arsch der Welt erwarten würde.

Er zog die Beine des Officers an seine Brust und ging ein Stück rückwärts, den Mann mit sich ziehend.

Das Geräusch eines Stöhnens schockierte ihn zutiefst, aber er ließ sich seine Überraschung nicht nach außen hin anmerken. FWO Jones war am Leben. Novak entfernte sich immer weiter von dem riesigen Scheinwerfer und der großen Stahltür, die in etwas eingelassen war, das wie die Front eines Betonbunkers aussah. Da war eine Böschung, sechs Meter dicker Beton und darüber ein hoher Stacheldrahtzaun, der vermutlich das Gelände umgab.

Heimelig.

Als Novak gut sechs Meter von Officer Jones' Waffe entfernt war, legte er die Beine des Mannes sanft auf dem Boden ab und hievte ihn dann über seine Schulter.

Wieder stöhnte Jones, und Novak betete, dass er dem Mann, der langsam aus einer Schusswunde in der rechten Schulter blutete, keinen irreparablen Schaden zufügte. Sobald er den Mann sicher im Griff hatte, drehte sich Novak um und machte sich schnell zurück auf den Weg in den Wald. Mit jedem Schritt betete er, dass er keine Kugel in den Rücken bekam.

„WENN SIE IHN nicht umbringen, werde ich es vielleicht tun", murmelte Charlotte leise und sah zu, wie Novaks strammer nackter Hintern in den Bäumen verschwand.

Die Tatsache, dass er sich selbst in Gefahr gebracht hatte, ohne Rücksprache, ohne seinen haarsträubenden Plan zu besprechen ... Sie wollte diesen nervtötenden Supervisory Special Agent am liebsten erwürgen.

So reagierte sie normalerweise nicht auf Konflikte.

Agent Fontaine schenkte ihr ein besorgtes Lächeln.

„Machen Sie sich keine Sorgen. Er ist ranghöher als Sie. Sie werden keinen Ärger wegen seiner leichtsinnigen Aktion bekommen", beruhigte Charlotte die andere Frau.

Fontaine sagte nichts.

Was für eine beschissene Macho-Aktion war es, sich auszuziehen und an das Tor eines Geländes voller bewaffneter Killer – *vermeintlicher* Killer – zu gehen, um die Leiche des

Mannes zu bergen, was einem Dutzend Hilfssheriffs zuvor nicht gelungen war, ohne es vorher mit ihr zu besprechen?

Es war nicht so, dass ihr der tote Mann und seine Familie nicht leidtaten, aber es würde niemandem helfen, die Leichensammlung zu vergrößern. Und wenn sie mit diesen Leuten reden könnte, würde sie hoffentlich in der Lage sein, die sichere Bergung der sterblichen Überreste des Mannes zu arrangieren, sobald sich die Gemüter und Ängste aller abgekühlt hatten.

Ein Scheinwerfer ging an und blendete sie für eine Sekunde. Sie schirmte ihren Blick ab und beobachtete, wie Novaks klar umrissene Silhouette auftauchte. Er bückte sich und hob den Wildlife Officer über seine Schulter, dann drehte er sich um und ging durch die Bäume zurück, als ob er in einem FKK-Camp spazieren gehen würde.

„Wir sollten wahrscheinlich nicht hinsehen", murmelte Charlotte der anderen Agentin zu und fragte sich, was das Office of Professional Responsibility sagen würde, wenn sie davon erfuhren.

„Das soll wohl ein Scherz sein", schnaubte Fontaine. „Der Körper dieses Mannes ist ein Kunstwerk."

Charlotte hatte versucht, die Tatsache zu ignorieren, obwohl die definierten Muskeln und die schlanke Statur nicht zu übersehen waren. Ihr Puls machte einen kleinen Sprung, und sie schimpfte mit sich selbst, weil sie ihren Arbeitskollegen so angestarrt hatte. Dann seufzte sie. An manchen Tagen fühlte sie sich wie eine alte Jungfer. Sie musste wirklich ein bisschen leben, aber jetzt war nicht die Zeit dafür.

Novak beeilte sich jetzt, aus der direkten Schusslinie herauszukommen, wenn auch nicht aus dem Blickfeld der Kameras, die jede ihrer Bewegungen beobachteten.

Fontaine hatte Novaks Habseligkeiten im Bachbett platziert, außerhalb der Schussweite von dem Gelände aus. Plötzlich begann Novak zu joggen, direkt an ihr vorbei in Richtung des Baches.

„Er ist am Leben", raunte er.

Was zur Hölle? Charlotte eilte ihrem SSA-Kollegen hinterher, nun nicht mehr abgelenkt durch den Anblick von trainierten Bauchmuskeln, dicken Oberschenkelmuskeln oder einem strammen Hintern. Auch nicht von seinem Penis, der ein Stück Anatomie war, dem sie normalerweise nicht begegnete, wenn es um ihre Kollegen ging – und im Moment auch sonst nirgendwo.

Novak legte Officer Jones sanft auf den Boden und begann, die Kleidung von der Wunde in seiner Schulter wegzureißen. „Wo ist der nächste Arzt?"

„Der Gerichtsmediziner", schlug Charlotte vor und ließ sich neben dem verletzten und unterkühlten Officer auf die Knie sinken.

„Drücken Sie hier drauf", befahl Novak.

Charlotte tat, wie ihr geheißen, während Novak sich seine Kleidung wieder anzog.

„Fontaine, rufen Sie den Gerichtsmediziner und sagen Sie ihm, dass wir auf dem Weg zu ihm sind." Novak zog sich hastig an und seine Zähne klapperten. Er schlüpfte gerade in seine Schuhe, als die beiden Hilfssheriffs auf sie zugelaufen kamen.

Plötzlich machten alle so viel Lärm, dass Charlotte nicht mehr hören konnte, was Novak sagte.

„Ruhe!", rief sie. So viel zu ihrem Einfühlungsvermögen.

„Jones ist noch am Leben, aber in schlechter Verfassung." Novak steckte seine Waffen in die verschiedenen

Holster. „An diesem Punkt ist Schnelligkeit der Schlüssel, also werde ich ihn zum Gerichtsmediziner tragen. Einer von Ihnen fordert einen Rettungshubschrauber. Charlotte, Sie müssen weiter Druck ausüben, während ich ihn transportiere."

Novak hob Jones über seine Schulter, sodass die Schusswunde in der Nähe der Mitte seiner Wirbelsäule war. Charlotte zog ihren Daunenmantel aus, um etwas Polsterung zwischen Novaks Rücken und der Eintrittswunde zu schaffen. Dann drückte sie mit einem Unterhemd, das Novak ihr zugeworfen hatte, fest auf die Wunde.

Sie hielt sich an einem Riemen von Novaks Hose fest, und sie bewegten sich schnell im Tandem vorwärts. Eiskaltes Wasser sickerte in ihre Stiefel, als sie den kleinen Bach durchquerten. Fontaine erhellte ihnen mit einer Taschenlampe den Weg. Das Gelände war uneben und holprig, aber Charlotte hielt sowohl den verletzten Mann als auch Novak fest im Griff. Nach weiteren fünf Minuten hörte sie das Geräusch von Menschen, die durch den Wald auf sie zukamen.

„Womit haben wir es zu tun?", fragte der Gerichtsmediziner besorgt.

Novak legte Jones auf ein Fleckchen nackten Bodens, und der Gerichtsmediziner und seine Assistenten übernahmen, schoben sie zur Seite, riefen Anweisungen und legten eine improvisierte Feldinfusion. Ihr Spezialgebiet waren zwar die Toten, aber sie waren alle ausgebildete Mediziner.

Charlotte verschränkte die Arme vor der Brust und versuchte, nicht zu zittern, aber ihre nassen Zehen waren wie Eiswürfel, und ihr Mantel war jetzt ein improvisierter Verband. So viel zu ihrer Vorbereitung.

Etwas Warmes umhüllte sie. Sie sah auf und stellte fest,

dass Novak sein schwarzes Fleece um ihre Schultern gelegt hatte.

Es roch nach ihm.

„Das werden Sie selbst brauchen …“, protestierte sie und zerrte widerwillig daran.

Doch Novak war bereits davongegangen. „Sie brauchen es dringender. Ich kann es mir nicht leisten, dass Sie krank werden. Wir sollten so schnell wie möglich zurück zur Kommandozentrale fahren. Wir haben heute Abend noch viel zu tun.“

KAPITEL FÜNF

CHARLOTTE BLICKTE AUF, als in der Dunkelheit ein Hubschrauber über sie hinwegflog. Der Pilot flog vorsichtig an Tom Harrisons Betonfestung vorbei. Hoffentlich würde nicht noch jemand ein solches Risiko eingehen wie Novak. Je mehr sie darüber nachdachte, wie er gehandelt hatte, ohne sich mit ihr abzusprechen, desto wütender wurde sie.

Er hätte getötet werden können. Und was dann? Ein totaler Krieg, und wer weiß, wie viele Menschen dadurch das Leben verloren?

Seite an Seite liefen die drei den Berg hinunter. Er hatte es eilig, zurückzukommen. Sie versuchte, genug Körperwärme zu erzeugen, um nicht zu erfrieren.

Agent Truman kam ihnen mit dem Fahrzeug entgegen, während vermutlich derselbe Hubschrauber erneut über den Himmel flog, diesmal hoffentlich, um den verwundeten Wildlife Officer in das nächste Traumazentrum zu bringen. Jemand musste den Mann befragen, sobald er das Bewusstsein wiedererlangte – falls er es wiedererlangte.

Auf der Fahrt zurück zur Ranch herrschte eine Totenstille, während der Adrenalinspiegel sank und Charlotte darüber nachdachte, was passiert war.

Truman fuhr eine Schotterstraße hinunter und steuerte

auf ein großes Farmhaus mit einer Reihe von Nebengebäuden sowie einer riesigen Scheune zu.

Maple Tree Ranch stand auf dem Schild.

Rustikal. Urig.

Obwohl Lichter in den Fenstern zu sehen waren, gab es keinen Hinweis darauf, dass sich hier eine größere taktische Einheit niedergelassen hatte. Aufgrund dieser Art von Professionalität war die Critical Incident Response Group des FBI eine der besten Einheiten der Welt. Aber sie und Novak hatten heute Nacht nicht als Einheit gearbeitet.

Am Haupthaus brachte Truman den Geländewagen mit einem hörbaren Seufzer der Erleichterung zum Stehen. Charlotte schob Novaks Fleece auf den Vordersitz und auf seinen Schoß. Auf keinen Fall wollte sie wie ein verknallter Teenager in seine Jacke gehüllt sein, wenn sie ihren Kollegen gegenübertrat. Das war nicht der Eindruck, den sie erwecken wollte.

Außerdem war sie stinksauer.

Sie stieß die Tür auf, ihre Frustration über Novak wuchs mit jeder Sekunde. Assistant Special Agent in Charge Steve McKenzie stand auf der hölzernen Veranda, die Hände ungeduldig in die Hüften gestemmt.

Der Einsatzleiter war eingetroffen.

Er genoss einen guten Ruf innerhalb des FBI und hatte geholfen, einen großen Bombenanschlag auf das Hauptquartier zu verhindern, wodurch zu Jahresbeginn Hunderte, wenn nicht Tausende von Menschenleben gerettet worden waren. Er hatte jahrzehntelange Erfahrung mit weißen Nationalisten. Natürlich wusste niemand, welche Ideologie die Leute vom Eagle Mountain vertraten. Nicht alle Weltuntergangsprepper waren weiße Nationalisten, und nicht alle weißen Nationalisten waren Weltuntergangsprepper.

Ein paar Männer strömten aus dem Haus. Die Verhandlungsführer Eban Winters und Dominic Sheridan standen auf der einen Seite von McKenzie. Zwei Männer vom Geiselrettungsteam, die Jeans und karierte Hemden trugen und wie LL Bean-Katalogmodels aussahen, standen zu McKenzies Linken.

Die Fronten waren geklärt.

Sie stieg die Stufen hinauf, um ihren vorübergehenden neuen Vorgesetzten zu begrüßen.

„Was ist da draußen passiert?" McKenzies Blick war kritisch und prüfend.

Sowohl sie als auch Novak waren blutverschmiert und brauchten dringend eine Dusche, aber zuerst mussten sie etwas besprechen.

Novak ergriff das Wort. „Wie sich herausgestellt hat, war FWO Bob Jones noch am Leben, und wir haben geholfen, ihn zur Behandlung beim Gerichtsmediziner vor Ort zu bringen. Hoffentlich wird er in das nächstgelegene Krankenhaus gebracht." Sein Gesicht verzog sich zu einem Grinsen – denn warum sollte er darauf nicht stolz sein? Und er hatte nicht einmal den ganzen Ruhm geerntet.

„Kann ich kurz mit Ihnen sprechen, Boss?" Charlotte versuchte, möglichst neutral zu klingen. Novak hatte einem Mann das Leben gerettet, allerdings ohne den anderen einen Hinweis auf seine Absichten oder Beweggründe zu geben.

McKenzie musterte erst sie und dann Novak mit zusammengekniffenen Augen, als ob die Spannung zwischen ihnen greifbar wäre. Auch ihre Verhandlungskollegen tauschten besorgte Blicke aus.

Sie alle gingen ins Hauptwohnzimmer, wo ein Feuer im

Kamin brannte.

So sehr sie sich auch danach sehnte, sich direkt vor die Flammen zu stellen, blieb sie, wo sie war, und räusperte sich. „Könnten wir unter sechs Augen sprechen, Sir? Wir drei?" Charlotte deutete auf Novak. Sie wollte nicht vor allen anderen aussprechen, was sie zu sagen hatte.

McKenzie runzelte wieder die Stirn, dann ging er ihnen voraus zu den Flügeltüren, die in einen kleineren Nebenraum führten. In dem Raum standen ein paar lederne Zweisitzer, die sich gegenüberstanden, die Wände waren mit Bücherregalen gesäumt, und auch hier brannte ein Feuer im Kamin. Zu einem anderen Zeitpunkt hätte Charlotte die schöne Einrichtung bewundert, aber im Moment war sie zu wütend.

McKenzie verschränkte die Arme vor der Brust. „Gibt es ein Problem?"

Charlotte ignorierte ihr körperliches Unbehagen. Die gefrorenen Zehen und die eisige Kälte, die ihr in die Knochen kroch. „Ich habe ein Problem mit dem Verhalten von SSA Novak heute Abend." Sie erklärte genau, was vorgefallen war. „Er hat sich weder mit mir beraten, noch das Protokoll befolgt", beendete sie.

„Welches Protokoll? Es gibt keine Standardprozedur für die Bergung von Toten oder Verwundeten außerhalb paramilitärischer Komplexe auf US-Boden." Novak kam ihr so nahe, dass sie den holzigen Geruch seiner Haut riechen konnte. Vielleicht wollte er sie einschüchtern, aber dann machte er einen abrupten Schritt zurück, als ob ihm aufgefallen wäre, dass er möglicherweise bedrohlich wirkte. „Klingt fast so, als wären Sie sauer, weil ich diesem Mann das Leben gerettet habe."

Sie straffte die Schultern. „Deswegen bin ich nicht sauer.

Sie hätten dabei sterben können. Sie hätten das Leben anderer Menschen in Gefahr bringen können, wenn wir gekommen wären, um Sie zu retten."

„Ich glaube nicht, dass ich mir Sorgen machen muss, dass Sie sich meinetwegen in Gefahr begeben." Bitterkeit schwang in jeder Silbe mit.

„Was soll das heißen?", knurrte Charlotte. „Wollen Sie damit sagen, ich sei feige? Denken Sie, ich würde Sie nicht retten? Sie beschützen?"

Novak blinzelte, als sei er durch ihre heftige Reaktion verunsichert, aber er blieb bei seinem Argument. „Wäre es Ihnen lieber, der Mann wäre noch da draußen und würde verbluten?"

Charlotte presste frustriert die Lippen zusammen. „Natürlich nicht."

„Es ist mein Job, Zivilisten und Geiseln zu schützen."

„Das ist auch mein Job", stieß sie hervor.

„Dann hätten Sie sich vielleicht ausziehen und ihn holen sollen."

Verspottete er ihre Tapferkeit oder ihre Stärke oder die Tatsache, dass sie eine Frau war? „Der Punkt ist, dass wir als Team zusammenarbeiten sollten. Warum haben Sie sich nicht dreißig Sekunden Zeit genommen, um Ihren Plan mit mir zu besprechen, bevor Sie da rausgegangen sind?"

„Weil ich wusste, dass Sie versuchen würden, mich aufzuhalten", gab er zu.

Wut zerrte an ihren Nerven. „Sie sind also davon ausgegangen, ich wäre unvernünftig."

„Wir sitzen nicht alle hinter einem Schreibtisch, SSA Blood." Novak verdrehte die Augen. „Ich habe eine Ermessensentscheidung getroffen." Er sah McKenzie an.

Charlotte hatte fast vergessen, dass er auch da war. „Ich habe angenommen, dass die Leute auf dem Gelände schießen würden, um sich vor einem Angriff zu schützen, aber dass sie nicht auf jemanden schießen würden, der offensichtlich keine Bedrohung für sie darstellt."

„Sie sind ein großes Risiko eingegangen", stimmte McKenzie Charlotte zu.

Sie warf ihm einen dankbaren Blick zu.

„Ein kalkuliertes Risiko", korrigierte Novak.

„SSA Novak ist eine tickende Zeitbombe", behauptete Charlotte.

„Nun, wenn es nach Ihnen gegangen wäre, *SSA Blood*, hätte Bob Jones die Nacht nicht überlebt. Er wäre erfroren oder verblutet, und niemand hätte etwas davon gewusst. Ob ich das Protokoll befolgt habe oder nicht, ist nebensächlich. Ich habe vorausschauend und so sicher gehandelt, wie es mir unter den Umständen möglich war. Hätten wir es auf Ihre Art gemacht, wüssten wir nicht einmal, dass er so lange überlebt hat."

Charlotte zuckte zusammen, denn er hatte nicht ganz unrecht. Auch wenn es nicht ihre Schuld war, dass sie angenommen hatte, die anderen Ordnungskräfte hätten die Situation richtig eingeschätzt. Die Tatsache, dass sie darauf gedrängt hatte, heute Abend auf den Berg zu gehen, schien Novak ebenfalls entfallen zu sein.

„SSA Novak, wenn Sie eine Todessehnsucht haben, würde ich das gerne wissen, bevor wir zusammenarbeiten", erklärte McKenzie leise. „Ich muss mich schon mit dem gottverdammten FBI-Direktor und Präsident Joshua Hague persönlich herumschlagen, die stündliche Updates fordern. Da will ich mich nicht auch noch mit irgendwelchem Macho-

Gehabe beschäftigen."

„Ich habe keine Todessehnsucht, Boss. Aber manchmal erfordert eine Situation sofortiges Handeln, ohne sie zu Tode zu reden."

Charlottes Augen weiteten sich. „Sie haben mir nicht einmal die Chance gegeben, Ihnen zuzustimmen oder zu widersprechen."

„Genug", schaltete sich McKenzie mit einer Handbewegung ein. „Sie beide können offensichtlich nicht zusammenarbeiten –"

„Das habe ich nie gesagt", sagten sie beide unisono.

McKenzies Augenbrauen zuckten.

Charlotte war genauso überrascht wie McKenzie, dass Novak ihr zustimmte. „Ich will einfach nicht, dass SSA Novak in gefährlichen Situationen einseitige Entscheidungen trifft. Wir müssen jederzeit richtig kommunizieren."

Novak lehnte sich zurück. „Wenn ich das nächste Mal beschließe, mich nackt im Wald auszuziehen, werden Sie es als Erste erfahren."

Sie starrte ihn an, aber seine Worte riefen Erinnerungen an seinen durchtrainierten Körper hervor und lösten eine Reaktion in ihr aus, von der sie sicher war, dass sie nicht von ihm beabsichtigt gewesen war. Gott bewahre, dass er es herausfand. „Die Verhandlungsführer müssen darauf vertrauen können, dass das Geiselrettungsteam uns nicht hintergeht und uns als Idioten oder Lügner hinstellt. Sie wissen, dass das nach hinten losgehen kann."

„Denken Sie beide wirklich, dass Sie wie Profis zusammenarbeiten können? Es stehen nicht nur Ihre Jobs auf dem Spiel, sondern auch meiner. Das hat der Direktor mehr als deutlich gemacht." In McKenzies Gesicht war keine Spur von

Humor zu erkennen.

Sie warf einen Blick auf Novak. „Ja."

„Ja, Sir."

McKenzie nickte. „Die Uneinigkeit zwischen Ihnen beiden kostet uns bereits Zeit, und ich bin nicht überzeugt."

„Ich bin gerne bereit, mit SSA Novak zu arbeiten, wenn er sich bereit erklärt, sich in Zukunft mit mir zu beraten. Ich bin wegen meines Fachwissens hier; nicht um herumzusitzen und den Mund zu halten", erklärte Charlotte.

Novak trat vor. „Ich werde dafür sorgen, dass SSA Blood besser über meine Entscheidungen informiert wird, Sir. Ich bin wegen der Mission hier, nicht wegen internem Gezänk."

Sie warteten darauf, dass McKenzie eine Entscheidung traf.

„Wie viele Verhandlungsführer haben wir vor Ort?", fragte McKenzie.

„Im Moment vier. Morgen früh kommt noch einer aus San Francisco dazu."

„Organisieren Sie noch zwei weitere Verhandlungsführer. Es ist mir egal, wie Sie das anstellen. Dies ist eine Priorität des FBI, und der Direktor hat mir zugesichert, dass ich alles bekomme, was ich brauche."

„Ja, Sir." Das war eine Menge Personal, aber das bedeutete, dass sie in Acht-, statt in Zwölf-Stunden-Schichten arbeiten konnten, vorausgesetzt, es gelang ihnen, die Leute, die sich auf dem Gelände versteckten, zum Reden bringen.

Novak zog sein blutverschmiertes Hemd demonstrativ vom Körper weg. „Wenn es Ihnen nichts ausmacht, Sir, möchte ich mir das Blut von Bob Jones abwaschen und dann noch vor dem Morgen meine Scharfschützen in Position bringen."

„Wir dürfen die Situation nicht sichtbar eskalieren lassen“, warf Charlotte schnell ein.

„Eine Machtdemonstration wird ihnen zu verstehen geben, dass die Regierung es ernst meint, und dass sie sich nicht mit ihr anlegen sollten.“ Novak klang wohlwollend, abgesehen von dem Hauch von Ärger, den er zu verbergen versuchte.

„Irgendwie bezweifle ich, dass die Entsendung von schwer bewaffneten Einsatzkräften die Leute auf dem Gelände beruhigen und ihnen signalisieren wird, dass wir dieses Problem friedlich lösen wollen“, erklärte sie ruhig. Sie war sich nicht sicher, ob ihr nicht der Kopf explodieren würde, aber sie musste vernünftig wirken und ein Teamplayer sein. Sie wusste genau, wer von ihnen ersetzt werden würde, wenn McKenzie beschloss, dass sie nicht zusammenarbeiten konnten, und es war nicht Novak.

Charlotte fuhr fort: „Sorgen Sie dafür, dass die Polizisten sich weit vom Eingang zurückziehen, damit das Vorgehen weniger aggressiv wirkt. Wir sind in den letzten Jahren erfolgreich mit Belagerungen wie dieser umgegangen, indem wir Geduld und Zurückhaltung bewiesen haben.“

„Es gibt eine Zeit für Zurückhaltung und eine Zeit für Gewalt. Auch wenn ich ebenfalls der Meinung bin, dass wir im Moment mit Ersterem fortfahren müssen, müssen wir auf Letzteres vorbereitet sein“, antwortete Novak.

„Einverstanden.“ Charlotte nickte. Vorbereitung war der Schlüssel.

Novak nickte entschlossen, auch wenn sich seine Augenbrauen überrascht hoben.

„Ich bin immer noch nicht ganz davon überzeugt, dass Sie beide gut zusammenarbeiten werden.“ McKenzie blickte die beiden lange und intensiv an. „Viele Fehler, die in der Vergangenheit begangen wurden, wurden dadurch verschlimmert, dass die Verantwortlichen nicht miteinander kommuniziert haben. Indem sie einander nicht zugehört haben."

„Natürlich." Sie berichtete neuen Rekruten oft von vergangenen Fehlern. Es war schön, einen Einsatzleiter zu haben, der ihre Gedanken zu diesem Thema teilte.

„Also, wenn Sie beide wirklich glauben, dass Sie zusammenarbeiten können ...", sagte McKenzie.

Charlotte lächelte aufmunternd.

Novak verschränkte die Arme und senkte das Kinn.

„Es wird ein paar Änderungen geben."

Charlotte gefiel nicht, wie sich das anhörte.

„Was genau meinen Sie, Sir?", fragte Novak.

„Ich mache Sie zu Partnern", verkündete McKenzie. „Damit meine ich, dass Sie beide die nächsten zweiundsiebzig Stunden wie siamesische Zwillinge miteinander verbringen werden, und wenn Sie mich nicht davon überzeugen können, dass Sie in dieser Zeit effektiv zusammenarbeiten können, werden Sie beide nach Quantico zurückgeschickt."

Charlotte runzelte die Stirn. „Wie soll ich mein Verhandlungsteam leiten, wenn ich den ganzen Tag zu Treffen des Geiselrettungsteams mitgehen muss?"

„Und andersherum." Novak runzelte die Stirn.

„Deshalb will ich mehr Verhandlungsführer. Mindestens drei Zweierteams mit SSA Blood, die alles überwacht. Sie beide haben kompetente Leute, die unter Ihnen arbeiten und diese Sache mit verbundenen Augen meistern können. Korrekt?"

Zögernd nickten Novak und sie.

„Wir alle wissen, dass es bei Situationen wie dieser, wenn

es keine Geiseln gibt –", begann McKenzie.

„Wir wissen nicht mit Sicherheit, dass es keine Geiseln gibt", gab Novak zu bedenken.

„– Wochen oder sogar Monate dauern könnte, bis es zu einer Lösung kommt." McKenzie ignorierte den Teamleiter des Geiselrettungsteams. „Ich will nicht monatelang hier sein. Ich möchte Weihnachten mit meiner Verlobten zu Hause verbringen, aber das ist irrelevant. Wichtig ist, dass alle in diesem Lager lebend herauskommen und dass derjenige, der die Frau getötet und die beiden Gesetzeshüter angeschossen hat, verhaftet und entsprechend verurteilt wird. Dann können wir diese Leute hoffentlich in Ruhe lassen, damit sie ebenfalls die Feiertage nach ihren Vorlieben verbringen können."

McKenzies Augen funkelten. „Es wird eng werden. Am Ende des Flurs ist ein Kinderzimmer, in dem ein Stockbett steht. Das können Sie sich teilen. Es sei denn, Sie haben Einwände aufgrund von Geschlechtertrennung?"

Sie schüttelte den Kopf.

„Teilen Sie sich die Zeit zwischen den Aufgaben, die erledigt werden müssen, ein. Ich möchte, dass Sie gemeinsam frühstücken, zu Mittag und zu Abend essen und zur gleichen Zeit im gleichen Zimmer schlafen. Wie siamesische Zwillinge, bis ich weiß, dass ich darauf vertrauen kann, dass Sie sich gegenseitig respektieren und einander in alle wichtigen Entscheidungsprozesse einbeziehen. Einwände?"

Wütende Proteste schrien ihr durch den Kopf, aber wenn sie auch nur einen davon äußern würde, wäre sie aus dem Fall raus.

„Von mir nicht. Sie hat mich sowieso schon nackt gesehen", scherzte Novak.

„Was nicht wieder vorkommen wird, SSA Novak",

schnauzte McKenzie.

Novak straffte die Schultern. „Natürlich nicht. Ich habe nur gescherzt."

„SSA Blood? Irgendwelche Einwände?"

Charlotte schüttelte den Kopf. Sie war fassungslos über diese Wendung der Ereignisse.

„Charlotte?", drängte McKenzie. „Wollen Sie als Verhandlungsführerin mit einem der anderen tauschen?"

Wut rauschte durch ihr Blut und ihre Hände zitterten. Tauschen, weil sie nicht mit einem Mann ein Zimmer teilen wollte, den sie nicht kannte und dem sie nicht vertraute?

„Nein, Sir."

McKenzie blickte immer noch zweifelnd drein. „Gehen Sie sich waschen, alle beide. Und lassen Sie mich wissen, wo wir uns in dreißig Minuten zur ersten Besprechung treffen."

„Ja, Sir." Charlotte wandte sich ab, erstaunt über McKenzies Entscheidung. Novak sah genauso schockiert aus.

Na toll. Das war einfach großartig. Jetzt musste sie versuchen, Frieden zu schließen, während sie sich mit jeder Faser ihres Seins fühlte, als wäre sie im Krieg.

WÜTEND SCHRUBBTE SICH Novak die Seife von der Haut, während er sich das getrocknete Blut vom Körper wusch. Die Tatsache, dass seine SSA-Kollegin versucht hatte, ihn schlecht zu machen und ihn zurechtzuweisen, war ein Tritt in die Magengrube. Seine Aktionen mochten zwar unkonventionell sein, aber sie waren erfolgreich gewesen, und jede Alternative hätte mit ziemlicher Sicherheit den Tod eines Menschen zur Folge gehabt. Zum Beispiel von Bob Jones.

Er spülte die Flecken aus seinem Hemd, und nach ein paar Minuten unter dem heißen Strahl wusch er sich die Haare.

Er stieg aus der Dusche, wickelte sich ein Mikrofaserhandtuch um den Körper und trocknete sich schnell die Haare. Eines seiner Teammitglieder hatte seine Reisetasche wie gewünscht vor die Badezimmertür gelegt, sodass er wenigstens frische Kleidung zum Anziehen hatte. Er wrang sein nasses T-Shirt im Waschbecken aus, zog eine saubere Hose und ein T-Shirt an und verstaute seine Waffen in den Holstern. Endlich fühlte er sich wieder wie ein menschliches Wesen.

Er konnte es nicht fassen, dass er die nächsten Tage mit Ms. Selbstgerecht verbringen würde, aber er hatte in den letzten Jahren schon Schlimmeres ertragen müssen. Deutlich Schlimmeres. Er hoffte nur, dass sie damit zurechtkam und nicht jedes Mal, wenn er sie schief ansah, zum Chef lief, um zu jammern.

Sobald die Dinge reibungslos liefen, und sie nicht mehr versuchten, sich gegenseitig die Augen auszukratzen, war er sich sicher, dass McKenzie dieses Arrangement auflösen würde. Novak würde zu seinem Team zurückkehren. Und sie würde zurück zu ihren Leuten gehen. Sie mussten nur beweisen, dass sie miteinander kommunizieren und ohne Blutvergießen auskommen konnten.

Er hob den Haufen schmutziger Kleidung auf und beschloss, sich auf die Suche nach einer Waschmaschine zu machen. Er trat in den leeren Korridor. Der Rest des Geiselrettungsteams war in der Scheune und ein paar Nebengebäuden einquartiert worden, und er hasste es, von ihnen getrennt zu sein. Seine Männer waren damit beschäftigt, die Ausrüstung zu überprüfen und sich einzurichten und um das beste Stockbett zu kämpfen.

Und er war stattdessen hier und wartete darauf, dass Charlotte Blood sich fertig machte. Er unterließ es, ungeduldig mit dem Fuß zu tippen. Er war noch nie einer Frau begegnet, die weniger als zwanzig Minuten brauchte, um sich die Haare zu waschen oder die Beine zu rasieren oder was auch immer sie sonst so im Bad trieben. Er stand nur dann so lange unter der Dusche, wenn er weibliche Gesellschaft hatte. Das Bild von Charlotte Blood, die nackt unter einem Wasserstrahl stand, tauchte plötzlich vor seinem geistigen Auge auf.

Oh, nein.

Nein, verdammt.

Er wollte nicht auf diese Weise über diese unglaublich nervtötende Agentin nachdenken. Sicher, sie war hübsch und hatte einen heißen Körper. Aber nichts davon machte die Tatsache wett, dass sie eine fromme Besserwisserin war, die ihm bei seiner Arbeit im Weg stand und ihn generell in den Wahnsinn trieb.

Nein.

Wenn er mit ihr ein Zimmer teilte, konnte er sie auf keinen Fall als Frau betrachten und sie schon gar nicht attraktiv finden. Er hatte zu lange und zu hart gearbeitet, um gemaßregelt zu werden, nur weil jemand etwas an seinen Methoden auszusetzen hatte – beziehungsweise nicht damit klarkam, dass er die Eier hatte, seinen verdammten Job zu machen – oder einfach beschlossen hatte, ihn in die Pfanne zu hauen. Auch wenn sie dabei verdammt sexy war …

Verdammt, *nein.* Er schüttelte den Kopf.

Was zum Teufel war nur los mit ihm? Er biss die Zähne zusammen, um das Bild der sinnlichen Agentin aus seinem Kopf zu verdrängen.

Er schien eine Schwäche für Frauen zu haben, die sich mit ihm anlegten. Ihn ärgerten. Seine Karriere sabotierten. Ihn unterminierten. Ihn verurteilten. Ihn abwerteten.

Er hatte das schon einmal erlebt.

Gedanken an seine Ex wollten in seinen Kopf eindringen, aber er verdrängte sie. Sie hatte seine Meinung ganz bestimmt nicht für wichtig gehalten, also wollte er seine Gedanken nicht an vergangene Misserfolge verschwenden.

Die Badezimmertür neben ihm öffnete sich. Charlotte Blood erschien in schwarzen Leggings und einem haferflockenfarbenen Rollkragenpullover. Ihr nasses Haar war jetzt dunkler und klebte an ihrem Kopf. Die klaren blauen Augen waren riesig, und dunkle Ringe überschatteten die zarte Haut darunter. Sie wirkte müde und verletzlich und ganz und gar nicht wie der Hitzkopf von vorhin. Sie hielt ebenfalls einen Haufen schmutziger Wäsche in den Armen.

Seine Wut verpuffte. Die Tatsache, dass sie sich ihm gegenüber behauptet hatte, zeigte Mut. Und sie hatte es nicht hinter seinem Rücken getan, was Ehrlichkeit und Mut bewies. Sie mussten zusammenarbeiten, also konnte er genauso gut anfangen, höflich zu sein, damit sie die Sache beschleunigen konnten. Er räusperte sich. „Ich werde die Sachen in die nächste Waschmaschine werfen, damit sie bis morgen früh trocken sind."

„Gute Idee. Ich bringe nur meinen Waschbeutel ins Zimmer, dann komme ich runter und mache das Gleiche."

„Ich kann sie mitnehmen." Er streckte seine Hand aus. „Wenn Sie möchten."

„Okay. Danke." Sie sah überrascht aus und zögerte, das Angebot anzunehmen. Dachte sie, er wüsste nicht, wie man eine Waschmaschine bediente?

„Wir treffen uns in fünf Minuten in der Küche. Wir sollten eine Kleinigkeit essen, bevor wir uns entscheiden, wen wir zuerst briefen“, sagte sie, ihre Klamotten immer noch umklammert.

Er streckte noch einmal seine Hand aus. Ein Olivenzweig. Charlotte reichte ihm die durchnässte, schmutzige Kleidung. Auch sie hatte versucht, die Blutflecken herauszuwaschen.

McKenzie erschien am Ende des Korridors und sprach in sein Handy. Perfekt. Sollte er doch sehen, wie nett und höflich sie waren. Wie sie kooperierten. Er und Charlotte lächelten beide wie Gefangene, die auf Bewährung entlassen werden sollten.

Der Einsatzleiter nickte knapp und bog wieder um die Ecke am Ende des Korridors.

„Haben Sie noch einen Mantel?“, fragte er Charlotte. Es war zu kalt draußen, um ohne Jacke herumzulaufen.

Sie schüttelte den Kopf. „Ich habe der Verhandlungsführerin, die morgen ankommt, eine Nachricht geschickt und sie gebeten, auf dem Weg zum Flughafen einen zu besorgen.“

Er nickte. Er würde versuchen, in der Zwischenzeit etwas bei den Jungs aufzutreiben, denn seine Sachen wären ihr viel zu groß. Außerdem war ihm aufgefallen, dass sie ihre Stiefel gegen den Heizkörper gelehnt hatte. Sie waren nass geworden, als sie Officer Jones in Sicherheit gebracht hatten. Hoffentlich waren sie bis zum Morgen trocken, sonst würde es ein Problem sein, wenn sie für längere Zeit draußen waren.

Verdammt. Er musste aufhören, sich Sorgen um sie zu machen. Trotz ihres zarten blonden Aussehens war sie eine knallharte Agentin, die, ohne mit der Wimper zu zucken, auf ihn losgegangen war. Es gab Männer, die das nicht tun würden.

Aber er kümmerte sich um seine Leute – ein Team war nur so stark wie sein schwächstes Glied, und man wurde zum schwächsten Glied, wenn man in Überlebenssituationen Dinge wie nasse Stiefel oder Sorgfalt vernachlässigte. Charlotte war jetzt Teil seines Teams, ob er es wollte oder nicht.

Sie verschwand in ihrem Zimmer – ihrem *gemeinsamen* Zimmer. Die Vorstellung ließ ihn erschaudern. Wann hatte er das letzte Mal mit einer Frau ein Zimmer geteilt? Vor Jahren. Offensichtlich ging er manchen Leuten auf die Nerven, meist Frauen, mit denen er schlief, seiner Beziehungsbilanz nach zu urteilen.

Er ging die Hintertreppe hinunter in die Küche und den Waschraum, wo er eine Maschine in Industriegröße vorfand. Er stopfte alles hinein. Ein jadegrünes Seidenteil fiel auf den Boden, und er hob das Höschen schnell auf und warf es in die Maschine. Er wollte sich nicht vorstellen, wie Charlotte Blood darin aussah, und er wollte auch nicht darüber nachdenken, was sie vielleicht gerade trug.

Er schloss die Augen und schlug seinen Kopf gegen die Oberseite der Waschmaschine. Er. Mochte. Sie. Nicht. Einmal.

Aber seit wann war es notwendig, jemanden zu *mögen*?

Er knurrte.

„Alles in Ordnung?", fragte Charlotte hinter ihm.

Er nahm einen langen, beruhigenden Atemzug. „Alles bestens." Er fand das Waschpulver, gab eine Kappe voll in das dafür vorgesehene Fach und startete den Waschgang. „Werfen wir eine Münze, wen wir zuerst briefen."

„Eigentlich", sie hob ihre Hand wie eine Lehrerin in der ersten Klasse. „Ich hatte da eine Idee."

Er wappnete sich.

„Holen wir die Verhandlungsführer in dem Raum ab, wo

sie das Kommunikationssystem aufgebaut haben, und bringen sie in die Scheune. Dann halten wir eine komplette Teambesprechung mit dem Geiselrettungsteam ab. So können wir alle schneller auf den neuesten Stand bringen."

Er sah sie überrascht an. „Die Idee ist gut."

„Ich habe meine Momente", erwiderte sie trocken.

Er grinste sie an. Das würde ein Kinderspiel werden.

KAPITEL SECHS

„WAS DENKST DU tun sie, Dad? Es hat sich nichts mehr getan. Sind sie weg?" TJ wusste, dass es Wunschdenken war, aber als Malcolm schnaubte, fühlte er sich wieder, als wäre er zehn Jahre alt.

Sein Vater seufzte und behielt ein Auge auf den Fernsehmonitoren und ein Auge auf den Überwachungskameras. „Nein, mein Sohn. Sie sind da draußen. Sie bereiten sich vor. Ich schätze, der Kerl, der hier nackt reingekommen ist, war wahrscheinlich entweder von einem SWAT-Team oder dem Geiselrettungsteam des FBI. Bestimmt wägen sie das Für und Wider unserer Abwehrmaßnahmen ab. Die Tatsache, dass sie unsere Kameras nicht abgeschaltet haben, ist bezeichnend. Sie wollen uns ein falsches Gefühl der Sicherheit geben. Wahrscheinlich werden sie zuerst versuchen, mit uns zu verhandeln."

TJs Stimmung sank. Er hatte gehofft, dass der Mangel an Bewegung auf Seiten der Polizisten bedeutete, dass sie sie in Ruhe lassen würden, zumal der Wildlife Officer am Leben war, zumindest laut den Nachrichten. Erleichterung hatte TJ bei dieser Ankündigung erfüllt. Vielleicht gab es ja doch noch einen Weg, dieses Chaos zu beheben.

Auf den Nachrichtensendern liefen Endlosschleifen von Filmen, die Umweltschützer, Holzfällerfahrzeuge und alte

Luftaufnahmen zeigten. Der größte Teil ihres Hauses war unterirdisch, versteckt unter dem Garten, in dem sie Gemüse anbauten.

Es gab eine Menge Spekulationen darüber, woran sie glaubten und ob sie eine Sekte waren oder nicht, was Blödsinn war. Die Medien benutzten das Wort Sekte, um den Leuten Angst zu machen. Manchmal gingen die Leute hier in eine Kirche in der Stadt, aber meistens beteten sie angeleitet durch seine Mutter. Malcolm hatte das nach ihrem Tod übernommen. Das machte sie nicht zu einer Sekte – es machte sie autark.

Sein Vater hatte das Anwesen gekauft und umgebaut, um die Ängste seiner Mutter zu lindern und der Welt zu entfliehen, aber dann waren immer mehr Leute vor ihrer Tür aufgetaucht und hatten um Zuflucht gebeten, seine Mutter hatte selten jemanden abgewiesen. Sie waren ihre Familie, ob sie es wollte oder nicht.

Über alle vier Fernsehbildschirme, die in eine Wand eingelassen waren, flackerte das Bild einer schwarzen Frau, die einen Hosenanzug trug. Sie stand vor dem Krankenhaus, in das der Wildlife Officer gebracht worden war. Bob Jones war sein Name.

TJ wurde flau im Magen. War er gestorben?

„Macht mal lauter", forderte Tom und zeigte auf die Nachrichten.

Laut der Aufschrift auf dem Bildschirm war die Frau im Anzug die Pressesprecherin des FBI. Sie begann ihr Statement mit der Nachricht, dass der Wildlife Officer die Operation überstanden hatte und sich voraussichtlich vollständig erholen würde.

„Der Aussage von FWO Jones zufolge, ist er auf die Leiche

einer jungen Frau gestoßen, während er seinen offiziellen Strafverfolgungspflichten nachgegangen ist, und hat ihren potenziellen Angreifer verfolgt. Daraufhin ist der Verdächtige in ein bewachtes Gebäude auf dem Eagle Mountain geflohen. Die Leute in dem Gebäude begannen, auf FWO Jones zu schießen, als er versuchte, den Angreifer zu verhaften."

Scheiße. TJ spürte, dass die Augen aller auf ihn gerichtet waren, wandte seinen Blick aber nicht vom Bildschirm ab.

Die Agentin beendete ihre Aussage damit, dass sobald der Sheriff gekommen war, um seine Untersuchung durchzuführen die Leute hier auf sie geschossen und einen weiteren Hilfssheriff verletzt hatten, woraufhin das FBI die Sache übernommen hatte. Die Pressesprecherin schaute in die Kamera. „Wir hoffen auf eine friedliche Lösung, aber wir möchten alle Personen in der Gegend befragen, die möglicherweise Informationen zu der jungen Frau haben, die auf dem Eagle Mountain tot aufgefunden wurde, ebenso wie zu den anschließenden Schüssen auf die Ordnungskräfte."

Die Stille fühlte sich an wie Blei, das gegen TJs Schädel drückte.

„Du hast jemanden ermordet?", rief Malcolm aus.

TJs Kopf schoss nach oben. „Natürlich nicht."

Aber die Worte der FBI-Agentin verdammten ihn als Lügner. TJ sah sich in einem Raum voller Augen um, die ihn mit Abscheu und Ekel betrachteten. „Ich habe ein Mädchen gefunden", gab er zu.

Tränen schossen ihm in die Augen, weil er über Kayla sprach, als wäre sie irgendeine unbekannte Fremde gewesen. Nichts. Niemand. Unwichtig. Aber er konnte nicht zugeben, dass er sie gekannt hatte.

„Ich bin zu ihr gegangen, um ihren Puls zu prüfen, und

dann ist dieser Typ aufgetaucht." Er zeigte auf den Bildschirm, der ein offizielles Foto von FWO Bob Jones zeigte, der in die Kamera grinste.

Brennende Wut stieg in ihm auf. Die Medien stellten den Wildlife Officer als Held dar und TJ als feigen Mörder, und die einzige Person, die wirklich zählte, war die, die gestorben war.

„Ich bin weggerannt, bevor er mich verhaften konnte. Er hat versucht, mir in den Rücken zu schießen." Seine Stimme war heiser. „Ihr hättet dasselbe getan. Ich weiß nicht, was mit dem Mädchen passiert ist. Ich kannte sie nicht." Er fühlte sich wie ein Judas. Sein Magen verkrampfte sich bei der Lüge. Aber sie war tot, und er konnte nichts tun, um sie zurückzubringen. „Als ich sie gefunden habe, war sie schon tot. Vielleicht hat er sie getötet und beschlossen, mir die Schuld in die Schuhe zu schieben." TJ zeigte auf den Bildschirm. Sein Herz klopfte, und Schweiß brach ihm auf der Stirn aus.

Selbst sein Vater sah nicht überzeugt aus.

Malcolm grinste. „Das ist eine verrückte Geschichte, TJ."

TJ blinzelte. Es klang tatsächlich verrückt.

„Ich denke schon", gab er langsam zu. „Ich würde es wahrscheinlich auch nicht glauben, wenn ich nicht sicher wäre, dass es so passiert ist. Aber es ist die Wahrheit. Das schwöre ich."

Sein Vater saß erschöpft auf einem Stuhl vor den Monitoren und hielt seinen Kopf in seinen Händen. TJs Herz zog sich zusammen, als er sah, dass er seinetwegen litt.

„Ich würde sagen, wir geben den Bullen, was sie wollen, und schicken TJ raus, damit er sich den Konsequenzen für seine Taten stellt, wie es sich für einen Mann gehört." Malcolm erhob seine Stimme und es gab ein zustimmendes Gemurmel.

„Es reicht." Sein Vater blickte auf. „Dies ist mein Land,

und TJ bleibt hier bei mir. Wenn einer von euch ein Problem damit hat, könnt ihr gerne gehen." Tom starrte Malcolm an, bis der andere Mann seinen Blick abwandte. „Irgendjemand?"

Keiner rührte sich.

„Dad." TJ trat vor. „Vielleicht sollte ich mich wirklich stellen? Die Sache mit den Bullen klären, damit niemand mehr verletzt wird."

„Glaubst du, sie werden einem Jungen wie dir mehr glauben als einem ihrer eigenen Leute?"

TJ schüttelte den Kopf.

„Was glaubst du, für wen ich dieses Gebäude gebaut habe, mein Sohn?" Die Stimme seines Vaters wurde ärgerlich. „Was glaubst du, wen deine Mutter und ich beschützen wollten?" In den braunen Augen seines Vaters lag ein ungewohnter Glanz, bei dem TJs Kehle vor Rührung schmerzte.

„Ich will nicht, dass noch jemand verletzt wird." TJ schaute zwischen den anderen Männern im Raum umher, die Verurteilung in ihren Gesichtern war deutlich zu sehen. „Und ich will beweisen, dass ich unschuldig bin."

Sein Vater schüttelte den Kopf. „Dieses Land bricht auseinander. Ich traue der Justiz nicht einmal so weit, wie ich spucken kann, und ich werde ganz bestimmt *nicht* meinen Sohn in Gefahr bringen." Sein Vater drückte die allgemeine Sprechanlage. „Jeder, der gehen will, muss seine Sachen packen und in den nächsten zwei Stunden hier raus sein. Keiner wird versuchen, euch aufzuhalten. An alle, die bleiben ... Ich kann nicht für eure Sicherheit garantieren. Diejenigen, die bleiben, übernehmen vierstündige Wachen an den Vorder- und Hinterausgängen. Zwei Männer an jedem Eingang. Zwei weitere im Überwachungsraum. Keiner schießt, außer wir werden angegriffen. Alle anderen gehen schlafen.

Wir werden den Schlaf brauchen.“

Das Telefon, das an der Wand befestigt war, begann zu klingeln.

Die Männer im Raum sahen sich schockiert an. TJ hatte nicht einmal gewusst, dass es funktionierte. Niemand rief jemals diese Nummer an. Das konnte nur eines bedeuten. Sein Vater ging seelenruhig zur Wand hinüber und zog den Stecker aus der Steckdose. Die Stille fühlte sich wie ein unheilvolles Vorzeichen an.

KAPITEL SIEBEN

CHARLOTTE ZITTERTE, ALS sie nach draußen trat, und war sich SSA Novak, der ihr folgte, deutlich bewusst. Eban hatte ihr gesagt, dass sich die Verhandlungsführer in einem Gebäude ein paar Schritte vom Hintereingang des Haupthauses der Ranch entfernt niedergelassen hatten. Wenn man bedachte, dass sie sich vorgestellt hatte, dass sie irgendwo auf der Rückseite einer Tankstelle arbeiten würden, glich dieser Ort einem Palast.

Im Inneren sah es aus wie in einer kleinen Kantine. Es gab einen einfachen Küchenbereich und einen großen offenen Raum, in dem die Verhandlungsführer vier Tische vor einer Wand zusammengeschoben hatten, an die mehrere weiße Papierseiten gepinnt waren. Max Hawthorne war dabei, Überschriften auf die Blätter zu schreiben.

Sie ertappte Novak dabei, wie er ihre große „Merkliste"-Tafel betrachtete, die sie überall mit hinnahmen und auf der stand, wie sie vorzugehen hatten, damit sie nicht vom Weg abkamen, falls ein Gespräch einmal etwas hitziger wurde. Dazu gehörten „Aktives Zuhören" und „mitfühlende Worte".

Seine Augenbrauen wanderten nach oben.

Die erste Zeile lautete: „Wut abbauen und Verbindung herstellen". Eine andere: „Mit Vornamen ansprechen" sowie „Keine wertende Sprache – ZUHÖREN!"

Sie musste ihr Verhandlungsgeschick im Umgang mit Novak anwenden. Und anfangen, ihn Payne zu nennen.

„Payne", sein Vorname fühlte sich auf ihren Lippen unnatürlich an, „und ich werden während der Aufbauphase eng zusammenarbeiten, um sicherzustellen, dass sowohl die Krisenverhandlungseinheit als auch das Geiselrettungsteam vollständig informiert und bei allen operativen Entscheidungen an Bord sind."

Novak warf ihr einen amüsierten Blick zu, offensichtlich durchschaute er die Sache mit dem Vornamen und wusste, dass es ein Trick war, um eine Nähe zu erzeugen, die sich seltsam und unangenehm anfühlte.

Dominic hustete, um ein Lachen zu tarnen, das sie ebenfalls ignorierte.

„Wir haben dir ein Bett freigehalten, Char", sagte Eban, der gerade die Satellitentelefone testete, ohne seine Aktivität zu unterbrechen. In den abgelegenen Bergen gab es keinen Handyempfang, aber die FBI-Techniker hatten einen sicheren Mobilfunkmast errichtet, der das unmittelbare Gelände der Ranch versorgte.

„McKenzie hat darauf bestanden, dass wir drei Teams mit je zwei Verhandlungsführern bilden, die mit mir in der Funktion als Leiterin zusammenarbeiten und aktiv mit dem Geiselrettungsteam in Verbindung stehen, also könnt ihr das Bett einem der anderen Verhandlungsführer geben, wenn sie eintreffen." Sie schluckte, um den Kloß der Anspannung in ihrem Hals loszuwerden, aber er war zu groß. „Ich werde mir vorerst ein Zimmer mit Payne teilen."

Alle drei ihrer Kollegen hielten inne, richteten sich auf und starrten Novak mit großen Augen an.

Novak hob abwehrend die Hände. „Das war nicht meine

Idee, Leute."

„McKenzie", stieß Dominic hervor.

„Es spielt keine Rolle, wo ich schlafe." Sie war kein Kind. Sie war ein Profi in der Strafverfolgung und ging nie unbewaffnet irgendwohin, aber die Verhandlungsführer kümmerten sich umeinander, und sie wusste ihre Sorge zu schätzen, auch wenn sie unbegründet war. „Jetzt werden wir alle an einer Teambesprechung des Geiselrettungsteams teilnehmen und die Strategie besprechen."

Eban schob seinen Stuhl zurück und griff nach seiner Jacke. „Die sicheren Telefonleitungen sind alle eingerichtet. Wir haben eine alte Festnetznummer für das Harrison-Anwesen gefunden, aber beim ersten Versuch ist niemand rangegangen."

Sie hielt allen die Tür auf, als sie sich auf den Weg zur Scheune machten, in der das Geiselrettungsteam stationiert war. Sie hatte vergessen, Mütze und Handschuhe mitzunehmen, und der Wind zerrte an ihrem Pullover. Zwischen den Männern war sie zwar etwas geschützt, aber es war trotzdem bitterkalt.

„Klingt so, als würde McKenzie sich Sorgen machen", murmelte Eban dicht an ihrem Ohr.

„Er weiß, wie schnell eine Sache aus dem Ruder laufen kann." Der Einsatzleiter hatte zwei Jahrzehnte zuvor die Pioneers, eine rechtsextreme Organisation, infiltriert. Als die Polizei schließlich eingeschritten war, um Verhaftungen vorzunehmen, war eine Schießerei losgebrochen, obwohl sich Kinder auf dem Gelände befunden hatten. Menschen waren gestorben.

Ein schwarz gekleideter Mitarbeiter des Geiselrettungsteams, der am Scheunentor stand, ließ sie hinein. Der

Heugeruch im Inneren der Scheune brachte sie zum Niesen.

„Gesundheit", sagten Novak und Eban wie aus einem Mund.

Am anderen Ende der Scheune wieherten ein paar Pferde. Die Fahrzeuge des Geiselrettungsteams waren dicht an einem Traktor geparkt. Die Flugzeuge standen auf dem Flugplatz, waren aber bei Bedarf einsatzbereit.

An einer Tür im Inneren wartete ein weiterer Mitarbeiter des Geiselrettungsteams auf sie. „Wir haben uns hier eingerichtet."

Ein großer Teil der Scheune war abgetrennt worden, und es gab eine Reihe von kleinen Werkstätten und Sattelkammern, aber auch mehrere Vierer-Kabinen und einen Küchenbereich. Die Männer hatten im Gemeinschaftsraum einen Mini-Konferenzbereich mit ausklappbaren Tischen und Stühlen eingerichtet, nicht unähnlich dem Bereich, den die Verhandlungsführer sich eingerichtet hatten, aber mit mehr Waffen und weniger „Mitfühlenden Worten".

„Die Ranch ist auf Schulbesuche und Sommercamps ausgerichtet", erklärte Eban mit Blick auf die Schlafkojen.

Die meisten Mitglieder des Geiselrettungsteams betrachteten sie und die anderen Verhandlungsführer mit offener Neugierde. Obwohl sie regelmäßig zusammenarbeiteten, nahmen sie nur selten an den Besprechungen des jeweils anderen Teams teil.

McKenzie trat hinter ihnen ein.

Novak trat an den Tisch heran und betrachtete die Karte, die dort ausgebreitet war. „Worum geht es gerade?"

„Wir verschaffen uns einen Überblick über die Umgebung." Einer der Mitarbeiter deutete auf verschiedene Bereiche auf der Karte. „Es gibt ein paar ziemlich zerklüftete

Gebiete, die wir für Scharfschützenpositionen nutzen können, solange das Wetter mitspielt."

„Auf der ganzen Ostseite des Waldes sind Überwachungskameras verteilt. Wir müssen alle anderen lokalisieren und neutralisieren", sagte Novak.

„Oder sie zu unserem Vorteil nutzen", warf ein anderer Mitarbeiter ein. „Rein und raus, ohne von den Kameras gesehen zu werden, und den Leuten drinnen ein falsches Gefühl von Sicherheit geben."

McKenzie legte den Kopf schief. „Wie machbar ist das?"

„Im Moment ist es kein Problem", antwortete Novak. „Aber sobald Schnee liegt, wird es schwieriger, unsere Spuren zu verwischen."

„Wir brauchen mehr Informationen." McKenzie blickte auf. „Die Scharfschützenteams sollen vorerst nur beobachten."

Novak übernahm. „Scharfschützenteams, Birdman und Demarco, Hersh und Rockwell. Packt eure Ausrüstung für die erste Schicht zusammen. Bereitet euch auf winterliche Bedingungen vor. Ich will euch hier haben." Er deutete auf eine Stelle auf der Karte. „Und hier. Die Kameras haben Infrarot, also haltet die Augen offen."

Charlotte wusste, dass das Geiselrettungsteam insgesamt über drei taktische Einheiten verfügte, Gold, Blau und Rot, die zwischen Einsätzen, Training und Unterstützung rotierten. Jede Einheit bestand aus einem achtköpfigen Scharfschützenteam und zwei siebenköpfigen Angriffstrupps, den Teams Echo und Charlie.

„Angeletti, nimm Griffin mit, um die Standorte aller Kameras und jeglicher anderen Technik, die sie zur Bewachung des Geländes haben, zu erfassen. Achte darauf, dass ihr dabei gesehen werdet – sie werden damit rechnen –

aber lasst auch absichtlich einige aus." Wieder deutete Novak auf die Karte. „Wir werden ihnen einen vermeintlich sicheren Fluchtweg lassen und diesen Bereich von ein paar Sheriffs überwachen lassen, falls die Leute fliehen sollten. Nach heute Nacht werden die Scharfschützenteams in Zwölf-Stunden-Schichten arbeiten, damit der Schichtwechsel im Dunkeln erfolgen kann. Achtet auf eine entsprechende Ausrüstung. Es sind zwar keine Winterstürme für die nächsten Tage angekündigt, aber das kann sich jederzeit ändern. Dann müssen wir die Lage neu bewerten."

McKenzie ging auf und ab. „Ich möchte, dass unsere Beobachtungsteams uns helfen, herauszufinden, womit wir es genau zu tun haben. Ich habe Analysten im Hauptquartier, die sich darauf konzentrieren, herauszufinden, wie viele Leute in dem Gebäude sind sowie deren Namen und relevante Hintergrundinformationen. Einer der Agenten arbeitet daran, die Baupläne des Geländes zu beschaffen und versucht, den Betonlieferanten ausfindig zu machen. Novak, holen Sie Ihr cooles Spielzeug raus und finden Sie heraus, ob es einen Weg gibt, Augen und Ohren da reinzubekommen. Wir müssen so viel wie möglich über die Leute da drinnen herausfinden. Haben Sie etwas hinzuzufügen, SSA Blood?", fragte McKenzie.

Charlotte machte einen Schritt nach vorne. „Was auch immer wir tun, versuchen Sie, die Situation nicht aufzuheizen."

Novak warf ihr einen Blick zu, und sie hob ihr Kinn.

„Im Moment wollen wir mit den Leuten auf dem Eagle Mountain reden, wegen des Todes einer Frau und der Schüsse auf den Federal Wildlife Officer und einen Hilfssheriff. Wir wollen keinen Krieg." Sie blickte den Einsatzleiter an. „Gibt es schon Neuigkeiten über ihren Zustand?"

McKenzie stützte sich mit einer Hüfte gegen den Tisch. „Der Hilfssheriff ist stabil. Die kalten Temperaturen haben den Wildlife Officer am Leben erhalten. Es war verdammt gute Arbeit, ihn da rauszuholen, Novak."

Ein anerkennendes Raunen für Novaks Tapferkeit ging durch die Menge.

Charlotte würde nie vergessen, wie Novak den Officer gerettet hatte. Sie mochte sauer sein, dass er es ohne Rücksprache getan hatte, aber sie würde diese Bilder mit ins Grab nehmen.

„Bei allem Respekt, SSA Blood", sagte Novak leise, und sie wusste, dass ihr nicht gefallen würde, was auch immer als Nächstes aus seinem Mund kommen würde. „Diese Leute da drin haben diesen Konflikt ausgelöst. Jemand auf diesem Gelände hat wahrscheinlich diese Frau getötet. Sie haben auf einen Ordnungshüter geschossen und ihn blutend liegen lassen. Als der Sheriff versucht hat, ihn zu retten, wurde ein weiterer Deputy verletzt. Sind Sie wirklich der Meinung, wir sollten das Ganze einfach auf sich beruhen lassen?"

„Nein. Ganz und gar nicht. Aber angesichts der Persönlichkeiten deren, die sich dort aufhalten, riskieren wir, wenn wir das Gebäude belagern, dass sie sich verschanzen und schaffen ohne Grund eine gefährliche Pattsituation. Wir riskieren eine Krise, die nicht sein muss."

Novak presste missbilligend die Lippen zusammen, wurde aber von seinem Vorgesetzten gerettet.

„SSA Blood hat recht. Wir müssen Informationen sammeln und herausfinden, was diesen Konflikt ausgelöst hat." McKenzie nagelte sie mit einem direkten Blick fest. „Ich will, dass die Verhandlungsführer so lange anrufen, bis jemand an das verdammte Telefon geht. Und wenn sie nicht am Telefon reden wollen, benutzen Sie ein gottverdammtes Megafon."

„Über ein Megaphon hat noch nie jemand Freundschaft geschlossen, Chef", sagte Charlotte ruhig. Sie sah, wie einer der Mitarbeiter einen Blick mit Novak austauschte, wusste aber nicht, wie sie ihn interpretieren sollte. „Wir gehen davon aus, dass ein Festnetzanschluss vorhanden ist, aber wir sollten auch ein Satellitentelefon innerhalb der Mauern deponieren, für den Fall, dass es doch keines gibt."

McKenzie nickte nachdenklich.

Sie sprach weiter, nun da sie das Wort hatte. „Ich gehe davon aus, dass sie höchstwahrscheinlich einige Satellitentelefone auf dem Gelände haben", erklärte sie. „Ich würde sagen, wir versuchen, diese Telefonnummern zu bekommen, und hören die Gespräche ab, bevor wir die Kontrolle über diese Leitungen übernehmen. So kriegen wir heraus, wer ihre Verbündeten sind."

„Gute Idee. Das hat oberste Priorität." McKenzie deutete mit dem Finger auf einen Mann, der neben einem Whiteboard stand. Er nahm einen Marker in die Hand und begann, zu schreiben. „Finden Sie heraus, ob Geiseln festgehalten werden oder nicht. Zweitens, wer sind diese Leute, und wer sind ihre Mitarbeiter, und wie groß ist das Risiko für andere zu diesem Zeitpunkt? Drittens: Finden Sie alle Kommunikationskanäle in diese Einrichtung hinein oder daraus heraus. Das SIOC überwacht alle Medien und Internetkanäle. Viertens: Finden Sie heraus, was da oben auf dem Berg passiert ist."

Der hiesige Agent, Devon Truman, erhielt einen Anruf und wandte sich kurz ab. Nach ein paar Sekunden drehte er sich wieder um und hob eine Hand. „Der Sheriff sagt, sie haben eine Gruppe von Frauen und Kindern aufgegriffen, die das Gelände verlassen wollten. Er will wissen, was sie mit ihnen machen sollen.“

„Wo ist der nächstgelegene Gemeindesaal?“, fragte Charlotte schnell. Das war eine gute Nachricht.

„Wahrscheinlich in Eagle Creek“, antwortete Truman.

McKenzie nickte heftig. „Arrangieren Sie dort Betten und Essen für sie. Ich will, dass sie es bequem haben. Außerdem sollen sie sie fotografieren und einen Hintergrund-Check durchführen. Ich will wissen, wer sie sind und was sie wissen.“

Charlotte hob ihre Hand. „Ich könnte mit ihnen reden.“

„Nein, können Sie nicht“, flüsterte Novak so leise, dass nur sie es hören konnte, „denn ich habe keine Zeit für diesen Mist.“

Charlotte verzog das Gesicht, aber McKenzie war unerbittlich. Er wandte sich an Truman. „Nehmen Sie einen anderen Agenten mit und befragen Sie jede einzelne Person dort. Seien Sie *freundlich* und sammeln Sie so viele Informationen wie möglich. Geben Sie Ratschläge und ermutigen Sie sie, besonders die Minderjährigen in der Gruppe. Sie halten uns wahrscheinlich für den Teufel in Person, also lassen Sie uns diese Vorstellung zerstreuen. Hat das örtliche Sheriff-Büro einen Community Liaison Officer?“

„Ich weiß es nicht“, gab Truman müde zu.

„Finden Sie es heraus. Wenn nicht, nehmen Sie einen örtlichen Hilfssheriff mit, damit er versucht, ein Gefühl für diese Leute zu bekommen. Eine Frau, wenn möglich. Morgen früh sprechen Sie mit den örtlichen Ladenbesitzern. Die Informationen, die wir brauchen, sind da draußen, wir müssen sie nur aufspüren.“

„Können wir eine ‚Geiselnahme‘ von der Liste streichen?“, fragte Charlotte McKenzie.

McKenzie schüttelte den Kopf, sein Blick war unerschütterlich. „Die Wahrscheinlichkeit einer Geiselnahme ist zwar sehr gering, aber solange wir nicht alle Personen erfasst haben, können wir es trotzdem nicht ausschließen. Machen wir uns an die Arbeit, Leute. Um acht Uhr morgens treffen wir uns wieder hier für das nächste Briefing.“

McKenzie sprang auf und ging aus dem Raum.

Charlotte blickte zu Novak hinüber, aber er hatte ihr bereits den Rücken zugewandt und beugte sich über die Karte.

„Was sollen wir deiner Meinung nach tun, Char?“, fragte Eban.

„Kontakt zu demjenigen aufnehmen, der die Kontrolle über dieses Gelände hat. Wir müssen sie zur Vernunft bringen, bevor die ganze Sache eskaliert und noch mehr Leute verletzt werden.“

NOVAK SCHAUTE AUF seine Uhr. Ein Uhr morgens. Die ersten Teams waren auf Position, aber es hatte viel länger gedauert als erwartet. Außerdem hatten sie ihren Sofortmaßnahmenplan entwickelt, falls sich die Situation dramatisch zuspitzen sollte.

„Warum reiten wir nicht bis zu dieser Stelle hier?“ Der Vorschlag kam von Cowboy, der auf einer Ranch in Montana aufgewachsen war – daher der Spitzname.

„Wir fühlen uns alle nicht wohl auf dem Pferderücken, vor allem nicht im Dunkeln“, brummte Cowboys Partner.

„Man muss einfach im Sattel sitzen und darf nicht herunterfallen. Wir würden keine Höchstgeschwindigkeit erreichen, aber es wäre trotzdem deutlich schneller als zu Fuß.

Besser als zu Fuß.“

Cowboy hatte recht. Auf Pferden wären sie schneller, als wenn sie den Berg zu Fuß erklommen, und leiser als mit ATVs.

„Das ist eine gute Idee“, räumte Novak ein. „Sprecht mit den Leuten, denen die Ranch gehört. Wenn jemand vom Pferd fällt und sich verletzt, mache ich dich dafür verantwortlich.“ Er zeigte auf Cowboy. Der Kerl grinste.

„Jetzt, wo das geklärt ist, muss ich mich bei den Verhandlungsführern melden“, meldete sich Charlotte fröhlich hinter ihnen zu Wort.

Novak versteifte sich. Er hatte vergessen, dass sie da war. „Ich habe hier gerade erst angefangen“, entgegnete er frustriert.

„Und ich habe noch gar nicht angefangen. Jetzt bin ich dran, Novak.“

Novak stieß einen lauten Atemzug aus. Sie hatte recht, aber das hieß noch lange nicht, dass ihm das gefallen musste. „Seid ihr alle startklar?“ Die Männer nickten. Sie hatten sich bereits fertig gemacht oder ruhten sich aus, solange sie die Gelegenheit dazu hatten.

„Brauchst du ein Bett, Novak?“, fragte Angeletti, sein Stellvertreter und bester Freund im Geiselrettungsteam. „In meinem Zimmer ist noch eine Koje frei.“

„Nein, danke.“

Angelettis Brauen hoben sich fragend.

„Er teilt sich ein Zimmer mit mir“, sagte Charlotte mit einem süßen Lächeln. „Auf die freundliche Anweisung des Einsatzleiters hin.“

„Ernsthaft?“ Angeletti sah nicht so aus, als würde er Charlotte glauben, und Novak knirschte mit den Zähnen. Er sollte hier bei seinen Männern sein, statt beim Management.

„Machen Sie sich keine Sorgen." Charlotte lächelte. „Ich beiße nicht."

„Umso bedauerlicher." Cowboy schenkte ihr ein Lächeln, bei dem, wie Novak wusste, schon mehr als eine Handvoll Frauen schwach geworden waren.

„Genug", sagte Novak scharf. Er würde keinen Klatsch und keine Anspielungen dulden. Das hier war Arbeit. Nicht mehr und nicht weniger. Sein Bellen hatte nichts mit dem ungewöhnlichen Anflug von Eifersucht zu tun, der ihn durchfuhr, als die sittsame Charlotte Blood eines seiner Teammitglieder anlächelte.

„Zeit zu gehen", beharrte Charlotte wie ein Terrier, mit einem Knochen.

Novak tauschte einen Blick mit Angeletti aus, nach dem Motto *was zum Teufel?* Aber Charlotte hatte recht, sie war geduldig gewesen, und es war nicht ihre Schuld, dass sie dieses dämliche *siamesische-Zwillinge*-Ding durchziehen mussten – auch wenn sie diejenige gewesen war, die sich bei McKenzie über ihn beschwert hatte, also war es vielleicht doch ihre Schuld.

Verdammt, er konnte sich eine Million besserer *siamesische-Zwillinge*-Optionen vorstellen, und keine davon war für eine Arbeitssituation geeignet.

„Ruft mich an, wenn es Neuigkeiten gibt." Novak nahm sich ein Funkgerät und Ohrhörer, denn auch wenn er physisch nicht in diesem Raum war, wollte er nichts verpassen. Er folgte Charlotte aus der Scheune, wobei er leicht vor ihr herging, um sie vor dem eisigen Wind abzuschirmen, da sie immer noch keine Jacke hatte und er vergessen hatte, sich etwas für sie auszuleihen.

Als er die Tür des Verhandlungszentrums aufhielt, sah er McKenzie bei einem Videogespräch mit einem Profiler aus der Abteilung für Verhaltensanalyse. McKenzie warf ihnen einen Blick zu, als sie eintraten, und wandte sich wieder seiner Besprechung zu.

Novak folgte Charlotte zu Dominic und Eban hinüber.

„Die Krisenverhandlungseinheit organisiert zwei zusätzliche Verhandlungsführer aus Seattle und Salt Lake City, die bis morgen Mittag eintreffen sollen", berichtete Dominic Charlotte leise, offensichtlich in dem Bewusstsein, dass der Einsatzleiter ein paar Meter entfernt in einem Gespräch war. „Wir haben ständig versucht, das Festnetz der Harrisons zu erreichen, aber es ist noch niemand rangegangen. Wir wissen nicht einmal, ob es eingesteckt ist."

Eban Winters nickte den beiden zu und ignorierte sie dann. Er trug ein Headset und hatte einen Notizblock vor sich liegen. Auch ein Hightech-Aufnahmegerät war aufgebaut, bereit, um bei Bedarf sofort loszulegen.

„Irgendetwas von Truman bezüglich der Leute, die das Gelände verlassen haben?", fragte Charlotte.

Dominic schüttelte den Kopf. „Aber vielleicht hat McKenzie etwas gehört."

McKenzie war beschäftigt.

Charlotte zog ihr Handy heraus und begann zu wählen. „Agent Truman? Können Sie reden?"

Sie setzte sich hin und begann, ihr Haar zu zwirbeln, während sie mit dem Agenten sprach. Novak zog sich einen Stuhl heran, lehnte sich zurück, die Arme vor der Brust verschränkt, und beobachtete sie. Warum zum Teufel verschwendete er hier seine Zeit?

„Können Sie uns die Liste mit den Namen schicken? Ich möchte, dass sie so schnell wie möglich überprüft werden." Charlottes Umgangston mit Truman war zuckersüß. So wie bei allen anderen außer ihm. Nicht zu fassen.

Sie legte auf. „Laut den Leuten, die Truman befragt hat, wissen sie nicht genau, was gestern Morgen passiert ist, aber die allgemeine Vermutung ist, dass ein junger Mann namens TJ Harrison zurück zum Gelände gerannt ist, verfolgt von Federal Wildlife Officer Bob Jones. Sie haben gesagt, dass der Wildlife Officer auf TJ geschossen hat, und jemand, der die Tür bewacht hat, das Feuer erwidert hat. Niemand hat den Namen des Schützen genannt. Sie sagten, sie hätten sich verteidigt, als der Sheriff mit gezogener Waffe gekommen war."

„Wie kommt es, dass die Frauen und Kinder gegangen sind?", fragte Novak.

„Tom Harrison, der Anführer der Gruppe und Besitzer des Grundstücks, hat jedem, der gehen wollte, die Chance dazu gegeben, und acht Leute haben sie wahrgenommen. Zwei Frauen mit sechs Kindern unter zehn Jahren." Charlotte schob sich eine Haarsträhne hinter ihr Ohr und sah plötzlich erschöpft aus. „Truman versucht von den Frauen eine Liste mit den Namen der Leute im Gebäude zu bekommen, aber er ist sich nicht sicher, wie genau sie sein wird oder ob diese Frauen überhaupt die Wahrheit sagen. Sie warten auf Verwandte, die sie abholen. Er hat ihnen noch nicht gesagt, dass sie noch nicht gehen können. Jedenfalls nicht, bis wir es sagen."

„Bob Jones ist aufgewacht", rief McKenzie über seine Schulter. „Er hat dem Agenten an seinem Bett gesagt, er habe gesehen, wie TJ Harrison das tote Mädchen gewürgt hat, und als er damit konfrontiert wurde, sei TJ weggelaufen."

„Was hat Jones da oben gemacht?", fragte Charlotte.

„Anscheinend hat er einen Bericht über einen Puma

erhalten, der einen Wanderer verfolgt hat, und wollte der Sache nachgehen."

Novak griff nach seinem Funkgerät und informierte die Scharfschützenteams über einen möglichen Puma in der Gegend. Nicht, dass es angesichts der Lage eine Neuigkeit wäre. Pumas, Bären und Wölfe waren in dieser Gegend nichts Ungewöhnliches. Bigfoot hielt hoffentlich Winterschlaf.

Die Gefahr durch das Terrain, das Wetter und die Wildtiere war genauso groß wie die Gefahr durch die bewaffneten Männer auf dem Gelände und wurde mit dem herannahenden Winter sogar noch gefährlicher. Keiner wollte ein Risiko eingehen.

„Was wissen wir über das tote Mädchen?", fragte Charlotte den Einsatzleiter.

McKenzie schaute auf seine Uhr. „So gut wie nichts. Der Gerichtsmediziner will erst um neun Uhr mit der Obduktion beginnen, und wir konnten sie noch nicht identifizieren. Die Fingerabdruckerkennung hat nichts ergeben. Ihre DNA ist nicht im System. Der Tatort ist so weit wie möglich abgesperrt, aber verdammt kontaminiert."

Charlotte versuchte, ein Gähnen zu unterdrücken.

„Sie beide sollten sich ein paar Stunden Ruhe gönnen."

Novak öffnete den Mund, um vorzuschlagen, zurück in die Scheune zu gehen und dem Geiselrettungsteam bei der Einrichtung zu helfen.

McKenzie fing seinen Blick auf, bevor die Worte seinen Mund verließen. „Sie beide. Ich bin hier, um auf alle Probleme zu reagieren. Wenn sich vor der Besprechung etwas ändert, werde ich es Sie wissen lassen. Schlafen Sie etwas. Das ist ein Befehl."

KAPITEL ACHT

CHARLOTTE STAPFTE DIE Stufen zum Haupthaus der Ranch hinauf. „Ich bin keine Zweijährige. Man braucht mir nicht zu sagen, wann ich schlafen zu gehen habe."

„Er hat allerdings nicht ganz unrecht", meinte Novak hinter ihr. „Nach heute wird alles nur noch hektischer werden."

„Ach, bitte." Sie verdrehte die Augen, als sie durch den Windfang ins Haus ging, was der ehemalige Soldat der Special Forces jedoch nicht sehen konnte.

Sie warf ihre nassen Sachen in den Trockner. Novak wartete an der Tür auf sie. Dieser Unsinn, überall gemeinsam hinzugehen, nervte langsam. Sie hatte gerne ihren Freiraum.

„Haben Sie im Flieger geschlafen?" Er lehnte sich gegen den Türrahmen, während sie den Timer einstellte.

„Nein." In diesem Flugzeug war es lauter als auf einem Rummelplatz gewesen. Sie stieg die Hintertreppe zu ihrem Zimmer hinauf, wobei sie wieder einmal voranging und sich der Tatsache, dass der Mann ihr folgte, überaus bewusst war.

„Und Sie?" Sie senkte ihre Stimme, da die anderen bereits versuchten zu schlafen. Verdammt. Wahrscheinlich war es tatsächlich eine gute Idee. McKenzie konnte sich morgen ausruhen, wenn sie und Novak wach waren.

„Nein", sagte er, seine Stimme war kaum lauter als ein

Flüstern. „Aber ich trainiere regelmäßig mit wenig oder gar keinem Schlaf."

Er sprach, als hätte er eine Zivilistin vor sich, die von neun bis fünf in einem Büro hockte.

Sie dachte an die endlosen Barrikaden und Geiselnahmen, zu denen sie gerufen worden war. Die unzähligen Stunden an Geduld und gesundem Menschenverstand, die nötig gewesen waren, um Leute aus unmöglichen Situationen herauszureden, in denen der einzige Ausweg, den sie gesehen hatten, Gewalt und Tod gewesen waren. Letztendlich hatte sie sie alle zur Vernunft gebracht. Ja, sie hatten die Konsequenzen ihres Handelns tragen müssen, und es wurde noch viel problematischer, wenn Menschen verletzt wurden. Aber es war ihre Aufgabe, sich darauf zu konzentrieren, sie aus der Situation herauszuholen und sie zu befähigen, ihr Leben weiterzuleben.

Sie atmete tief durch und versuchte, den Ärger loszulassen. Sie musste sich ihre Beziehung zu Novak als eine Art langfristige Geiselnahme vorstellen, in der sie beide gefangen waren und einen Weg finden mussten, zusammenzuarbeiten, um ihre Freiheit wiederzuerlangen.

In ihrem Zimmer angekommen, schnappte sie sich ihre Zahnbürste, während er einfach die Leiter hinauf kletterte und sich voll bekleidet auf die Laken fallen ließ. Es war kühl im Zimmer.

„Ist Ihnen warm genug?", fragte sie. „Ich kann noch mehr Decken auftreiben, wenn Ihnen kalt ist."

„Sie müssen mich nicht bemuttern, Charlotte. Ich bin keiner Ihrer Jungs."

Sein Tonfall ging ihr auf die Nerven.

„Ich ‚bemuttere' Leute genauso wenig wie Sie", sagte sie

spitz.

Er grunzte. Offenbar war ihm klar geworden, dass sie recht hatte. Sie kümmerten sich beide gerne um ihr Team.

Sie schaltete das Licht aus und ging dann durch den Flur ins Bad, putzte sich die Zähne und trug etwas Feuchtigkeitscreme auf, bevor sie in die untere Koje zurückkehrte. Sie setzte sich auf die dünne Matratze, zog ihre Turnschuhe aus und entschied sich, ein Schlafshirt anzuziehen, aber ihre Leggings und Socken anzulassen, falls es schnell gehen musste.

Sie warf ihr Oberteil und ihren Pullover über die Lehne eines Stuhls, bevor sie sich ihr Nachthemd überstreifte, ihren BH auszog und ihn zu ihren anderen Sachen warf. Anschließend lag sie da, blickte auf die unfertigen Dielen und fragte sich, wie sie jemals einschlafen sollte, wenn ihr so viel im Kopf herumschwirrte, und es so viel zu tun gab.

Seufzend drehte sie sich um. Wie die Hälfte der amerikanischen Bevölkerung war sie letztes Wochenende unterwegs gewesen und hatte Thanksgiving mit ihrer Mutter, ihrem Stiefvater und ihren Halbgeschwistern in Miami verbracht. Am Montagmorgen war sie wieder bei der Arbeit gewesen. Die Verhandlungsführer von der Kriseneinheit waren spontan ausgegangen, um zu feiern, dass Dominic Ava am Wochenende in der Villa seines Vaters einen Heiratsantrag gemacht hatte, und die Nachwuchsagentin tatsächlich Ja gesagt hatte. Charlotte freute sich riesig für das Paar, wenngleich sie lügen würde, wenn sie behaupten würde, dass sie nicht eine kleine Portion Neid verspürte, nicht so sehr wegen der Verlobung, sondern weil sie den richtigen Menschen gefunden hatten, den sie liebten.

Sie stellte sich ihr perfektes Leben vor. Einen gutaussehenden und fürsorglichen Ehemann, der in diesem

Moment vielleicht ein bisschen wie Special Agent Devon Truman aussah. Ein schönes Haus in der Vorstadt mit einem Blumen- und Gemüsegarten und vielleicht sogar einem echten Lattenzaun. Stattdessen hatte sie eine einsame Wohnung und passte ab und zu auf Dominics Hund auf.

Warum musste es so verdammt schwer sein?

Sie gähnte. Sie war am Dienstag auf der Arbeit leicht verkatert gewesen, und der Mittwoch hatte mit einem Knall begonnen, als sich diese Situation entwickelt hatte.

Jemand ging den Korridor vor ihrem Zimmer entlang, und sie machte sich auf ein Klopfen an der Tür gefasst. Stattdessen ging die Person ins Badezimmer. Sie stieß einen Atemzug aus.

„Haben Sie Ohrstöpsel?" Das Holzgestell über ihr knarrte unheilvoll, als Novak über den Rand spähte.

Sie hatte geglaubt, er würde schon schlafen. „Warum? Schnarchen Sie?"

Er lachte, und dieses Geräusch ließ sie aufschrecken. Sie glaubte nicht, dass sie ihn schon einmal auf diese herzliche, ehrliche Art lachen gehört hatte. Er war für gewöhnlich zu hart, zu herrschsüchtig, um viel Sinn für Humor zu zeigen. Zumindest hatte sie das gedacht.

„Die Dinger helfen dabei, die Umgebungsgeräusche auszublenden. So schläft man ein bisschen besser."

„Benutzen Sie Ohrstöpsel?", fragte sie.

„Die ganze Zeit."

Sie hatte welche in ihrem Kulturbeutel. „Was ist, wenn ich verschlafe? Das Meeting verpasse?"

„Siamesische Zwillinge, schon vergessen? Ich werde Sie nicht hierlassen", sagte Novak leise.

„Versprochen?"

„Das habe ich schon.“

Sie schnaubte. Novak war ein „Mein Wort gilt“-Typ. Rau. Ruppig. Unkommunikativ.

Ob sie ihm glauben konnte?

Aus irgendeinem Grund tat sie es.

Sie stieg aus dem Bett und griff nach dem kleinen Plastikbeutel, dann schob sie die Stöpsel in ihre Ohren und legte sich wieder hin. Ein Gefühl der Müdigkeit überkam sie, ihre Knochen wurden plötzlich schwer und ihr fielen die Augen zu.

Sie schaute ein letztes Mal auf die Uhr und erlaubte sich schließlich, in den Schlaf zu gleiten, trotz des fremden Mannes, der nur ein paar Meter entfernt dasselbe tat.

SO VERLOCKEND ES auch war, sich früh hinauszuschleichen, Novak hatte sich widerwillig in Geduld geübt und Charlotte noch ein wenig Ruhe gegönnt. Er war vor einer Stunde aufgewacht, hatte geduscht und sich angezogen. Anschließend hatte er ihre Wäsche aus dem Trockner geholt, sie gefaltet und auf zwei ordentliche Stapel gelegt, wobei er versucht hatte, zu ignorieren, dass es sich um ihre verdammten Höschen handelte. Charlotte Blood war immer noch nicht ansprechbar. Ihrer blassen Haut und den REM-Bewegungen unter ihren Augenlidern nach zu urteilen, brauchte sie noch eine halbe Stunde, aber die würde sie leider nicht bekommen. Er konnte nicht länger warten.

„Hey, Charlotte. Zeit zum Aufstehen.“

Nichts.

Er beugte sich vor und berührte ihre Schulter. „Hey, SSA

Blood. Raus aus den Federn!“

Er fand sich flach auf dem Rücken liegend wieder, mit ihrem Ellbogen an seiner Luftröhre und einem verdrehten Arm, dessen Gelenk brechen würde, wenn er versuchte, ihn zu bewegen.

Sie brauchte eine ganze Sekunde, um richtig aufzuwachen, und eine weitere, um zu begreifen, wo sie sich befand, wer er war, und was sie ihm gerade antat. Sie wich zurück und fuhr sich mit den Händen übers Gesicht. „Oh Gott. Tut mir leid.“

„Was zum Teufel?“ Novak stand auf und fasste sie am Arm, aber sie zuckte weg. „Wachen Sie immer so auf?“

„Machen Sie sich nicht lächerlich.“ Sie schaute auf ihre Uhr und fluchte. „Warum haben Sie mich nicht früher geweckt?“

„Sie haben ausgesehen, als bräuchten Sie Ihren Schlaf.“

Sie starrte ihn an, ihre blauen Augen waren noch immer von Schlaf und Wut getrübt. *Na toll.* So viel zu seinem Versuch, Rücksicht auf sie zu nehmen. „Das haben nicht Sie zu entscheiden.“

Er verschränkte die Arme vor der Brust. „Heute Morgen schon.“

Sie schnappte sich ihren BH vom Stuhl und schaffte es irgendwie, ihn anzuziehen, ohne dabei ihr Nachthemd auszuziehen.

„Drehen Sie sich um“, befahl sie.

Er tat, wie ihm geheißen. „Sie haben einfach das Thema gewechselt und versucht, mich mit Ihrer Wut abzulenken. Warum haben Sie mich angegriffen, als ich Sie geweckt habe?“

Sie stieß einen müden Seufzer aus. „Ach, nun hören Sie schon auf damit.“

Er hatte nicht vor, damit aufzuhören. „Sind Sie bei den

anderen Verhandlungsführern auch so, wenn Sie sich mit ihnen ein Zimmer teilen?"

„Natürlich nicht." Ihre Worte wurden durch das Hemd, das sie sich über den Kopf zog, gedämpft.

Natürlich nicht. Also löste er diese Reaktion bei ihr aus.

„Verdammt, ich habe keine Zeit zum Duschen. Ich werde heute Abend nach Ziege riechen."

Ihm stieg der Duft ihres Deodorants in die Nase, das sie unter ihrem Shirt auftrug. „Sie riechen gut."

Scheiße, wo zum Teufel war das denn hergekommen? Aber er mochte ihren Duft – sie roch nach Limetten – und das sollte sie besser nicht wissen. „Wir arbeiten in einer Scheune, dann passen Sie ja gut dazu", fügte er hinzu.

Da war er wieder, sein natürlicher Charme.

Sie schnaubte.

Er wartete einen Augenblick. „Bin ich der Einzige, auf den Sie losgehen, wenn Sie morgens aufwachen?" Obwohl sie nicht einmal gewusst hatte, wer er war? Er riskierte einen Blick über die Schulter, sie zog ihren Pullover an, bevor sie ihr Schulterholster befestigte und ihre Dienstwaffe hineinsteckte. Dann zog sie sich einen schwarzen Fleece-Kapuzenpulli über, machte aber den Reißverschluss nicht zu.

Schließlich schaute sie ihn an, ihre blauen Augen waren jetzt klar und ruhig. „In der jüngsten Vergangenheit? Ja. Aber es ist nicht so, wie Sie denken."

Er hob eine Augenbraue. Er konnte sich nur eine einzige Erklärung vorstellen, warum jemand so reagierte. Furcht. Tiefe, instinktive Angst.

„Okay", räumte sie ein. „Es ist irgendwie so, wie Sie denken. Ich bin einmal im Schlaf angegriffen worden."

Wut durchzuckte seine Nerven.

„Aber ich wurde nicht vergewaltigt." Sie wandte ihren Blick ab, und er war sich nicht sicher, ob er ihr glaubte oder nicht. Er beobachtete, wie sich ihr Kiefer anspannte, als sie die Zähne zusammenbiss. „Ich hatte einige Jahre lang einen Stiefbruder, und er hat es ein paar Mal versucht."

„Wie zum Teufel konnte er das mehr als einmal versuchen?" Warum zum Teufel hatte ihn nicht jemand windelweich geprügelt oder ihm den Schwanz mit einem Angelhaken durch die Kehle rausgezogen?

Sie schlüpfte in ihre Stiefel und band ihr Haar zu einem Pferdeschwanz zusammen. „Beim ersten Mal habe ich es niemandem gesagt, aber ich habe es geschafft, so viel Lärm zu machen, dass er aufgehört hat. Dann habe ich mit Karateunterricht angefangen." Sie lächelte zufrieden. „Als er es das zweite Mal versucht hat, habe ich ihm die Nase gebrochen."

Ein erleichtertes Lächeln umspielte seine Lippen. „Gut."

„Ja. Ich glaube, mein Vater hat es danach herausgefunden und ein Schloss an meiner Tür angebracht. Außerdem hat er dafür gesorgt, dass Brad während des Schuljahres bei seinem Vater und während der Ferien bei ihnen lebte. Und da ich die Schulzeit mit meinem Vater und die Ferien mit meiner Mutter verbrachte, habe ich den Trottel von da an nur noch selten gesehen."

Die kleine Miss Perfect stammte also aus einem zerrütteten Elternhaus. Irgendwie machte es Sinn, dass sie beruflich versuchte, schwierige Situationen zu beheben.

„Es tut mir leid, falls ich etwas getan habe, das diese Reaktion ausgelöst hat", sagte er leise. Ehrlich gesagt, es war scheiße. Für sie. Und für ihn war es auch nicht gerade angenehm gewesen.

Charlotte schüttelte den Kopf, als sie ihm ihre Zahnbürste entgegenstreckte. „Nein. Mir tut es leid, dass ich so ausgeflippt bin. Das war nicht gegen Sie gerichtet. Ich war unprofessionell. Ich habe schon lange nicht mehr mit jemandem in einem Zimmer geschlafen, den ich nicht gut kenne. Das scheint irgendwie eine unterschwellige Angst ausgelöst zu haben."

Ihre Worte trafen ihn wie eine Granate in die Brust. „Ich würde Sie niemals im Schlaf oder sonst irgendwann angreifen, Charlotte."

„Das weiß ich."

Tat sie das wirklich? Er war nicht überzeugt. „Ich schätze, wir werden es morgen herausfinden." Er schenkte ihr ein übertriebenes Grinsen, weil er wusste, dass sie sauer sein würde, wenn er Mitleid oder Sorge zeigte. „Versuchen Sie einfach, mich nicht zu erschießen."

„Ich kann nichts versprechen." Sie ging ins Bad, und er überprüfte sein Handy auf Neuigkeiten. Nichts. Er schnappte sich das Funkgerät, das er gestern Abend ausgeschaltet hatte. Alle wussten, wo er war, falls etwas passierte. Drei Minuten später kam sie zurück, und sie gingen gemeinsam nach unten. Der Geruch von Speck und Kaffee wehte das Treppenhaus hinauf, und ihm lief das Wasser im Mund zusammen, noch bevor sie die Küche betraten.

So viel zum Thema früh aufstehen. Etwa dreißig Leute standen in dem großen Raum, aßen Frühstückssandwiches und tranken Kaffee, als ob es kein Morgen gäbe. Er wollte sich mit Angeletti unterhalten, aber sobald er den Raum betrat, entdeckte er McKenzie. Er folgte Charlotte zu den anderen Verhandlungsführern, die in ihr Frühstück vertieft waren. Er hielt sich an die Anweisung seines Vorgesetzten, damit er seinen verdammten Job eher früher als später wieder ganz normal machen konnte.

Er fand die Anordnung seines gottverdammten Vorgesetzten immer noch dämlich.

Angeletti durchquerte den Raum, um mit ihm zu reden.

„Irgendwelche Neuigkeiten?", fragte Charlotte Dominic.

Novak wusste, dass Dominic Sheridan Verbindungen zu einigen sehr wichtigen Leuten in hohen Positionen in DC hatte. Er wusste es zu schätzen, dass der Kerl diese Kontakte nicht nutzte, um sich selbst Vorteile zu verschaffen. Die meisten hatten entweder taktische oder legere Kleidung angezogen, aber Dominic arbeitete schon seit seiner Ankunft und trug immer noch seinen Anzug. Er sah erschöpft aus. Hemd offen. Krawatte schief.

„Auf dem Anwesen ist niemand ans Telefon gegangen, obwohl wir die ganze Nacht versucht haben, die Nummer zu erreichen", sagte Dominic zwischen zwei Bissen. „Dieses Brötchen ist verdammt lecker. Wir haben eine aktuelle E-Mail-Adresse von Tom Harrison gefunden, und einer unserer Techniker in Quantico hat die E-Mail-Server heruntergeladen, bevor wir ihm eine Mail geschickt haben, in der wir ihn gebeten haben, ans Telefon zu gehen und mit uns zu sprechen. Bisher keine Reaktion, aber es ist auch erst eine halbe Stunde her."

„Ist noch jemand rausgekommen?", fragte Charlotte.

Dominic schüttelte den Kopf. Max Hawthorne, der ehemalige SAS-Soldat, hörte aufmerksam zu, während er selbst an seinem Frühstück herumkaute. Er sah wach und ausgeruht aus. Novak beugte sich vor und griff nach zwei Tellern, und Charlotte schnappte sich zwei Tassen mit schwarzem Kaffee. Sie tauschten jeweils einen Teller und eine Tasse aus.

„Ich wusste nicht, wie Sie Ihren Kaffee trinken. Ich kann Ihnen Sahne holen, falls Sie welche brauchen", sagte sie höflich und in fast demselben Ton, in dem sie mit allen anderen sprach. Ein Fortschritt. Alles, was es brauchte, war erzwungene Nähe und das Abschneiden seiner Luftzufuhr.

„Schwarz ist gut."

Alle beobachteten ihre Interaktion, als wären sie eine Art sozialwissenschaftliches Experiment.

Charlotte verzog das Gesicht, als sie es ebenfalls bemerkte.

Er grinste, bevor er seine Miene durch einen riesigen Bissen von einem Brötchen verbarg. Das Salz traf seine Geschmacksknospen. Er stöhnte auf. Fast so gut wie Sex.

„Warum kann nicht jeder Auftrag so sein?", fragte Charlotte mit vollem Mund und sprach damit seine Gedanken aus.

Er war normalerweise nicht wählerisch, was Essen betraf, aber sie hatten Glück gehabt, dass es hier eine hauseigene Köchin gab.

Die besagte Frau stand in der Tür zum Windfang und war sichtlich verwirrt darüber, dass ihre Küche von mehr als dreißig schwer bewaffneten FBI-Agenten belagert wurde. Sie mussten bedenken, dass hier auch Zivilisten vor Ort waren.

„Briefing in fünf Minuten", rief McKenzie über den Lärm hinweg, bevor er an der Köchin vorbeiging. Er schüttelte ihr die Hand.

Novak würde ihr die Füße küssen, wenn sie ihm jeden Morgen ein Brötchen mit Speck zum Frühstück machen würde.

Charlotte und er räumten ihr Geschirr wie alle anderen auch in eine Spülmaschine im Industrieformat.

„Ich werde etwas schlafen. Ruf mich, wenn du mich

brauchst." Dominic ging auf die Treppe zu.

„Ruh dich ein bisschen aus." Sie wandte sich an Max. „Sag Eban, er soll uns in der Scheune treffen, bevor er sich schlafen legt. Für den Fall, dass er etwas Relevantes zu sagen hat. Du kommst auch mit. Die Leute haben das Telefon die ganze Nacht ignoriert. Es ist unwahrscheinlich, dass sie in den nächsten zwanzig Minuten zurückrufen. Lass einen Agenten da, damit er uns holen kann, falls überraschenderweise doch jemand anruft."

Der Mann nickte und ging.

Novak war beeindruckt, wie gut sie als Team funktionierten. Sie arbeiteten offenbar schon lange zusammen und kannten ihre Aufgaben in- und auswendig. Was brachte einen Soldaten wie Hawthorne dazu, lieber seine Worte als seine Kampffähigkeiten einzusetzen? Novak war sich des Wertes von Worten bewusst, aber er wusste auch um die Doppelzüngigkeit der Menschen. Vertrauen musste man sich verdienen, und er würde jederzeit eher auf die Anwendung von Gewalt anstatt auf seine Fähigkeit, jemanden aus einer Krise herauszureden, setzen. Das war eines der Dinge, die seine Ex bei der Scheidung angeführt hatte – Unfähigkeit zu kommunizieren. Schade, dass er tausende von Kilometern entfernt an einem geheimen Ort gewesen war, als sie entschieden hatte, dass sie deswegen auf keinen Fall länger mit ihm zusammenbleiben könnte.

Sie gingen nach draußen. Es war nicht mehr ganz so schweinekalt wie gestern, aber trotzdem eisig. Er hoffte, dass es seinen Männern gut ging.

Charlotte trug ihre Stiefel, die jetzt trocken waren, aber würde tatsächlich jemand daran denken, ihr eine neue Winterjacke zu besorgen?

„Was?", fragte sie, als sie merkte, dass er sie ansah.

„Nichts", entgegnete Novak schnell.

„Sie sind kein sonderlich guter Lügner", stellte sie fest und überraschte ihn damit.

Er runzelte die Stirn. „Ich bin ein ausgezeichneter Lügner."

„Ach *wirklich*?", fragte sie.

„Wirklich. Wir sollten irgendwann mal Poker spielen."

„Sie wollen mit einer Frau pokern? Und zwar nicht die Strip-Variante?"

Bei den Bildern, die ihm in den Sinn kamen verschluckte sich Novak fast an seiner Zunge. „Ich habe noch nie Strip-Poker gespielt."

„Wirklich?", erwiderte sie. Ihre Augen funkelten, und sie lachte über sein Unbehagen, allerdings wirkte ihr Lachen nicht hämisch.

„Da ich normalerweise mit Team-Kollegen Karten spiele, definitiv nein. Ich will die Jungs nicht nackt sehen."

Sie warf einen Blick auf seine Kollegen vom Geiselrettungsteam, die alle so taten, als würden sie ihr Gespräch nicht hören, und grinste. „Warum nicht? Gestern haben Sie auf mich nicht schüchtern gewirkt. *Ich* habe Sie schon nackt gesehen."

Hitze kroch seinen Nacken hinauf. Gott, die Frau würde es nicht auf sich beruhen lassen, und er wusste, dass jedes einzelne Mitglied des Geiselrettungsteams ihn jetzt monatelang wegen des *verdammten* Strip-Pokers aufziehen würde.

„Sie haben es wirklich noch nie gespielt? Nicht einmal im College?", drängte sie.

Er zuckte mit den Schultern. „Ich habe an der Uni Rugby

gespielt. Dadurch und durch das Lernen hatte ich nicht viel Freizeit." Er hatte ein Stipendium für Princeton bekommen, aber er hatte hart arbeiten müssen, um es auch zu behalten.

Ihr Atem strömte in einer Nebelwolke aus. „Das ist wohl wahr. Ich habe während meiner gesamten College-Zeit gekellnert und bei meinem Vater gewohnt. Damals war er wieder Single."

Novak nickte und erinnerte sich an den Druck ihres Unterarms gegen seine Kehle. Er hatte ihr nicht gesagt, wie leicht er die Situation hätte umkehren können. Er wollte ihr nicht die Macht nehmen. Die meisten Arschlöcher hätten weder seine noch ihre Ausbildung gehabt, und die meisten hätten um Gnade gebettelt. Er räusperte sich. „Was haben Sie studiert?"

„Psychologie." Sie warf ihm einen Blick zu.

Sie waren fast am Scheunentor, aber er konnte nicht widerstehen, sie ein wenig zu necken.

„Also, Hauptfach Psychologie mit Nebenfach Strip-Poker. Ich werde mich daran erinnern, wenn ich das nächste Mal Texas Hold'em spiele." Er hatte es als Scherz gemeint, aber sein Gehirn verriet ihn wieder, indem es vor seinem geistigen Auge ein Bild von SSA Charlotte Blood auftauchen ließ, wie sie in der Unterwäsche, die er bereits gesehen hatte, an einem Pokertisch saß.

Er stolperte über die Stufe am Eingang der Scheune.

„Heilige Scheiße, Novak, sind Sie immer so tollpatschig?", stichelte Charlotte.

Sobald sie sich abwandte und weiter zum Besprechungs-raum ging, schüttelte Angeletti den Kopf und flüsterte ihm ins Ohr: „Du bist so was von erledigt."

„Ich mache nur meinen verdammten Job", entgegnete

Novak.

„Klar, Kumpel. Aber ich wette ein Full House darauf, dass selbst dir schon aufgefallen ist, dass die hübsche Verhandlungsführerin *heiß* ist, und du *so* normalerweise nicht deinen gottverdammten Job machst.“

Novak drängte sich knurrend an seinem Kollegen vorbei. Angeletti schubste ihn, woraufhin Novak grinste und sich ihn an den wahren Grund erinnerte, warum er hier war. Auf keinen Fall wollte er sich in sie verlieben. Er tat, was McKenzie wollte, damit er dahin zurückkehren konnte, wo er hingehörte. Nämlich zu seinen Männern in die Scheune. Nichts war wichtiger als sein Team, außer den Job zu erledigen und für Gerechtigkeit für die tote Frau und die Männer, auf die geschossen wurde, zu sorgen. Er konnte nicht zulassen, dass die trügerisch weich wirkende Charlotte Blood ihn von seinem Weg abbrachte.

KAPITEL NEUN

ALS CHARLOTTE HEREINKAM, sah sie, dass Eban auf der anderen Seite der Scheune in ein ernstes Gespräch mit dem Operator vom Geiselrettungsteam vertieft war, den alle Cowboy nannten. Als Eban sie bemerkte, kam er herüber.

„Ihr beide kennt euch?", fragte Charlotte ihn.

„Wir sind in derselben Stadt aufgewachsen."

„Machst du Witze? Die Welt ist klein."

Er grunzte.

Unter seinen Augen waren Schatten, die früher nie da gewesen waren. Sie war sich ziemlich sicher, dass sie etwas mit der Rothaarigen zu tun hatten, bei deren Rettung er in Indonesien geholfen hatte, aber immer, wenn sie das Thema ansprach, wollte er nicht darüber reden.

McKenzie begann zu sprechen.

Sie sah sich nach Novak um, aber er lehnte mit verschränkten Armen an der Wand neben einigen der anderen schwarz gekleideten Agenten. Seine Abwesenheit fühlte sich wie ein kleiner Verlust an, bis ihr klar wurde, wie absurd das war. Sie mussten zusammen sein, um sicherzustellen, dass sie beide Zugang zu allen Informationen hatten und um McKenzies lächerliche Anweisungen zu erfüllen, nicht weil sie beste Freunde waren. Sie hatte vorhin eine gewisse Sanftmut gespürt, die von ihm ausgegangen war. Wahrscheinlich

Mitleid nach ihrer erbärmlichen Geschichte über dieses Arschloch von einem Stiefbruder. Sie hatte den Trottel seit über einem Jahrzehnt nicht mehr gesehen, aber manche Erinnerungen klammerten sich an die DNA, und es spielte keine Rolle, wie lange es her war. Als Novak heute Morgen versucht hatte, sie zu wecken, war ein Schalter bei ihr umgelegt worden.

Sie brauchte sein Mitleid nicht, aber sie begann zu erkennen, dass er nicht der Schwachkopf war, für den sie ihn zuerst gehalten hatte. Er war zwar bissig und nervig, aber er kümmerte sich auch um andere, und das gefiel ihr sehr, denn sie war genauso.

„Den Aussagen der Frauen zufolge, die das Grundstück gestern Abend verlassen haben, glauben wir, dass sich etwa dreißig Personen dort aufhalten. Die Altersspanne reicht von fünf Monaten bis etwa fünfundsiebzig."

Charlotte schloss die Augen. In dem Haus waren Babys. *Babys.*

„Wurden diese Informationen auf irgendeine Weise bestätigt?" Natürlich hegte Novak den Verdacht, dass es sich um Falschinformationen handelte, um ihre Reaktion zu begrenzen.

McKenzie sah Truman an, den Charlotte gar nicht bemerkt hatte. Sein Haar war zerzaust, und er trug das gleiche Hemd und den gleichen Anzug wie gestern. Trotzdem sah er verdammt heiß aus. Die Erkenntnis war beinahe erleichternd. Sie sah wieder zu Novak, der ihren Blick auffing und wegschaute.

„Es gibt keine medizinischen Unterlagen. Offenbar halten die Leute auf dem Gelände nicht viel von Krankenhäusern."

„Na toll. Das finden die Frauen sicherlich toll, wenn sie in den Wehen liegen." Novak verdrehte die Augen. „Haben sie etwas über diesen TJ-Typen gesagt?"

Truman nickte. „Alle mögen TJ, sogar die Kinder. Er spielt mit ihnen und hat einigen von ihnen das Lesen und Schreiben beigebracht und auch das Reiten."

„Sie haben Tiere?", fragte Novak und löste sich von der Wand.

Truman nickte. „Vier Pferde. Außerdem haben sie ein Schwein und ein paar Hühner. Sie hatten eine Kuh, aber sie war krank und ist gestorben."

„Was haben sie zu den Anschuldigungen gegen TJ gesagt?", fragte Charlotte.

„Dass es Lügen sind, weil TJ niemals jemandem etwas antun würde", antwortete Truman.

„Wie ist es um seine Geistesverfassung bestellt?" fragte Novak.

Charlotte stutzte. Hatten nette Leute jetzt also mentale Probleme?

„Er ist ein kluger Junge. Wurde zu Hause unterrichtet, ist aber in der Gemeinde dafür bekannt, nett und höflich zu sein. Er ist achtzehn, und die Eltern haben seine Geburt tatsächlich in einem Krankenhaus in Utah angemeldet. Viel interessanter ist allerdings sein Vater. Tom Harrison war zwanzig Jahre lang Ingenieur bei der Armee und hat für das US Army Corps of Engineers gearbeitet, hauptsächlich von Fort Belvoir aus. Er schied innerhalb eines Jahres aus, nachdem er seine Frau Martha kennengelernt hatte, die im vergangenen Frühjahr verstorben ist. Martha stammte aus einer großen Familie und laut lokalen Quellen und den beiden Müttern, die das Gelände gestern Abend verlassen haben, leben dort auch ihre Familienmitglieder. Das Gebäude ist gut gesichert und ausgestattet, und sie sind stark bewaffnet", sagte Truman.

„Quantico und das Hauptquartier stellen so viele Hintergrundinformationen wie möglich zu den Namen zusammen, die Truman von den Frauen erfahren hat", fügte McKenzie hinzu. „Gibt es etwas Neues von den Beobachterteams, die wir postiert haben?"

Sie fand es gut, dass sie die Scharfschützen als „Beobachter" bezeichneten. Dadurch wirkte das Thema weniger bedrohlich.

„Sie haben die äußere Abwehr im Blick, aber draußen bewegt sich nichts", erklärte Novak.

Charlotte fragte sich, wann er dieses Update erhalten hatte. Wahrscheinlich, als sie wie ein Stein geschlafen hatte. „Liegt der Bericht des Gerichtsmediziners schon vor?", fragte Charlotte.

McKenzie schüttelte den Kopf und schaute auf seine Armbanduhr. „Er hat die Autopsie noch nicht durchgeführt."

Sie knirschte frustriert mit den Zähnen.

„Wir haben uns die Original-Blaupausen angeschaut." Ein Agent des Geiselrettungsteams zeigte auf die Skizzen, die auf dem Tisch lagen.

Charlotte machte ein paar Schritte darauf zu, um sie sich genauer anzusehen. Das Gebäude war kreisförmig und hatte zwei markierte Ausgänge.

„Die Türen sind aus verstärktem Stahl. Wir müssen davon ausgehen, dass Harrison sie hat verstärken lassen, nachdem er das Grundstück gekauft hat, und möglicherweise noch mehr Modifikationen vorgenommen hat."

„Wer will denn in einem Bunker wohnen?", fragte Truman.

„Diese Frage würde jemand aus der Generation X nie

stellen“, witzelte ein älterer Mann, womit er ein paar Lacher erntete, die die Stimmung auflockerten.

McKenzie fuhr fort: „Jemand, der glaubt, dass er seine Familie vor der bevorstehenden Apokalypse retten muss, was häufiger vorkommt, als man denkt.“

Charlotte wusste, dass er bei einer rechtsextremistischen Antiregierungsgruppe unter der Führung von David Hines gelebt hatte. Sie wusste auch, dass McKenzie jetzt mit Hines’ Tochter verlobt war. Er hatte viel mehr Erfahrung im Umgang mit diesen Persönlichkeiten als die meisten FBI-Agenten. Aber sie wussten immer noch nicht, welche Ideologie die Personen, die an diesem Vorfall beteiligt waren, genau verfolgten. Und sie würden es auch nie erfahren, wenn sie nicht darüber redeten, was Monate dauern konnte. Sie unterdrückte einen Seufzer. Der Gedanke, so lange hier zu sein, wenn es so viele andere Fälle zu lösen und Menschen zu helfen gab, war deprimierend. Allerdings war der Gedanke, dass Menschen sterben könnten, nur weil sie kein Durchhaltevermögen hatte, noch schlimmer.

„Was ist das?“ Novak deutete auf eine dünne Linie, die aus dem Gebäude herausführte.

„Ein Abwasser- oder Lüftungsschacht?“, schlug der Mann neben ihm vor.

„Wir sollten uns das mal genauer ansehen. Es könnte unser Weg hinein sein.“ Interesse blitzte in Novaks Augen auf.

„Wir sind weit davon entfernt, den Ort zu stürmen“, erinnerte Charlotte ihn schnell.

Novak warf ihr einen verärgerten Blick zu. „Das ist mir klar, aber wir planen für alle Eventualitäten und bereiten uns in der Zwischenzeit auf diese Umstände vor. Den Grundriss zu kennen ist eine Grundvoraussetzung, um herauszufinden, wie man mit einem minimalen Risiko für meine Männer hineinkommt. Außerdem können wir so für unterschiedliche Szenarien trainieren."

Sein Tonfall suggerierte, dass ihr die Sicherheit seiner Männer egal war, und das machte sie wütend.

„Haben wir schon Augen oder Ohren drinnen?", fragte McKenzie, während er den Austausch zwischen Novak und ihr stirnrunzelnd zur Kenntnis nahm.

Sie bemühte sich um einen entspannten Gesichtsausdruck.

Ein anderer Mann schüttelte den Kopf. „Die meisten unserer traditionellen Methoden werden nicht funktionieren. Der Beton ist zu dick zum Bohren, selbst wenn wir es schaffen würden, uns unbemerkt zu nähern. Die Türen sind gesichert. Ich denke, wir könnten versuchen, über eine Abwasserleitung zur Klärgrube reinzukommen, oder über diesen anderen Ausgang, den wir untersuchen wollen, oder durch die Schlitze, die anscheinend für Beobachtungs- und Verteidigungszwecke vorgesehen sind."

„Ich bin für das Belüftungssystem, weil ich nicht in eine Klärgrube tauchen möchte", scherzte jemand. Charlotte stimmte ihm hundertprozentig zu, wusste aber, dass sie tun würden, was immer nötig war.

„Wir werden uns im Laufe des Vormittags andere Optionen ansehen, wenn ein paar weitere Spielzeuge aus Quantico eintreffen", sagte Novak geheimnisvoll.

Sie hielt sich mit ihren Fragen zurück, denn so arbeiteten diese Typen eben. Sie hatten geheime Methoden, die sie sogar vor anderen Agenten geheim hielten. Fakt war, wenn der schlimmste Fall eintrat, und Menschenleben in Gefahr waren, musste das Geiselrettungsteam so schnell wie möglich rein.

„Ich möchte Einschätzungen darüber, wie lange sie

möglicherweise überleben können, falls sich das Ganze in die Länge zieht", sagte McKenzie. „Welche Wasserquellen haben sie? Können wir die vielleicht für unsere Zwecke nutzen?"

Novak zuckte mit den Schultern. „Wir könnten vielleicht ein Beruhigungsmittel ins Wasser geben, aber da die Leute normalerweise nicht alle gleichzeitig trinken, ist diese Methode nicht besonders zuverlässig. Und da sich auch kleine Kinder dort befinden, würde ich eher davon abraten."

McKenzie nickte, als würde ihn diese Aussage zufrieden stellen. War die Frage ein Test gewesen? Charlotte vermutete, dass es möglich war. Er sah sie an. „Keine Kommunikation von irgendjemandem im Haus?"

Sie schüttelte den Kopf. „Es ist nicht überraschend, dass die Leute in einer solchen Situation den Kopf in den Sand stecken und so tun, als ob sich nichts geändert hätte und das FBI nicht vor ihrer Haustür stehen würde. Deshalb glaube ich, je unauffälliger wir sind, desto wahrscheinlicher ist es, dass sie das Gebäude noch vor dem Frühling verlassen."

Auf ihre Aussage folgten lange Gesichter. Keiner von ihnen wollte monatelang hier sein.

„Schlagen Sie vor, dass wir uns komplett zurückziehen?", fragte McKenzie.

„Im Moment scheinen keine Menschenleben in Gefahr zu sein. Also, ja, oder wir sollten zumindest den *Anschein* erwecken, als würden wir uns zurückziehen."

Ein uneiniges Gemurmel ging durch das Geiselrettungsteam. Novak schwieg, was sie zu schätzen wusste, aber sie spürte, dass er sie beobachtete. Dass er sie verurteilte.

Aber sie war jetzt an der Reihe, und auch wenn sie die Verhandlungsführerin war, war sie nicht hier, um sich Freunde zu machen. „Wir ziehen uns sichtbar zurück. Wir untersuchen den Tod der Frau, finden heraus, ob es Mord war, und beobachten das Gelände. Wir warten, bis TJ sich wieder hinauswagt, und halten ihn dann an einem Ort fest, an dem er niemanden mehr in Gefahr bringen kann, vor allem nicht die Kinder. Hoffentlich erwischen wir ihn allein. Wir können ihn und die anderen befragen, um herauszufinden, wer die Schüsse abgefeuert hat. Dann nehmen wir sie fest."

McKenzies Lippen verzogen sich zu einer schmalen Linie.

Ein Muskel zuckte in Novaks Kiefer.

„Oder wir könnten sie monatelang belagern und Millionen von Steuergeldern ausgeben, nur um unsere Stärke zu beweisen. Wir werden uns nicht den Weg nach drinnen freischießen, wenn Babys in Gefahr sind, und das wissen sie. Wir können es uns nicht leisten, uns hier als die Bösen zu positionieren. Das würde das Vertrauen der Öffentlichkeit in das FBI ein für alle Mal zerstören."

„Wir können es uns aber auch nicht leisten, dass jede Miliz im Land denkt, wir hätten Angst, sie zu konfrontieren, nur weil sie sich hinter Frauen und Kindern verstecken", erklärte Novak ruhig, aber Charlotte entging sein scharfer Unterton nicht.

Keine der Optionen war wirklich ideal.

„Sie haben beide recht", verkündete McKenzie. „Das ist ein beschissener Einsatz zu einer beschissenen Jahreszeit. Leider können wir uns unsere Aufträge nicht aussuchen. Der Direktor beobachtet diese Angelegenheit sehr genau, ebenso wie die meisten weltweiten Medien, was wiederum bedeutet, dass das auch alle in- und ausländischen Terroristen tun, die jemals mit dem Gedanken gespielt haben, sich mit uns anzulegen. Ich möchte, dass dieser ganze Vorfall deeskaliert wird, aber ich möchte nicht, dass regierungsfeindliche

Unruhestifter oder Möchtegern-Terroristen auf die Idee kommen, das FBI hätte zu viel Angst vor den Konsequenzen, um entschlossen zu handeln. Denn das ist nicht der Fall."

Charlotte presste die Lippen fest aufeinander, um ihm nicht ins Wort zu fallen und ihren Job zu verlieren. Sie fand es gut, dass McKenzie sich mehr als eine Meinung anhörte, aber sie wollte, dass er ihre unterstützte.

„Wir sind jetzt erst mal hier. Wir wollen niemanden weiter aufhetzen. Niemand spricht mit den Medien, außer durch mich oder den Pressesprecher. Er ist gerade im Krankenhaus, wird aber in ein paar Stunden hier sein. Diese ganze Gegend ist ein Pulverfass für Konflikte, und wir wollen nicht, dass uns hier alles um die Ohren fliegt."

Da minütlich mehr Personal eintraf, war es Charlotte ein Rätsel, wie das FBI verhindern wollte, dass die Situation eskalierte.

„Außerdem will ich, dass alle Informationen, die von dieser Ranch kommen, unter Verschluss gehalten werden. Die Besitzer haben eine Geheimhaltungserklärung unterschrieben."

„Und Sie vertrauen ihnen?" Novak verschränkte die Arme vor der Brust. Auf seinen Unterarmen waren ein paar goldene Haare zu sehen.

„Die Besitzer verlassen die Gegend und scheinen die Einheimischen nicht besonders zu mögen. Außerdem bekommen sie Geld, und ich bezweifle, dass sie riskieren wollen, es wieder zu verlieren oder verhaftet zu werden. Die Zentrale wird sie überwachen", sagte McKenzie. „In Zukunft sollten wir die Anzahl der Mitarbeiter, die sich tagsüber auf der Ranch aufhalten, auf maximal vier oder fünf beschränken. Wir werden dafür sorgen, dass das Essen tagsüber vom Haupthaus in die Scheune gebracht wird." Er blickte zu den schwarz gekleideten Agenten hinüber. „Die Medien sind auf der Jagd nach unseren Unterkünften, und die Einheimischen wissen wahrscheinlich bereits, wo wir sind. Ich will nicht, dass Bilder von diesem Gebäude im Fernsehen oder im Internet auftauchen, und ich will nicht, dass wir für Angriffe anfällig werden." McKenzie blickte grimmig drein. „Die Zahl der inländischen Terroristen und regierungsfeindlichen Gruppen, die es auf uns abgesehen haben, wächst ständig und damit auch ihr Waffenarsenal. Wir halten sie für eine größere Bedrohung als alles, was im Moment aus dem Nahen Osten kommt. Deshalb möchte ich Sie unbedingt zur Wachsamkeit anhalten."

Alle richteten sich bei dieser Ankündigung auf. Sie durften nicht vergessen, dass sie nicht in einem Vakuum arbeiteten und dass auch sie verwundbar waren.

„Hat es irgendwo Gerüchte über einen Angriff gegeben?", fragte Novak.

McKenzie zupfte an seiner Unterlippe. „Nur das, was zu erwarten war. Aber ich weiß, wie diese Leute denken, und diese Situation ist für sie in mehrfacher Hinsicht eine Chance."

Charlotte ergriff rasch das Wort, als sie die Gelegenheit dazu hatte. „Wenn wir kurzfristig beim Status quo bleiben, und da Harrison und seine Kumpels noch nicht mit uns reden und wir in Kürze sieben Top-Verhandlungsführer hier haben werden, hätte ich gerne die Erlaubnis, mit den Leuten im Protestlager zu sprechen. Mal sehen, ob sie uns helfen können, die Identität der toten Frau zu ermitteln, oder ob sie mit den Leuten auf dem Gelände interagiert haben."

Truman meldete sich zu Wort. „Die Hilfssheriffs wollten sie heute Morgen befragen."

Charlotte kniff die Augen zusammen. „Ich dachte, wir würden das machen?"

„Wir hatten nicht genug Leute", gab McKenzie zu.

„Noch ein Grund mehr, warum ich gehen sollte", drängte Charlotte.

„Sie können nicht gehen, weil ich nicht gehen kann", widersprach Novak.

Beide blickten McKenzie an, während jeder versuchte, ihn mit Hilfe von ASW dazu zu bringen, das zu tun, was sie wollten, nämlich getrennte Wege zu gehen. Der Mann schüttelte den Kopf.

„Netter Versuch. Sie beide bleiben so lange zusammen, wie ich es sage." McKenzie schaute sie nachdenklich an. „Reden Sie mit den Leuten im Lager."

Charlotte wusste, dass ihr Gesicht ihr Siegesbewusstsein nicht verraten durfte, und wagte es nicht, Novak anzuschauen.

McKenzie fuhr fort. „Wir müssen die tote Frau identifizieren. Außerdem will ich wissen, wer den Vorfall mit dem Puma gemeldet hat, wegen dem Bob Jones da oben war. US Fish and Wildlife haben keine Aufzeichnungen über einen Anruf, und wir hoffen, mit seiner Erlaubnis Zugang zu Jones' Telefonaufzeichnungen zu bekommen. Es muss jemand sein, der in dieser Gegend lebt oder sich dort aufgehalten hat. Die Chancen stehen gut, dass es jemand aus dem Camp ist."

„Vielleicht ist die junge Frau eines natürlichen Todes gestorben und der Junge hat sie gefunden und ist weggelaufen, als er zur Rede gestellt wurde", schlug Novak vor.

McKenzie nickte. „Abgesehen von den Schüssen auf die beiden Ordnungshüter" – was eine lange Gefängnisstrafe nach sich ziehen würde, wenn sie herausfanden, wer dafür verantwortlich war – „gibt es noch einige kleinere Vergehen, auf die wir reagieren müssen. Darauf könnten wir die Leute im Bunker über die Medien aufmerksam machen. Ich nehme an, sie haben Kabelfernsehen oder so?"

„Sie haben eine Satellitenschüssel. Sie zahlen nicht für den Dienst, aber sie sind definitiv angeschlossen."

„Sollen wir sie abschalten?", fragte Novak.

„Noch nicht", sagte McKenzie nachdenklich. „Ich habe die Verhaltensanalyseeinheit mit einigen Optionen beauftragt, um zu sehen, was die Profiler herausfinden können. Mal sehen, ob wir sie so manipulieren können, dass sie denken, es sei sicher, herauszukommen."

Das war eine gute Idee. Charlotte hatte damit gerechnet, dass jeden Moment jemand von der Verhaltensanalyseeinheit auftauchen und anfangen würde, an einer Strategie zu arbeiten, aber vielleicht taten sie es von Quantico aus.

Das Meeting wurde aufgelöst, und jeder machte sich an die Aufgabe, die ihm zugewiesen worden war.

Als sie zu Novak hinüberblickte, bemerkte sie die blassen blonden Stoppeln auf seinen Wangen, und wie sein Haar im Schein der Morgensonne schimmerte. Er schien zu spüren, dass sie ihn ansah, und warf ihr einen Blick zu, der ihr verriet, dass er über die Ereignisse alles andere als glücklich war, aber einsah, dass er keine Wahl hatte.

„Alles in Ordnung bei Novak und dir?", fragte Max leise von hinten.

Sie liebte seinen britischen Akzent und nutzte ihn bei nahezu jeder Verhandlung mit weiblichen Geiselnehmerinnen aus. „Er bellt mehr, als dass er beißt."

Max grunzte. „Wenn er zu viel bellt, sag mir Bescheid."

Charlotte lächelte leicht. „Ich komme schon mit ihm klar."

„Daran habe ich keinen Zweifel." Max zog eine

Augenbraue hoch. „Ein potenzielles Problem, das möglicherweise bald einer Lösung bedarf, ist allerdings McKenzie. Seine Crew hat einen Teil der Kantine übernommen, und wenn Harrisons Gruppe anfängt, mit uns zu reden, musst du sie rausschmeißen."

Großartig.

„Irgendwie habe ich so das Gefühl, dass diese Leute nicht verhandeln wollen." Er sah sie mit seinen dunklen Augen eindringlich an.

Der Meinung war Charlotte auch. „Jedenfalls noch nicht. Sie hoffen, dass wir verschwinden werden."

Doch das war Wunschdenken. Das FBI vergab und vergaß nicht. Aber sie würden abwarten. Es war eine Verbesserung gegenüber der alten, raueren Vorgehensweise, aber letzten Endes bekam das FBI immer seinen Willen.

KAPITEL ZEHN

NOVAK FUHR EINEN der speziell ausgerüsteten Chevy Suburbans des Geiselrettungsteams. Zum Glück hatte er keine Hand frei, um seine SSA-Kollegin zu erwürgen. Es half, dass Charlotte neben ihm saß und eine Wollmütze mit einem verdammten Pelzbommel trug und so süß aussah, dass es schwer vorstellbar war, dass sie eine knallharte FBI-Agentin war. Er wettete, dass sie sich das des Öfteren zu Nutze machte. Diese trügerische Sanftheit. Diesen abgedroschenen *unschuldiges süßes Mädchen*-Quatsch.

Sie hatte Eier aus Stahl, ihn vor allen herauszufordern, ihren Boss herauszufordern. Sich aus dem Fenster zu lehnen und selbst ein paar Nachforschungen anzustellen? Ihn einfach mitzuschleifen, obwohl seine hochqualifizierten Kenntnisse vielleicht anderweitig dringend gebraucht wurden? Ja, unter der unschuldigen Verpackung verbarg sich eine Bulldoggenpersönlichkeit. Daran sollte er besser denken, wenn sie das nächste Mal um die Oberhand kämpften.

Allerdings war der Zeitpunkt so gut wie jeder andere, um Fragen zu stellen, auf die sie dringend Antworten brauchten. Solange sie keine Attrappe der Festung gebaut hatten, an der sie taktische Einstiege üben konnten, hatte er wenig zu tun, außer seine Leute zu beaufsichtigen und auf Informationen zu warten. Angeletti war mehr als fähig, die notwendigen

Maßnahmen zu ergreifen.

Die Leute im Inneren des Gebäudes würden ein paar Tage lang auf der Hut sein, bevor sie sich langweilen und nachlässig werden würden. Sie würden selbstgefällig werden. Ganz im Gegensatz zu den Agenten vom Geiselrettungsteam. Sie waren nicht selbstgefällig. Deshalb trainierten sie ständig für diese Situationen, und je mehr Informationen sie hatten, um sich vorzubereiten, desto besser standen die Chancen auf einen Ausgang, bei dem niemand verletzt wurde – zumindest nicht auf ihrer Seite.

„Da lang." Charlotte deutete aus dem Fenster, als könne er die Polizeiautos und die bunten Zelte in der Ferne nicht sehen. „Wie es aussieht, ist uns der Sheriff zuvorgekommen."

Mist.

Es standen verdammt viele Streifenwagen herum, wenn man bedachte, dass sie nur Befragungen durchführen wollten. Er hielt am Ende der Reihe an, und Charlotte und er stiegen aus.

Es war das reinste Chaos. Zivilisten rannten schreiend durch die Gegend, Polizisten jagten Leuten hinterher, warfen sie zu Boden und legten ihnen Handschellen an. Die Hälfte der Bewohner war nicht einmal richtig angezogen, was darauf schließen ließ, dass eine Razzia im Morgengrauen durchgeführt worden war, als die Leute noch in ihren Schlafsäcken gelegen hatten.

„Was zum Teufel ist denn hier verdammt nochmal los? Ist das seine Vorstellung davon, Leute zu befragen?", fluchte Charlotte leise, was eine Premiere war. Als sie den Sheriff entdeckten, gingen sie auf ihn zu.

Novak sah, wie einer der Hilfssheriffs seine Kollegin ansah, als wäre sie jemand, der in die Mangel genommen werden musste, doch als er seinen Blick auffing, schien der Polizist die FBI-Marke, die Charlotte um den Hals und um den Oberarm trug, zu bemerken.

Der Hilfssheriff wich zurück, aber Novak warf ihm trotzdem einen finsteren Blick zu. Auf Charlottes Drängen hin hatte er sich weniger einschüchternde Kleidung angezogen. Jeans, T-Shirt und ein kariertes Hemd, um sich „anzupassen". Er trug immer noch seine Kampfstiefel und seine Waffen. Er hatte jedoch kein gutes Gefühl dabei, ohne schusssichere Weste und Verstärkung mitten in diesen Wahnsinn hineinzulaufen.

Charlotte hielt ihren Ausweis hoch, als sie auf den Sheriff zuging, der mit den Händen in den Hüften dastand und die Lichtung überblickte. Drei Männer lagen vor ihm auf dem Boden, alle trugen Handschellen.

„Supervisory Special Agents Blood und Novak", stellte Charlotte beide vor. „Was ist hier los, Sheriff Lasalle?"

Der Mann richtete sich auf und betrachtete ihr goldenes Abzeichen mit zusammengekniffenen Augen. Dann spuckte er seitlich auf den Boden und sah auf, um Novaks Blick über Charlottes Kopf hinweg zu begegnen.

„Kein Zutritt für Unbefugte."

Die Männer, die auf dem gefrorenen Gras lagen, protestierten wütend. „Wir haben das Recht, friedlich zu protestieren." Der Sheriff versetzte dem Mann einen kräftigen Tritt mit seinem Stiefel.

Novak grinste ein wenig und wartete, wie Charlotte darauf reagieren würde. Der Sheriff missverstand seinen Ausdruck als Zustimmung.

„Rufen Sie Ihre Männer zurück, Lasalle. Das FBI ist für diesen Vorfall zuständig, und im Moment behindern Sie mich dabei, meinen Teil der Ermittlungen durchzuführen."

Der Sheriff sah über ihren Kopf hinweg und machte keine Anstalten, seine Männer aufzuhalten. Frauen schrien.

Oh Gott.

Novak ballte eine Hand zur Faust und löste sie wieder.

Charlotte stellte sich auf die Zehenspitzen, um mit dem Sheriff auf Augenhöhe zu sein. „Rufen Sie Ihre Hilfssheriffs zurück. Ansonsten werden mein Kollege und ich hier anfangen, Leute zu verhaften, angefangen bei Ihnen." Sie zückte ihre Handschellen.

Charlotte bevorzugte zwar friedliche Lösungen, aber sie war kein Schwächling. Novak spürte einen Anflug von Lust. Die Frau war heiß, wenn sie wütend war.

Er schob die Gefühle beiseite. Sie hatten nichts zu bedeuten. Nur die animalische Reaktion eines Kerls, der auf selbstbewusste und durchsetzungsfähige Frauen stand, obwohl er es besser wusste. Und eines Tages würde er darüber hinwegkommen, von zwei dieser Frauen behandelt zu werden, als sei er wertlos. Oder vielleicht auch nicht.

Er zog sein Satellitentelefon hervor und wies Angeletti an, so schnell wie möglich ein paar der Jungs in Ausrüstung herzuschicken. Er gab ihm seine Position durch, bevor er auflegte.

Als Novak sich weigerte, Charlottes Position zu untergraben, sah der Sheriff Charlotte schließlich in die Augen. „Das würden Sie nicht wagen."

Ihr Gesichtsausdruck sagte etwas anderes.

„Sie haben das FBI um Unterstützung gebeten, weil Sie unsere Hilfe gebraucht haben. *Normalerweise* dürfte ich Ihnen in die polizeiliche Überwachung Ihres Bezirks nicht reinreden, aber wir sind jetzt hier, und unser Aufgabenbereich umfasst alle Aspekte dieses Vorfalls, einschließlich der Befragung möglicher Zeugen."

„Wenn diese Penner nicht hier wären und Ärger machen würden, wäre das alles nicht passiert."

„Haben Sie schon alle befragt?", fragte Charlotte mit gespielter Höflichkeit. „Können Sie mir sagen, wer von ihnen für den Tod der Frau verantwortlich ist? Bei der Gelegenheit können Sie mir vielleicht auch gleich sagen, wer auf den Federal Wildlife Officer Jones geschossen hat? Und wer von *diesen* Leuten hat Ihren Hilfssheriff angeschossen und verletzt?" Sie erhob ihre Stimme nicht, aber jeder, der auf ihre Körpersprache achtete, konnte problemlos erkennen, dass sie vor Wut kochte.

Der Sheriff kaute an seinem Schnurrbart.

„Rufen Sie Ihre Männer zurück, Lasalle, oder ich schwöre bei Gott, dass ich Ihnen Handschellen anlegen und Sie in die nächste Bundeshaftanstalt bringen werde. Und glauben Sie mir, ich werde nicht besonders glücklich darüber sein, ein paar Stunden meines Tages mit einem Mann zu verschwenden, der es besser wissen sollte."

Verachtung huschte über Lasalles Gesicht, und Novak verlagerte sein Gewicht.

„Sie blufft nicht", sagte Novak leise.

Die Oberlippe des Sheriffs kräuselte sich. Dann bellte er einem Uniformierten, der in der Nähe stand und sie mit großen Augen beobachtete, einen Befehl zu. „Rufen Sie alle zurück, Deputy. Lassen Sie das FBI die Sache regeln."

„Die Hilfssheriffs sollen zu ihren Autos zurückkehren. Lassen Sie die Gefangenen frei. Das FBI übernimmt jetzt."

Novak zuckte zusammen, als die Durchsage über den Autolautsprecher ertönte. Auf keinen Fall wollte er den ganzen Tag damit verbringen, mit verrückten Hippies zu reden. Er ließ seinen Blick umherschweifen und sah mehrere Köpfe, die sich nervös zu ihnen umdrehten.

Na toll.

„Ich nehme an, das bedeutet, dass Sie meine Hilfssheriffs in dieser Situation nicht mehr benötigen werden." Der Sheriff schenkte Charlotte ein arrogantes Lächeln, das andeutete, dass er alle Karten in der Hand hielt. „Ich werde dem Staatsanwalt unmissverständlich mitteilen, dass ich von Ihnen, junge Dame, eine ganz persönliche Entschuldigung erwarte, bevor sie mich noch einmal um Hilfe bitten." Der Sheriff sah Charlotte von oben herab an. Die Andeutung war sowohl sexistisch als auch frauenfeindlich. Novak wäre am liebsten eingeschritten und hätte das arrogante Arschloch fertiggemacht. Doch dann erinnerte er sich daran, dass Charlotte Supervisory Special Agent beim FBI war, die wusste, wie man sich wehrte. Sie konnte sich behaupten.

Charlotte nickte. „Die Bundespolizei kann alles übernehmen, was Sie nicht bewältigen können, Sheriff. Wir möchten eine Abteilung, die nach der Verletzung eines Hilfssheriffs ohnehin schon belastet ist, nicht unnötig unter Druck setzen. Wir haben vollstes Verständnis. Nur wenige Polizeidienststellen verfügen über die Kapazitäten und Fähigkeiten, um eine derartige Krise zu bewältigen –"

Die örtliche und die staatliche Polizei wetteiferten oft um die Macht.

Lasalle schimpfte: „Ich habe nie gesagt, dass wir es nicht schaffen. Ich will die Bundespolizei nicht überall in meinem Bezirk haben."

„Sie *schaffen* es also?", fragte Charlotte fröhlich. „Alle Straßensperren und Patrouillen, die bereits vereinbart sind?

Denn ein Anruf bei der Bundespolizei genügt, und sie werden so viele Leute schicken, wie wir anfordern –"

Der Schnurrbart des Sheriffs zuckte. „Wir werden uns selbst darum kümmern. Sie können sich um diese Plagegeister kümmern. Ich will sie hier weghaben." Er warf einen Blick in die Runde, als wären sie nicht einmal Menschen. Dann erhob er seine Stimme und wandte sich an seine Männer, die sich versammelt hatten, um zuzuhören. „Na los, wir gehen!"

Novak funkte Angeletti an und wies ihn an, umzukehren, da die Krise bereits abgewendet war.

„Soll ich ihn fragen, ob sie ein paar Agenten in Zivil schicken können, um bei den Befragungen zu helfen?", fragte er seine Kollegin.

Sie schüttelte den Kopf und sah zu, wie die Streifenwagen des Sheriffs einer nach dem anderen vorbeirasten. „Fangen wir erst einmal mit den Befragungen an. Mal sehen, was wir herausfinden."

Der Sheriff funkelte sie wütend an, als er vorbeifuhr. Novak war sich ziemlich sicher, dass er ihnen den Stinkefinger zeigen würde, sobald er außer Sichtweite war.

Novak drehte sich um, um sich der zusammengewürfelten Armee von Baumumarmern zu stellen.

Charlotte ging zu einer Frau, um ihr auf die Beine zu helfen. Dann ging sie weiter, zu einer anderen, und noch einer. Sie kniete sich neben einen jungen Mann, der weinte, und legte ihren Arm um seine Schultern.

Novak stieß einen leisen, frustrierten Atemzug aus. So sehr er auch zurück zu seinem Team wollte, er wusste auch, dass das hier eine Weile dauern würde. Charlotte tat das, was Special Forces im Ausland oft taten. Man erzielte bessere Ergebnisse, wenn man die Herzen und Köpfe der Beteiligten gewann, als wenn man ihre Häuser und ihr Leben mit Füßen trat.

Er hielt einem der Männer, die vor ihm auf dem Boden saßen, die Hand hin.

Der Mann beäugte ihn misstrauisch, bevor er sie ergriff. Novak zog ihn auf die Beine und half ihm aufzustehen. „Ist das eine ausgeklügelte ‚Guter Bulle böser Bulle'-Nummer? Denn ich bin bereit, alles zu gestehen."

Novak lächelte. „Nein, Sir. Das FBI versucht herauszufinden, wer die Frau war, die gestern oben auf dem Berg gestorben ist. Haben Sie schon ein Foto von ihr gesehen?"

Der Mann schüttelte den Kopf.

Novak rief ein Bild auf seinem Handy auf. „Erkennen Sie sie?"

Die Augen des Mannes weiteten sich, und er schlug sich die Hand vor den Mund. „Sie war hier im Lager. War es Mord? Das haben sie im Radio gesagt."

„Das wissen wir noch nicht." Das war mehr, als Novak hätte sagen sollen. Mist. „Mit wem habe ich das Vergnügen?" Er zog einen Notizblock und einen Stift hervor. Charlottes Vermutung, dass diese Leute etwas wissen könnten, hatte sich bereits bestätigt.

„Professor Alan Kennedy." Der Mann seufzte. „Ich hätte gestern schon packen und abreisen sollen, aber ich habe mir Sorgen gemacht …"

Als er abbrach und den Berg hinaufblickte, fragte Novak ungeduldig: „Weswegen haben Sie sich Sorgen gemacht?"

Der Professor musterte Novaks Gesicht prüfend. Wenn er auf der Suche nach Wärme und Herzlichkeit war, hatte er den falschen Bundesbeamten vor sich.

„Ich hatte Angst, dass jemand den Sasquatch für den Tod

der armen Frau verantwortlich machen würde, aber soweit wir wissen, haben sie nie irgendwelche Anzeichen von Aggression gezeigt …"

Novak hielt seinen Bleistift über seinen Block. „Sie hatten Angst, dass jemand denken könnte, *Bigfoot* hätte sie umgebracht?"

Der Professor verdrehte die Augen. „Ich bin mir bewusst, wie verrückt das für jeden klingt, der nicht an die Existenz dieser Kreaturen glaubt."

Novak rang sich dazu durch, das alles aufzuschreiben. Der Professor hatte keine Ahnung, wie verrückt es sich anhörte, aber wenigstens hatte Agent Fontaine ihn vor dieser Möglich-keit gewarnt. Er würde sich später bei ihr bedanken müssen. „Die meisten von uns bräuchten da schon ein paar Beweise."

„Wie den Patterson-Gimlin-Film? Niemand hat es geschafft, diesen alten Film zu diskreditieren und doch glaubt niemand, dass auf den Aufzeichnungen tatsächlich Bigfoot zu sehen ist."

„Dieser Film wurde in den sechziger Jahren gedreht. Das erklärt nicht wirklich, wieso es heutzutage nicht mehr Beweise für die Existenz eines großen Primaten in einem Land gibt, in dem dreihundert Millionen Menschen leben."

Der Professor seufzte. „Wenn Sie die Sichtungen und Videos nicht so studiert haben wie ich, würde ich sagen, dass es sehr anmaßend ist, wenn unwissende Leute behaupten, dass Bigfoot *nicht* existiert, oder? Mir gefällt die Idee, dass wir nicht alles über unseren Planeten und dessen Primaten wissen. So bleibt das Leben interessant."

Novak war sich ziemlich sicher, dass er gerade beleidigt worden war. „Gab es hier in der Gegend eine glaubwürdige Sichtung?"

Der Professor fuhr sich mit den Fingern durch sein Haar, das im Wind wehte. „Am vierten August haben zwei Wanderer einen weiblichen Sasquatch mit einem Baby gesehen. Sie ist weggerannt, bevor sie ein gutes Foto von ihr machen konnten, aber sie haben ein paar Aufnahmen mit ihren Handys gemacht. Daraufhin sind Forscher der Bigfoot Researchers Organization, bei der ich Mitglied bin, hierhergekommen und haben einige Fußabdrücke gefunden.“

„Und Sie waren die ganze Zeit über hier?“ Klang ganz so, als hätte der Typ einen ruhigen Job.

„Nein. Ich bin hin und her gereist. Ich bin erst letzten Donnerstagabend wiedergekommen und habe mich mit einer Gruppe gleichgesinnter Freunde getroffen.“ Der Professor schien sich über Novak zu ärgern, aber das war nichts Neues für ihn. „Wir gehen an den Wochenenden und an Feiertagen oft zelten, machen Nachtwanderungen und erschrecken uns gegenseitig mit unserem Geheule im Wald. Ein harmloser Spaß.“

„Waren Sie vorgestern Abend auch im Wald unterwegs?“

Der Professor schüttelte den Kopf. „Wir haben Freitag und Samstag da draußen übernachtet. Die meisten anderen sind am Sonntag abgereist, aber ich habe beschlossen, noch ein paar Tage hier zu bleiben. Mir gefällt dieses Fleckchen Erde.“

„Haben Sie etwas gesehen?“

Kennedy seufzte. „Diesmal nicht.“

„Was können Sie mir über die Frau sagen, die gestorben ist?“ Novak musste den Kerl wieder auf die richtige Spur bringen.

Das Gesicht des Professors wurde ausdruckslos und er wandte seinen Blick ab. „Ich kenne ihren Namen nicht. Sie und ihre Freundin waren sehr zurückhaltend, was gesellschaftliche Aktivitäten anging."

„Freundin?", Novak horchte auf.

„Sie haben sich das Zelt da drüben geteilt. Das gelbe mit den blauen Markierungen. Ich glaube, die Freundin heißt Kate oder so ähnlich." Der Mann ließ seinen Blick über die Menschenmenge schweifen. „Ich kann sie nicht sehen."

„Hat sie einen Nachnamen?", hakte Novak nach.

„Ich bin notorisch schlecht darin, mir Namen zu merken. Da können Sie meine Studenten fragen." Der Professor presste die Lippen aufeinander. „Und jetzt verschwinde ich lieber, bevor mein College mich in den Abendnachrichten sieht und mich feuert. Oder bevor der Sheriff zurückkommt und uns alle verhaftet, weil wir nicht auf der Seite der geldgeilen Konzerne stehen, die seine Wiederwahlkampagnen finanzieren."

Novak nahm die Kontaktdaten des Mannes auf und ließ sich seine Visitenkarte geben. Dann schritt er auf das gelbe Zelt zu, wobei er sich durch die Menschenmenge und ihre Habseligkeiten schlängelte, die wie Müll auf dem Platz verstreut lagen. Die Leute sammelten ihre Sachen ein und vermieden den Blickkontakt.

Charlotte sah auf. Er machte eine ruckartige Kopfbewegung und sie ging auf ihn zu. Als sie nah genug war, beugte er sich zu ihr, wobei ihm der Limettenduft ihrer Haut in die Nase stieg. Definitiv kein *Eau de Ziege*.

„Laut dem Professor da drüben hat sich die Tote ein Zelt mit einem anderen Mädchen geteilt, von dem er glaubt, dass sie Kate heißt, aber er war sich nicht sicher."

„Das gelbe Zelt?", fragte sie, als er darauf zeigte.

„Jep."

Er wollte sie vorgehen lassen, aber sie winkte mit ihrer Hand. „Nach Ihnen, SSA Novak."

„Glauben Sie nicht, dass ich eine Frau allein erschrecken könnte, besonders unter diesen Umständen?"

Sie lächelte, und wieder einmal war er von ihrer ruhigen Zuversicht völlig gebannt, ganz zu schweigen von ihrem hübschen Gesicht. „Es ist Ihr Durchbruch, Payne. Und ich denke, Sie können so furchterregend oder charmant sein wie Sie wollen."

Charmant? War das ein Kompliment? Er wusste nicht einmal, ob ihn schon einmal jemand charmant genannt hatte.

Das Zelt stand am Waldrand, und die Bäume ragten darum herum in die Höhe. Eine Krähe krächzte laut von der Spitze einer großen Kiefer. Sein Blick fiel auf den fest verschlossenen Eingang. Offensichtlich waren die Hilfssheriffs nicht so weit gekommen, bevor er und Charlotte eingetroffen waren.

Sie blieben davor stehen. „Wer auch immer in dem Zelt ist, hier sind SSA Novak und Blood vom FBI. Kommen Sie heraus. Wir würden gern mit Ihnen reden." Charlottes Gesichtsausdruck nach zu urteilen, war er nicht ganz so charmant, wie sie gehofft hatte.

„Bitte", fügte er nachträglich hinzu.

Er bekam keine Antwort. Er legte die Hand auf seine Waffe, während er sich nach vorne beugte und vorsichtig den Reißverschluss hochzog. Da war wieder dieses Geräusch, das ihn an den Tod erinnerte, genau wie der Leichensack. Doch er ließ sich nicht davon ablenken.

Charlotte stand auf der anderen Seite des Zeltes und hatte ihre Waffe gezogen, die sie allerdings auf den Boden richtete.

Wenigstens war sie keine Pazifistin. Nicht, dass das FBI viele Pazifisten beschäftigte.

Er zog die Plane zurück. Im Inneren des Zelts befanden

sich zwei Schlafsäcke. Einer war offen und leer. In dem anderen lag jemand zusammengekuschelt, kaum sichtbar unter einem Haufen Kleidung und Bettzeug.

„Ma'am? Bitte kommen Sie für ein paar Augenblicke aus dem Zelt, damit ich mit Ihnen sprechen kann."

Ihr Kopf bewegte sich von einer Seite zur anderen, und sie stöhnte.

Tat sie nur so, als ob sie gerade aufwachen würde? Hatte sie eine Waffe in dem Schlafsack oder unter der Decke versteckt?

„Ma'am." Er sprach lauter, aber die einzige Antwort war ein röchelnder Atemzug.

„Ich bin mir nicht sicher, ob sie bei Bewusstsein ist", sagte Charlotte knapp.

Eine Menschenmenge begann sich um sie herum zu versammeln.

„Lasst sie in Ruhe", rief jemand.

„Lasst uns alle in Ruhe!"

Novak runzelte die Stirn und warf einen Blick über seine Schulter, dann ging er in die Hocke und spähte in das Zelt, um die Bedrohung besser einschätzen zu können. Er musste wissen, dass sie nicht von der Menge überrannt wurden, bevor er sich mit der Frau befassen konnte, die krank zu sein schien.

„Ich glaube, sie ist krank", sagte Charlotte an die aufgeregte Menge gewandt. „Hat jemand in letzter Zeit nach ihr gesehen?"

Die Stimmung änderte sich. Sie schlug in Vernunft und Ruhe um. Zum Teil lag es an ihrem sanften Ton, zum Teil an der offenkundigen Sorge, die in ihrer Stimme mitschwang. Die Leute scharrten mit den Füßen und sahen sich schuldbewusst um.

„Ich habe die beiden seit vorgestern Abend nicht mehr gesehen."

„Das eine Mädchen meinte, sie würde über Thanksgiving nach Arizona fahren. Seitdem habe ich sie nicht mehr gesehen."

„Ich wusste gar nicht, dass sie wieder da sind ..."

„Ich hätte nach ihnen sehen sollen, als ich die Meldung in den Nachrichten gesehen habe."

Die Menge zerstreute sich, um sich wieder um ihre eigenen Angelegenheiten zu kümmern.

Novak und Charlotte wechselten einen Blick, woraufhin sie ihre Waffe wegsteckte und andeutete, dass auch sie es für sicher hielt.

Novak kroch ins Zelt und sah, dass die Frau jung war, ein Teenager. Sie reagierte nicht auf seine Anwesenheit, sondern stöhnte nur, als ob sie Schmerzen hätte. Er legte seine Handfläche auf ihre Stirn. Ihre Haut war glühend heiß unter seinen Fingern. „Sie glüht. Sie braucht einen Arzt."

Charlotte beugte sich hinunter. „Können Sie sie tragen?"

Er warf ihr einen Blick zu.

„Wir müssen sie zur Ranch bringen und sie von einem Arzt untersuchen lassen. Organisieren Sie einen Hubschrauber, falls sie ins Krankenhaus gebracht werden muss."

Novak schob seine Arme unter ihre Schultern und unter ihre Knie. Dann hob er sie problemlos hoch und robbte unbeholfen auf seinen Knien aus dem niedrigen Zelt. Sobald er draußen war, richtete er sich auf.

„Wo ist Brenna?", fragte eine Frau, die in der Nähe geblieben war. Sie sah aus, als wäre sie Mitte sechzig. Einen Meter fünfundsechzig groß. Langes graues Haar unter einem bunten Schal, der um ihren Kopf gewickelt war.

„Hat sich Brenna das Zelt mit Kate geteilt?", fragte er.

„Kayla", korrigierte die Frau ihn und sah dann weg.

Charlotte zog sich Latexhandschuhe an. Sie duckte sich in das Zelt und durchsuchte es schnell, bis sie zwei Handtaschen fand. Sie fotografierte sie *in situ*, bevor sie zwei Geldbörsen herausnahm und sie öffnete. Sie nahm die Ausweise heraus und steckte sie in Beweismittelbeutel.

„Bringen Sie sie so schnell wie möglich zu einem Arzt. Ich werde den Tatort sichern." Sie war bereits dabei, McKenzies Nummer zu wählen.

Novak verlagerte das kranke Mädchen etwas in seinen Armen. Sie war spindeldürr und klein. Er wollte Charlotte nicht mit einer Gruppe von Fremden allein lassen, die vielleicht harmlos waren oder auch nicht.

„Lassen Sie uns gemeinsam gehen und die Spurensicherung rufen." Noch während er es sagte, wusste er, dass sie nicht einverstanden sein würde. Wenn die tote Frau hier gelebt hatte, mussten sie den Tatort untersuchen. Und die Frau in seinen Armen brauchte dringend einen Arzt.

Er sah Charlotte unschlüssig an, was untypisch für ihn war. „Ich schicke Verstärkung."

„Hätten wir nur den Sheriff nicht weggeschickt." Ihr Tonfall war heiter und leicht spöttisch. „Gehen Sie ruhig. Bringen Sie das arme Mädchen zum Arzt. Ich komme schon zurecht."

Novak verschwendete Zeit, also machte er sich auf den Weg zum Chevy. Die Leute hier wirkten im Allgemeinen harmlos, und Charlotte konnte auf sich selbst aufpassen. Die Erinnerung an die tote Frau schoss ihm durch den Kopf.

Er ging zum Auto und verfrachtete Kayla auf den Rücksitz. Ihre Augen waren halb geöffnet. „TJ?"

Ein Aufblitzen von Genugtuung schoss durch ihn. Das Mädchen war eine solide Verbindung zu ihrem Fall. Sie musste wissen, was vor sich ging. „Nein, aber keine Sorge, du wirst wieder gesund. Ruh dich aus. Ich bringe dich zu einem Arzt."

Er setzte sich auf den Fahrersitz und fuhr los. Er fuhr schnell, aber nicht so schnell, wie er wollte.

Nach einer Minute Fahrt verfluchte er sich bereits dafür, Charlotte zurückgelassen zu haben. Er zog sein Satellitentelefon heraus, um Angeletti anzurufen, doch genau in dem Moment schoss einer ihrer gepanzerten Suburbans vorbei. Novak hätte wissen müssen, dass sie sich auf den Weg machen würden, obwohl er ihnen gesagt hatte, sie sollten sich zurückhalten. Er hielt weder an noch wurde er langsamer, als der Anruf einging.

„Was gibt's, Boss?"

„Sucht SSA Blood auf dem Campingplatz. Befragt die Leute dort, was sie über die tote Frau und ihre Freundin Kayla wissen."

„Okay." Es klang wie eine Frage.

„Wir haben ihre Freundin aus ihrem gemeinsamen Zelt geholt. Sie ist im Delirium, aber sie ist definitiv irgendwie involviert. Mir gefällt der Gedanke nicht, dass ein Agent allein da draußen ist, wenn wir nicht wissen, ob irgendwo vielleicht noch Bedrohungen lauern." Er wäre um jeden besorgt gewesen. Es lag nicht daran, dass Charlotte eine Frau war, obwohl er sich definitiv mehr Sorgen um weibliche Agentinnen machte, die im Außendienst arbeiteten. Er wusste, dass es ein Vorurteil war, und er gab sich Mühe, darüber hinwegzukommen.

„Verstanden. Wir halten ihr den Rücken frei, Boss."

Irgendwie hatte Charlotte es geschafft, unter seinen Panzer zu gelangen und dafür zu sorgen, dass er sich für sie verantwortlich fühlte. *Genau das hat mir noch gefehlt.* Er wusste, dass Angeletti irgendwann eine große Sache daraus machen würde, aber im Moment musste er sich darauf konzentrieren, den Job zu erledigen.

Ohne zu bremsen, bog Novak in die Einfahrt der Ranch ein, fuhr durch das offene Scheunentor und trat auf die Bremse. Das Tor schloss sich hinter ihm.

Novak sprang aus dem Wagen.

„Was haben wir?", bellte McKenzie und schritt auf ihn zu.

Ein ehemaliger Sanitäter beugte sich bereits über das Mädchen auf dem Rücksitz.

„Ein Mann im Lager hat die tote Frau auf dem Bild erkannt. Er sagte, sie hätte sich ein Zelt mit einem anderen Mädchen geteilt. Als wir weitere Nachforschungen anstellen wollten, haben wir diese Frau nicht ansprechbar vorgefunden. SSA Blood hat darauf bestanden, dass ich sie herbringe, um sie medizinisch untersuchen zu lassen. Charlotte ist zurückgeblieben, um den Tatort zu bewachen." Novak beugte sich zu McKenzie, damit nur er ihn hören konnte. „Das Mädchen ist im Delirium und hat mich TJ genannt."

McKenzies Augen weiteten sich. „Haben Sie eine Ahnung, was mit ihr los ist?" Die letzte Frage war an den Sanitäter gerichtet, der die Lippen schürzte.

„Keine offensichtlichen Verletzungen. Sie hat Fieber und ist stark dehydriert. Ich vermute, dass sie mit einer Grippe oder einer anderen Infektion kämpft."

„Großartig. Ich hoffe bei Gott, dass alle hier mit ihren Impfungen auf dem neuesten Stand sind", murmelte McKenzie.

„Immer, aber es wäre vielleicht eine gute Idee, wenn diejenigen, die sie behandeln, einen Mundschutz tragen, bis wir mit Sicherheit wissen, was sie hat." Der Sanitäter holte eine N95-Maske aus seinem Kasten und setzte sie auf.

Novak holte eine Flasche Handdesinfektionsmittel aus dem Handschuhfach und benetzte seine Hände damit. Er wurde selten krank und wollte nicht, dass sich das jetzt änderte.

„Was sind unsere Optionen, Boss?"

„Ich muss mit ihr reden, und das kann ich erst, wenn es ihr besser geht." McKenzie stemmte die Hände in die Hüften.

Der Sanitäter sprang aus dem Fahrzeug. „Mein Rat wäre, den nächstgelegenen Arzt für einen Hausbesuch zu holen. Ich kann sie an einen Tropf mit Kochsalzlösung anschließen und ihr Flüssigkeit zuführen. Wenn sie ins Krankenhaus eingeliefert werden muss, können wir das arrangieren. Wenn es nur eine harmlose Grippe ist, würde ein Krankenhaus sie ohnehin nach Hause schicken, und da sie in einem Zelt wohnt, das wahrscheinlich gleich von der Spurensicherung auseinandergenommen werden wird, wäre sie obdachlos. Bestenfalls könnten wir sie im System verlieren, schlimmstenfalls könnte sie auf der Straße sterben. Wahrscheinlich ist sie irgendwo in der Nähe besser aufgehoben, wo wir sie im Auge behalten können."

McKenzie runzelte die Stirn. „Sie kann mein Zimmer auf der Ranch haben. Es hat ein eigenes Bad. Ich möchte eine potentielle Gefährdung für das FBI-Personal möglichst vermeiden, aber ich will sie irgendwo unterbringen, wo wir sie befragen können. Ich will wissen, woher sie TJ kennt. Was ihre Freundin auf dem Berg gemacht hat. Kümmern Sie sich um sie, bis der Arzt kommt. Wir sollten vorerst davon ausgehen, dass sie ansteckend ist.“

„Was, wenn sie diejenige ist, die ihre Freundin umgebracht hat?“, fragte Novak leise.

„Wir werden die Tür verriegeln, um die Quarantäne zu erleichtern, und eine Wache aufstellen. Ich werde mit dem Staatsanwalt sprechen und den Direktor davon überzeugen, dass wir eine Krankenschwester brauchen.“

„Vielleicht will er, dass sie in einer Einrichtung festgehalten wird“, sagte Novak.

„Ich werde ihn überzeugen. Ich will sie nicht verschrecken. Im System könnte es sein, dass sie dichtmacht. Ich muss wissen, was zum Teufel auf diesem Berg passiert ist“, sagte McKenzie.

„Und warum sie dachte, dass TJ derjenige sein könnte, der ihr zur Hilfe kommt“, murmelte Novak und sah seinem Vorgesetzten nach, der davonschritt.

KAPITEL ELF

CHARLOTTE ZÜGELTE IHRE Ungeduld, obwohl sie am liebsten direkt in das Zelt gekrochen wäre, um mit den Ermittlungen zu beginnen. Endlich hatten sie eine Spur zu der toten Frau. Irgendjemand musste doch wissen, was sie auf dem Berg gemacht hatte, und wer für ihren Tod verantwortlich sein könnte. Kayla hatte definitiv Informationen, die sie einholen mussten. Sie schickte McKenzie die Führerscheinbilder der beiden Frauen. Brenna Longie und Kayla Russell. Dann zwang sie sich, ruhig zu bleiben und draußen zu warten. Da sie keine Verstärkung hatte, musste sie ihre Umgebung im Auge behalten, damit sie nicht von jemandem in einen Hinterhalt gelockt wurde.

Die meisten der Aktivisten waren schon weg, aber es gab noch ein paar Nachzügler.

„Kannten Sie die Frauen, die in diesem Zelt gewohnt haben?", fragte sie eine Frau in der Nähe, die gerade ihr Zelt abbaute.

Die Frau, die schmutzige Jeans, einen lila Fleecepullover und abgenutzte Wanderschuhe trug, stand auf und wischte sich die Hände an den Oberschenkeln ab.

„Mein Name ist Charlotte Blood. Haben Sie gehört, was auf dem Berg passiert ist?"

„Ja." Die Frau kam ein Stück näher, und Charlotte streckte

ihr die Hand hin.

„Judith Thomas." Die Frau stellte sich vor, obwohl sie so aussah, als würde sie ihren Namen lieber nicht verraten wollen. Soziale Umgangsformen waren in Charlottes Beruf nützlich. „Es gab eine Schießerei zwischen den Polizisten und den Spinnern, die in diesem Betonmonstrum wohnen. Wir haben die Schüsse gehört. Es war furchtbar. Gestern Abend hieß es in den Nachrichten, man habe eine tote Frau gefunden. War es Brenna?"

Charlotte spürte einen Anflug von Mitgefühl, als sie die Traurigkeit in Judiths Augen sah. Sie zog ihr Handy heraus und rief ein Bild vom Gesicht des Opfers, das auf dem Tisch in der Gerichtsmedizin lag.

Nach einem zögernden Blick beugte sich Judith vor, stützte die Hände auf die Knie und atmete tief ein. „Ja. Das ist Brenna. Ach, sie war so ein liebes Mädchen."

„Mein aufrichtiges Beileid", sagte Charlotte mitfühlend.

„Wie ist sie gestorben? Ist sie erschossen worden?"

„Nach der Autopsie werden wir mehr wissen. Wir versuchen immer noch herauszufinden, was genau gestern auf dem Berg passiert ist."

Trauer war ein starkes Gefühl, das nur langsam in den Griff zu bekommen war. Es dauerte länger, sie zu überwinden. Schweigen war das beste Werkzeug, das ein Verhandlungsführer hatte. Charlotte wartete geduldig, während Judith sich die Tränen aus den Augen wischte, die zu fließen begonnen hatten.

Die Sekunden zogen sich in die Länge. Zehn, zwanzig. Dreißig.

„Die Mädchen sind schon seit dem Frühjahr hier", sagte Judith schluchzend. „Sie waren beide ruhig und ein wenig schüchtern. Es war ihnen so wichtig, hierher zu kommen und zu versuchen, die alten Wälder zu retten, aber sie sind für sich geblieben und wollten sich nicht in die Lagerpolitik einmischen."

„Lagerpolitik", wiederholte Charlotte.

„Ja." Judith stieß ein bitteres Lachen aus. „Ob Sie es glauben oder nicht, es gibt hier Leute – hauptsächlich Männer – die glauben, sie könnten uns sagen, wie wir uns zu verhalten haben. Sie sagen, dass wir nur dann effektiv handeln können, wenn sich ein Komitee darauf einigt, welche Maßnahmen zu ergreifen sind." Sie ließ ihren Blick über die vielen Zelte schweifen. „Die meisten von uns sind hierhergekommen, um zu protestieren, ihre Stimme gegen die Großkonzerne zu erheben. Stattdessen werden wir von unseren Mitprotestierenden zum Schweigen gebracht."

„Es gab also Machtkämpfe unter den Demonstranten?"

Judith stieß ein säuerliches Lachen aus. „Allerdings. Natürlich brauchen wir ein gewisses Maß an Organisation, daran besteht kein Zweifel. Die Hälfte dieser Leute kann sich nicht einmal entscheiden, wann sie morgens aufstehen, geschweige denn dazu, eine sinnvolle Demonstration zu organisieren." Ihre Augen verengten sich. „Einige von ihnen sind sogar so schädlich für unsere Sache, dass ich mir vor-stellen kann, dass sie von der Holzfällerfirma dafür bezahlt werden, Unruhe in unserer Gruppe zu stiften oder dafür zu sorgen, dass wir uns auflösen müssen. Dabei haben wir das Recht auf einen friedlichen Protest."

Charlotte gab einen leisen Laut der Bestätigung von sich. Wie auch immer sie zu dieser Sache stand, sie war nicht hier, um dieser Frau zuzustimmen oder ihr zu widersprechen. Sie wollte eine Beziehung zu ihr aufbauen und ihr Informationen entlocken, was ein wenig berechnend war, aber so arbeitete sie nun einmal.

„Die Leute, die beschlossen haben, dass sie dafür zuständig sind, andere zu organisieren, sind ein Haufen autokratischer Besserwisser, die gerne Aufgaben delegieren, und zwar bis zu dem Punkt, an dem sie selbst fast gar nichts mehr machen." Die Frau atmete zitternd ein und erschauderte. „Sie erinnern mich so sehr an meinen Ex-Mann, dass ich schon ein Dutzend Mal fast gegangen wäre."

„Das tut mir leid." Charlotte berührte mitfühlend ihren Arm. „Vielleicht könnten Sie mir einige der Namen nennen, damit ich sie befragen kann?"

Judiths Mund verzog sich zu einem Lächeln. „Sehr gerne."

Charlotte schrieb alle Namen auf, um sie an die Analytiker weiter zu geben.

Einige Leute waren gerade dabei, ihre Sachen zu packen, um zu gehen. Charlotte musste sie alle befragen. Aber sie wollte mehr über die Dynamik des Lagers und vor allem über Brenna wissen. „Alles, was Sie mir über die Mädchen sagen können, wäre hilfreich. Wissen Sie, woher sie kommen?"

„Warum?", fragte Judith misstrauisch.

„Wir hatten gehofft, die nächsten Angehörigen informieren zu können, damit sie es nicht aus den Nachrichten erfahren."

Ein beschämter Ausdruck huschte über Judiths Gesicht. Sie bedeckte ihr Gesicht mit den Händen. „Natürlich." Sie schluckte. „Ich war mal ein netter Mensch, das schwöre ich. Eine vertrauensselige Närrin. Ich kämpfe jetzt schon so lange gegen Großkonzerne und Korruption, dass ich Behörden gegenüber verschlossen und misstrauisch geworden bin, ein bisschen wie die Leute, die sich in diesem Lager verschanzt haben."

„Sind Sie ihnen jemals begegnet?"

Judith zuckte mit den Schultern. „Ich bin im Wald ein paar Männern begegnet. Es könnten Wanderer gewesen sein oder sogar Leute von der Holzfällerfirma, aber das glaube ich nicht." Sie erschauderte. „Sie haben nie gelächelt oder gegrüßt. Sie schienen immer misstrauisch zu sein, was ich dort machte, obwohl es sie verdammt noch mal nichts anging."

Ein eisiger Windstoß fegte über den Campingplatz und ließ die Zeltplanen wie Bootssegel flattern. Charlotte blickte in den milchig grauen Himmel und hoffte, dass es nicht schneien würde. Außerdem wünschte sie sich, sie hätte mehr als nur einen Fleece-Kapuzenpulli, um sich warm zu halten.

Judith richtete ihre rotgeränderten Augen zum Himmel hinauf. „Brenna und Kayla sind beide herzensgute Mädchen. Ich bin mir ziemlich sicher, dass Brenna die ältere Schwester ist, aber sie haben nie gesagt, dass sie verwandt sind. Nur Freundinnen. Sie haben den Leuten erzählt, dass sie über Thanksgiving ins Death Valley fahren wollten, aber jetzt bin ich mir nicht mehr sicher, ob sie überhaupt weg waren." Zwischen den grauen Augenbrauen der Frau bildete sich eine Furche. „Ich hatte immer das Gefühl, dass sie sich vor etwas verstecken, aber so geht es mir mit vielen Leuten hier, sogar mit dem Professor."

Sie nickte in Richtung des Mannes, mit dem Novak vorhin gesprochen hatte und der gerade dabei war, sein Zelt zusammenzupacken.

„Er gehört zu den Bigfoot-Enthusiasten." Judith biss sich auf die Lippe, als wäre das ein Geständnis.

„Glauben Sie auch daran?", fragte Charlotte.

„Früher nicht. Aber Alan kann sehr überzeugend sein."

Charlotte hob die Augenbrauen. Klang so, als hätten sie sich nahegestanden. „War irgendjemand hier mit Brenna und Kayla befreundet?"

Judith schürzte die Lippen. „Nicht wirklich. Das fällt mir erst jetzt so wirklich auf, sie waren immer für sich. Sie waren höflich und kamen immer zu Protesten und Versammlungen, aber sie haben viel Zeit in ihrem Zelt oder in den Wäldern verbracht, in der Natur. Brenna hatte eine schöne Spiegelreflexkamera, die sie überallhin mitgenommen hat."

Charlotte fragte sich, ob die Kamera irgendwo im Zelt lag oder ob Brenna sie oben auf dem Berg dabeigehabt hatte. Charlotte dachte an die Meldung, die den Wildlife Officer hierhergelockt hatte.

„Haben Sie etwas von einem Puma gehört, der hier in der Gegend gesichtet worden ist?"

„Es gibt ein paar hier, aber wir hatten bisher noch keine wirkliche Begegnung mit wilden Tieren. Wir gehen vorsichtig mit den Essensvorräten und Abfällen um." Sie deutete auf die bärensicheren Mülltonnen an der Straße.

„Wann haben Sie Brenna oder Kayla zuletzt gesehen, abgesehen von heute?"

Die Frau dachte nach. „Ich habe gesehen, wie Brenna am Dienstagmorgen mit einigen Lebensmitteln zurückgekommen ist."

Heute war Donnerstag.

„Welches ist ihr Auto?", fragte Charlotte.

„Der blaue Toyota Hybrid." Judith begann, ihre Hände zu ringen. „Ich hätte vorbeikommen und fragen sollen, ob es ihnen gut geht. Hätte ihnen etwas zu essen oder ein warmes Getränk anbieten sollen. Ich bin so daran gewöhnt, dass jeder für sich selbst sorgt, dass ich aufgehört habe zu fragen, ob jemand Hilfe braucht. Was bin ich nur für ein Mensch?"

Ein normaler. Charlotte berührte ihren Arm. „Ich bin sicher, dass Sie nett zu ihnen waren. Freundlichkeit zählt viel mehr, als man denkt."

Die Frau schniefte. „Ich denke schon. Ich glaube, ich werde jetzt gehen. Ich denke, wir werden alle gehen." Traurigkeit lag schwer in der Luft. „Die Holzfällerfirma hat endlich bekommen, was sie wollte. Schade, dass dazu eine tote Frau und zwei verletzte Polizeibeamte nötig waren." Die Frau legte den Kopf schief. „Irgendwie ironisch, dass das FBI nicht wegen Brennas Tod gekommen wäre. Den Sheriff hätte das sicher nicht interessiert. Der Mord an ihr wäre nur ein weiterer auf der Liste all der anderen toten Frauen auf der Welt gewesen, um die sich niemand schert."

„Andere Frauen?" War das eine allgemeine Aussage über die vielen ungeklärten Morde oder etwas Konkreteres? „Glauben Sie, dass in dieser Gegend ein Serienmörder sein Unwesen treibt?"

„Nein." Judith verschränkte die Arme fest über ihrer flachen Brust und erschauderte. „Jedenfalls nicht, dass ich wüsste. Es ist ein Kommentar zu den vielen vermissten und ermordeten einheimischen Frauen, die allen egal zu sein scheinen."

„Mir ist es nicht egal", sagte Charlotte bestimmt. „Mir war es noch nie egal. Deshalb bin ich zum FBI gegangen." Sie musste der Frau zu verstehen geben, dass sie keine Regierungsdrohne war. Aber das FBI ermittelte unter normalen Umständen nicht in Mordfällen, das war Sache der örtlichen Gerichtsbarkeit. „Ich weiß es zu schätzen, dass Sie so offen zu mir sind. Wären Sie bereit, mir Ihre Telefonnummer und Adresse zu geben, damit ich Sie erreichen kann, falls ich weitere Fragen habe?" Sie sahen sich einen Moment lang an.

Nach einem langen Atemzug gab die Frau ihr die Daten, sah allerdings nun leicht verärgert aus. „Ich nehme an, dass ich jetzt als eine Art Subversive im System eingetragen werde."

„Das FBI ist nicht darauf aus, Menschen ihre Grundrechte zu nehmen. Ich möchte einfach nur herausfinden, was genau mit Brenna passiert ist." Charlotte reichte der Frau eine Visitenkarte. „Bitte rufen Sie mich an, wenn Ihnen noch etwas einfällt. Oder wenn Sie Probleme haben sollten – vorausgesetzt, Sie haben sie nicht selbst verursacht", fügte sie mit einem Lächeln hinzu.

Judith steckte die Karte gerade in ihre Gürteltasche, als ein schwarzer Suburban vorfuhr und vier Mitarbeiter des Geiselrettungsteams ausstiegen, die wie harte Kerle aussahen.

Judith fächelte sich Luft zu. „Also, falls ich mal festgenommen werden sollte, dann will ich von denen verhaftet werden. Das sind ja heiße Typen, wenn auch nicht so gutaussehend wie der Mann, mit dem Sie hier aufgetaucht sind." Sie lächelte und ein Grübchen erschien auf ihrer Wange. „Vor zwanzig Jahren hätte ich mich an ihn rangemacht."

Charlottes Kinnlade klappte auf, aber die Frau ging weiter. Charlotte hatte Payne Novak nicht wirklich als Sexgott wahrgenommen. Außer, als er nackt gewesen war. Und als Fontaine den Kerl angestarrt hatte, als ob er ein Eisbecher mit heißer Karamellsoße wäre, und sie gerade eine kohlenhydratarme Diät machen würde.

„Wo sollen wir anfangen, SSA Blood?", fragte ein Mitarbeiter des Geiselrettungsteams, als er bei ihr ankam.

Charlotte blinzelte das Bild von Novak, mit nichts als nackter Haut bekleidet, weg.

„ASAC McKenzie schickt so schnell wie möglich ein Team

von der Spurensicherung her, um dieses Zelt und den blauen Toyota zu untersuchen. In der Zwischenzeit befragen Sie die Leute, die zusammenpacken. Nehmen Sie die Namen und Adressen auf und gleichen Sie die Daten mit den Nummernschildern der Fahrzeuge ab. Fragen Sie sie, ob sie Brenna und Kayla kennen, die Frauen in diesem gelben Zelt, und fragen Sie, wann sie die beiden Frauen zuletzt gesehen haben. Und finden Sie heraus, ob jemand am Dienstagabend oder Mittwochmorgen auf dem Berg war."

„Sonst noch etwas, SSA Blood?"

„Ja." Sie begegnete dem ernsten Blick des Agenten vom Geiselrettungsteam. „Nennen Sie mich Charlotte."

„Okay, Ma'am."

KAPITEL ZWÖLF

TJ SAß AUF einem Plastikstuhl in der Ecke des Raumes und konnte kaum die Augen offenhalten.

„Geh eine Weile schlafen, mein Sohn." Die Hand seines Vaters landete schwer auf seiner Schulter und drückte sie.

TJ schüttelte den Kopf und setzte sich auf. „Ich will hierbleiben. Ich will wissen, was hier passiert." Abwesend ließ er den Daumen über den Griff seiner Pistole gleiten.

Tom stemmte die Hände in die Hüften und streckte den Rücken durch. „Du musst dich auch mal ausruhen, du warst die ganze Nacht auf. Hast du überhaupt etwas gegessen?"

TJ schüttelte den Kopf. „Ich habe keinen Hunger." Wie sollte er etwas essen, wenn er das Mädchen, das er liebte, verloren, Schande über den Namen der Familie und alle in Gefahr gebracht hatte? Die ganze Nacht über hatte er die Nachrichten-Ticker am unteren Rand des Bildschirms laufen sehen. Sein Name und der seines Vaters waren auf jedem Fernsehsender zu lesen, obwohl Tom Harrison immer nur unter dem Radar hatte fliegen wollen.

„Du hast seit dem Frühstück gestern Morgen nichts mehr gegessen. Du musst bei Kräften bleiben." Tom lächelte geduldig.

TJ stieß einen müden Atemzug aus. Er wusste, dass es Energieverschwendung war, mit seinem Vater zu streiten, und er war erleichtert, dass sein Vater unerschütterlich an seiner Seite stand. „Soll ich dir etwas mitbringen?"

Tom nickte. „Klar. Wenn du gegessen hast, bring mir eine Schüssel Suppe und ein Stück Brot mit."

TJ nickte. Er wusste, dass es ein Trick war, um ihn in die Kantine zu locken. Aber dadurch würde er auch nicht hungriger werden. Bei dem Gedanken an Essen wurde ihm einfach nur übel.

Er schlüpfte aus dem Raum und war sich der stummen Missbilligung der beiden anderen Männer bewusst, die zusammen mit seinem Vater die Bilder der Überwachungskameras verfolgten. Draußen vor der Tür, im Hauptkorridor, der um die untere Ebene des Komplexes herumführte, blickte TJ nach rechts, wo sich die Räumlichkeiten befanden, die sein Vater und er bewohnten.

Obwohl er völlig erschöpft war, wollte er nicht schlafen. Jedes Mal, wenn er die Augen schloss, sah er Kayla, wie sie dort auf dem Waldboden gelegen hatte, mit ihrer durchscheinenden Haut und ihrem tiefschwarzen Haar. Er schüttelte den Schauer ab, als er sich daran erinnerte, wie sich ihre kühle, leblose Haut unter seinen Fingern angefühlt hatte, und Schuldgefühle durchzuckten ihn. Wie hatte er von der Frau, die er liebte, angewidert sein können? Wie hatte er sie nur verlassen können? Wie hatte er weglaufen können?

Er wusste es nicht. Er hatte so viele Fehler gemacht. Er hatte noch nicht einmal angefangen, ihren Verlust zu verarbeiten, da er immer noch unter Schock stand und verängstigt war.

Er wandte sich nach links und stieg eine Betontreppe hinauf, die zur Gemeinschaftsküche führte. Sein Vater hatte das Haus von einem Mann gekauft, der sich sicher war, dass der Kalte Krieg zu einem Atomkrieg führen würde. Doch das war nicht passiert. Der alte Mann war an Krebs gestorben, weil er zu paranoid gewesen war, um sich einer Bestrahlungstherapie zu unterziehen. Er war einer der Millionen Cousins von TJs Mutter, und TJs Vater hatte dieses Haus zu einem Spottpreis bekommen, weil es so abgelegen war.

Der Korridor war auf dieser Ebene breiter, und TJ zwang sich, langsam den Flur entlangzugehen. Er kannte jeden, der hier wohnte, und kam mit den meisten Leuten gut aus, abgesehen von seinem Onkel, der immer an allem, was er tat, etwas auszusetzen hatte.

An diesem Morgen begegnete niemand seinem Blick. Es wurde still im Raum, als er eintrat. Sein Lächeln verblasste. Eine Frau nahm ein kleines Mädchen auf den Arm, als es auf ihn zustürzen wollte.

Das Gefühl, sich gleich übergeben zu müssen, schnürte ihm die Luft ab, aber er ignorierte es und nahm sich ein Tablett, belud es mit einer Schüssel Suppe und einem Brötchen sowie einem Glas Wasser und einem Apfel. Als ihm klar wurde, dass er keine Lust hatte, in nächster Zeit wieder hierherzukommen, nahm er sich von allem noch etwas mehr.

„Sei nicht so gierig. Wir müssen die nächste Zeit von unseren Vorräten leben, falls du es nicht bemerkt hast", schnauzte die Köchin ihn an.

TJ wich zurück. Ihm war noch nie in seinem Leben vorgeworfen worden, gierig zu sein. Aber er war auch noch nie eines Mordes beschuldigt worden.

„Ich bringe meinem Vater sein Mittagessen und hole mir mein eigenes. Da du in seiner Küche stehst, nehme ich an, du hast nichts dagegen?"

Die Frau kniff die Lippen zusammen und wandte den

Blick ab. „Nein, natürlich nicht. Sag Tom, ich kann ihm jederzeit ein Tablett nach unten bringen, wenn er etwas braucht."

„Ich werde es ihm ausrichten." Die Missbilligung, die er daraufhin spürte, war wie ein eisiger Hauch in seinem Nacken. Er umklammerte das Tablett fester, als er wieder zum Überwachungsraum zurückging.

Zwei Männer unterhielten sich im Korridor, verstummten jedoch, als sie ihn entdeckten. Sie musterten ihn misstrauisch. Einer von ihnen war sein Onkel, Malcolm.

TJ klopfte mit dem Fuß an die Tür des Überwachungsraumes. „Ich bin's."

Drinnen angekommen, drückte die Anspannung wieder auf ihn herab. Die Stimmung war angespannt von all den Worten, die in seiner Abwesenheit gesprochen worden waren, und die Missbilligung war greifbar.

„Hier, Dad." Er stellte das Tablett neben seinem Vater auf den Schreibtisch.

„Danke." Tom nahm die Schüssel und den Löffel entgegen. Er blies auf die Suppe, bevor er sie schlürfte. „Isst du nichts?" Er nickte zu der anderen Schüssel.

TJ nahm die Suppe vom Tablett, konnte sich aber nicht dazu durchringen, sie zu probieren. Er blickte auf die Fernsehbildschirme, in der Erwartung, noch mehr von der immer gleichen Nachrichtenschleife zu sehen. Er erstarrte, als ein Bild einer Frau auf dem Bildschirm erschien.

„Stell das mal lauter", befahl er.

Der Mann an der Steuerung warf ihm einen mürrischen Blick zu, der seinem Vater nicht entging. Selbst Leute, die TJ seit Jahren kannten, dachten, er hätte eine Frau getötet und absichtlich Ärger vor ihre Tür gebracht.

Die Frau auf dem Bildschirm hatte große Ähnlichkeit mit Kayla, das gleiche dunkle Haar und den gleichen Körperbau. Aber es war nicht Kayla.

„Bei der Frau, die am Rande des Eagle Mountain tot aufgefunden wurde und eine bewaffnete Auseinandersetzung zwischen den Bundesbehörden und einer bewaffneten Miliz ausgelöst hat, handelt es sich um Brenna Longie aus Pennsylvania. Bisher wurden keine Einzelheiten über die Todesursache bekannt gegeben."

Der Nachrichtenzyklus kehrte zu denselben wiedergekäuten Informationen von vorhin zurück, aber TJ ging nur ein Gedanke durch den Kopf.

Es war nicht Kayla. Es war nicht Kayla. Es war nicht Kayla.

Sie sah ihr so ähnlich … Hatten sich die Polizisten geirrt? War Kayla tot, aber die Polizisten hatten sie irgendwie falsch identifiziert? Hatten sie das falsche Bild im Fernsehen gezeigt? War es eine Falle?

Das schien unwahrscheinlich, was bedeutete, dass Kayla noch am Leben sein könnte.

Wo war sie? Warum war sie nicht an ihrem üblichen Treffpunkt gewesen? War sie in Gefahr? Hatte sie dem FBI von ihrer Beziehung erzählt? Wollte sie ihn immer noch, nach allem, was geschehen war? Er musste es herausfinden.

„Junge?"

Die Stimme seines Vaters durchbrach seine wirbelnden Gedanken. Offensichtlich hatte Tom schon seit einiger Zeit versucht, seine Aufmerksamkeit zu erregen.

TJ schüttelte den Kopf. Die Situation hier hatte sich nicht geändert. Das FBI wollte ihn immer noch verhören.

„Junge, kennst du diese Frau?"

„Was? Nein. Ich habe sie noch nie gesehen, bis ich sie

gestern gefunden habe, und selbst da habe ich ihr Gesicht nicht gesehen."

„So wie du gerade geschaut hast, hat es aber so gewirkt, als würdest du sie kennen", bemerkte Malcolm abfällig.

TJ hatte nicht mitbekommen, dass sein Onkel den Raum betreten hatte.

„Ich schwöre bei meinem Leben, dass ich diese arme Frau noch nie gesehen habe."

Malcolms Lippen kräuselten sich.

TJ hätte ihn am liebsten geschlagen, aber damit würde er nur mangelnde Selbstkontrolle demonstrieren und in den Augen seiner Leute seine Schuld beweisen.

„Bist du sicher, dass sie nicht deine Geliebte war?"

TJ warf Malcolm einen scharfen Blick zu. „Was meinst du?"

„Vielleicht hast du dich für ein paar verbotene Früchte rausgeschlichen und sie aus Versehen getötet. Ich weiß, dass du dich mittwochs meistens rausschleichst. Ich habe dich ein paar Mal gesehen."

Verbotene Früchte? Kayla war kein verfluchter Apfel.

„Ich sagte, ich kenne die tote Frau nicht." TJ erhob seine Stimme, als er zu schwitzen begann. Malcolms Vermutung kam dem, was passiert war, so nahe, dass die Wahrheit vernichtend erscheinen konnte, auch wenn die Vermutung völlig unzutreffend war. „Willst du damit sagen, dass ich lüge?"

Malcolm zuckte mit den Schultern, da er nicht den Mut hatte, sich direkt gegen seinen Vater zu stellen.

In TJ kämpften die Emotionen. Ein Teil von ihm freute sich über die Möglichkeit, dass Kayla am Leben sein könnte, aber was, wenn sie in Gefahr war? Und dann war da noch die

Frage, was mit dieser anderen Frau geschehen war. Hatte Brenna Longie Kayla gekannt? Waren sie miteinander verwandt? Sie sahen sich sehr ähnlich, aber Kayla hatte nie eine Schwester erwähnt. Sie hatte nur von einer Freundin gesprochen, mit der sie unterwegs war...

TJ wollte seine Gedanken nicht mit jemandem teilen. Er wollte nicht, dass Malcolm von Kaylas Existenz erfuhr. Und auch nicht die Behörden. Was, wenn sie die Bekanntschaft gegen ihn verwenden würden? Oder noch schlimmer, gegen seinen Vater?

Er musste Kayla beschützen, und das ging am besten, wenn er sie geheim hielt.

Ein Telefon klingelte, und Malcolm zog ein Satellitentelefon aus seiner Jackentasche. Sein Vater hatte vor ein paar Jahren ein Relais im Gebäude installiert, um das Signal im Untergrund zu verstärken.

Malcolm wollte abnehmen, aber sein Vater hielt ihn auf.

„Glaubst du nicht, dass das FBI deine Anrufe abhört?" Der Gesichtsausdruck seines Vaters war zurückhaltend, aber TJ bemerkte den leichten Anflug von Verachtung, der seine Lippen umspielte.

Malcolm sah das Telefon an, als wären ihm plötzlich Stacheln gewachsen.

„Möglicherweise benutzen sie es sogar als Abhörgerät. Ich bin mir nicht sicher, welche Möglichkeiten sie heutzutage haben, aber ich weiß, dass einige Politiker viel besorgter sein sollten, als sie es zu sein scheinen. Du musst es zerstören."

Malcolm fluchte und sah sich dann um. Dann steckte er das Handy zurück in die Tasche seines Jacketts. „Es war teuer."

Tom zuckte mit den Schultern, als ob all diese Leute nicht

von seinen Almosen leben würden. „Ich sage ja nicht, dass du mit dem Hammer draufschlagen sollst. Schalt es einfach aus und lass es in deinem Zimmer im Kühlschrank oder unter einem Pullover in deiner Schublade." Er sah sich mit einem strengen Blick im Raum um. „Sag allen, dass sie ihre Handys in den Schlafzimmern lassen sollen, nicht aufgeladen und ohne Sim-Karte, bis das hier vorbei ist, auch die, mit denen die Kinder spielen. Wer hat dich eigentlich angerufen?"

Malcolm stotterte, bevor er die Worte ausspuckte: „Wahrscheinlich Grandpa Ray. Er hat den ganzen Morgen immer wieder angerufen, nachdem er die Nachrichten gesehen hatte. Er will wissen, was los ist."

Der Großvater von TJs Mutter väterlicherseits lebte noch. Er war fast hundert Jahre alt und wollte nicht mit ihnen im Bunker leben. Er sagte immer, er freue sich darauf, seinen Schöpfer zu sehen, und würde früh genug unter der Erde sein. TJ fing langsam an, den alten Mann zu verstehen.

Tom warf einen Blick auf die Nachrichten. „Ich vermute, Grandpa Ray hat genauso viel Ahnung wie wir alle."

Plötzlich hatte TJ eine Vorahnung. „Vielleicht sollten wir mit dem FBI reden. Ihnen sagen, dass das alles ein schreckliches Missverständnis ist." Er blickte zu dem Telefon im Raum, das momentan nicht angeschlossen war.

Sein Vater stellte sich vor ihn. „Hast du die Frau umgebracht?"

TJ richtete sich auf. „Nein, Sir."

Sein Vater fuhr mit dem Finger über den Kratzer auf TJs Wange. „Der Mistkerl hat dir fast das Auge rausgeschossen."

TJ zuckte zusammen. Er hatte die Wunde von dem Querschläger ganz vergessen.

„Ich rede schon mit ihnen", sagte sein Vater leise. „Ich

warte nur auf den richtigen Moment.“

„Wann glaubst du, wird das sein?“, fragte Malcolm, der sich von seiner Verzweiflung über die Satellitentelefone wieder erholt zu haben schien.

„Wenn ich so weit bin.“ Sein Vater erhob seine Stimme, was er selten tat, aber dies waren keine normalen Zeiten. „In der Zwischenzeit sorgen wir dafür, dass unser Haus sowohl physisch als auch elektronisch gesichert ist, einverstanden?“ Tom nickte Malcolm zu und der andere Mann erwiderte die Geste langsam.

TJ ging zurück zu seinem Stuhl und nahm seine Suppenschüssel in die Hand. Der Inhalt war bereits kalt, aber ihm war klar, dass er auf alles vorbereitet sein musste. Er aß die Mahlzeit mechanisch, obwohl er keinen Hunger hatte und schaute auf den Fernseher, obwohl er nicht ständig an alles erinnert werden wollte, was geschehen war. Dabei dachte er an Kayla, wo sie war und was sie wohl gerade tat. Hatte sie Angst? Glaubte sie, dass er diese Brenna umgebracht hatte? Der Gedanke verdarb ihm die Laune. Er musste die Sache richtigstellen. Er war sich nur nicht sicher, wie er das anstellen sollte.

KAPITEL DREIZEHN

NOVAK NUTZTE DIE Gelegenheit, seinem hübschen Schatten für ein paar Minuten zu entkommen, um sich mit den anderen Jungs zu besprechen. Die ersten Scharfschützenteams hatten eine Live-Überwachung des Geländes eingerichtet, aber draußen bewegte sich nichts. Die anderen Teams waren jetzt auf Position und warteten, bis es dunkel wurde und die nächste Ablöse stattfand. Romano und er wollten den Berg hinaufgehen, um zu versuchen, ein paar zusätzliche, dringend benötigte Informationen über das Innenleben dieses Bunkers zu bekommen.

„Lassen Sie mich wissen, wie es läuft", sagte McKenzie und durchquerte die Scheune, nachdem er seine Sachen auf einer freien Pritsche abgelegt hatte.

„Wird gemacht, Boss."

Der Einsatzleiter blieb so abrupt stehen, dass Agent Fontaine, die eng mit ihm zusammenarbeitete, fast mit ihm zusammengeprallt wäre.

„Wo ist SSA Blood?", fragte McKenzie.

Novak spürte, wie seine Haut kribbelte. „Immer noch im Lager."

„Vergessen Sie nicht, sie auf dem Weg abzuholen", erinnerte McKenzie mit Nachdruck.

„Nein, Sir." Novak und Romano tauschten einen Blick

aus. *Verdammt.*

Dreißig Minuten später schritt Novak über das Gras auf Charlotte zu, die mit der Organisation der systematischen Befragung der Umweltschützer in ihrem baufälligen Lager beschäftigt war. „Wir müssen gehen."

„Ich bin beschäftigt." Sie sah ihn stirnrunzelnd an und wandte den Blick ab, als sie einem seiner Leute befahl, eine andere Gruppe von Leuten zu befragen.

„Anordnung von McKenzie."

Sie richtete sich auf. „Verdammt. Das hatte ich ganz vergessen."

„Wem sagen Sie das. Jedenfalls haben wir den ganzen Vormittag über Ihr Ding gemacht, jetzt bin ich dran."

Frustriert ließ sie ihren Blick umherschweifen. Sein Charlie-Team war damit beschäftigt, Aussagen aufzunehmen, und die Spurensicherung war dabei, das gelbe Zelt und den blauen Toyota auf dem provisorischen Parkplatz auf der gegenüberliegenden Straßenseite zu untersuchen. Er wusste, dass es sinnvoll war, dass seine Leute sich darum kümmerten – sie waren alle ehemalige Feldagenten. Dadurch ersparten sie dem FBI die Mühe, einen weiteren Haufen Leute loszuschicken. Aber alles, was seine Männer am Training hinderte oder sie von ihrer eigentlichen Aufgabe ablenkte, konnte jemanden das Leben kosten. Die Tatsache, dass er nicht mit den Zähnen knirschte oder sie anbrüllte, dass sie in die Kommandozentrale zurückkehren sollten, zeugte von einer enormen Zurückhaltung seinerseits. Natürlich bemerkte Charlotte Blood nicht einmal, dass er sich zurückhielt.

„McKenzie hat Sie ernsthaft hergeschickt, um mich zu holen? Er hält also immer noch an seiner dummen Idee fest?"

„Allerdings." Novak hatte sich langsam daran gewöhnt,

Charlotte an seiner Seite zu haben. Was die Arbeit anging. Er war bei weitem nicht so enttäuscht, wie sie es zu sein schien.

„Wohin gehen wir?", fragte sie.

„Wir machen eine kleine Wanderung."

Sie nickte, ohne weitere Fragen zu stellen, und folgte ihm zurück zum Chevy. Sie sprach alle seine Leute mit Spitznamen an, als sie an ihnen vorbeiging. Sie nahm Informationen schnell auf, aber das taten alle bei der zentralen Krisen-Interventions-Abteilung. Er überlegte, ob er ihr die Tür öffnen sollte, stieg aber stattdessen direkt auf den Fahrersitz. Es war nicht so, dass er kein Gentleman war, aber das hier war Arbeit, und sie waren gleichberechtigt, und das mussten sie auch nach außen hin zeigen.

Romano saß hinten und hatte seine Trickkisten neben sich auf dem Boden stehen. Außer Sichtweite.

„Wo fahren wir hin?", fragte Charlotte und schnallte sich an, als Novak den Gang einlegte und das Gaspedal durchdrückte.

„Romano will ein paar Spielzeuge ausprobieren, und ich will mir den Berg mal bei Tageslicht ansehen."

„Klingt vernünftig. Gibt es etwas Neues über Kaylas Zustand?" Charlotte rieb sich die Hände und griff nach ihren Handschuhen, die sie vorhin im Wagen vergessen hatte. Dort hatten sie ihr wenig genützt.

„Einer meiner Leute ist ein ehemaliger Kriegssanitäter und hat sie an einen Tropf gehängt, um sie mit Flüssigkeit zu versorgen, und ein Arzt ist auf dem Weg, um sie so schnell wie möglich zu untersuchen. Die allgemeine Vermutung lautet Grippe." Er warf ihr eine kleine Flasche mit Handdesinfektionsmittel zu.

Sie seufzte, zog ihre Handschuhe aus und trug eine

großzügige Menge auf.

„McKenzie will sie auf der Ranch behandeln."

Charlotte biss sich auf die Lippe. „Wenn sie ernsthaft krank ist, muss sie natürlich ins Krankenhaus."

„Ja. Aber auf der Ranch besteht nicht das Risiko, sie zu verlieren."

Charlotte kuschelte sich in ihr Fleece. Verdammt, sie brauchte dringend etwas Wärmeres zum Anziehen. „Das ist eine gute Lösung. Schließlich kann sie im Moment sowieso nirgendwo anders hin."

Er nickte. Gestern hätten sie noch über diese Entscheidung gestritten, aber irgendwie hatten sie sich in den letzten achtzehn Stunden miteinander arrangiert. Vielleicht hatte McKenzie ja doch recht damit gehabt, sie zur Zusammenarbeit zu zwingen. Auch wenn es Novak in den Fingern juckte, zum Geiselrettungsteam zurückzukehren.

Als er sich an der Schulter kratzte, sah er Romanos Grinsen im Rückspiegel und sah den Mann mit zusammengekniffenen Augen an. Novak wusste, was das Grinsen bedeutete, beschloss jedoch, sich nicht provozieren zu lassen. Die Jungs fanden es alle witzig, dass er mit Charlotte zusammenarbeiten musste, und schlossen wahrscheinlich höchst unangebrachte Wetten am Arbeitsplatz ab.

Er fuhr zurück zu der Stelle, an der sie gestern ihre Wanderung mit Agent Fontaine begonnen hatten. Er parkte hundert Meter von zwei Streifenwagen des Sheriffs entfernt.

Charlotte winkte ihnen fröhlich zu, und einer von ihnen winkte sogar zurück. Die Nachrichtenvertreter waren angewiesen worden, eine Meile weiter unten zu bleiben und die Flugzeuge waren verboten worden, damit sie nicht über die Aktivitäten des FBI berichten konnten.

Novak stieg aus und nahm die Umgebung in Augenschein. Keine Menschenseele. Das hieß aber nicht, dass sie nicht irgendwo da draußen waren.

„Ziehen Sie eine kugelsichere Weste unter Ihr Fleece", wies er Charlotte an und zuckte zusammen, als ihm einfiel, dass er nicht ihr Vorgesetzter war.

Sie warf ihm einen Blick zu, holte sich aber trotzdem eine Weste aus dem Kofferraum. Wenigstens war sie klug genug, sich nicht mit ihm über den gesunden Menschenverstand zu streiten.

Er grunzte leise.

Ob sie sich dasselbe über ihn dachte? Er wusste, dass sie ihn für einen Holzkopf hielt. Es sollte eigentlich keine Rolle spielen, was andere Leute außerhalb seines Teams von ihm dachten, aber aus irgendeinem Grund war es ihm trotzdem nicht egal. Er musste sein empfindliches Ego in den Griff bekommen.

Romano schlug die Tür zu und reichte Novak einen der Metallkoffer. Romano nahm den zweiten, größeren Koffer.

„Kann ich auch etwas nehmen?", fragte Charlotte.

„Und das von der Frau, deren Gepäck Rollen hat", stichelte Novak.

Sie stemmte die Hände in die Hüften. „Ich wusste, dass Sie ein Problem damit haben."

Sie trug immer noch ihre Pudelmütze, und es fiel ihm schwer, sie ernst zu nehmen, und doch wurde ihm plötzlich klar, dass er es tat. Obwohl sie nach außen hin weich wirkte, war sie eine verdammt gute Agentin.

„Sie können das hier nehmen, wenn es Ihnen nichts ausmacht." Romano hielt ihr eine Laptoptasche hin, die sie sich über die Schultern warf.

Sie grinste den Mann an, und Novak spürte, wie ihm flau im Magen wurde. Sie lächelte jeden an, als würde er ihr etwas bedeuten. Alle außer ihm.

Er musste aufhören, alles so verdammt persönlich zu nehmen.

„Die Hilfssheriffs sollten das Gebiet abgesperrt haben, aber ich bin mir nicht sicher, ob nicht doch jemand unbemerkt hinein- oder hinausschlüpfen könnte", sagte Novak leise. „Die Scharfschützen haben keine Bewegung gesehen, aber ihre Sichtlinie ist auf den Bereich westlich dieser Bäume beschränkt. Halten Sie die Augen offen und achten Sie darauf, leise zu sein. Ich will nicht, dass irgendjemand mitbekommt, was wir hier tun."

Sie gingen schweigend weiter, wobei Novak sie anführte und die Kameras vermied, die sein Team am Morgen ausfindig gemacht hatte. Sie hatten auch mehrere Laserdrähte gefunden, die vermutlich einen Alarm in Harrisons Bunker auslösten. Novak achtete darauf, diese Drähte großzügig zu umgehen.

Sie fanden eine Stelle in der Nähe des Baches, außerhalb der Sichtweite der Kameras, vor denen er sich letzte Nacht ausgezogen hatte. Niemand hatte ihm je vorgeworfen, bescheiden zu sein. Wenn er dadurch Leben retten konnte, würde er die ganze Zeit nackt herumlaufen. Es war ihm egal, nur war seine Haut nicht gut getarnt und schon gar nicht kugelsicher.

Ein paar niedrige Büsche und ein umgestürzter Baum boten gute Deckung. Sie stellten die Koffer auf den Boden und Romano öffnete die Verschlüsse.

Charlottes Augen leuchteten auf, als sie einen Blick hineinwerfen konnte.

Romano saß im Schneidersitz auf dem gefrorenen Gras und begann, die Miniaturdrohnen aufzuwärmen.

Charlotte kniete sich neben ihn und beobachtete, wie die Kamera auf Sendung ging.

Novak suchte unterdessen ihre Umgebung nach Gefahren ab. Zumindest versuchte er es, aber er wurde immer wieder von Charlottes Lippen abgelenkt, die sich erfreut verzogen, als Romano die erste Maschine startete, die ungefähr die Größe und Form eines Kolibris hatte.

Novak hörte das leise Surren der mechanischen Flügel, gefolgt von Charlottes überraschtem Keuchen, als ihr grinsendes Gesicht auf dem kleinen Monitor erschien. Die Kamera konnte von einer Seite zur anderen oder nach oben und unten geschwenkt werden, wie Romano demonstrierte.

Die Geräte waren verdammt cool. Weltraumtechnik, von der die Öffentlichkeit noch nichts wusste. Die Jungs in der technischen Abteilung des FBI arbeiteten mit dem Militär an einem Haufen streng geheimer Sachen. Die Maschinen hatten winzige Solarpaneele auf der gesamten Oberfläche, um die Batterieleistung zu ergänzen, die der größte limitierende Faktor bei der Herstellung von kleinen Geräten war. Die Energieversorgung könnte sich als Problem erweisen, wenn man lange Strecken flog oder zu lange unter der Erde blieb, weshalb man sich dem Ziel so weit wie möglich nähern musste, anstatt die Drohnen von der Ranch aus hierher zu fliegen. Die Drohne übertrug Daten mit einer Technologie, die ein Physiker in DC entwickelt hatte und die praktisch nicht nachweisbar war. Solange niemand die Drohne tatsächlich sah oder hörte, würde er nicht merken, dass sie da war.

Romano ließ die Maschine gerade nach oben steigen, bis sie die Bäume hinter sich gelassen hatte. Novak kniete sich auf

Charlottes anderer Seite hin und atmete ihren Duft ein, den er trotz ihrer fehlenden Morgendusche immer noch als äußerst angenehm empfand. Romano flog die Drohne nach Westen, wo sie gegen eine heftige Brise ankämpfen musste.

„Oh mein Gott, das ist so cool", flüsterte Charlotte. Der knallharte Agent vom Geiselrettungsteam grinste sie an wie ein kleines Kind.

„Behalte den Monitor im Auge", knurrte Novak. Das Letzte, was sie brauchten, war der Absturz eines millionenschweren technischen Geräts, weil Romano von einer Frau abgelenkt war.

Romano zuckte zusammen und konzentrierte sich wieder auf die Joystick-Steuerung.

„Das jahrelange Spielen von Videospielen scheint sich gelohnt zu haben", meinte Charlotte mit einem Augenzwinkern.

„Auf jeden Fall." Romano verschaffte sich einen Überblick von oben, wie sie es bereits von größeren Drohnen aus großer Höhe gewohnt waren. Dann ließ er sie langsam sinken, bis sie etwa einen Meter über der Betonstruktur schwebte. Es gab Löcher im Beton, wahrscheinlich für die Belüftung und Entwässerung, aber sie könnten auch zur Verteidigung dienen, wie die Schießscharten in alten mittelalterlichen Burgen. Nicht so groß, dass irgendetwas hineingelangen könnte, außer man füllte die Spalten mit Plastiksprengstoff, was eine Möglichkeit wäre. Romano zoomte auf den Vordereingang. Die verstärkte Tür sah aus, als sei sie aus Panzerstahl. Es wäre wahrscheinlich einfacher, die Wände komplett zu zerstören. Aber die kleine Tür ... wenn sie die Scharniere sprengen könnten, würden sie es vielleicht schaffen, schnell hineinzukommen.

Das Problem war, dass Harrison als Ingenieur für das

Corps gearbeitet hatte und wusste, wie das Militär dachte. Er könnte alle Eingänge und Ausgänge mit Sprengfallen versehen haben. Novak wollte einen Blick in das Innere dieser Strukturen werfen, um das zu überprüfen, bevor jemand versuchte, durch diese Portale einzudringen. Und diese Drohnen waren seine beste Chance.

„Umrunde das ganze Ding einmal und flieg dann nach hinten."

Romano flog etwas höher und langsam genug, sodass die Bordkameras jeden Zentimeter der äußeren Befestigungen klar erfassen konnten. Die Daten wurden über einen Militärsatelliten direkt an die Einsatzzentrale weitergeleitet.

Die Drohne umkreiste das Gebäude einmal und nahm dann die Hintertür ins Visier, die zwar weniger einschüchternd war als die Vordertür, aber genauso gut befestigt. Es war ein Tor von der Größe einer Doppelgarage aus massivem Stahl. Novak vermutete, dass es von innen verstärkt war.

Er runzelte die Stirn. Die Betonkonstruktion in Verbindung mit dem Zaun aus Stacheldraht bedeutete, dass es sich um eine stark gesicherte Struktur handelte. Das Geiselrettungsteam könnte zweifellos hineingelangen, wenn sie einen Großangriff starteten, aber das würde Zeit kosten, möglicherweise Stunden, und wer wusste schon, wie viele Menschen dabei verletzt werden würden. Überraschung, Schnelligkeit und überwältigende Kraft waren wichtige Aspekte bei Spezialoperationen, um schnell die Oberhand zu gewinnen, aber er war sich noch nicht sicher, wie er das anstellen sollte.

Er musste sich etwas einfallen lassen.

Romano flog bis zur Mitte des Geländes, von dem eine

Hälfte zum Anbau von Gemüse verwendet wurde. Die andere Hälfte bestand im Grund aus einem Parkplatz und einem Tiergehege.

Eine Bewegung erregte seine Aufmerksamkeit.

Ein kleiner Junge, etwa acht Jahre alt, kam aus dem Hühnerstall und hielt einen Eimer mit Eiern in der Hand. Der Junge schaute auf, und Romano hielt die Drohne ruhig. Sie war zwar leise, aber nicht geräuschlos. Der Junge sah verängstigt aus und hielt nach Anzeichen für die bevorstehende Apokalypse Ausschau. Armer kleiner Kerl.

Er begann wieder zu rennen.

„Folge ihm. Mal sehen, wie er wieder reinkommt."

Romano lenkte die Drohne hinter dem Jungen her. Der Junge rannte zur Westwand und einen Seitengang entlang, der von oben nicht gut zu sehen war. Nach etwa fünfzehn Metern schlüpfte der Junge durch eine weitere große Metalltür, die von einem Mann mit einem Sturmgewehr bewacht wurde. Die Tür schlug zu, bevor Romano sich nähern konnte.

Novak fluchte leise vor sich hin, aber wahrscheinlich war es besser so. Die Drohne wäre bestimmt aufgefallen, wenn sie in diesem Moment hineingeflogen wäre.

„Park sie an einem unauffälligen Ort, damit sie den Eingang beobachten kann, ohne gesehen zu werden. Und dann schauen wir mal, ob wir mit der anderen die Öffnung dieses Lüftungsschachts finden."

Romano tat wie ihm geheißen. Sie hatten die GPS-Koordinaten einprogrammiert, sodass Romano nur noch darauf achten musste, allen Hindernissen und Überwachungskameras auf dem Weg auszuweichen. Er entschied sich, die Drohne über die Baumwipfel hinweg fliegen zu lassen.

„Wir sind jetzt angeblich direkt über dem Schacht", verkündete Romano zwanzig Sekunden später.

„Ich sehe nichts", flüsterte Charlotte.

„Geh tiefer. Richte die Kamera auf den Boden", wies Novak seinen Teamkollegen an. Tatsächlich zeichnete sich ein kleiner, undeutlicher Pfad durch das Laub ab, der ihn in helle Aufregung versetzte. „Folge ihm."

Romano ging fast bis zum Boden und folgte dem Pfad, bis die Drohne zu einer Art Entwässerungsschacht gelangte.

„Bingo", sagte Novak. „Mal sehen, wie weit wir mit unserem Freund da reinkommen können."

Romanos Gesichtsausdruck war zu einer konzentrierten Maske verzogen. Obwohl die Drohne über Sensoren verfügte, die verhindern sollten, dass sie zu nahe an die Seitenwände herankam, konnte die kleinste Fehleinschätzung des Bedieners dazu führen, dass das teure Gerät direkt in eine Wand krachte.

Novak schaltete die Infrarotkamera ein, damit Romano besser sehen konnte.

Der Agent ließ die winzige Drohne in die Metallröhre eintauchen, und das Summen auf dem Monitor wurde lauter. Novak regelte die Lautstärke herunter und hoffte, dass niemand in dem Tunnel war. Nach etwa drei Metern mündete die Metallröhre in einen Betongang, der einen Meter breit und anderthalb Meter hoch war.

„Sieht wie ein Geheimausgang aus", sagte Novak.

„Verdammt richtig", antwortete Romano.

„Ein bisschen eng für das Geiselrettungsteam", bemerkte Charlotte.

„Wir haben schon unter schlimmeren Bedingungen gearbeitet."

Am Ende des Tunnels, zwanzig Meter weiter, gelangten sie

an eine Stahltür. Vermutlich verschlossen. Sie wussten nicht, ob sie in den eigentlichen Bunker oder innerhalb des umzäunten Geländes führte, was keine wirkliche Verbesserung wäre.

„Was soll ich tun?", fragte Romano.

Novak dachte darüber nach. „Lande die Drohne im Tunnel, und wir beobachten die Übertragung von der IC. Wenn sich die Tür öffnet, haben wir sie im Blick. Das könnte die Gelegenheit sein, uns hineinzuschleichen."

„Klingt nach einem Plan." Romano landete die Drohne sanft und positionierte sie an einer Wand, die Kamera auf die geschlossene Tür gerichtet. Dann schaltete er das Gerät in den Ruhemodus und fuhr die Beine und Flügel ein. Sobald das Gerät eine Vibration registrierte, würde es automatisch in den Tarnmodus übergehen.

Ein ziemlich abgefahrenes Teil.

Novaks Nackenhaare stellten sich auf. Er blickte sich um und legte eine Hand auf Charlottes Schulter, um sie daran zu hindern, aufzustehen oder einen Laut von sich zu geben.

Auch Romano spürte sofort die Veränderung der Atmosphäre. Der Mann war ein Navy SEAL gewesen und wusste, wann er seinen Instinkten vertrauen musste.

„Pack zusammen. Bring SSA Blood und die Ausrüstung zurück zum Geländewagen. Ich werde mich kurz umsehen."

KAPITEL VIERZEHN

Eine Kugel durchschlug ein Stück Rinde einen Meter über ihren Köpfen, und sie gingen hinter dem umgestürzten Baum in Deckung.

Charlotte entsicherte ihre Waffe. „Was ist der Plan?"

Novak sah irritiert aus. „Wir können hier nicht bleiben. Sie könnten ihre Position ändern und uns ins Visier nehmen. Wir können es uns nicht leisten, die Ausrüstung zu verlieren oder riskieren, dass die Leute, die sich in dem Bunker verschanzt haben, Verdacht schöpfen, was wir hier draußen gemacht haben. Ich werde denjenigen, der geschossen hat, ausfindig machen und entsprechende Maßnahmen ergreifen. Sie beide gehen zurück zum Fahrzeug, bis Verstärkung eintrifft." Novak wartete nicht auf eine Antwort, sondern rannte durch die Bäume davon.

Charlotte war hin- und hergerissen. Die Technologie war wichtig, aber Novak brauchte Unterstützung. Da Romano ebenfalls im Geiselrettungsteam war, wusste Charlotte, dass er für diese Art von Szenarien besser ausgebildet war als sie, auch wenn sie es nur ungern zugab. „Sie assistieren Novak. Ich bringe die Koffer zurück zum Fahrzeug und alarmiere die Hilfssheriffs. Geben Sie mir die Schlüssel."

„Novak meinte, ich solle bei Ihnen bleiben." Romanos Gesichtsausdruck wirkte entschlossen, aber sie wusste, dass er bei der Aktion dabei sein wollte.

„Das war, bevor ein Schuss gefallen ist. Ich brauche keinen Leibwächter. Das ist ein verdammter Befehl, Agent Romano", schnauzte sie. Sie warf sich die Laptoptasche über die Schulter und nahm ihm die Koffer aus den Händen. Sie wusste, dass sie unbedingt sicher aufbewahrt werden mussten. Er steckte die Autoschlüssel in die Tasche ihres Fleecepullovers und zog den Reißverschluss zu.

„Seien Sie vorsichtig. Es könnten noch mehr da draußen sein. Wir treffen uns am Suburban." Romano rannte in die Richtung, in die Novak verschwunden war.

Charlotte nickte und holte das Satellitentelefon heraus, doch als sie es einschalten wollte, meldete der Bildschirm, dass der Akku leer war. Eban hatte sie gestern Abend alle aufgeladen, also musste sie einen Blindgänger erwischt haben.

„Verdammt." Sie knirschte mit den Zähnen, als sie die beiden unhandlichen Stahlkoffer aufhob und sich für Geschwindigkeit statt Deckung entschied. Sie lief geduckt und blieb in der Nähe des Bachufers, während sie den Hügel hinunterjoggte. Vermutlich würde der Schütze vor Novak und Romano fliehen, wenn er noch bei klarem Verstand war.

Ihr Herz klopfte ein wenig stärker als sonst, und Adrenalin rauschte durch ihren Körper. Es gibt nichts Besseres, als beschossen zu werden, um wach zu werden. Ein Vogel flog erschrocken von einem Baum, der über den Bach ragte. Sie drehte sich um, Angst pochte in ihrer Brust. Unsichtbare Augen schienen sie zu verfolgen, und sie hoffte, dass es nur ihre überreizte Fantasie war oder vielleicht das Wissen, dass es in den Wäldern im Westen Überwachungskameras gab. Sie passte ihren Griff an den Koffern an, aber die Muskeln in ihren Händen und Handgelenken schmerzten und verlangten nach einer Pause. Sie blieb neben einem großen Nadelbaum stehen und versuchte, trotz des Rauschens ihres Blutes in ihren Ohren etwas zu hören.

Wer hatte auf sie geschossen? Waren da draußen noch mehr Scharfschützen? Sie überprüfte erneut das Satellitentelefon, schaltete es aus und wieder ein. Nichts.

Alles schien ruhig zu sein, aber Charlotte wurde das Gefühl nicht los, dass sie beobachtet wurde. Sie griff wieder nach den Koffern und wünschte sich, sie hätte eine dritte Hand, um ihre Waffe zu halten. Sie lief weiter das Bachbett entlang, wobei sie sich darauf konzentrierte, nicht auszurutschen oder sich den Knöchel auf den gelegentlichen vereisten, schlammigen Stellen zu verrenken.

Sechs Meter vor ihr trat ein Mann hinter einem Baum hervor, und sie blieb abrupt stehen. Er richtete ein Gewehr direkt auf ihre Brust, den Finger am Abzug gekrümmt.

„Nehmen Sie die Waffe runter, Sir", befahl sie mit Nachdruck.

„Und warum sollte ich das tun, junge Dame?" Er sprach mit einem gedehnten Akzent, den Charlotte jedoch nicht genau zuordnen konnte.

Sie bemühte sich, ihre rasenden Gedanken zu kontrollieren. Panik war reine Energieverschwendung. Stell ihm offene Fragen. Gib ihm das Gefühl, dass er gehört wird. Paraphrasiere seine Aussagen. Bau ein paar emotionale Botschaften ein.

Wusste er, dass sie vom FBI war? Ihr Fleece verdeckte ihren Ausweis, die kugelsichere Weste und die Waffe an ihrer Hüfte. Außerdem trug sie keine Geschäftskleidung, die normalerweise ein todsicherer Hinweis war.

Sie wusste es nicht. „Wohnen Sie hier in der Gegend?"

Gehörte er zu den Leuten im Bunker? Er sah nicht wie ein Umweltschützer aus. Er beantwortete ihre Frage nicht.

„Wissen Sie etwas über den Schuss, den ich vor ein paar Minuten gehört habe?"

Er sagte nichts, aber in seinen Augen blitzte etwas auf.

Sie tat sich schwer damit, ihn zum Reden zu bringen. Sie beschloss, ihm absichtlich fälschlicherweise eine Emotion zu unterstellen, um ihm eine Reaktion zu entlocken. „Ich kann verstehen, dass Sie Angst vor mir haben –"

Er verzog ungläubig das Gesicht. „Angst vor Ihnen? Ich habe keine Angst vor Ihnen." Er trat einen Schritt vor und ließ seine Waffe ein paar Zentimeter sinken.

„Dann verstehe ich nicht, warum Sie eine Waffe auf eine harmlose Frau richten, Sir?"

Die Waffe senkte sich noch ein paar Zentimeter, aber sie war immer noch direkt auf sie gerichtet. Wenn er tatsächlich schoss, müsste schon ein Wunder geschehen, dass er sie auf diese Entfernung verfehlte. Sein Blick wanderte von ihrer Pudelmütze zu ihren Stiefeln, als könnte er sie nicht richtig einschätzen.

Dann fiel sein Blick auf die beiden Koffer, die sie in der Hand hielt. „Stellen Sie die Koffer und den Laptop auf den Boden."

„Die Koffer?", wiederholte sie, um Zeit zu schinden.

Sie wusste nicht, ob der Kerl vom Eagle Mountain oder von außerhalb war. Wie auch immer, er sollte nicht hier sein. Jemand war nachlässig gewesen.

„Diese Dinger in Ihren Händen. Sind Sie dumm oder was?"

Sie hob die Arme ein wenig. „Wollen Sie mich etwa ausrauben, Sir? Ist das ein Überfall?"

Wenn er auch nur die leiseste Ahnung von Moral hätte, hätte er bei diesen Worten innehalten müssen.

Das Gesicht des Mannes spannte sich an.

„Was wollen Sie damit?" Sie ging ein paar Schritte auf ihn zu. Novak und Romano waren in die andere Richtung gerannt, weil der Schuss aus dieser Richtung gekommen war. War es Absicht gewesen, sie zu trennen, oder hatte dieser Kerl die beiden Agenten vom Geiselrettungsteam ausgetrickst?

„Stellen Sie die Sachen auf den Boden und gehen Sie zurück."

„Warum?", fragte sie.

„Das geht Sie nichts an."

„Da bin ich anderer Meinung." Ihr Ton war nicht verurteilend.

Er hob die Waffe und machte einen Schritt auf sie zu. „Stellen. Sie. Die. Koffer. Ab. Und. Treten. Sie. Zurück!", knurrte er mit zusammengebissenen Zähnen.

Die Worte hingen schwer in der Luft.

Sie hoffte, dass Novak und Romano den Kerl hören konnten. Sie leckte sich nervös über die Lippen und ging einen weiteren Schritt auf das falsche Ende des Gewehrlaufs zu.

„Gut. In Ordnung. Aber Sie müssen vorsichtig damit sein." Sie stellte die beiden Koffer vorsichtig auf den Boden, als ob der Inhalt so zerbrechlich wie Eierschalen wäre, und trat ein paar Schritte zurück. Er ging darauf zu und blickte nach unten.

Das konnte ja interessant werden. Wie sollte er das Gewehr weiter auf sie richten *und* gleichzeitig die Koffer aufheben? Die einzige Antwort auf dieses Rätsel war, wenn er sie erschoss.

Mist.

Seine Miene verhärtete sich, und sein Finger am Abzug begann sich zu verkrampfen.

„Natürlich brauchen Sie die Kombination, um sie zu öffnen, und Sie müssen die Peilsender loswerden, wenn Sie damit durchkommen wollen."

Er schaute eine Sekunde lang verwirrt. „Sie bluffen."

„Wenn Sie wissen, was Sie da stehlen wollen, dann ist Ihnen bestimmt auch klar, dass es zusätzliche Sicherheitsvorkehrungen gibt." In Wirklichkeit hatte sie keine Ahnung, ob sich in den Koffern Peilsender befanden, aber das Wichtigste war, dass er gerade dabei war, das Gewehr sinken zu lassen.

Oder vielleicht auch nicht. „Kommen Sie her und schließen Sie die Dinger auf. Werfen Sie zuerst die Glock weg." Er deutete in den Wald.

Verdammt. Sie konnte nicht zulassen, dass jemand die Koffer stahl, selbst wenn die Drohnen gerade im Einsatz waren, darin befanden sich vertrauliche Bedienungsanleitungen und Spezifikationen, ganz zu schweigen von dem verschlüsselten Laptop in Militärqualität. Der Kerl durfte nicht einmal erfahren, dass sich in den Koffern Drohnen befanden. Vielleicht hatte er nicht gesehen, wie Romano die Geräte geflogen hatte. Vielleicht hatte er einfach die Gelegenheit genutzt, um sie auszurauben.

Langsam griff sie mit den Fingerspitzen nach ihrer Waffe und warf sie auf den Boden. Dann ging sie auf ihn zu und hielt dabei Ausschau nach einer Schwachstelle. Er war stämmig, etwa einen Meter achtzig groß und hatte graublaue Augen und einen roten Bart.

Sie war nicht stärker als er, aber das musste sie auch nicht sein. Sie war wahrscheinlich schneller. Und, sofern er kein

Meister im Kampfsport war, besser trainiert.

„Wofür brauchen Sie das Zeug überhaupt?" Sie beugte sich über den Koffer und tat so, als wolle sie ihn öffnen. Nicht, dass sie es konnte, denn es stellte sich heraus, dass er ein biometrisches Schloss hatte. Ausgezeichnet.

Sie wartete nicht auf eine Antwort. Sie spürte, dass er einatmete. Ihre Finger schlossen sich um den Griff der Laptoptasche, und sie wirbelte herum, wobei sie den Gewehrlauf mit einer Hand zur Seite schob und ihm gleichzeitig die Tasche kräftig gegen die Schläfe schlug. Ein Schuss löste sich aus dem Gewehr, aber sie ließ den heißen Lauf nicht los. Sie ließ die Tasche fallen und schlug ihm mit der freien Hand ins Gesicht, woraufhin ein Schwall Blut aus seiner gebrochenen Nase strömte. Er schrie auf, aber Charlotte ließ nicht locker, sie würde nicht lockerlassen, bis er entwaffnet war und keine Bedrohung mehr darstellte. Sie rammte ihm ihr Knie hart in den Schritt und verpasste ihm einen Kopfstoß, als er nach vorne kippte. Schließlich ließ er das Gewehr los, versuchte aber, sie um die Taille zu packen. Mit der Seite ihrer Faust verpasste sie ihm einen Schlag gegen sein Ohr, woraufhin er auf die Knie sank und nach seiner Waffe tastete. Sie trat zu, traf seinen Kiefer mit ihrem Schienbein, und er ging zu Boden.

Charlotte entriss ihm das Gewehr und öffnete dann den Reißverschluss ihrer Jacke, um ihre Handschellen hervorzuziehen. Sie war gerade dabei, ihn umzudrehen und seine Handgelenke zu fesseln als sie das Geräusch von Schritten hörte, die sich ihr näherten.

Sie ließ die Handschellen einrasten und hob das Gewehr, als Novak durch das Gebüsch brach und abrupt stehen blieb.

Ein langsames Grinsen breitete sich auf seinem Gesicht

aus, und Charlotte war schockiert, wie attraktiv er plötzlich aussah.

„Was?", fragte sie und ging zu ihrer Glock, um sie aufzuheben.

„Wir haben den Idioten erwischt, der den Schuss abgegeben hat. Dann fing er an zu lachen und sagte, wir wären ‚direkt in ihre Falle gelaufen'. Ich bin so schnell gekommen, wie ich konnte, um mich zu vergewissern, dass es Ihnen gut geht."

Der Mann am Boden stöhnte.

„Natürlich geht es mir gut", versicherte Charlotte mit einem Hauch von Überheblichkeit. Es wäre gelogen, wenn sie behauptet hätte, dass sie nicht froh darüber war, gezeigt zu haben, dass sie auf sich selbst aufpassen konnte. Sie hatte sich bewusst für eine Karriere als Verhandlungsführerin entschieden, und zwar nicht, weil sie nicht in der Lage war, Bösewichte auf andere Weise zur Strecke zu bringen. Sie sah sich um.

Novak tat es ihr gleich. „Verstärkung ist unterwegs."

„Gut. Ich habe versucht, die IC anzurufen, aber mein Satellitentelefon hat nicht funktioniert." Eine Welle der Müdigkeit überkam sie. Wahrscheinlich war ihr Adrenalinspiegel wieder auf sein übliches Niveau gesunken. „Sie sollten ihn und das Gewehr lieber mitnehmen. Ich nehme die Koffer."

„Geht klar, Ma'am", sagte Novak respektvoll, und ausnahmsweise zweifelte Charlotte nicht an seiner Aufrichtigkeit. Das war die Vorgehensweise, die er schätzte. Gewalttätiges Handeln und überwältigende Stärke. Sie war enttäuscht, dass es ihr nicht gelungen war, sich aus der Situation herauszureden. Sie hatte zwar keine Zeit gehabt, alle Phasen des Verhandlungsprozesses durchzugehen, aber trotzdem …

Romano kam mit einem weiteren Gefangenen im Schlepptau, der nicht viel älter als ein Teenager zu sein schien.

Charlotte stieß einen frustrierten Seufzer aus. Warum trafen Menschen so dumme Entscheidungen? Warum sabotierten sie ihr Leben auf diese Weise?

„Würden Sie ihn über seine Rechte aufklären?", fragte sie.

Novak folgte ihrer Aufforderung und hinterfragte ihre Gründe ausnahmsweise einmal nicht. Sie machten sich auf den Weg den Berg hinunter zu ihrem Fahrzeug und warteten, bis die Hilfssheriffs ihnen auf der Straße entgegenkamen. Charlotte hatte keine Lust zu reden. Sie verstaute die Koffer und die restliche Ausrüstung auf dem Rücksitz des Chevy.

Dann machte sie Fotos von den beiden festgenommenen Männern und verwettete ihre gesamten spärlichen Ersparnisse darauf, dass sie zu einer regierungsfeindlichen Gruppe gehörten und bereits im System waren.

„Bitten Sie die Hilfssheriffs, die beiden Gefangenen ins Bezirksgefängnis zu bringen, aber achten Sie darauf, dass sie getrennt und isoliert bleiben", wies sie Novak mit gedämpfter Stimme an. „Ich will nicht, dass sie mit jemandem sprechen. Weder mit einem Anwalt noch mit den Medien. Nicht einmal mit dem Sheriff."

„Soll ich sie verhören?", fragte Novak, obwohl er von der Idee nicht gerade begeistert war.

Sie schüttelte den Kopf. Sie wusste es zu schätzen, dass Novak ihr in dieser Sache die Führung überließ. Sie hatte in diesem Bereich der Ermittlungen viel mehr Erfahrung als er. „Sie müssen Ihr Team neuformieren, und ich muss zurück zur Basis." Sie wollte sich mit ihrem Team besprechen. Sehen, ob es irgendwelche Entwicklungen gab, obwohl sie sie bestimmt angerufen hätten. Dann fiel ihr ein, dass das Satellitentelefon, das sie bei sich trug, defekt war, also vielleicht auch nicht.

Sie dachte über ihre Möglichkeiten nach. „Romano soll sicherstellen, dass die Hilfssheriffs sich um diese Leute kümmern. Wir rufen McKenzie an, damit er Agenten von der Ranch herschickt, um sie so schnell wie möglich zu befragen. Ich will wissen, ob sie zu Harrisons Gruppe gehören oder woanders herkommen. Ich will genau wissen, was sie vorhatten.“

Einer seiner Mundwinkel bog sich leicht nach oben und ihr fiel auf, dass sein markantes Gesicht eigentlich unheimlich attraktiv war. Wie konnte es sein, dass sie das die ganze Zeit über nicht bemerkt hatte?

„Klingt nach einem Plan.“

Sie wusste, dass sie dafür Berichte ausfüllen mussten, was eine Qual war. Aber diese Männer könnten wertvolle Informationen haben, die sie im Tausch gegen eine geringere Anklage eintauschen könnten. Im Moment drohte ihnen eine lange Gefängnisstrafe.

Sie blickte zum Berg hinauf. „Glauben Sie, da draußen sind noch mehr von ihnen?“

Novak richtet seinen Blick auf den Feldweg. „Vielleicht. Und wir müssen uns mit dieser Möglichkeit befassen, bevor wir irgendetwas anderes unternehmen.“

„Einverstanden. Kann ich mir Ihr Telefon leihen?“

Stirnrunzelnd reichte er ihr sein Satellitentelefon, bevor er sich wieder Romano zuwandte, um ihm Anweisungen zu erteilen. Charlotte zwang sich, Novak nicht länger anzustarren, als hätte sie ihn noch nie gesehen.

Je schneller sie die nächsten zwei Tage hinter sich brachten, desto besser.

NOVAK FUHR DIE inzwischen vertraute Straße zurück zur Ranch. Er versuchte immer noch, das Gefühlschaos zu verarbeiten, das der Schuss in ihm ausgelöst hatte. In diesem Moment war ihm klar geworden, dass Charlotte allein war und in Gefahr schwebte. Die Erleichterung, die er verspürt hatte, als er gesehen hatte, dass sie nicht nur wohlauf war, sondern den Mistkerl sogar überwältigt hatte, war wie ein Schrotflintenschuss in die Brust gewesen. Er wäre am liebsten auf sie zugestürmt und hätte sie umarmt, aber sie hatte mehr als bewiesen, dass sie seine Hilfe nicht brauchte. Soweit es sie betraf, machte sie einfach nur ihren Job. Es war sein Problem, dass er so emotional reagierte, wenn sie in Gefahr war.

Er schaute auf seine Uhr, während Charlotte mit McKenzie sprach. Es waren noch ein paar Stunden bis zum Schichtwechsel der Scharfschützenteams. Er hatte über eine sichere Leitung mit ihnen gesprochen, und die Arschlöcher, die auf ihn, Romano und SSA Blood geschossen hatten, waren aus keinem der Hauptausgänge gekommen. Novak bezweifelte, dass sie aus dem Geheimtunnel gekommen waren, da sie ihn schon einige Zeit vor dem Schuss im Auge gehabt hatten.

Entweder gab es Zugangspunkte zum Gelände, von denen das FBI nichts wusste, oder diese beiden Witzbolde hatten die Absperrung, die die Hilfssheriffs errichtet hatten, irgendwie umgangen. Letzteres erschien ihm wahrscheinlicher.

„Fragen Sie ihn, ob wir eine Drohne mit Wärmebildfunktion über das Gebiet fliegen lassen sollen, um festzustellen, ob noch mehr von diesen Clowns da draußen sind." Er blickte in Charlottes strahlend blaue Augen, als sie nickte und seiner

Aufforderung dann nachkam. Sie deckte das Mikrofon ab. „Er wird in der Zentrale anfragen."

Novak atmete durch die Nase aus und versuchte, die Anspannung in seinem Körper zu lindern. Diese Sicherheitslücke bereitete ihm Sorgen, und durch das Telefon, das Charlotte an ihr Ohr hielt, konnte er hören, wie McKenzie sich ebenfalls beschwerte.

„Stellen Sie ihn auf Lautsprecher."

Charlotte hob die Augenbrauen, tat aber, was Novak verlangte.

Oh Mann, McKenzie war stinksauer.

Als der Mann während seiner Tirade gegen die örtlichen Strafverfolgungsbehörden eine kurze Atempause machte, nutzte er die Gelegenheit, um sich zu Wort zu melden. „Ich bin ganz Ihrer Meinung, Sir." Er wollte nie wieder die Angst erleben, die er empfunden hatte, als der zweite Schuss gefallen war und er sich Sorgen um Charlotte gemacht hatte. „Aber wir müssen in der Zwischenzeit konkrete Maßnahmen ergreifen."

Er sah, wie Charlotte sich anspannte, und wusste, dass ihr sein Vorschlag nicht gefallen würde. „Warum ziehen wir nicht die SWAT-Teams aus Atlanta und L.A. hinzu, damit sie die Bewachung der Umgebung übernehmen?"

Charlottes Augen verengten sich.

„Mir ist klar, dass es für die Leute auf dem Gelände wie eine Eskalation aussehen könnte, aber ich muss wissen, dass jemand meinen Männern den Rücken freihält, wenn wir sicher operieren wollen. Wenn wir es mit einem Haufen separater Nationalistengruppen zu tun haben, die versuchen, das Gelände zu infiltrieren und Harrisons Gruppe zu ‚helfen', dann wird die Situation schnell aus dem Ruder laufen. Jemand könnte erschossen werden. Jemand könnte sterben. Ich will nicht, dass es einer meiner Männer ist."

Im Auto herrschte Stille.

„Es sind auch meine Männer", sagte McKenzie leise. „Ich werde die Anrufe tätigen."

Novak stieß einen langen Atemzug aus, als McKenzie auflegte.

Charlotte verkroch sich tiefer in ihrem Kapuzenpullover.

Er mochte den niedergeschlagenen Blick in ihren Augen nicht, aber es war die richtige Entscheidung. „Tut mir leid." Himmel, seit wann entschuldigte er sich dafür, dass er etwas tat, was taktisch angemessen war?

Sie schüttelte langsam den Kopf und setzte sich aufrecht hin. „Nein. Sie haben recht. Wir müssen dafür sorgen, dass die Absperrungen sicher sind, und die Hilfssheriffs scheinen dazu nicht in der Lage zu sein." Sie bemerkte seinen überraschten Gesichtsausdruck. „Was? Glauben Sie, ich will die Agenten noch mehr in Gefahr bringen, als sie es ohnehin schon sind? Ich möchte, dass alle sicher nach Hause kommen, aber vor allem meine Kollegen, die jeden Tag ihr Leben aufs Spiel setzen."

Er schluckte den Kloß in seinem Hals herunter, als er daran dachte, wie kurz sie heute davor gewesen war, eine Kugel abzubekommen. „Ich weiß, dass Sie weniger Polizeipräsenz wollten."

„Ja." Der Muskel in ihrem Kiefer spannte sich an, als sie die Zähne zusammenbiss. „Aber selbst wenn wir mehr Personal haben, heißt das nicht, dass die Leute im Bunker das mitbekommen müssen."

Das klang nach einer Strategie, mit der er sich anfreunden konnte.

„Was schlagen Sie vor?" In der Ferne kam die Ranch in

Sicht.

„Lassen Sie uns mit McKenzie reden. Wir müssen ein bisschen tiefer in die Trickkiste greifen, um diese Leute zum Reden zu bringen."

„Und wie wollen Sie das anstellen?"

Ein Lächeln umspielte ihren Lippen, und er ertappte sich dabei, dass seine Augen von ihren Lippen magisch angezogen wurden. Er wandte seinen Blick ab. Hör auf damit. *Sie ist nicht an dir interessiert.*

„Ich habe ein paar Ideen. Mal sehen, was der Boss dazu sagt."

KAPITEL FÜNFZEHN

„DAS WIRD NICHT funktionieren", sagte Charlotte zu ihrem Chef, nachdem sie sich einen Überblick über ihr Herrschaftsgebiet verschafft hatte, das nach und nach von McKenzies Leuten eingenommen wurde. Novak war erleichtert, dass McKenzie hier war und nicht in der Scheune beim Geiselrettungsteam. Es war schon schlimm genug, dass ihr Vorgesetzter jetzt bei ihnen übernachtete. „Wir brauchen Raumteiler, damit wir in Ruhe arbeiten können, ohne dabei ständig durch Nachrichten aus der Kommandozentrale abgelenkt oder unterbrochen zu werden."

McKenzie sah unbeeindruckt aus. „Bis jetzt haben Sie nichts weiter getan, als Telefonanrufe durchzuführen, auf die niemand reagiert."

Charlottes Stirn legte sich in Falten. „Und Sie glauben, das wäre einfach? Glauben Sie nicht, dass es unglaublich anstrengend ist, einfach nur darauf zu warten, dass jemand den Hörer abnimmt, in dem Wissen, dass das jeden Moment passieren kann, und dass man ganz bei der Sache sein muss, wenn jemand abhebt? Vor allem, wenn der Chef nur ein paar Meter entfernt eine heikle Besprechung führt?"

„Sie geben mir langsam das Gefühl, unerwünscht zu sein, SSA Blood."

„Es ist nichts Persönliches. Aber es wäre schön, wenn Sie

sich woanders einrichten könnten."

„Ich kann nirgendwo anders hin." McKenzies Augen waren vor Müdigkeit gerötet, aber auch belustigt. Novak wusste es zu schätzen, dass er nichts dagegen hatte, wenn sich die Leute widersetzten, solange sie auch Befehle befolgten.

„Was ist mit der Hütte, in der wir gestern Abend waren?", schlug Charlotte vor.

„Ich bin aus der Scheune ausgezogen und schlafe jetzt da drin. Tut mir leid." McKenzie rieb sich die Augen. „Ich konnte in der Scheune nicht abschalten, während um mich herum immer noch Leute aktiv an dem Fall gearbeitet haben."

Novak vollführte im Geiste einen kleinen Freudentanz.

„Versuchen Sie es mit Ohrstöpseln. Die wirken wahre Wunder." Charlotte warf Novak einen Blick zu, und seine Lippen zuckten. „Sie wollen, dass wir effektiv arbeiten können, und Sie wollen gut ausgeruht sein, richtig?"

McKenzie nickte. „Ganz genau."

Charlotte grinste. „Nutzen Sie die Macht der Bundesregierung, um fünf oder sechs Raumteiler zu erbetteln, zu stehlen oder zu leihen, um uns die nötige Privatsphäre zu verschaffen. Das ist wichtig, wenn Sie wollen, dass wir effektiv arbeiten."

„Wird erledigt." Ein Mitarbeiter aus McKenzies Team war bereits am Telefon.

McKenzie lächelte kurz, bevor er wieder ernst wurde. „Trotz meiner Ineffizienz bei der Bürogestaltung habe ich auch ein paar Dinge getan, die Sie vielleicht gutheißen werden. Ich habe SSA Makimi geschickt, um die Männer zu befragen, die heute auf Sie geschossen haben. Sie ist eine der besten Vernehmungsbeamten, die wir im FBI haben. Außerdem wurden SWAT-Teams aus L.A. und Atlanta entsandt. Ich weiß nicht, wie wir die vermehrte Anwesenheit von Agenten in der Region vor den Medien geheim halten sollen."

„Ich habe eine Idee." Charlotte verschränkte die Arme vor der Brust. Sie war auf einer Mission, und Novak war zu schlau, um sich ihr in den Weg zu stellen. „Ich nehme an, wir haben inzwischen alle Telefonnummern, die auf dem Eagle Mountain benutzt werden, identifiziert?"

McKenzie nickte. „Ja. Sie haben sie alle vor ein paar Stunden ausgeschaltet. Ich denke, sie haben die möglichen Sicherheitsprobleme erkannt. Wir haben mehrere hundert Kontakte außerhalb der Einrichtung, denen wir nachgehen müssen. Es wird interessant sein zu sehen, ob die Handynummern der beiden Idioten, die Sie beide angegriffen haben, auf dieser Liste auftauchen."

„Wir sollten alle Verbindungen zum Bunker kappen, außer den Nachrichtensendern."

„Fahren Sie fort." McKenzie lehnte sich in seinem Stuhl zurück und verschränkte die Hände hinter dem Kopf.

„In den Nachrichten läuft seit Stunden immer wieder die gleiche Nachrichtenschleife. Wenn wir die Kontrolle übernehmen, spinnen wir die Schleife weiter und fügen vielleicht in regelmäßigen Abständen etwas eigenes Material hinzu. Entweder bitten wir die Sender um Hilfe oder wir machen es selbst. Die Medienabteilung verfügt auf jeden Fall über das nötige Fachwissen. Die Verhaltensanalyseeinheit kann uns beraten, welche Inhalte wir einbauen müssen, um das gewünschte Szenario oder Ergebnis zu beeinflussen."

„Die Idee gefällt mir." McKenzie nickte und gähnte. „Tut mir leid. Ich brauche etwas Schlaf. Ich weiß immer noch nicht, wie wir die Leute auf dem Gelände dazu bringen sollen, mit uns zu reden, aber wir müssen *dringend* einen Dialog in Gang bringen.“

„Ich habe mich gefragt, ob wir vielleicht Harrisons ehemaligen Kommandanten von der Armee ausfindig machen können? Wir könnten eine Nachricht von ihm aufnehmen und dann in unseren Fake-Nachrichten abspielen. Harrison dazu bringen, den Hörer abzunehmen und mit uns zu reden.“

„Das ist eine gute Idee“, stimmte Novak zu. „Wenn ich mit dem Rücken zur Wand stünde, wäre mein ehemaliger Special Forces-Vorgesetzter wahrscheinlich einer der wenigen, auf die ich noch hören würde.“

McKenzie gähnte erneut. „Gut. Arrangieren Sie es“, wies er sein Team an. „Beauftragen Sie Agenten, mit dem Verteidigungsministerium zu sprechen. Finden Sie seinen Vorgesetzten, befragen Sie jeden, den wir aus Harrisons alter Einheit ausfindig machen können. Finden wir heraus, warum sich dieser Kerl in den letzten sechzehn Jahren mitten im Staat Washington versteckt gehalten hat. Ich werde mir auf Anraten von SSA Blood ein paar Ohrstöpsel besorgen und mich für ein paar Stunden hinlegen. Sie beide haben das Sagen,“ er deutete auf Novak und Charlotte, „aber ich möchte sofort geweckt werden, wenn sich etwas tut oder wenn das SWAT-Team eintrifft. Sie werden in einem alten Motel am Highway übernachten. Sagen Sie ihnen, sie sollen sich unauffällig verhalten. Je weniger Leute von der Sache wissen, desto wahrscheinlicher ist es, dass wir Subversive aufgreifen, die sich der Sache anschließen wollen. Außerdem sollten wir alle Gruppen, die zur Unterstützung kommen, genau im Auge behalten.“

Während der Belagerung in Waco, 1993, war der berüchtigte Terrorist Timothy McVey auch zur Unterstützung der Branch Davidian Sekte angereist. Er hatte dem FBI beigebracht, wie man die Ränder eines Konflikts im Auge behielt. Nachdem die Anhänger von David Hines Anfang des Jahres einen Angriff auf das FBI gewagt hatten, schien auch jetzt der zusätzliche Aufwand gerechtfertigt…

„Gibt es Neuigkeiten über Kaylas Zustand?", fragte Charlotte schnell, als McKenzie in seine Jacke schlüpfte. Sie folgten ihm zur Tür.

„Wahrscheinlich eine Harnwegsinfektion."

Novak verspürte einen Anflug von Erleichterung. Er war zwar gegen Grippe geimpft, aber die Influenza könnte bei ihrem Personal verheerende Folgen haben.

„Der Arzt hat ihr Antibiotika gespritzt. Eine Krankenschwester kommt alle paar Stunden, um nach ihr zu sehen, und eine Wache steht vor der Tür. Das ist das Beste, was ich tun konnte."

„Ich würde gerne nach ihr sehen."

„Erzählen Sie ihr noch nichts von Brenna", warnte McKenzie.

„Das werde ich nicht", erwiderte Charlotte und verzog das Gesicht. „Hat der Gerichtsmediziner den Autopsiebericht schon geschickt?"

„Der vorläufige Befund lautet, dass sie an einem stumpfen Schädeltrauma gestorben ist, aber wir wissen nicht, ob es ein Unfall war oder nicht. Wie ich schon sagte. Vorläufig."

„Zeitpunkt des Todes?", fragte Charlotte.

„Zwischen fünf und zehn Uhr am Mittwochmorgen. Der Gerichtsmediziner gibt an, dass die niedrige Umgebungstemperatur eine genaue Bestimmung erschwert hat."

Das war ein ziemlich großes Zeitfenster. „Vergessen Sie nicht, Ihre Berichte über die heutigen Vorfälle zu schreiben." McKenzie sah die beiden kurz an, um sicherzustellen, dass es keine weiteren Fragen gab, bevor er nickte und durch die Tür ging.

Traurigkeit legte sich über Charlottes Gesicht. „Ich frage mich, ob Kayla sonst noch jemanden in ihrem Leben hat."

„Ich bin mir ziemlich sicher, dass sie diesen TJ kennt." Novak gefiel es nicht, dass Charlottes Kummer ihn dazu veranlasste, sie umarmen zu wollen. Er wurde langsam weich.

Charlotte verschränkte ihre Arme vor der Brust und sah unglücklich aus. „Sie müssen nicht mit mir kommen. McKenzie wird es nicht merken, wenn Sie in die Scheune gehen, während ich die Hintertreppe hochgehe."

Novak grunzte. „Irgendwie habe ich so das Gefühl, dass er es trotzdem wissen würde. Ich will nicht riskieren, nach Hause geschickt zu werden, wenn es gerade spannend wird." Es hatte nichts mit der Tatsache zu tun, dass er gerne Zeit mit Charlotte verbrachte. „Hey, wir haben die ersten vierundzwanzig Stunden überlebt. Nur noch achtundvierzig Stunden Knast. Wie schwer kann das schon sein?"

„Ich glaube, Sie wachsen mir langsam ans Herz, SSA Novak."

Charlotte ging nach draußen, und er folgte ihr und schloss die Tür hinter ihnen, unwillig, sich einzugestehen, dass sie vielleicht recht hatte.

***

CHARLOTTE SCHLICH LEISE die Hintertreppe hinunter, denn obwohl es erst sechs Uhr abends war, schliefen oder arbeiteten die anderen vielleicht, und sie wollte niemanden stören. Novak folgte ihr lautlos. Er war still geworden. Sein neckischer Blick, den er in der Kommandozentrale im Gesicht gehabt hatte, war zu verschlossen übergegangen, als ob ihn etwas bedrückte.

Als sie ihr gemeinsames Zimmer betrat, entdeckte sie eine dicke Winterjacke auf dem Bett, die eine der Verhandlungsführerinnen für sie besorgt hatte. Charlotte musste daran denken, ihr das Geld für den Mantel zurückzugeben. „Endlich habe ich etwas Warmes zum Anziehen."

„Sie hätten mir sagen sollen, dass Ihnen kalt ist. Dann hätte ich Ihnen etwas besorgt." Novaks leises Gemurmel klang eher mürrisch als rücksichtsvoll. Er ging zu seiner Tasche und fing an, darin herumzuwühlen.

Charlotte verbarg ihre Enttäuschung. Seine emotionalen Reaktionen waren vollkommen widersprüchlich. Sie wusste nicht, was sie getan hatte, um ihn zu verärgern. Doch dann ärgerte sie sich über sich selbst, weil sie annahm, dass seine Launen ihre Schuld waren.

Sie hatte Jahre damit verbracht, die Psychologie von Beziehungen zu studieren, was wahrscheinlich der Grund dafür war, dass sie sich in ihrem eigenen Liebesleben mit nichts weniger als Perfektion zufriedengeben wollte. Sie hatte miterlebt, wie sich ihre Eltern in mehrere Partner verliebt hatten, und jedes Mal hatten sie sich auseinandergelebt und aufgehört miteinander zu kommunizieren. Auch wenn sie sich nach der Nähe zu einem anderen Menschen sehnte, wollte sie nicht den Schmerz eines gebrochenen Herzens riskieren. Sie würde sich erst dann verlieben, wenn sie überzeugt war, dass es für immer sein könnte.

Aber das hatte nichts mit Payne Novak zu tun. Er hatte keinesfalls das Potential, die *Liebe ihres Lebens* zu werden. Und sie wollte nicht die Verantwortung für seine miese Laune übernehmen.

Ihr Magen knurrte, und er sah mit einem langsamen Grinsen von den Dielen auf, auf denen er kniete. „Hungrig?"

Seine Worte strichen über ihre Sinne und ließen sie erschaudern. Obwohl er aus Rücksicht auf die anderen auf der Etage extra leise gesprochen hatte, klang seine Stimme sexy und intim. Und sie war eine Närrin, weil sie so dachte.

Offenbar hatte sie jegliches Urteilsvermögen verloren, wenn es darum ging, den Tonfall und die Nuancen eines Gesprächs zu interpretieren. Ihr wurde klar, dass Novak nicht launisch war, sondern ruhig und nachdenklich nach einem langen, anstrengenden Tag. Er brauchte etwas Zeit für sich.

Vielleicht war sie diejenige, die sich entspannen und einen Mann, den sie nicht sonderlich gut kannte und nur mit Mühe verstehen konnte, nicht überanalysieren sollte.

„Ich bin am Verhungern. Ich hab' das Mittagessen ausgelassen. Keine Sorge, ich werde mir etwas holen, nachdem ich mit Kayla gesprochen habe."

Er blickte stirnrunzelnd auf seine Uhr. Es war schon nach sechs und stockdunkel draußen. Sie wusste, dass er sich Sorgen um seine Männer machte.

„Oder ich kann mir einen Energieriegel besorgen und direkt zur Scheune gehen, wenn Ihnen das lieber ist", bot sie an.

„Nein." Er kratzte sich am Kopf und sah ein wenig verwirrt aus. „Gehen Sie ruhig zu Kayla. Ich besorge uns etwas zu essen und warte in der Küche auf Sie. Wenn McKenzie auftaucht, sage ich, dass ich Kayla etwas zu essen hole. Ich bin mir ziemlich sicher, dass mein Anblick der Kleinen eine Heidenangst einjagen könnte."

„Sie haben ihr heute das Leben gerettet."

„Ich habe sie zum Auto getragen." Er gab einen

verächtlichen Laut von sich.

Sie lächelte. Es fiel ihm schwer, Lob anzunehmen. Selbst nach seiner Heldentat gestern hatte er die Aufmerksamkeit von sich abgelenkt.

„Sie haben sie in Sicherheit gebracht."

Novak zuckte mit den Schultern.

Sie wollte seinen Arm berühren, überlegte es sich dann aber anders. Stattdessen scherzte sie: „Sehen Sie uns nur an, wir kommunizieren tatsächlich wie Erwachsene miteinander."

Hitze blitzte in seinen Augen auf, kurz bevor sie wieder verschwand.

Sie blinzelte.

Fand er sie etwa *attraktiv*? Oder hatte sie sich das nur eingebildet? Wahrscheinlich hatte sie ihn wieder falsch eingeschätzt. Novak war das genaue Gegenteil eines offenen Buches.

„Freuen Sie sich nicht zu früh. Ich bin mir sicher, dass wir noch einmal aneinandergeraten werden, bevor das hier vorbei ist."

Seine Worte erinnerten sie daran, dass sie heute schon mit jemandem aneinandergeraten war, was vielleicht ihre Kopfschmerzen erklärte. Sie rieb sich die Stirn und griff in ihren Kosmetikbeutel, um ein Aspirin herauszuholen.

„Alles in Ordnung?", fragte er.

„Ja. Ein Nebenprodukt meines knallharten Nahkampfes bahnt sich seinen Weg in mein Gehirn."

Sein Blick wurde intensiver, und plötzlich war sie sich seiner Größe und der Breite seiner Schultern überdeutlich bewusst.

„Es tut mir leid, dass ich Sie in Gefahr gebracht habe."

Sie lachte. Es kam ein wenig piepsig heraus. „Und mir tut

es leid, dass wir so viele Formulare ausfüllen müssen."

„Ich meine es ernst, Charlotte. Ich habe die falsche Entscheidung getroffen. Wir hätten in Deckung gehen und auf Verstärkung warten sollen."

„Und diese Typen einen anderen Winkel finden lassen, um einen von uns zu treffen? Auf keinen Fall." Sie hob ihr Kinn. „Es ist nicht nötig, dass sie mich wie eine schutzbedürftige Frau behandeln. Ich bin eine erfahrene FBI-Agentin und es ist mein Job, die bösen Jungs zu jagen."

„Ich finde nicht, dass Sie schutzbedürftig sind. Hat er Sie geschlagen?" Novak machte einen Schritt auf sie zu und sah ihr in die Augen, als wollte er nach Anzeichen einer Gehirnerschütterung suchen.

Ihre Wangen wurden heiß. „Nein. Ich habe ihm einen Kopfstoß verpasst."

Novaks Gesichtsausdruck blieb eine ganze Sekunde lang ausdruckslos. „Soll das ein Witz sein?"

„Ich habe ihn mit einer List dazu gebracht, nahe genug heranzukommen, um ihm sein Gewehr abzunehmen, und danach habe ich es ihm gegeben. Ich werde meinem Ausbilder in Quantico eine Kiste Bier schicken müssen."

Unbeeindruckt von Novaks ernstem Blick, holte sie eine Flasche Wasser aus ihrer Tasche. Sie schluckte die Tablette und nahm einen tiefen Schluck, um sie herunterzuspülen.

„Sie trainieren mit einem Trainer an der Akademie?"

Sie trank noch mehr Wasser, bevor sie den Deckel wieder auf die Flasche schraubte. Sie wischte sich mit dem Handrücken über die Lippen. Novak verfolgte ihre Bewegungen, und aus irgendeinem Grund fühlte sie sich plötzlich unsicher. „Ein paar Mal in der Woche, wenn ich bei der Kriseneinheit bin. Einer der Ausbilder für neue Agenten testet mich dort regelmäßig auf Herz und Nieren. Hey, vielleicht könnte ich mit dem Geiselrettungsteam trainieren, während wir hier sind?"

Novak drehte sich um, sodass sie sein Gesicht nicht mehr sehen konnte. Seine Schultern wirkten steif. „Vielleicht."

„Nicht so viel Begeisterung auf einmal." Sie schüttelte den Kopf. Heiß und kalt. Sie wusste nie, womit sie bei Payne Novak rechnen sollte.

„Ich hoffe, wir sind hier fertig, bevor wir einen Trainingsraum einrichten müssen."

„Ach, seien Sie kein Spielverderber." Als sie ihm scherzhaft auf den Arm schlug, fand sie ihre Hand in seinem sanften Griff gefangen. Wieder warf er ihr einen komischen Blick zu, als würde er sich bemühen, sie zu verstehen, obwohl sie in Wirklichkeit ein offenes Buch war.

„Ich bin nicht hier, um Spaß zu haben." Seine Miene war grimmig und seine Stimme stockte. Seine Hand zitterte leicht, bevor er sie losließ.

Sie runzelte die Stirn. „Hier in Washington State oder hier auf der Erde?"

„Sowohl als auch." Er stieß einen kleinen Atemzug aus, vielleicht wurde ihm bewusst, wie viel er von sich preisgab. Sie wollte mit einem Finger über seine Stirn streichen und die Anspannung in seinem Kiefer lindern. Er sah in diesem Moment unglaublich verletzlich aus.

„Gibt es irgendetwas, das Sie nicht gerne essen?" Er wich zurück und wechselte das Thema.

„Ich esse so ziemlich alles, außer Schalentiere, davon falle ich in ein tödliches Koma."

„Gut zu wissen. Haben Sie einen Epi Pen dabei?"

„Ja." Sie tippte mit dem Fuß gegen ihre Tasche. „Ich habe

zwei da drin. Wenn wir uns das nächste Mal streiten, wissen Sie, wie Sie mich loswerden können."

„Ach, Herrje! So ein großes Arschloch bin ich auch wieder nicht." Schmerz flackerte über sein Gesicht. „Ich respektiere Ihre Meinung, auch wenn sie falsch ist. Und ich will eine Lösung für diese Situation finden, bei der weder meine Männer in Gefahr geraten, noch die Bösewichte mit ihrem Mist durchkommen."

Sie verschluckte sich an einem Lachen, unsicher, ob sie beleidigt oder geschmeichelt sein sollte. „Das war ein Scherz. Ich habe nicht ernsthaft geglaubt, dass Sie mich loswerden wollen. Ich würde Ihnen zutrauen, dass Sie mich fesseln und in einen Schrank sperren, bis das alles vorbei ist, aber nicht, dass Sie mir einen anaphylaktischen Schock verpassen."

Er schwieg einen Moment und zuckte zusammen, als ihm klar wurde, dass er überreagiert hatte. Dann hob er kapitulierend die Hände. „Wahrscheinlich bin ich einfach an die Männer vom Geiselrettungsteam gewöhnt und mache mir zu viele Gedanken."

Sie grinste. „Überlassen Sie das Denken den Verhandlungsführern."

Sie ertappte sich dabei, wie sie aktiv nach Anzeichen dafür suchte, dass er ihren Witz lustig fand – dass er sie *mochte*. Denn das war ihr Ding. Sie brachte jeden dazu, sie zu mögen. Es war eine Schwäche, die sie an sich selbst hasste.

„Gehen Sie zu Kayla. Ich wärme inzwischen eine Muschelsuppe auf", meinte er.

Sie warf ein Kissen nach ihm, das er auffing und zurück auf das Bett legte.

„Beeilen Sie sich." Novak wurde ernst. „Ich will sehen, was die Scharfschützenteams zu sagen haben, bevor sie schlafen gehen."

Wieder wurde ihr der Ernst der Lage bewusst. Sie hatte keine Zeit, um herumzualbern oder Spaß zu haben. Sie straffte die Schultern und hob ihr Kinn. Sie musste wieder an die Arbeit gehen.

Sie freute sich nicht darauf, dieses Mädchen wegen ihrer Freundin anzulügen, aber sie musste daran denken, dass Kayla technisch gesehen eine Verdächtige war.

„Handeln Sie sich keinen Ärger ein, solange ich weg bin." Charlotte griff nach ihrer Winterjacke und riss die Etiketten ab, wobei sie versuchte, nicht zusammenzuzucken, als sie den für ein Beamtengehalt hohen Preis sah.

„Charlotte, Sie haben fast den örtlichen Sheriff verhaftet und dann einen bewaffneten Angreifer, der doppelt so groß war wie Sie, überwältigt. Ich bin nicht derjenige, der heute in Schwierigkeiten geraten ist."

Charlotte verdrehte hinter seinem Rücken die Augen.

„Das habe ich gesehen." Er warf ihr ein hämisches Grinsen über seine Schulter hinweg zu, bevor er sich wieder abwandte.

Sie sah ihm nach, wie er die Treppe hinunterging, aber er drehte sich nicht um. Sie fing tatsächlich an, den Kerl zu mögen, also funktionierte McKenzies drakonische Taktik vielleicht doch. Sie musste Novak zwar nicht mögen, um mit ihm zusammenzuarbeiten, aber es war sicherlich hilfreich.

Sie ging den Korridor entlang und bog um die Ecke. Eine Agentin saß in einem unbequem aussehenden Küchenstuhl vor Kaylas Tür.

„Ich werde mal nach ihr sehen."

Die Agentin nickte und öffnete die Tür zu einem schönen Zimmer mit einem großen Bett. Sie ließ die Tür offenstehen und ging auf die kleine Gestalt zu, die ruhig unter der Decke lag.

Kayla schlief friedlich, ihre Haut war totenblass, bis auf die leichte fiebrige Röte auf ihren Wangen.

Charlotte fragte sich, woher sie gekommen war. Das Team musste inzwischen mehr Informationen über sie haben, und vielleicht war auch Brennas Autopsiebericht schon da. Sie musste sich einen Überblick über die Lage verschaffen und sich anschließend darum kümmern, ihre Idee umzusetzen, Tom Harrisons CO zu befragen, aber sie konnte sich nicht vom Krankenbett losreißen.

Kayla hing an einem Tropf. Jemand hatte ihre Kleidung gewechselt, sie trug jetzt ein schlichtes weißes T-Shirt, das mit dem Logo der Ranch bedruckt war. Wie sie so dalag, mit ihrem langen, vollen, blauschwarzen Haar und den feinen Gesichtszügen, sah sie so verdammt einsam und verletzlich aus. Charlottes Herz schmerzte bei dem Anblick des Mädchens.

Hatte sie irgendwo da draußen eine Familie, die auf sie wartete? Oder lag ihre einzige Familie auf einer Bahre im Leichenschauhaus und war ihr einziges Zuhause auf dem Weg ins Labor zur Analyse? Oder hatte dieses Mädchen mit dem wunderschönen Gesicht etwas mit dem Tod ihrer Freundin zu tun?

Auch wenn Charlotte reden wollte, wusste sie, dass Kayla erst wieder zu Kräften kommen musste, bevor sie befragt werden konnte.

Charlotte drehte sich um und ging aus dem Zimmer.

KAPITEL SECHZEHN

TJ STOPFTE EIN paar Klamotten in seinen Rucksack, gefolgt von seiner Bibel und seinem Mini-Survival-Kit, der Wasserflasche, den Reinigungstabletten, dem Strohhalm, der Rettungsdecke, dem Schlafsack, dem Erste-Hilfe-Set und der Klappschaufel. Er zog seine Winterwanderschuhe an und schnürte sie fest zu, bevor er in seine wasserabweisende Camouflage-Winterjacke schlüpfte. Dann steckte TJ seine Pistole in das Holster an seinem Hosenbund, griff nach den großen Winterhandschuhen, die über seine Handschuhe passten, und stopfte sie in seinen Rucksack.

In dieser Ausrüstung könnte er bis nach Kanada laufen und für immer in der Wildnis untertauchen. Wenn er wollte.

Doch das wollte er nicht.

Er musste zu Kayla und herausfinden, warum sie gestern Morgen nicht an ihrem Treffpunkt gewesen war. Ging es ihr gut? War sie verletzt worden? War sie krank? Wer war das andere Mädchen? Oder hatten die Nachrichten einen Fehler gemacht, und Kayla war tatsächlich tot? Das Bedürfnis, die Wahrheit zu erfahren, zerrte mit scharfen Krallen an seinem Verstand.

Er musste es herausfinden.

Danach würde er ihr die Wahrheit darüber erzählen, was passiert war, und alles tun, was sie von ihm wollte. Flüchten, sich stellen, was immer sie wollte. Was immer sie brauchte.

Er verließ sein Zimmer, durchquerte das Wohnzimmer und die kleine Küche und ging an dem riesigen Hauptbadezimmer vorbei, in dem seine Mutter gerne in der riesigen Wanne gebadet hatte, für deren Einbau sein Vater ein Loch in die Wand gerissen hatte. Vorbei am Schlafzimmer seiner Eltern und der Waschküche. Vielleicht würde sein Vater, sobald er weg war und seine Sicherheit kein Thema mehr war, den Hörer abnehmen und mit dem FBI reden. Damit die Sache nicht noch schlimmer wurde. Aber sein Vater würde ihn auf keinen Fall ausliefern. Das wusste TJ mit jeder Faser seines Seins.

Er klopfte an die Tür zum Arbeitszimmer seines Vaters und hoffte, Tom würde nicht aufmachen. Nach ein paar Sekunden probierte TJ die Klinke aus und war erleichtert, als sich die Tür öffnete.

„Dad?", rief er.

Keine Antwort.

Das war gut.

TJ ging in die Ecke des schön eingerichteten Zimmers. Der größte Teil des Geländes bestand aus tristem Beton oder zweckmäßigen Möbeln. Aber dort, wo seine Mutter Hand angelegt hatte, waren die Wände hell gestrichen und es gab dicke, farbenfrohe Teppiche, bequeme Sitzgelegenheiten und solide Holzmöbel, von denen sein Vater viele an Ort und Stelle zusammengebaut hatte, weil sie nur so in den Raum gepasst hatten, ohne dass alle Türen verbreitert werden mussten.

Hinter einem Stuhl, unter einem Teppich, befand sich ein Bodentresor, von dem nur er und seine Eltern wussten. Es gab noch weitere größere Tresore im Haus, einen unter dem Kartoffelbeet, einen in der Nähe der Abwassergrube, einen unter der Garage, den man nur mit einem Presslufthammer ausheben konnte, und einen weiteren großen, der außerhalb der Betonmauern vergraben war.

Keiner wusste von dem Gold. Vielleicht ahnten sie es, vielleicht hatten sie sogar ihre eigenen Verstecke in der Gegend, aber sein Vater und er hatten ihre Schätze vergraben, bevor die Leute auf der Suche nach Zuflucht und kostenloser Verpflegung vor ihrer Haustür aufgetaucht waren.

TJ öffnete den Safe und holte vier dicke Bündel Hundertdollarscheine heraus, die er in die Seitentasche seines Rucksacks steckte. Anschließend griff er sich eine Handvoll Goldmünzen und steckte sie einzeln in einen Schlitz an der Naht seiner Jacke. Er ordnete die Münzen so an, dass sie gleichmäßig verteilt waren und das Futter nicht einriss.

Anschließend schloss er den Tresor und hoffte, dass sein Vater ihm den Diebstahl verzeihen würde, auch wenn er ihm immer gesagt hatte, er solle sich das Geld nehmen, wenn er es jemals brauchen würde. TJ war sich natürlich bewusst, dass Tom damit gemeint hatte, wenn er nicht mehr da wäre.

Er hatte sich seinem Vater noch nie widersetzt. Abgesehen davon, dass er sich mittwochmorgens aus dem Haus geschlichen hatte, war er der perfekte Sohn gewesen.

Jetzt war es an der Zeit, auf eigenen Füßen zu stehen, die Frau zu finden, die er liebte, und mit ihr gemeinsam über den nächsten Schritt für ihre Zukunft zu entscheiden. Wenn Kayla noch am Leben war, wollte er die Chance auf ein Leben mit ihr haben. In einer Ausnahmesituation zu sterben, gehörte nicht zu diesem Plan. Sich für die nächsten zehn Jahre in der trostlosen Hülle eines Hauses zu verstecken, war auch nicht besonders erstrebenswert. Nicht mehr. Er wollte die Welt sehen.

TJ verließ das Arbeitszimmer seines Vaters und ihre Wohnung. Er spähte die Treppe hinauf, in den Teil des Anwesens, in dem andere Familien lebten. Früher hatte er sich schuldig gefühlt, weil er so viel mehr Platz hatte als die anderen, aber sein Vater hatte darauf bestanden, als TJs Mutter immer mehr „Familie" in ihrem Haus aufgenommen hatte. Sie hatten bleiben dürfen, aber jeder musste seinen Beitrag leisten, und die Wohnräume der Harrisons waren tabu. Es war das einzige Mal, dass TJ erlebt hatte, dass sein Vater seiner Mutter irgendetwas verwehrt hatte. Jetzt war TJ froh darüber.

Er ging den privaten Korridor entlang nach Norden und näherte sich der Rückseite des Gebäudes. Hier war es dunkel. Schatten streiften die trostlosen schlammfarbenen Wände aus den 1960er Jahren.

Am vorderen und hinteren Ausgang waren Wachen postiert worden, aber TJ wollte nicht durch den Haupteingang gehen. Es gab einen anderen Weg, einen Weg, den niemand außer ihm und seinem Vater kannte. Den Weg, den er seit Monaten benutzte, um sich unbemerkt rein- und rauszuschleichen. Ein Lagerraum führte zu einem Tunnel, der jenseits der Baumgrenze in einem Abflusskanal endete.

In der Nähe gab es kein Licht, aber er kannte den Weg mit verbundenen Augen. Er hielt einige Augenblicke inne, weil er glaubte, in der Dunkelheit ein Scharren zu hören, kam dann jedoch zu dem Schluss, dass er es sich nur einbildete. Er legte seine Hand auf den Türknauf und begann, den Griff zu drehen. Wie aus dem Nichts flackerte das grelle Licht einer Taschenlampe auf und blendete ihn.

„Wo willst du denn hin?" Malcolms Stimme durchbrach die Dunkelheit.

Was zum Teufel? Hatte sich der Kerl etwa im Dunkeln versteckt und darauf gewartet, TJ zu überrumpeln? TJ hob die Hände, um seine Augen abzuschirmen. „Kümmere dich um deinen eigenen verdammten Mist."

Jemand riss ihm den Rucksack von den Schultern, und jemand anderes hielt ihn an beiden Armen fest, um ihn zurückzuhalten.

Was zur Hölle?

Malcolm begann, seine Sachen zu durchwühlen.

„Was soll das?" TJ wehrte sich gegen den Mann, der ihn festhielt, aber der Kerl war riesig und rührte sich nicht.

Malcolm zog ein Bündel Geldscheine heraus. „Woher hast du das Geld? Du hast doch gar nicht so viel Geld."

Woher wusste er, wie viel Geld TJ hatte? Hatte Malcolm seine Habseligkeiten durchwühlt?

„Gib das her. Du hast kein Recht, meine Sachen zu durchwühlen." TJ versuchte, sich aus dem Griff des Mannes, der ihn festhielt, zu befreien, aber ein weiterer kam hinzu. Sie machten wirklich ernst.

TJ sah, wie Malcolms Faust auf sein Gesicht zusteuerte. Blut spritzte aus TJs Nase und ein greller Schmerz durchzuckte sein Gehirn. Er unterdrückte einen Schmerzensschrei.

„Das wollte ich schon seit langem tun." Malcolm begann zu lachen, während er seine Faust ausschüttelte. „Hat verdammt weh getan, aber das war es wert."

„Was ist denn hier los?" Tom Harrisons Stimme hallte durch den Korridor. Zügige Schritte folgten. Jemand schaltete das schummrige Wandlicht ein, und TJ blinzelte, als Malcolm ihm mit der Taschenlampe ins Gesicht leuchtete.

„Dein geliebter Sohn wollte sich aus dem Staub machen", spottete Malcolm.

Scham kroch über TJs Haut, als sein Vater ihn anstarrte.

„Das würde TJ niemals tun", erklärte Tom langsam.

„Sein Rucksack besagt etwas anderes", meinte Malcolm.

TJ gefiel die Enttäuschung nicht, die er in den Augen seines Vaters sah. Jemand reichte ihm das Geldbündel, und Tom nahm es und blätterte es durch, weil er genau wusste, woher es stammte. Er wusste, dass TJ ihn bestohlen hatte.

„Ich wollte mit dem FBI reden. Ihnen sagen, was passiert ist. Ihnen klarmachen, dass ich an allem schuld bin, damit sie dich in Ruhe lassen", sagte TJ verzweifelt. Auf keinen Fall wollte er Kayla erwähnen.

„Er ist auf der Flucht. Er hat seine Freundin ermordet und flieht jetzt vor der Justiz und überlässt es uns anderen, die Schuld auf sich zu nehmen."

„Das ist nicht wahr", knurrte TJ. „Ich habe sie noch nie in meinem Leben gesehen."

Sein Vater begegnete seinem Blick, aber ausnahmsweise sah TJ Zweifel in seinen Augen. Die Tatsache, dass sein Vater ihm nicht hundertprozentig glaubte, war ein Schlag in die Magengrube.

„Ist sie diejenige, mit der du dich heimlich getroffen hast?" Malcolm fuhr fort, Geheimnisse zu lüften, die ihn nichts angingen.

„Hast du dich rausgeschlichen, um ein Mädchen zu treffen?", fragte sein Vater ihn.

TJ hielt dem Blick seines Vaters stand. „Nein, Sir."

Die Enttäuschung in den Augen seines Vaters hätte ihn beinahe übermannt, aber er konnte niemandem von Kayla erzählen. Er konnte nicht riskieren, sie in diesen Schlamassel hineinzuziehen, bevor er nicht wusste, was auf dem Berg passiert war. Was, wenn sie etwas mit dem Tod der anderen

Frau zu tun gehabt hatte? Was, wenn sie gekämpft hatten und die andere Frau gestürzt war oder sich den Kopf angeschlagen hatte und gestorben war? Was, wenn das alles ein schrecklicher Unfall gewesen war?

Im Moment war er der einzige andere Mensch auf der Welt, der wusste, dass Kayla auf dem Berg auf ihn hätte warten müssen. Wie sollte er sie finden, wenn sie den Lagerplatz verlassen hatte? Endlose Fragen schossen ihm durch den Kopf, und er brauchte Antworten.

„Was hast du mit ihm vor?", fragte einer der Männer, die seine Arme festhielten.

Auf die Frage folgte Schweigen. Die Männer hielten den Atem an und warteten darauf, was Tom Harrison mit seinem sonst so fügsamen Sohn tun würde.

Malcolm sprach laut, als ob jemand an seinem Standpunkt zweifeln würde. „Schick ihn zur Vordertür raus und überlass ihn den Bullen. Wenn sie ihn erst einmal haben, werden sie sich nicht mehr für uns interessieren. Er ist derjenige, der sie umgebracht hat. Er ist derjenige, hinter dem sie her waren. Bring die Sache zu Ende, bevor noch jemand wegen dieses Monsters zu Schaden kommt."

TJ holte erschrocken Luft. Malcolm stellte ihn als geistesgestörten Mörder dar. „Ich habe dieser Frau nichts getan. Ich habe sie nie angefasst." TJ versuchte, einen Schritt nach vorne zu machen, aber wieder hielten ihn zwei Männer zurück. „Dad!"

„Bringt ihn in sein Zimmer." Tom stopfte das Geldbündel in die Gesäßtasche seiner Hose.

Malcolm verdrehte die Augen. „Nicht gerade die Bestrafung, die ich mir vorgestellt habe."

Tom drückte Malcolm gegen die Wand und stellte sich

dem Mann in den Weg. „TJ ist nicht der Einzige, der ab und zu heimlich das Gelände verlässt, oder?"

Malcolms Lippen wurden schmal, und er wandte den Blick ab. „Das ist meine Sache."

„Nun, das hier ist mein Haus. Mein Land. Mein Sohn und meine Regeln. Wenn es dir nicht gefällt, kannst du deine Sachen packen und verschwinden." Tom schrie nicht, aber niemand glaubte, dass er bluffte.

Malcolms Mund verzog sich, und er löste sich aus Toms Griff, sein Kiefer war vor Wut zusammengepresst.

Welches Geheimnis verbarg Malcolm? Warum hatte sein Vater es nicht schon früher erwähnt?

Tom sah die Männer an, die TJ festhielten, sagte ihnen aber nicht, dass sie ihn loslassen sollten. „Bringt ihn in sein Zimmer und schließt ihn ein." Er reichte einem von ihnen den Schlüssel, den er normalerweise immer in seiner Tasche hatte. In der Schublade des Sicherheitsraums, der üblicherweise auch als Büro diente, befand sich ein Ersatzschlüssel.

„*Dad*", flehte TJ.

Tom machte einen Schritt auf ihn zu und schüttelte seine Faust. „Sprich nicht mit mir."

„Ich war es nicht! Ich kenne sie nicht –"

„Das ist mir egal! Du hast mich bestohlen. Du hast mir in die Augen gesehen und mir ins Gesicht gelogen." Tränen schimmerten in den Augen seines Vaters. „Du hast versucht abzuhauen, ohne vorher mit mir zu reden." Seine Stimme stockte. „Du bist alles, was ich habe, TJ, und ich kann dich jetzt nicht verlieren. Sperrt ihn in seinem Zimmer ein, bis ich etwas anderes sage. Es ist zu deiner eigenen Sicherheit."

TJ öffnete den Mund, um zu widersprechen, aber sein Vater war bereits im Begriff, wegzugehen.

Malcolms Augen funkelten in dem schwachen Licht, und TJ wusste, dass er dem Mann direkt in die Hände gespielt hatte. Ein furchtbares Gefühl machte sich in TJ breit.

Hatte Malcolm etwas vor? Hatte TJ ihm irgendwie dabei geholfen?

Während er den Weg zurückgeschubst wurde, den er gekommen war, fragte sich TJ, was zum Teufel als Nächstes passieren würde.

In seinem Zimmer angekommen, warfen sie ihm seinen Rucksack zu, den er auffing und in der Mitte des vertrauten Zimmers auf den Boden warf. Dann gingen die anderen Männer, und er hörte das leise Klicken des Schlosses.

Hatten sie die anderen Türen, die in die Wohnung führten, auch verschlossen? Vermutlich.

Er musste zu Kayla. Er musste sich vergewissern, dass sie in Sicherheit war.

TJ wollte brüllen und schreien. Wie war diese Situation nur so außer Kontrolle geraten? Wie hatte Malcolm herausgefunden, was er vorgehabt hatte? Seit wann wusste er schon von dem Geheimtunnel?

Endlose Fragen schwirrten in seinem Kopf herum, aber TJ war den Antworten keinen Schritt nähergekommen, seit er die Leiche im Wald gefunden hatte.

KAPITEL SIEBZEHN

OVAK SCHLUG DIE Augen auf und war sofort hellwach. Charlotte und er hatten gegen zwei Uhr morgens Feierabend gemacht. Der Agent, der die beiden Männer befragt hatte, die sie am Berghang festgenommen hatten, war immer noch nicht zurückgekehrt, und McKenzie hatte ihnen kein Update geben können. Novak wäre vielleicht noch länger im taktischen Zentrum geblieben, aber Charlotte waren langsam die Augen zugefallen, und allgemein ging es gerade nur schleppend voran. Normalerweise hätte es ihn genervt, sich nach dem Zeitplan eines anderen zu richten, aber sie hatte einen höllischen Tag hinter sich und hatte sich nicht ein einziges Mal beschwert.

Die Verhandlungsführer hatten niemanden in der Einrichtung erreichen können. Das FBI war dabei, Tom Harrisons ehemalige Militärkameraden und alle engen Freunde ausfindig zu machen, die nicht mit ihm auf dem Eagle Mountain waren. Medienvertreter und Techniker arbeiteten daran, die Videoübertragungen zu isolieren und unbemerkt umzuschalten. Außerdem warteten sie immer noch auf die Testergebnisse des Gerichtsmediziners und die Berichte über die Spuren, die am Tatort, im Zelt und im Geländewagen gefunden worden waren.

Die Rekonstruktion der Festung, die auf einer

nahegelegenen Militärbasis errichtet wurde, war zur Hälfte abgeschlossen. Charlotte war nicht erfreut gewesen, als sie von dieser Entwicklung erfahren hatte, obwohl sie wusste, dass es sich um ein Standardverfahren handelte.

Er überprüfte sein Handy auf dringende Neuigkeiten, aber es gab keine. Es war sechs Uhr dreißig.

Die Drohne hatte letzte Nacht eine Bewegung auf der anderen Seite der Tür registriert, aber es war niemand hindurchgekommen. Novak war davon überzeugt, dass dieser Tunnel der Schlüssel zum Inneren war, und wollte die Möglichkeiten später genauer unter die Lupe nehmen.

Er hörte, wie Charlotte sich umdrehte. Gestern Abend hatte er ihr versprochen, sie rechtzeitig zu wecken, damit sie vor der Teambesprechung um acht Uhr duschen konnte, aber er zögerte, weil sie offensichtlich mehr als viereinhalb Stunden Schlaf brauchte.

Er setzte sich auf und stieg so leise wie möglich die Leiter hinunter. Er hatte nur seine Boxershorts an und brauchte eine Dusche. Er warf einen Blick auf Charlottes schlafende Gestalt und zögerte, sie zu wecken, weil sie so verdammt friedlich aussah. Aber er hatte es ihr versprochen, und er hielt seine Versprechen immer. Außerdem wollte er ihr Vertrauen gewinnen. Er beugte sich zu ihr hinunter und berührte ganz sanft ihre Schulter.

Anstatt ihn aufs Kreuz zu legen, öffnete sie langsam die Augen, gähnte und schlug die Decke zurück.

War es Enttäuschung, die er angesichts der Tatsache empfand, dass sie nicht über ihm war und ihn im Schwitzkasten hatte? Oder war es eine Art primitiver Stolz, dass ihr Unterbewusstsein ihn nicht mehr als Bedrohung betrachtete? Er redete sich ein, dass er erleichtert war, keinen

Ellbogen in der Kehle zu haben, aber paradoxerweise vermisste er den Körperkontakt.

Ja, so verzweifelt war er.

„Wie spät ist es?" Sie setzte sich auf und stützte sich auf ihre Ellbogen. Er war ihr so nahe, dass der warme Duft ihrer Haut seine Sinne überflutete.

„Sechs Uhr dreißig." Seine Stimme war tief und kratzig vom Schlaf und etwas anderem. Etwas, das er nur mit Mühe unterdrücken konnte.

Er merkte, dass er ihr etwas zu nahe war, als es unter Kollegen angemessen war, und wich zurück, wobei er sich den Hinterkopf am oberen Bett anschlug. Er duckte sich, stand auf und fluchte leise vor sich hin.

„Alles in Ordnung?" Ihre Stimme klang besorgt. Sie schwang ihre Beine aus dem Bett und fuhr mit den Fingern durch sein Haar und über seinen Hinterkopf.

„Ja, alles in Ordnung." Er lehnte sich in ihre Berührung und sog den Trost auf.

„Sie sind der tollpatschigste Mensch, dem ich je begegnet bin." Sie schien nicht zu bemerken, wie sich ihr Arm um seinen schlang oder ihre warme Brust gegen seinen Rücken drückte.

Ihm entging diese Tatsache allerdings nicht, und plötzlich empfand er es als einen großen Fehler, dass er nur Boxershorts trug. Es war ein *Riesen*fehler. Meine Güte, er musste hier raus, bevor sie merkte, wie verdammt erregt er war.

Sie ging weg, und er dachte, er sei gerettet, bis es an der Tür klopfte. Anstatt zu warten, bis sie antworteten, begann die Tür sich zu öffnen. Novak wich zurück und griff nach der schwarzen Hose, die oben auf seiner Reisetasche lag. Er sah, wie Charlottes Augen groß wurden, als sie seine ausgebeulten

Shorts bemerkte. Dann huschte ihr Blick zur Tür, und ihre Wangen färbten sich scharlachrot.

McKenzie knipste das Licht an, und seine Stimme durchbrach die morgendliche Stille. „Die SWAT-Teams sind gleich da. Novak, sagen Sie ihnen, wo sie sich positionieren sollen. Voraussichtliche Ankunft in zehn Minuten. Ich will, dass sie vor Sonnenaufgang einsatzbereit sind."

Charlotte räusperte sich, und Novak war sich sicher, dass sie einen weiteren Blick auf seine Erektion warf, die dank der Anwesenheit seines Chefs nun schnell wieder schrumpfte.

„Was ist mit mir?" Charlottes Stimme war so schrill, dass sie eher wie ein Quietschen klang.

„Siamesische Zwillinge", sagte McKenzie scharf. „Schon vergessen?"

Novak und Charlotte standen schweigend da, nachdem die Tür hinter McKenzie laut ins Schloss gefallen war.

Diese *verdammte* Sache mit den siamesischen Zwillingen entwickelte sich für Novak zu einer einzigartigen Form der Folter und jagte seiner Kollegin wahrscheinlich Angst ein. Er schlüpfte in seine Hose. „Entschuldigung. Ich, ähm." *Verdammt.* Er zog seine Socken und sein Hemd an und wusste nicht, was er noch sagen sollte.

„Ist schon gut. Es tut mir leid. Ich weiß, dass das morgens vorkommen kann. Bitte entschuldigen Sie, dass ich vorhin in Ihren persönlichen Bereich eingedrungen bin. Es muss Ihnen sehr unangenehm gewesen sein. Dank McKenzie kann ich wieder nicht duschen gehen, aber danke, dass Sie mich geweckt haben."

Er war bereits vollständig angezogen, als sie zu Ende gesprochen hatte. Er schnappte sich sein Handy und war bereits auf dem Weg nach draußen, die Hand am Türknauf, als er innehielt und sich zu ihr umdrehte. Sie stand unsicher in einem schlabberigen Nachthemd da, das ihr fast bis zu den Knien reichte, aber locker über die Schultern fiel und die leichten Vertiefungen über ihrem Schlüsselbein offenbarte. Ihre Arme waren hochgezogen und nervös vor der Brust verschränkt.

Sie sah ihn an, als sei sie besorgt, etwas falsch gemacht zu haben, und das hasste er.

Er räusperte sich. „Fürs Protokoll, es war nicht Ihre Schuld. Bitte entschuldigen Sie. Es wird nicht wieder vorkommen. Ziehen Sie sich in Ruhe an, ich warte in der Küche auf Sie.“

KAPITEL ACHTZEHN

CHARLOTTE WAR NOCH nie in ihrem Leben so verwirrt gewesen. Die Tatsache, dass sie sich in einer Scheune befand, in der es von erstklassigen männlichen Exemplaren wimmelte, die viel eher ihr Typ waren, machte ihre Grübelei über Payne Novak noch rätselhafter.

Wollte Novak damit sagen, dass er heute Morgen an eine andere gedacht hatte und deshalb erregt gewesen war? Oder dass er für die Reaktionen seines Körpers selbst verantwortlich war? Oder war sein Testosteronspiegel so hoch gewesen, dass die bloße Nähe einer Frau in einem Bett sein Blut in Wallung gebracht hatte?

Ging es weniger um sie als um die männlichen Hormone?

Hatte sie sich das Aufblitzen der Hitze in seinem Blick gestern nur eingebildet?

Sie wollte es wissen, aber warum sollte sie das Thema anschneiden, wenn sie nicht vorhatte, etwas zu unternehmen? Er hatte sich entschuldigt, obwohl sie diejenige gewesen war, die ihn berührt hatte, wie sie mit einem erneuten Anflug von Scham feststellte.

Sie war ein sehr taktiler Mensch, aber das war keine Entschuldigung. Was wäre passiert, wenn er das mit ihr gemacht hätte? Sie wäre empört gewesen und hätte sich unwohl gefühlt, oder? Sie hätte am liebsten die Augen vor

Scham geschlossen. Vor allem hätte sie ihn nicht berühren dürfen, während sie nur ein Nachthemd und er Boxershorts trug und sie allein in einem Zimmer waren, in dem zwei harte, aber absolut funktionstüchtige Matratzen in unmittelbarer Nähe lagen. Er hätte das Ganze leicht falsch verstehen können.

Oder?

Sie beobachtete, wie sich Novaks Gesichtszüge anspannten, wie er die Augenbrauen zusammenzog, die Augen zusammenkniff und die Lippen aufeinanderpresste, während er sich über eine Karte beugte, um sich zu überlegen, wie die SWAT-Teams verteilt werden sollten, um den Bereich abzusichern. Die Hilfssheriffs und die Staatskavallerie würden eine weitere halbe Meile weiter hinten postiert werden.

Novak war wirklich weitaus attraktiver, als sie zunächst bemerkt hatte. Erst nachdem sie gezwungenermaßen direkt zusammenarbeiteten, und er die Aufmerksamkeit von zwei anderen Frauen erregt hatte, schien sie sich das eingestehen zu können.

Sie hatte ständig mit gutaussehenden Männern zu tun. Dominic, Quentin, Max und Eban waren allesamt Männer, die von Frauen umschwärmt wurden – abgesehen von ihren Kolleginnen, die für derartigen Unsinn viel zu vernünftig waren. Sie hatte das schon hundertmal erlebt und sich von Frauen sagen lassen, wie *glücklich* sie sich schätzen konnte, dass sie mit so tollen Männern zusammenarbeitete. Sie musste ein wenig schmunzeln, denn sie waren eher wie Brüder für sie als potenzielle Liebhaber. Sie hätte sich nie auf eine sexuelle Beziehung mit einem von ihnen einlassen wollen.

Vielleicht war sie wirklich eine alte Jungfer.

Aber Novak hatte die Art von Anziehungskraft, die ihre Kollegen nicht hatten, rau und weniger kultiviert, aber ehrlich.

Brutal ehrlich. Ihre Kollegen waren allesamt groß, dunkel und attraktiv. Payne Novak war ein Wikinger-Marodeur im schwarzen Kampfanzug.

Eindeutig nicht ihr Typ. Definitiv nicht der Typ Mann, den sie sich an einem Samstag im Juli beim Rasenmähen vorstellte. Sie betrachtete seine Hände, als er auf verschiedene Positionen auf der Karte zeigte.

Schöne Hände.

Geschickte Hände.

Fürs Protokoll, es war nicht Ihre Schuld. Bitte entschuldigen Sie. Es wird nicht wieder vorkommen.

Na toll.

Oder?

Dabei hätte es durchaus interessant werden können.

Sie verdrängte diesen Gedanken sofort und konzentrierte sich auf das Briefing, auch wenn dieser Teil des Vorfalls ihre Abteilung nicht betraf, und sie im Grunde nur Zeit totschlug. McKenzie hatte nicht lockergelassen. Sie hatte gehört, dass er ein harter Hund war, und jetzt wusste sie es aus erster Hand.

Die SWAT-Leute arbeiteten in Zwölf-Stunden-Schichten, damit sie sich im Dunkeln ablösen konnten. Sie waren mit entsprechender Winterausrüstung ausgestattet, aber Charlotte gefiel der Gedanke nicht, dass so viele Leute an diesem abgelegenen Ort den Elementen ausgesetzt waren. Wenn sie Harrison nur zum Reden bringen könnten. Sie mussten ihn und seine Leute da rausholen, bevor die höheren Stellen die Geduld verloren und eine taktische Lösung anordneten.

Sie wollte nicht den ganzen Winter hierbleiben. *Niemand* wollte den ganzen Winter hierbleiben. Aber, was noch wichtiger war, sie wollte nicht, dass noch jemand starb.

Die Mitglieder des SWAT-Teams setzten sich alle

gleichzeitig in Bewegung. Während sich die eine Hälfte auf den Weg zurück zum Motel machte, um sich auszuruhen, machte sich die andere Hälfte auf in den Wald.

„Haltet nach dem Puma Ausschau", fügte sie hinzu. Dann runzelte sie die Stirn. Sie hatten immer noch nicht herausgefunden, woher Bob Jones von der Wildkatze erfahren hatte.

„Und nach Bigfoot", fügte Novak grinsend hinzu.

McKenzie kam herein, als das SWAT-Team hinausging. Er hatte zu Beginn der Besprechung einen Anruf entgegengenommen, gerade als sie ihn gefragt hatte, was Agent Makimi von den beiden Männern erfahren hatte, die sie gestern auf dem Berg angegriffen hatten. Charlotte hatte den Eindruck, dass Präsident Hague am Apparat war, nicht gerade jemand, den er abwimmeln konnte.

McKenzie nickte und sprach mit einigen der Mitglieder vom SWAT-Team, als diese an ihm vorbeigingen. „Seien Sie vorsichtig da draußen. Gehen Sie keine unnötigen Risiken ein."

Charlotte wusste es zu schätzen, dass die Sicherheit seiner Leute für den Einsatzleiter Priorität hatte. Das galt auch für Novak, aber er hatte so großes Vertrauen in die Fähigkeiten des Geiselrettungsteams, dass sie befürchtete, dass er vergaß, dass sie Menschen waren.

„Blood, Novak, hierher." McKenzie stand vor einem der riesigen Computermonitore, auf dem ein Nachrichtenkanal lief und einer der Agenten vom Geiselrettungsteam stellte den Ton lauter. McKenzie schaute auf seine Armbanduhr. „Der Erste schaltet gleich um …" Er hielt seine Finger hoch. Fünf. Vier. Drei. Zwei. Eins …

Auf einem der Bildschirme war ein schwaches Flackern zu

sehen.

McKenzie warf einen Blick über seine Schulter zurück. „Glauben Sie, dass ihnen das auffallen wird?"

Charlotte bemerkte, dass Novak neben ihr stand, als er sagte: „Ich denke nicht."

„Sie warten auf die Werbepause, bevor sie mit dem nächsten Sender weitermachen."

Es dauerte zehn Minuten, bis alle sechs Sender, von denen das FBI wusste, dass die Männer auf dem Gelände sie verfolgten, von den Medienleuten in der Zentrale aus der Ferne kontrolliert wurden. Alle anderen Nachrichtensender waren abgeschaltet worden.

Das FBI konnte das nicht unbegrenzt tun, aber sie konnten zumindest kurzzeitig die Berichterstattung beeinflussen.

„Okay, im nächsten Beitrag wird General Veldman, Tom Harrisons ehemaliger Vorgesetzter, zu sehen sein. Das Interview wird nicht auf allen Kanälen gleichzeitig ausgestrahlt, weil das nicht realistisch aussehen würde. NBC ist zuerst dran. Oder besser gesagt, unsere Version von NBC." McKenzie stützte sich auf der Werkbank ab. Er schien sich in der rustikalen Umgebung erstaunlich wohlzufühlen, trotz des Sägemehls, mit dem seine teure Anzughose bedeckt war. Charlotte hatte Gerüchte gehört, dass er früher mal ein Cowboy gewesen war.

„Setzen Sie sich." Novak bedeutete Charlotte auf einem Stuhl neben den Tischen des Geiselrettungsteams Platz zu nehmen.

Sie blickte auf, aber er begegnete ihrem Blick nicht. Sie spürte, wie ihre Wangen vor Verlegenheit brannten. „Danke."

Ob es jemand bemerkt hatte? Mann, sie beide könnten

nicht unbeholfener sein, wenn sie die ganze Nacht lang atemberaubenden Sex gehabt hätten, anstatt des kleinsten Hinweises auf eine Anziehungskraft, die *nicht ihre Schuld* war.

Sie ließ sich auf den von Novak vorgeschlagenen Stuhl fallen und spürte, wie sich die Kluft zwischen ihnen vergrößerte, als er sich zu seinen Männern stellte.

Sie schluckte den Kloß in ihrem Hals herunter. Sie musste sich etwas eingefangen haben, wenn sie so verdammt empfindlich war. Sie hatte es beim FBI nicht so weit gebracht, weil sie ein Weichei war.

Der Beitrag, auf den sie gewartet hatten, erschien auf dem Bildschirm. General Veldman, ein pensionierter Zwei-Sterne-General der US-Armee, stand in Khakihosen und einem zugeknöpften Poloshirt vor seinem bescheidenen Haus in Kalifornien und sprach mit einem FBI-Agenten, der sich als Reporter ausgab.

„Hatte General Veldman irgendwelche Einwände gegen diese Aktion?", fragte Charlotte McKenzie.

„Nicht dass ich wüsste", erwiderte McKenzie, ohne seinen Blick vom Bildschirm abzuwenden.

Der Reporter stellte sich kurz vor und erläuterte den angesehenen Status des pensionierten Militärs.

„Was wollen Sie Tom Harrison sagen, dem Mann, der im Mittelpunkt der bewaffneten Auseinandersetzung im Staat Washington steht? Ich glaube, er stand fünf Jahre lang unter Ihrem Kommando, Sie müssen ihn also gut gekannt haben?"

Der General richtete seinen Rücken auf und blickte direkt in die Kamera. „Tom, ich weiß nicht, was in deinem Leben gerade vor sich geht, aber ich erinnere mich, wie sehr du dir gewünscht hast, eine Familie zu gründen und ein friedliches Leben zu führen."

„Tom Harrison ist also niemand, von dem man erwarten würde, dass er in einen solchen Vorfall verwickelt ist?"

Der General schüttelte den Kopf. „So etwas würde der Tom Harrison, den ich kannte, nicht tun. Er hat Menschen geholfen, anstatt ihnen zu schaden."

„Haben Sie eine Ahnung, warum Mr. Harrison nicht mit den FBI-Agenten spricht, die ihn zum Tod einer jungen Frau in den Bergen unweit seines Hauses befragen wollen?"

Die Kriseneinheit und die Abteilung für Verhaltensanalyse hatten das Skript darauf ausgerichtet, Tom dazu zu bringen, ans Telefon zu gehen. Charlotte hoffte, dass sie es nicht übertrieben hatten.

„Der Mann, den ich kannte, war ehrlich und fair. Er hat die Regeln respektiert und Befehle befolgt. Tom Harrison war ein verdammt guter Soldat, für den das Wohlergehen seiner Kameraden während der Ausbildung und im Einsatz immer oberste Priorität hatte."

„Das klingt, als würden Sie Tom Harrison für einen ehrenwerten Mann halten, der keine Gefahr für die Öffentlichkeit darstellt. Was möchten Sie Mr. Harrison jetzt gerne mitteilen?"

Der General presste die Lippen aufeinander. „Sprich mit den Behörden, Tom. Hilf ihnen herauszufinden, was da oben auf dem Berg passiert ist. Es muss niemand mehr zu Schaden kommen. Sag einfach die Wahrheit, und alle können über die Feiertage sicher nach Hause fahren. Wenn jemand einen Fehler gemacht hat, dann muss derjenige für diesen Fehler geradestehen, niemand sonst. Du weißt, dass die Strafverfolgungsbehörden nur ihren Job machen, so wie wir unseren gemacht haben. Leg deine Waffen nieder, komm raus und sprich mit den Behörden, damit niemand mehr verletzt wird.

Ich werde dafür sorgen, dass du fair behandelt wirst, selbst wenn ich dafür persönlich zu deinem Grundstück fahren muss. Es ist an der Zeit, der Welt deine Version der Geschichte zu erzählen."

Die Kamera schwenkte auf den falschen Reporter, der sein Mikrofon hochhielt und aussah, als hätte er verdammt viel Spaß. „Hier ist Steve Perkins aus Kalifornien."

Falls jemand Nachforschungen anstellen sollte, hätte der Reporter einen vollständigen Lebenslauf nachzuweisen. Zwar gab es auf dem Gelände kein Internet mehr, aber das FBI ging gerne gründlich vor.

In der Scheune herrschte Stille, als der Mann vom Geiselrettungsteam den Ton leiser stellte, während die Nachrichtenschleifen weiterliefen und General Veldmans Interview zeitversetzt auf jedem Kanal lief.

„Wie lange glauben Sie müssen wir auf eine Reaktion warten?", fragte Novak an Charlotte gewandt.

Charlotte öffnete den Mund, um zu antworten, als Romano rief: „Aktivität bei der Drohne."

Alle drängten sich um Romanos Laptop. Novak hielt Charlotte einen Platz frei, und sie konnte nicht glauben, wie sehr sie sich plötzlich seiner Nähe bewusst war, als sie sich an seine Seite drängte, um zu sehen, was geschah. Was hatte sich geändert?

Sie konzentrierte sich auf den Monitor und ihre Arbeit.

Die Tür öffnete sich, und der Mann, den sie als Tom Harrison erkannte, schritt mit einer Handfeuerwaffe und irgendetwas im Arm vorbei.

„Scheiße, wir hätten jemanden im Tunnel positionieren sollen", murmelte Novak.

McKenzie schüttelte den Kopf.

„Was macht er da?", fragte Charlotte.

„Wir werden das Video gleich noch einmal abspielen. Steuere die Drohne durch die Tür, Romano", sagte Novak schnell.

Romano bewegte das Gerät am Boden vorwärts. Alle hielten den Atem an, als sie sich einer Schwelle näherte, aber zum Glück war die Drohne robust genug, um darüber zu klettern, und Romano drückte kräftig auf den Joystick.

Die Drohne schien sich in einer Besenkammer zu befinden. Romano steuerte auf das Licht zu, wobei er darauf achtete, dicht an der Wand zu bleiben.

„Dreh um und schau, ob wir herausfinden können, was Harrison macht. Alarmiert die SWAT-Teams in der Umgebung, er könnte rauskommen, und er ist bewaffnet", rief Novak.

„Alarmieren Sie das SWAT-Team, aber fliegen Sie die Drohne ins Innere des Gebäudes. Das ist wichtiger als kurzfristige Informationen", widersprach McKenzie und setzte damit Novaks Befehle außer Kraft.

Charlotte bemerkte, wie Novak die Zähne zusammenbiss, aber er protestierte nicht. Sie hatten wahrscheinlich nur ein kurzes Zeitfenster, um hineinzukommen.

Romano steuerte die Drohne durch die Besenkammer in einen äußeren Korridor und machte eine schnelle dreihundertsechzig Grad Drehung.

„In den dunklen Raum. Lass sie dicht an der Wand und halte Ausschau, ob Harrison nochmal rauskommt", befahl Novak.

Alle hielten gespannt den Atem an, als Romano die Drohne bewegte und sie dann drehte, um den Eingang der Besenkammer zu beobachten. Nach einigen der längsten

Minuten in Charlottes Leben kam Tom Harrison durch die Tür, schloss sie hinter sich und verriegelte sie. Dann lehnte er sich an die Wand, irgendetwas mit der Hand umklammernd. Zwei weitere Männer kamen den Korridor entlang gerannt. Sie schienen außer Atem zu sein und riefen ihm zu, er solle aufhören. Harrison sah für eine lange, langsame Sekunde auf und drückte dann gezielt auf einen Zünder. Der Boden bebte, Staub erfüllte die Luft.

Als sich der Staub sechzig Sekunden später wieder legte, war niemand mehr in dem Gang.

„Was ist passiert?", fragte Charlotte, obwohl sie es bereits wusste.

„Er hat den Durchgang gesprengt." Novaks Kiefer spannte sich an.

„Er hat Sprengstoff." Charlottes Herz raste in ihrer Brust. Sie hatte gewusst, dass das eine Möglichkeit war, aber anstatt Tom Harrison zu ermutigen, mit ihnen zu reden, hatte das Gespräch mit Veldman Harrison dazu gebracht, den Einsatz zu erhöhen.

Ihr Handy vibrierte, als eine Nachricht einging.

Sie schaute auf den Bildschirm. „Jemand ist gerade ans Telefon gegangen." Sie sah Novak an und stürmte aus der Scheune, dicht gefolgt vom Teamleiter des Geiselrettungsteams und dem Einsatzleiter. Sie eilten in die Kommandozentrale, wo ihnen Stille entgegenschlug.

Sie rannte an den neuen Raumteilern vorbei und schwang sich auf einen Stuhl neben Dominic, der damit beschäftigt war, sich Notizen zu machen, während Eban aufmunternd in das Telefon sprach.

„Ich verstehe, dass Sie sich Sorgen machen. Wir alle wollen diese Angelegenheit friedlich klären. Mein Name ist

Eban Winters. Sagen Sie uns, was wir tun können, um diese Situation zu lösen." Er sprach mit seiner beruhigenden Stimme, die Charlotte an das Schnurren einer Katze erinnerte.

Am anderen Ende der Leitung ertönte ein schrilles Lachen. „Das ist ganz einfach. Hauen Sie ab!"

„Sind Sie Tom Harrison? Der Eigentümer des Grundstücks? Können Sie bestätigen, dass ich mit ihm spreche? Mr. Harrison?"

„Ja, hier ist Tom Harrison." Seine Stimme klang müde. Es war gut möglich, dass er die letzten zwei Nächte nicht geschlafen hatte, in ständiger Alarmbereitschaft für einen bevorstehenden Angriff.

„Sie klingen müde, Tom."

„Ich bin müde, Eban. Ich habe es satt, dass Sie versuchen, mein Haus anzugreifen. Ich will, dass Sie verschwinden!"

„Das kann ich verstehen, Tom. Ich kann verstehen, dass Sie das, was passiert ist, als Angriff interpretieren, aber eine Frau ist gestorben, und es wurden Schüsse auf Polizeibeamte abgefeuert, Tom. Ich bin überrascht, dass ein ehrenhafter Mann wie Sie das nicht versteht."

„Die Ehre kümmert niemanden mehr."

„Die Ehre kümmert niemanden mehr?", wiederholte Eban.

Das war der beste Weg, um die Leute zum Reden zu bringen und sich verstanden zu fühlen. Man wiederholte die letzten oder die wichtigsten Worte des Satzes.

„Die Leute reden darüber und verteilen dann Orden wie Bonbons an Leute, die weniger Ehre haben als Kanalratten. Das ist Schwachsinn."

Da hatte der Mann nicht ganz unrecht.

„Ich habe großen Respekt vor jedem, der unserem Land so

gedient hat, wie Sie es getan haben.“

„Dann respektieren Sie mich, indem Sie mich verdammt noch mal in Ruhe lassen und aufhören, mich zu behelligen.“

Eban war klug genug, diese Bemerkung nicht weiter zu kommentieren. „Wir wollen diesem Vorfall einfach nur auf den Grund gehen.“

Dem *Vorfall*.

„Hören Sie, Eban, ich weiß, dass Sie nur Ihren Job machen, und es ist offensichtlich, dass Sie gut darin sind, denn ich bin immer noch am Telefon. Hören Sie gut zu, was ich zu sagen habe. Ich habe keine Ahnung, was mit der Frau passiert ist, die tot auf dem Berg aufgefunden wurde. Mein Sohn hatte nichts mit ihrem Tod zu tun. Der Federal Wildlife Officer hat versucht, TJ in den Rücken zu schießen, und einer der Bewohner hier hat ihn verteidigt. TJ weiß, dass er nicht hätte weglaufen sollen, aber er ist noch ein Junge. Er war verängstigt.“

TJ war achtzehn.

„Was den Sheriff angeht …“ Tom brach ab, als wolle er andeuten, dass der Sheriff ein Arschloch sei.

Charlotte stimmte ihm zu, aber das war keine Entschuldigung dafür, Selbstjustiz zu üben. Sie schrieb auf ein Stück Papier. „Fragen ihn, ob wir mit TJ am Telefon sprechen können?“

„Wäre TJ bereit, uns zu erklären, was passiert ist? Dann können wir seine Aussage aufnehmen. Vielleicht klärt sich dann alles auf, und wir können gehen.“

Eine ganze Weile lang herrschte Stille, und Charlotte entging nicht, dass Eban klar war, dass es keine gute Stille war. Er versuchte es mit einer anderen Taktik. „Wenn es andersherum wäre und TJ etwas zugestoßen wäre, bin ich mir sicher, dass Sie mit jedem reden wollen würden, der Informationen haben könnte. Genauso hat die Familie von Brenna Longie Fragen."

Das war gelogen. Das FBI hatte niemanden ausfindig machen können, der mit Brenna in Verbindung stand.

Eban war wirklich gut darin, sich in Menschen hineinzuversetzen und die Dinge aus ihrer Sicht zu sehen. Das war eine seiner größten Stärken.

Schließlich ergriff Tom das Wort. „TJ kommt nicht raus, also hat das keinen Sinn."

„Keinen Sinn? Sie haben doch gesagt, dass er nichts mit der toten Frau zu tun hatte, also wird ihn nichts, was er sagt, belasten. Vielleicht kann er etwas Licht ins Dunkel bringen. Vielleicht hat er da draußen noch jemanden oder etwas gesehen?"

Tom seufzte. „Eban, ich habe zwanzig meiner besten Jahre für die Vereinigten Staaten geopfert. Ich habe gedient. Ich habe mich geopfert. Mehr schulde ich diesem Land nicht. Und ich schulde ihm ganz sicher nicht meinen Sohn. Alles, was wir wollen, ist, in Ruhe gelassen zu werden. Wir haben niemandem etwas getan, der uns nicht zuerst angegriffen hat."

„Ich verspreche Ihnen, dass ich nur mit TJ reden will. Wir wollen nur herausfinden, was er weiß."

„Mein Sohn redet mit niemandem, denn ich weiß, was dann passieren wird. Seine Worte werden verdreht werden, und er wird weiterhin unter Verdacht stehen. Sie werden einen Haufen Tests durchführen, und als Nächstes wird er mir weggenommen, und ich werde ihn nicht mehr beschützen können. Das werde ich nicht zulassen." Toms Stimme wurde lauter und zitterte. „Merken Sie sich meine Worte, Eban, ich werde jeden Menschen in diesem Gebäude umbringen, bevor ich zulasse, dass mir jemand meinen Sohn wegnimmt. Beim ersten Anzeichen dafür, dass das Geiselrettungsteam des FBI versucht, in mein Haus einzudringen, lasse ich das ganze Haus über uns zusammenstürzen. Wenn jemand Zweifel hat, sollte er General Veldman fragen, was meine Spezialität in seiner Einheit war.“

Charlotte spannte sich an. Sein Spezialgebiet waren Sprengungen gewesen. Jetzt wussten sie, dass er Sprengstoff hatte und nicht davor zurückschreckte, ihn auch einzusetzen. Das war definitiv eine Eskalation. Sie wechselte einen Blick mit Novak. Er wusste es auch. Tom Harrison hatte gerade damit gedroht, Menschen zu töten.

„Niemand will, dass jemand verletzt wird, Tom“, sagte Eban ruhig. „Ist es noch möglich, dass die Leute das Gelände verlassen? Vielleicht sollten Sie die Leute ermutigen, das Gelände zu verlassen, besonders diejenigen mit kleinen Kindern.“

„Damit sie nicht im Kreuzfeuer sterben werden oder zu Kollateralschäden werden?“ Toms Tonfall klang jetzt berechnend.

Auch Eban konnte es hören. Sie konnte es an den angespannten Linien um seine Augen herum erkennen, auch wenn seine Stimme immer noch genauso ruhig war. „Wir wollen Ihnen helfen, Tom. Wir wollen allen in Ihrem Haus helfen. Bitte sagen Sie uns, wie wir das tun können.“

„Das habe ich Ihnen schon gesagt. Und noch etwas, machen Sie sich nicht die Mühe, wieder anzurufen. Ich werde nicht abheben.“

Er legte auf. Charlottes Mund wurde trocken. Ihr Versuch mit Harrisons Kommandanten war nach hinten losgegangen. Jetzt waren alle in Gefahr.

KAPITEL NEUNZEHN

TJ LAG IM Bett, als auf einmal das ganze Gebäude bebte. Er erstarrte und wusste nicht, was er tun sollte. War es ein Erdbeben? Oder sprengte sich das FBI den Weg ins Haus frei?

TJ sprang auf, rannte zur Außentür und hämmerte dagegen. „Lasst mich raus! Was ist da draußen los?"

Er versuchte es erneut, aber niemand antwortete. Er hämmerte dreißig Minuten lang gegen die Tür, bis er Schritte hörte und zur Innentür ging, die zu den Räumlichkeiten seiner Familie führte. Seine Hand schwebte über dem Griff seiner Pistole. War es das FBI? Malcolm? Er traute seinem Onkel nicht. Seine Nase pochte noch immer von dem Schlag, den ihm sein Onkel vorhin verpasst hatte. Aber er war auch noch nicht bereit zu sterben, und wenn er seine Waffe in der Hand hatte, wenn das FBI hereinplatzte, würden sie erst schießen und dann Fragen stellen.

Der Knauf drehte sich. Als sein Vater die Tür öffnete, fühlte TJ einen Anflug von Erleichterung, gefolgt von einer Kaskade von Gewissensbissen.

„Dad, es tut mir leid. Ich wollte dich nicht anlügen oder bestehlen. Ich dachte, es wäre das Beste für alle, wenn ich gehe."

„Es wäre nicht das Beste für mich." Tom ließ die Tür offen und ging weiter. TJ folgte ihm in die Küche. Sein Vater schaltete den Wasserkocher ein und beugte sich dann über die hölzerne Arbeitsplatte. Dunkle Schatten lagen unter seinen Augen. TJ wusste nicht, wann einer von ihnen das letzte Mal geschlafen hatte.

„Ich frage mich, wie lange wir noch Strom haben werden", sagte Tom nachdenklich.

„Wir haben Solarzellen und Generatoren", erwiderte TJ verwirrt.

Tom schüttelte den Kopf. „Sie können die Leitungen für die Solarzellen kappen, wann immer sie wollen, und der Treibstoff für die Generatoren ist begrenzt."

„Was war das für eine Explosion?", fragte TJ. Wenn sie angegriffen worden wären, würden sie sicher nicht hier stehen und dieses Gespräch führen.

Toms Mundwinkel bogen sich nach unten. „Es war nur eine Frage der Zeit, bis sie unseren kleinen geheimen Eingang entdecken würden. Ich habe ihn beseitigt."

TJ spürte einen Anflug von Trauer angesichts dieses Verlusts. Das war sein Fluchtweg gewesen, seine Rettungsleine zu Kayla. „Hast du Malcolm davon erzählt?"

Tom schüttelte den Kopf. „Entweder hat er ihn beim Herumschnüffeln entdeckt oder er ist dir an einem Mittwochmorgen gefolgt." Sein Vater warf ihm einen allwissenden Blick zu.

Scham und Dummheit überkamen TJ. „Wie lange weißt du es schon?"

Tom zuckte mit den Schultern. „Ein paar Monate. Warum hast du mir nicht von ihr erzählt?"

TJ holte tief Luft. „Ich dachte, du würdest es nicht erlauben."

Tom verzog das Gesicht. „Du denkst, ich würde nicht

verstehen, was es bedeutet, verliebt zu sein?"

TJs Lippen zitterten. Er wusste, wie hingebungsvoll sein Vater seine Mutter geliebt hatte und wie sehr sein Vater ihn liebte. „Sie zu treffen gab mir etwas, worauf ich mich freuen konnte, nachdem Mama gestorben war."

Tom nickte, seine eigene Trauer anerkennend. „Es tut mir leid, dass dein Mädchen gestorben ist, TJ. Es tut mir leid, dass sie beide gestorben sind."

TJs Kehle fühlte sich rau an. Er wollte ihm das mit Kayla erzählen. Er wollte, dass er die Wahrheit erfuhr, aber zuerst musste er etwas wissen … „Glaubst du, dass ich es getan habe? Dass ich sie ermordet habe?"

Tom blickte zu ihm auf. Seine braunen Augen fixierten TJs blaue. „Ich habe keine Sekunde geglaubt, dass du jemanden absichtlich verletzen würdest."

Es war keine vollständige Entlastung, aber TJ war trotzdem erleichtert. Ihm war nicht klar gewesen, wie sehr er jemanden brauchte, der ihm glaubte, vor allem seinen Vater.

„Ich verstehe das nicht. Warum willst du nicht, dass ich mit dem FBI rede?"

„Weil es letzten Endes egal ist, was du ihnen sagst. Sie wollen einen Schuldigen für den Mord an dem Mädchen und den ganzen Schlamassel, obwohl der Wildlife Officer zuerst auf dich geschossen hat. Sie werden deine DNA wollen."

Der Schutz seiner DNA war für Tom immer von größter Bedeutung gewesen. Wenn man einmal im System war, war man seiner Meinung nach für immer drin. Er hatte TJ gesagt, er solle niemals eine Blut-, Haar- oder Zellprobe abgeben. Und dass er ihren Anwalt anrufen sollte, falls er jemals wegen irgendetwas verhaftet würde, und dass er den Mund halten sollte. TJ hatte nie verstanden, was daran so schlimm war, aber er hatte auch immer unter der überfürsorglichen Herrschaft seines Vaters gelebt. Vielleicht war das ein Teil von Kaylas Anziehungskraft. Sie war etwas, das nur ihm gehörte und nicht seiner Familie.

Der Wasserkocher brodelte. Sein Vater goss das kochende Wasser in zwei Tassen mit je einem Teebeutel darin. Er gab einen Löffel Zucker in beide Tassen und rührte das Gebräu um, wobei der Löffel ein rhythmisches Klirren von sich gab, das seine Wut und Entschlossenheit unterstrich. Dann nahm er die Teebeutel heraus und warf sie in den Mülleimer. Eine Tasse reichte er TJ, von der anderen nahm er selbst einen Schluck.

„Ich habe mit ihnen gesprochen." Tom pustete auf die heiße Flüssigkeit.

„Mit wem? Dem FBI?" TJ konnte es nicht fassen. „Was haben sie gesagt?"

„Sie behaupten, dass sie nicht wollen, dass jemand verletzt wird. Sie wollten mit dir reden, um deine Sicht der Dinge zu erfahren."

„Das könnte ich tun –"

„Ich habe dir doch schon gesagt, dass ich nicht will, dass du mit ihnen redest. Sie werden am Ende alles verdrehen."

TJ verstand nicht. „Wir können nicht ewig im Untergrund leben …"

„Das hätten wir gekonnt." Tom lächelte bitter. „Wenn wir nur zu zweit wären."

TJ erschauderte. Er wollte nicht ewig im Untergrund leben.

Toms Miene verfinsterte sich. „Ich werde deine Mutter bis zu meinem letzten Atemzug lieben, aber ihr weiches Herz bedeutet, dass ich dich hier nicht mehr beschützen kann." Tom stieß ein verärgertes Schnauben aus. „Und seit ihr Bruder hier ist, meckern die Leute, dass sie ihren gerechten Anteil wollen. Ihren gerechten Anteil wovon? Meinem Zuhause? Meinem Essen? Meinem Geld?" Toms Augen verengten sich zu Schlitzen.

„Aber wenn wir nicht mit dem FBI reden, welche anderen Möglichkeiten haben wir dann? Es gibt keinen anderen Weg hier raus."

Ein scharfer Blick trat in Toms Augen. Abschätzend. „Ich habe immer nur dein Bestes im Sinn gehabt, mein Sohn. Das weißt du doch, oder?"

TJ nickte. Sein Vater liebte ihn. Das wusste er.

„Vertraust du mir? Ich meine, vertraust du mir wirklich?"

„Ja, natürlich. Aber ich will nicht sterben."

„Das werde ich auch nicht zulassen." Tom legte ihm beruhigend eine Hand auf die Schulter. „Tu, was ich sage. Bleib in unserem Wohnbereich. Pack mir einen Rucksack, so wie du ihn hattest. Pack auch das ganze Geld und die Dokumente aus dem Safe ein. So viel Gold, wie wir tragen können. In ein paar Jahren, wenn alles vorbei ist, können wir wiederkommen und uns alles holen, was in den Wäldern vergraben ist. Versteck die Rucksäcke so, dass Malcolm sie nicht findet, falls er hier herumstöbert." Er holte die Geldrolle aus seiner Gesäßtasche und reichte sie TJ. „Ich hole dich ab, wenn es soweit ist."

TJ schüttelte den Kopf. „Ich verstehe nicht."

Tom fasste ihn am Oberarm und sah ihm eindringlich in die Augen. „Das musst du auch nicht. Sei einfach bereit aufzubrechen. Vielleicht nicht heute oder morgen, aber der Tag wird kommen, und wir müssen bereit sein, schnell zu handeln. In Ordnung, mein Sohn?"

TJ nickte. Aber es war nicht in Ordnung. Nichts von alledem war in Ordnung.

———

„WER IST DIESER Typ?" McKenzie zeigte auf das Videostandbild, auf dem einer der Männer zu sehen war, die den Korridor hinunter auf Tom Harrison zuliefen, Sekunden bevor er den Tunnel sprengte.

Sie gingen all die neuen Informationen durch, die sie entdeckt hatten. Charlotte nippte an dem frischen Kaffee, den die Besitzer der Ranch bereitgestellt hatten, und wünschte sich, sie könnte sich in einem Loch verkriechen.

„Wir versuchen, die Fotos mit den Namen zu vergleichen. Kaum zu glauben, aber die stehen nicht so auf Instagram-Selfies", meinte Truman.

McKenzie warf dem jungen Agenten einen strengen Blick zu. „Was *haben* Sie?"

„Eine Reihe von Namen, von denen viele Spitznamen zu sein scheinen, wie Bud und Chuck. Sie benutzen meist Bargeld, wenn sie in die Stadt gehen. Keine Kreditkarten oder Schecks, obwohl wir wissen, dass einige von ihnen Sozialhilfe beziehen."

„Die meisten Telefone, die wir innerhalb des Geländes geortet haben, waren Wegwerfhandys", fügte McKenzie hinzu. „Die Nummern, die sie angerufen haben, haben uns eine Menge zusätzlicher Informationen geliefert, denen Agenten in verschiedenen Außenstellen im ganzen Land nachgehen."

„Gibt es eine Verbindung zu den Typen, die uns gestern angegriffen haben?", fragte Charlotte.

Agent Makimi sah von ihrem Laptop auf, auf dem sie

getippt hatte. „Wir haben keine gefunden. Der Mann, der Sie angegriffen hat, hat nicht geredet, aber der Jüngere hat sich in die Hose gemacht, als ich ihm gesagt habe, dass ihm dreimal fünfundzwanzig Jahre bis lebenslänglich für versuchten Mord und Verschwörung zum Mord an Bundesagenten drohen.“

Gestern schien eine Million Fehler her zu sein.

„Was hat er Ihnen erzählt?“, fragte Novak und warf Charlotte einen besorgten Blick zu.

„Jemand in einem der Chatrooms der weißen Extremisten hat vorgeschlagen, dass sie sich alle in Massen nach Washington State begeben, um der Revolution, die diese Spinner wollen, einen Schritt voraus zu sein.“

„Diese ‚Spinner‘ hätten im Frühjahr fast die Zentrale in die Luft gesprengt“, erinnerte McKenzie sie alle mit finsterer Miene.

„Ich war dabei. Ich erinnere mich.“ Makimi verzog das Gesicht. „Die beiden sind von Oregon hergefahren. Sie sind von einer Holzfällerstraße im Westen hergekommen. Sie haben behauptet, sie hätten dort oben nicht einmal Hilfssheriffs gesehen.“

Charlotte runzelte die Stirn. „Ich nehme an, alle Chatroom-Benutzer werden überwacht?“

Die Frau nickte und strich sich ihr tintenschwarzes Haar hinters Ohr. „Wir kartieren ihr Kommunikationsnetz. Wir werden gegebenenfalls koordinierte Verhaftungen vornehmen und andere zur Befragung heranziehen, wenn wir nicht genügend Beweise für tatsächliche Straftaten haben. Sie daran erinnern, dass niemand über dem Gesetz steht.“

„Einige von ihnen sind vermutlich bereits auf dem Weg hierher“, sagte Novak.

„Deshalb werden wir vom SWAT-Team und der

Staatspolizei unterstützt. Es gibt immer Gefahren." McKenzie verzog das Gesicht. „Je länger die Pattsituation andauert, desto größer ist das Risiko, dass jemand zu Schaden kommt."

Charlotte runzelte die Stirn. Sie war enttäuscht, dass die beiden Männer nicht in irgendeiner Weise mit Harrison in Verbindung standen. Sonst hätten sie sie dazu bringen können, Harrison anzurufen. Die Tatsache, dass sie angegriffen worden war, weil ein paar rechtsextremistische Idioten die Verfassung verbrennen wollten, machte sie wütend. Wenigstens hatte sie geholfen, sie in die Schranken zu weisen, ohne dass jemand verletzt worden war.

„Wissen wir, wie die Frauen, die Eagle Mountain gestern verlassen haben, überhaupt dort gelandet sind?", fragte sie Truman.

„Die eine sagt, ihr Mann sei ein Cousin von Tom Harrisons verstorbener Frau Martha. Die zweite Frau ist ihre Schwägerin. Ihr Mann ist vor ein paar Jahren bei einem Autounfall ums Leben gekommen."

„Also sind sie alle irgendwie miteinander ver-wandt?" Charlotte versuchte, über den völligen Misserfolg ihres Plans hinwegzusehen, Harrisons ehemaligen Vorgeset-zten zu interviewen und es in den Nachrichten zu senden. Es wurde immer noch auf dem Gelände gezeigt, weil das Entfernen des Interviews erst recht Verdacht erregen würde, aber es wurde unter andere unverfängliche Dinge gemischt, über die in den Kabelnachrichten berichtet wurde. Im Moment ging McKenzie kein Risiko mehr ein, wenn es darum ging, das Verhalten des Mannes vorherzusagen, der für diese ganze Show verantwortlich war. Tom Harrison hatte sich als ebenso unberechenbar erwiesen wie eine alte Dynamitstange.

„Ja. Soweit ich weiß, sind sie alle mit der verstorbenen

Frau verwandt." Truman nickte.

„Können wir die Stammbäume ausfüllen? Wir wissen, dass sie Verwandte in Utah hatte, oder?", fragte Charlotte.

„Das ist eine gute Idee", sagte Novak. „Mal sehen, ob wir einen Verwandten finden, der sie zur Vernunft bringen kann."

Sie warf ihm einen Blick zu. Wollte er sie wegen der Katastrophe, die sie vorhin verursacht hatte, aufmuntern? Sie war froh, dass niemand gestorben war, aber die Situation war schnell eskaliert. Sie hatte mitbekommen, wie McKenzie den Direktor erneut über alle Vorgänge informiert hatte, was nicht gerade lustig gewesen sein konnte. Sie wusste, dass er unter enormem Druck stand.

Sie schaute zu Novak, der daraufhin seinen Blick abwandte. Sie hatten noch nicht einmal die Gelegenheit gehabt, darüber zu sprechen, was an diesem Morgen im Schlafzimmer vorgefallen war, was wahrscheinlich auch besser so war. Sie war sich nicht sicher, ob ihre soziale Kompetenz für dieses Gespräch ausreichte, vor allem, wenn sie nicht wusste, ob er sich tatsächlich zu ihr hingezogen fühlte oder nicht.

Außerdem hatte sie keine Ahnung, warum sie ihn jetzt plötzlich anders sah. Er war nicht ihr Typ. Ihr Typ stand ein paar Meter entfernt und versuchte, nicht vor Müdigkeit zu gähnen. Charlotte schenkte Truman ein mitfühlendes Lächeln.

McKenzie hatte nichts dazu gesagt, dass Harrison den Tunnel gesprengt hatte, aber sie spürte das Gewicht seines Tadels jedes Mal, wenn sein Blick auf ihr landete.

„Lassen Sie die Bilder der Männer, die wir auf dem Video gesehen haben, so schnell wie möglich durch die Gesichtserkennungssoftware laufen", wies McKenzie den Techniker an.

„Läuft schon, Boss. Aber die Qualität ist nicht besonders

gut, es könnte eine Weile dauern."

„Was ist mit den Fahrzeugen innerhalb der Tore?", schlug Charlotte vor.

„Verdammt. Ich habe vergessen, die Kennzeichen zu überprüfen. Ich vermute, wir können sie aus dem Filmmaterial des Drohnenflugs von gestern abrufen." Novak stand auf, und Romano klappte einen weiteren Laptop auf und begann, die Aufnahmen zu durchforsten.

„Beeilen Sie sich." McKenzie klang verärgert.

Sie hatten beschlossen, die Drohne bis in die frühen Morgenstunden in dem abgedunkelten Korridor zu lassen, wenn am wenigsten Menschen in der Nähe sein würden. Selbst unter der Erde folgten die Menschen dem Tagesrhythmus der Sonne.

Charlotte entschied sich, das unangenehme Thema, das zwischen ihnen allen hing, zur Sprache zu bringen. „Es tut mir leid, dass meine Idee, Harrisons Vorgesetzten zu interviewen, nach hinten losgegangen ist. Es war eine schlechte Entscheidung. Ich übernehme die volle Verantwortung."

McKenzie runzelte die Stirn.

„Es war nicht Ihre Schuld, SSA Blood." Novak blickte von ihr zu ihrem Chef. „Wir waren uns alle einig, dass es die beste Vorgehensweise war. Sogar die Verhaltensanalyseeinheit hat zugestimmt."

Charlotte schüttelte den Kopf. „Wir hatten nicht genug Hintergrundinformationen über die Zeit, nachdem er die Armee verlassen hatte. Achtzehn Jahre sind eine große Lücke."

„Machen Sie sich keine Vorwürfe." Novak schenkte ihr ein schiefes Lächeln. „Jedenfalls haben Sie gesagt, dass es ihn dazu bringen würde, den Hörer abzunehmen, und das hat er auch."

McKenzie verschränkte die Arme vor der Brust. „Ach, sieh

mal einer an, wie gut Sie beide sich verstehen. Wahrscheinlich steht als Nächstes Ihre Hochzeit an."

Charlotte starrte den Einsatzleiter an, aber Novak ging noch einen Schritt weiter und klang wütend. „Sie haben kein Recht, solche Witze zu machen. Sie haben uns gezwungen, uns für diese Operation gegenseitig zu unterstützen, und wir haben es geschafft. Es war richtig, dass Sie das getan haben. Jetzt basiert unsere Beziehung auf gegenseitigem Respekt, und das wollten Sie doch. Also verdrehen Sie es nicht so, dass wir schlecht dastehen, weil wir Ihre Befehle befolgt haben."

Charlottes Augen weiteten sich.

In der Scheune herrschte Stille, und niemand wagte es, sich zu bewegen, geschweige denn zu sprechen.

McKenzie hob beide Hände. „Sie haben recht. Ich bin nur sauer, weil der Plan nicht die gewünschten Ergebnisse gebracht hat. Es war nicht die Schuld von SSA Blood, dass Harrison so an die Decke gegangen ist." Er rieb sich die Stirn. „Seine Reaktion ergibt keinen Sinn."

„Wir haben einen wunden Punkt getroffen, von dem wir nicht wussten, dass er existiert." Einen schwarzen Schwan. Eine unbekannte Unbekannte. Das Problem war, dass sie immer noch nicht wussten, was es war. „Wir müssen herausfinden, was uns fehlt, und ich wette, es ist irgendwo in den letzten achtzehn Jahren vergraben."

McKenzie fluchte und schloss die Augen. „Sie haben recht. Wir werden alle noch einmal befragen, die jemals mit Tom Harrison oder seiner Frau oder seinem Sohn gearbeitet haben oder ihnen begegnet sind. Das heißt, jeden Ladenbesitzer in der Stadt. Alle Besucher der Kirchen, in denen er gelegentlich gebetet hat. Und seine Verwandten, die Verwandten seiner Frau, die Umweltschützer, die mit ihm zu tun gehabt haben könnten, seine Armeekameraden – mal sehen, ob er mit einem von ihnen in Kontakt geblieben ist. Wenn diese Leute nicht vor Ort sind, sollten wir Hinweise an FBI-Außenstellen im ganzen Land weitergeben. Wenn die Leute schon einmal befragt wurden, befragen Sie sie noch einmal, diesmal dazu, wie Tom Harrison und die Leute in diesem Gebäude ticken. Ich werde das Labor anrufen und ihnen Feuer unterm Hintern machen, damit wir ein paar handfeste Beweise bekommen, mit denen wir arbeiten können."

„Liegt der Bericht des Gerichtsmediziners schon vor?", fragte Charlotte.

„Ja, aber sie warten immer noch auf die Ergebnisse der toxikologischen Untersuchung. Sie lassen die DNA durch CODIS, vermisste Personen und alle anderen Datenbanken laufen, auf die sie Zugriff haben."

„Hat der Gerichtsmediziner gesagt, ob Brenna angegriffen worden ist?", fragte Charlotte.

„Sie hatte Kratzer am Oberkörper, die darauf hindeuten, dass sie in einen Kampf verwickelt war, aber keine offensichtlichen Anzeichen von sexueller Gewalt."

Das war kein klares Nein, aber als FBI-Agentin hatte Charlotte gelernt, das Beste aus einem Fall herauszuholen, was sie konnte. Einige Dinge, die sie bei ihrer Arbeit gesehen hatte, riefen bei ihr immer noch Flashbacks hervor. Deshalb hatte sie von der Straße in die Verhandlungsführung gewechselt, auch wenn sie immer noch mit gewalttätigen Auseinandersetzungen konfrontiert wurde. Wenn sie diese gänzlich vermeiden wollte, müsste sie in einer Isolationskammer leben.

„Soll jemand von uns Bob Jones befragen?", fragte sie. Der Federal Wildlife Officer war eine der drei Personen, die an jenem Morgen auf dem Berg gewesen waren. Er war ein wichtiger Zeuge.

McKenzie öffnete den Mund, um etwas zu sagen, und hielt dann inne. Er sah sie einen Moment lang an. „Mein erster Instinkt war zu sagen, nein, Sie haben keine Zeit", lachte er schroff, „aber ich habe den leisen Verdacht, dass wir viel Zeit haben werden, denn dieser Mann wird in nächster Zeit nicht ans Telefon gehen. Ja. Sie beide reden mit Bob Jones."

Novak biss die Zähne zusammen und ballte verärgert eine Hand zur Faust.

„Ich habe gehört, dass es ihm so gut geht, dass sie ihn auf eine normale Station verlegt haben", fügte McKenzie hinzu.

Staubflusen tanzten im Sonnenlicht in der Luft. Noch hatte es nicht geschneit, aber mit jedem Tag fühlte es sich an, als würde es nicht mehr lange dauern. „Der Rest von uns wird hierbleiben und Tom Harrisons Leben durchforsten. Da ist irgendetwas, das wir übersehen, und ich will herausfinden, was."

„Hey, Novak", murmelte Charlotte leise, als sich alle wieder ihren Aufgaben widmeten. „Wir kommen auf dem Weg zum Krankenhaus an der Landebahn vorbei." Sie beobachtete, wie sich sein ganzer Körper an- und entspannte, als er die Information registrierte. Dort baute das FBI die Rekonstruktion des Geländes.

Er warf ihr einen Blick zu. „Was Sie nicht sagen." Dann lächelte er sie an, langsam und heiß, obwohl sie sicher war, dass es ihr gestern noch wie ein ganz normales Lächeln vorgekommen wäre. „Dann mal los."

KAPITEL ZWANZIG

DIE FAHRT NACH Colville dauerte schätzungsweise siebzig Minuten. Novak schaffte es in vierzig.

Es war hilfreich, dass das Blaulicht die ganze Fahrt über eingeschaltet war. Was wiederum bedeutete, dass er ein Gespräch vermied, das er nicht führen wollte.

Charlotte brachte ihre Missbilligung über seine Fahrweise mit einem Schnauben zum Ausdruck und klammerte sich die ganze Zeit über an dem Griff über der Tür fest. Seit er an diesem Morgen das Schlafzimmer im Dunkeln verlassen hatte, waren sie keine Sekunde allein gewesen, und er hatte sich keine Gedanken über die potentielle Peinlichkeit gemacht, bis er sich hinter das Steuer gesetzt hatte. Daher das Blaulicht und die Sirenen.

Da er sich auf das Fahren konzentrierte, konnte er sich auch nicht damit beschäftigen, wie sein Körper ihn heute Morgen verraten hatte. Nicht, dass das ein Problem gewesen wäre. Es würde nicht wieder vorkommen. Egal, was sie denken mochte, er war ein Elitekämpfer, und dazu gehörte es, seine mentalen und körperlichen Reaktionen unter Kontrolle zu halten. Er trainierte täglich mit scharfer Munition, weshalb er beim Klang eines Schusses nicht zusammenzuckte. Er hatte einfach keine Erfahrung darin, mit einer Frau zu arbeiten, die er attraktiv fand, oder diese Reaktion zu verbergen, während er in einem Schlafzimmer nur mit Boxershorts bekleidet war. Vielleicht musste er sich nur an ihre Anwesenheit gewöhnen, und seine Reaktion würde verschwinden – auch wenn er nicht wollte, dass sie für immer verschwand. Gott bewahre.

Die Tatsache, dass sie nur noch eine Nacht miteinander verbringen mussten, war Fluch und Segen zugleich. Aber er konnte es genauso lange aushalten wie sie.

Er fuhr in eine Parklücke, anstatt auf dem Bordstein zu parken, weil Charlotte ihm „den Blick" zuwarf.

Er sprang aus dem Fahrzeug und wartete, bis sie zu ihm kam. „Auf welcher Station liegt Jones?"

„Das werden wir gleich herausfinden." Sie schritt davon.

Sie hatte sich für dieses Gespräch einen eleganten schwarzen Hosenanzug angezogen. Er trug immer noch seine Jeans, hatte sie aber mit einem eleganten Hemd und einem Sportjackett kombiniert, um sein Schulterholster zu verbergen. Wenn man in taktischer Ausrüstung auftauchte, lagen die Nerven der Leute schnell blank ... zumindest hatte Charlotte ihm das gesagt.

Wahrscheinlich hatte sie recht. Nicht die beste Art, sich unauffällig zu verhalten.

Er riss seinen Blick von der schönen Rückansicht los und richtete ihn auf Charlottes Hinterkopf. Zeit, an alles zu denken, außer an die Tatsache, dass er eine Frau begehrte, die er vor zwei Tagen noch unerträglich gefunden hatte.

McKenzies Plan hatte für Novaks Geschmack ein wenig zu gut funktioniert.

Verzweifelt suchte er nach einer Ablenkung von seinen lüsternen Gedanken. Der Geruch von Waffenöl. Das Gefühl des brennenden Seils zwischen seinen behandschuhten Händen, wenn er sich aus einem Hubschrauber abseilte. Das

Reiben der neuen Stiefel bei langen Läufen. Angeletti, der ihn verspottete. Seine Scharfschützen …

Sie waren in einen Rhythmus verfallen, und dank einer unbemannten Drohne und eines SWAT-Teams zur Unterstützung hatte er ein besseres Gefühl, was ihre Sicherheit anging. Es war nicht idiotensicher und zeugte gewiss nicht von einer deeskalierenden Reaktion, aber die Presse wurde von dem Gebiet ferngehalten, und bis jetzt war noch nichts von ihren neuen Bemühungen an die Öffentlichkeit gedrungen. Er wollte so viele dieser inländischen Terroristen wie möglich identifizieren, solange sie keine direkte Bedrohung für seine Männer darstellten.

Charlotte drehte sich um und wartete unter der Überdachung auf ihn, als er den Parkplatz überquerte. Sie kuschelte sich tief in ihre Anzugjacke.

„Sie hätten Ihren Wintermantel anziehen sollen." *Oh Gott.* Er klang wie ihr Vater.

„Ich habe ihn dabei. Er liegt im Kofferraum."

„Soll ich ihn holen?" Er blieb stehen.

„Mir geht's gut. Wir sind ja schon fast an der Tür." Sie lächelte ihn an, ihre Nase war wegen des rauen Windes, der vom Kaskadengebirge herab wehte, leicht gerötet. Er unterdrückte den Wunsch, einen Arm um ihre Schultern zu legen, um sie zu wärmen. Wenn das so weiterging, würde sie eine Beschwerde wegen Belästigung einreichen, bevor sie die Achtundvierzig-Stunden-Marke erreicht hatten.

Im Wartezimmer des Krankenhauses, das friedlich, ruhig und frei von Fernsehbildschirmen war, saßen zwei Personen. An einem Ende des Raumes befand sich ein großer Kamin. Die gemusterten Stühle waren für seinen Geschmack etwas zu bunt, aber die ganze Szenerie wirkte ruhig, was er nicht in vielen Krankenhäusern beobachtet hatte. Er betrachtete die Schilder, die auf die einzelnen Stationen hinwiesen, aber Charlotte war bereits dabei, eine Krankenschwester hinter dem Empfangstresen ins Kreuzverhör zu nehmen. An der Wand hinter dem Tresen stand eine beeindruckende Vitrine aus wurmstichigem Ahornholz.

Ein betagter Sicherheitsbeamter, der zu Tode gelangweilt aussah, saß daneben. Novak zeigte dem Mann seinen Ausweis und nickte ihm zu. Der Mann richtete sich auf und warf einen Blick in den Wartebereich, als würde er sich daran erinnern, dass er hier eine wichtige Aufgabe hatte, wenn auch vielleicht nicht im Moment.

Charlotte drängte sich an ihm vorbei. „Kommen Sie. Hören Sie auf, die Leute einzuschüchtern.“

Er runzelte die Stirn, bevor er zu ihr aufschloss. „Ich schüchtere die Leute nicht ein.“

Sie schnaubte.

„Ich schüchtere *Sie* nicht ein.“

Sie sah ihn nachdenklich an und ihre Mundwinkel zuckten. Ein Grübchen bildete sich in ihrer Wange. „Sie haben recht, das tun Sie nicht. Aber ich bin auch FBI Supervisory Special Agent und lasse mich nicht so leicht einschüchtern.“

Er unterdrückte ein Schmunzeln. Charlotte könnte nicht einmal ein Kätzchen einschüchtern, und trotzdem hatte sie diesen Kerl gestern fertiggemacht. Er hätte es zu gerne gesehen.

„Warum sind Sie eigentlich zum FBI gegangen?“, fragte er.

Sie erreichten den Aufzug, und Charlotte drückte den Knopf für den dritten Stock. Außer ihnen war niemand in der Kabine.

„Ich wollte Menschen helfen.“ Sie zuckte mit den

Schultern.

„Warum sind Sie nicht Seelenklempnerin oder Ärztin geworden, wenn Sie sich für Psychologie interessieren?"

„Ich habe darüber nachgedacht", gab sie zu und band ihr Haar mit lockeren, sparsamen Bewegungen zu einem Pferdeschwanz zurück. „Aber ich wollte auch etwas Action. Ich meine, eine Klinik und Patienten zu haben, ist eine ehrenwerte Tätigkeit, aber ich wollte am scharfen Ende arbeiten. Ich wollte sehen, ob ich Straftäter stoppen kann, bevor sie Verbrechen begehen oder sie noch schlimmer machen. So bin ich bei der Kriseneinheit gelandet. Was ist mit Ihnen?"

Der Fahrstuhl kam an.

„Das erzähle ich Ihnen später."

„Ich freue mich schon darauf, es zu hören." Charlotte schenkte ihm ein Lächeln, bei dem er sich sichtlich unwohl fühlte. Auf keinen Fall würden sie *dieses* Gespräch in diesem Leben führen.

Als sie am Schwesternzimmer ankamen, beugte er sich vor, noch bevor Charlotte etwas sagen konnte, und schenkte der Schwester sein charmantestes Lächeln. „Wir möchten zu Federal Wildlife Officer Bob Jones?"

Die Augen der Frau blitzten auf. „Gehören Sie zur Familie?"

Er zeigte ihr seinen Ausweis und sein Lächeln wurde noch breiter. „Wir wollten sehen, wie es ihm geht."

„Ich werde nachsehen. Er wird sich freuen, wenn er Besuch bekommt."

Sie bedeutete ihnen, in der Nähe des Schalters zu warten, aber Charlotte und er schlenderten langsam in die Richtung, in die sie gegangen war. Er entdeckte den Wachmann, der an der Tür postiert war, um die Presse von dem armen Kerl fernzuhalten, und wusste sofort, wo Bob Jones lag.

Der Hilfssheriff regte sich, als sie näherkamen. Er stand auf und überprüfte gewissenhaft ihre Ausweise. Novak bemerkte, dass der Wachmann zwischen dem verletzten Hilfssheriff und dem verletzten Wildlife Officer postiert war.

„Wie geht es dem anderen Kerl?" Er deutete auf den kranken Mann, der von tausend Gute-Besserung-Karten und Luftballons umgeben war.

„Er hat seine Milz verloren und sein Handgelenk ist an zwei Stellen gebrochen. Aber er wird es schaffen. Er ist ein toller Kerl."

Novak verzog das Gesicht. Es würde ein langer Weg bis zur Genesung sein.

Die Krankenschwester kam aus Bob Jones' Zimmer und schenkte ihnen ein kleines Lächeln. „Sie können jetzt zu ihm. Er ist wach."

„Danke, Ma'am."

Novak winkte Charlotte vor sich her. Auch hier gab es Karten, aber nicht so viele wie nebenan. Jones war nicht verheiratet und hatte anscheinend keine Kinder.

Er saß im Bett und trug ein aufgeknöpftes Pyjama-Oberteil, unter dem ein dicker weißer Verband hervorlugte. Er sah um einiges besser aus als das letzte Mal, als Novak ihn gesehen hatte.

„Officer Jones?", fragte Charlotte.

Der Mann im Bett musterte sie von oben bis unten. Novak wusste nicht, ob er sie attraktiv fand oder ob es sich um natürliches Misstrauen handelte.

„Ich bin Supervisory Special Agent Charlotte Blood vom FBI und das hier ist SSA Payne Novak. Wir sind beide sehr froh, dass Sie sich so schnell erholen.“

Der Mann grunzte und erhob seine Stimme, sodass sie bis nach draußen drang. „Das habe ich auf jeden Fall nicht dem örtlichen Sheriff's Department zu verdanken. Die hätten mich verbluten lassen wie ein gestochenes Schwein.“

Charlotte blinzelte.

Der Hilfssheriff auf dem Flur drehte sich nicht um, sondern erhob seine Stimme, um zu antworten. „Wir wären auch damit durchgekommen, wenn da nicht diese lästigen FBI-Agenten gewesen wären.“

Bob Jones stieß ein Lachen aus und griff sich an die Brust, als ob er Schmerzen hätte.

„Ich hätte mich auf keinen Fall nackt ausgezogen, um Sie zu holen“, fügte der Hilfssheriff hinzu.

„Gott sei Dank“, erwiderte Jones.

„Eigentlich war es –“, begann Charlotte.

„Toll, dass Sie so schnell von der Intensivstation verlegt wurden. Der Chirurg muss mit Ihren Fortschritten zufrieden sein.“ Novak übertönte Charlotte und zuckte bei ihrem verärgerten Gesichtsausdruck ein wenig zusammen, aber er wollte nicht, dass sie Bob Jones erzählte, dass er derjenige war, der ihn gerettet hatte. Er hatte es nicht des Ruhmes wegen getan.

„Ja.“ Jones sah zwischen den beiden hin und her. „Die Kugel ist glatt durchgegangen und hat alle großen Blutgefäße verfehlt. Der Arzt sagt, ein halber Zentimeter weiter links oder rechts, und ich hätte nicht überlebt.“

„Nun, ich bin sehr froh, dass Sie sich so gut erholen.“ Charlotte strahlte enthusiastisch.

„Das soll nicht heißen, dass es nicht weh tut“, grummelte Bob Jones, während er sich die Brust rieb. „Es tut höllisch weh.

Aber ich bin dem Mann, der mich da weggeholt hat, verdammt dankbar. Er hat mir das Leben gerettet."

Charlotte öffnete den Mund, aber Novak schnitt ihr wieder das Wort ab. Hoffentlich begriff sie es, bevor sie ihn wirklich wütend machte.

„Ich bin sicher, wer auch immer es war hat einfach nur seinen Job gemacht und wird sich freuen, dass Sie auf dem Weg der Besserung sind."

„Officer Jones." Charlotte schenkte Novak ein breites Lächeln, als sie endlich verstand. „Wir wollten wissen, ob Sie uns sagen können, was am Mittwochmorgen passiert ist?"

„Ich habe bereits eine Aussage gemacht."

„Ich verstehe." Charlotte setzte sich neben das Bett, ohne Jones zu berühren, aber irgendwie spendete sie ihm mit ihrer Anwesenheit Trost. „Ich weiß, dass es schwierig ist, aber vielleicht fällt Ihnen noch irgendetwas ein, das hilfreich sein könnte."

Novak ging zum Fenster und blickte hinaus.

Jones kratzte sich am Kopf. „Was wollen Sie wissen?"

„Erzählen Sie mir, woran Sie sich erinnern."

„Ich habe die Meldung erhalten, dass jemand einen Puma auf dem Eagle Mountain gesichtet hat."

„Um wie viel Uhr war das?", fragte Charlotte und machte eine Notiz in ihr Notizbuch.

„Ich weiß es nicht mehr genau. Vielleicht um acht Uhr morgens?"

„Haben Sie einen Anruf erhalten oder wurde Ihnen die Meldung per Funk mitgeteilt?"

Er sah sie stirnrunzelnd an. „Weder noch. Jemand hat mich herangewunken, als ich auf dem Parkplatz angekommen bin. Ein Wanderer, der gerade vom Weg herunterkam. Er hat an mein Fenster geklopft." Er zog eine Grimasse, als er die Position wechselte. „Hat mir erzählt, dass ihm ein Puma ein paar hundert Meter gefolgt ist und es so ausgesehen hat, als wolle er ihn angreifen. Der Wanderer hat ihn verscheucht, indem er viel Lärm gemacht und einen Wanderstock geschwungen hat. Er wollte keine offizielle Meldung machen und mir auch seinen Namen nicht verraten. Ich habe beschlossen, nach Hinweisen zu suchen. Da das Lager in der Nähe war, hätte das Tier möglicherweise zu einem Problem werden können."

Charlotte erhob die Stimme. „Erinnern Sie sich an irgendetwas von diesem Mann? Sein Kennzeichen?"

Jones rieb sich die Augenbraue. „Das Auto war eine silberne Limousine mit kalifornischem Kennzeichen. Der Mann war relativ jung. Vielleicht fünfundzwanzig. Mittelgroß, schlanke Statur, braunes Haar."

Mr. Durchschnitt.

Na toll.

Charlotte zügelte ihre offensichtliche Aufregung. „Was ist dann passiert? Haben Sie ihn wegfahren sehen?"

Bob schüttelte den Kopf. „Ich kann mich nicht erinnern. Ich habe mich auf den Weg gemacht, um der Sache nachzugehen. Bin den Pfad hinauf zur Spitze des Bergrückens gewandert, bis ich an einer Lichtung angelangt bin. Dort habe ich einen jungen Mann gesehen, der sich irgendwie auffällig verhalten hat."

„Auffällig?"

„Er ist umhergeschlichen und hat sich vorgebeugt."

„Und ...", ermutigte Charlotte ihn.

„Als ich genauer hingesehen habe, habe ich bemerkt, dass er seine Hand auf den Hals einer Frau gelegt hatte, die auf dem

Boden lag." Jones kratzte sich am Kopf. „Ich habe ihm zugerufen, er solle zurück treten. Er hat aufgeblickt und eine Waffe auf mich gerichtet. Dann rannte er weg. Ich habe ihn verfolgt, und als ich in Sichtweite der Mauern war, hat jemand auf mich geschossen."

„Haben Sie zurückgeschossen?", fragte Novak.

Jones sah ihn mit zusammengekniffenen Augen an. „Das habe ich, aber ich habe nicht getroffen. Ich war zu diesem Zeitpunkt bereits dabei, zusammenzubrechen." Jones stieß einen tiefen Seufzer aus. „Ich muss ohnmächtig geworden und dann wieder aufgewacht sein, als dieser Idiot Lasalle mit seinem verdammten Aufgebot aufgetaucht ist und eine Schießerei wie im wilden Westen veranstaltet hat. Sie haben auf alles geschossen, was sich bewegt hat. Ich war wie erstarrt, was wohl ziemlich feige ist."

„Niemand hält Sie für feige, Officer Jones. Die Leute sind erleichtert, dass Sie überlebt haben", versicherte ihm Charlotte.

Bob Jones schluckte. „Das weiß ich zu schätzen. Ich glaube, ich bin danach wieder ohnmächtig geworden. Es wurde so kalt, ich habe mich gefühlt wie in einem Kühlraum. Ich dachte, ich wäre tot, bis der FBI-Agent anfing, mich da rauszuziehen."

„Der Agent war unglaublich mutig", sagte Charlotte und drehte sich zu Novak um, um ihm in die Augen zu sehen.

Er wandte den Blick ab und unterdrückte den Drang, die Augen zu verdrehen. Er war nicht mutig gewesen, er hatte etwas getan, was tief in seiner Ideologie verankert war. Niemand wurde zurückgelassen. Und sie war damals alles andere als beeindruckt gewesen, sonst müssten sie jetzt nicht so eng zusammenarbeiten.

„An mehr erinnere ich mich nicht, außer dass ich nach der Operation auf der Intensivstation aufgewacht bin."

„Haben Sie den jungen Mann im Wald erkannt?"

Bob Jones nickte. „Sicher. Ich kenne ihn nicht persönlich, aber ich habe ihn schon öfter gesehen. TJ Harrison."

Novak rief auf seinem Handy ein Bild von TJ von der Zulassungsstelle auf. „Ist er das?"

„Ja", bestätigte Bob Jones. Er rutschte unbehaglich umher.

„Haben Sie das Mädchen schon mal gesehen?"

„Nein, vor diesem Morgen nicht. Ich kannte sie nicht."

„Haben Sie die Leiche angefasst?", fragte Charlotte.

„Ich habe vielleicht kurz ihren Puls überprüft. Es ging alles so schnell. Ich wollte nicht, dass er entkommt."

„Kennen Sie jemanden auf dem Grundstück?"

Bob Jones versuchte, sich aufzusetzen, und Novak beobachtete, wie Charlotte ihm half, die Kissen zurecht-zurücken.

„Nur flüchtig. Wie ich schon sagte, ich bin ihnen gelegentlich über den Weg gelaufen. Wahrscheinlich habe ich sogar ab und zu mit einigen von ihnen in der Bar Witze gerissen, aber ich würde nicht sagen, dass ich jemanden dort kenne."

„Tom Harrison sagt, Sie hätten auf seinen Sohn geschossen, als er weglaufen wollte", sagte Novak.

„Blödsinn."

„In solchen Situationen kann es passieren, dass man etwas verwirrt ist", versicherte Charlotte ihm. „Aber sind Sie absolut sicher, dass die anderen zuerst geschossen haben?"

Charlotte hatte recht. Joe Public erwartete eine perfekte Erinnerung an diese Ereignisse und verstand nicht, wie das Gehirn in Extremsituationen funktionierte.

„Ich würde nie jemandem in den Rücken schießen, nicht einmal dann, wenn er eine unschuldige Frau ermordet hat." Jones' Gesicht war kreidebleich, und Schweißperlen schimmerten auf seiner Stirn. Er gähnte herzhaft. „Entschuldigen Sie. Ich bin unglaublich müde."

„Sie waren eine große Hilfe. Wir wissen es zu schätzen, dass Sie sich die Zeit genommen haben, mit uns zu sprechen. Bitte ruhen Sie sich weiter aus und erholen Sie sich." Charlotte tätschelte die Hand des Mannes und stand auf, um zu gehen, wobei sie ihre Karte auf den Nachttisch legte. „Sie können sich gerne melden, wenn Ihnen noch etwas einfällt, Officer Jones. Selbst wenn es nur ein winziges Detail ist."

Sie verabschiedeten sich voneinander. Als sie in der Tür standen, sagte Jones laut: „Ich würde gerne in Ihre Zentrale kommen und dem Mann die Hand schütteln, der mir das Leben gerettet hat."

„Kein Problem." Novak nickte und zog Charlotte nach draußen, bevor sie ihn verraten konnte. Auf halbem Weg durch den Korridor ließ er ihren Arm los.

„Warum haben Sie nicht zugegeben, dass Sie ihn aus dem Wald getragen haben, um dem Kerl den Weg zu ersparen?"

Weil es peinlich war? „Er soll sich in Ruhe erholen."

„Er wird es sowieso irgendwann herausfinden."

„Hoffentlich bin ich bis dahin längst weg."

Charlotte sah zu ihm auf. Ihre Augen sahen in dem hellen, sonnendurchfluteten Korridor fast violett aus. Sie presste die Lippen aufeinander. „Wir beide hoffentlich."

KAPITEL EINUNDZWANZIG

CHARLOTTE WINKTE DEN FBI-Technikern zu, die in einem riesigen, brachliegenden Hangar auf dem geheimen Militärstützpunkt nordöstlich von Colville, auf dem sie vor weniger als zwei Tagen gelandet waren, an der Rekonstruktion von Harrisons Festung arbeiteten. Das Bauwerk war monströs und sah aus wie eine Festung aus der Eisenzeit oder wie eine Kulisse aus Mad Max.

„Ist es unter der Oberfläche wirklich so groß?"

„Den Bauplänen zufolge schon." Novak ging um die Basis herum. Das ganze Ding bestand hauptsächlich aus Gerüsten und Holz, weil es schnell gehen musste. „Wir müssen davon ausgehen, dass Harrison einige Änderungen vorgenommen hat, aber nicht am Grundriss. Die Außenwände sind etwa einen Meter dick, aus Stahlbeton."

„Nun, das könnte ein Problem sein", bemerkte sie trocken.

Novak schmunzelte, und wieder verspürte sie diesen kleinen Anflug von Freude, dass sie ihn zum Lachen gebracht hatte. Er war so viel lustiger, als sie ihm am Anfang zugetraut hatte. Es war fast so, als ob er die heitere Seite seiner Persönlichkeit für sich behielt. In der Vergangenheit hatte sie nur den herrschsüchtigen, taktischen Kommandanten zu Gesicht bekommen, aber schließlich hatten sie außerhalb der Arbeit auch nie Zeit miteinander verbracht, und normalerweise waren sie bei jedem Streit Gegner gewesen.

Als sie das Modell des ehemaligen Geheimtunnels erreichten, plagten sie jedoch wieder einmal Schuldgefühle.

Novak zeigte darauf und erhob seine Stimme, damit die FBI-Techniker ihn hören konnten. „Diesen Teil können Sie vergessen. Er hat ihn gesprengt."

Einer der Männer hob den Kopf. „Wie wäre es, wenn wir den Eingang mit Baggern freilegen?"

„Vielleicht. Aber der Kerl sagte, er würde alles in die Luft jagen, wenn er uns kommen sieht oder hört, was Bulldozer so ziemlich ausschließt."

„Tja, verdammt", sagte der Techniker. „Wie lautet der Plan?"

Novak warf ihr einen Blick zu, als wäre er sich unsicher, wie sie reagieren würde. „Wir versuchen herauszufinden, ob er bereits Sprengstoff platziert hat oder nicht."

Denn wenn der Sprengstoff nicht schon vorhanden war, wäre es vielleicht besser, einen Präventivschlag auszuführen. Bevor Tom Harrison das ganze Haus in die Luft jagte und alle darin umbrachte.

Sie schüttelte den Kopf. „Ich kann mir nicht vorstellen, dass sie tatenlos zusehen, wie er das ganze Grundstück verdrahtet."

Novak zuckte mit den Schultern. „Vielleicht wissen sie nichts von der Bedrohung. Vielleicht blufft er. Oder vielleicht hat er ihnen was ins Getränk gemischt, um sie glauben zu machen, dass das Ende aller Tage naht und so weiter. Sie bringen sich um, bevor die Regierung es für sie tut, und stellen sich in die Warteschlange für die zweite Wiederauferstehung Christi."

Charlotte presste ihre Lippen zusammen. Bei dem Gedanken, dass Kinder darin verwickelt sein könnten, wurde ihr noch unbehaglicher zumute als sonst. Sie würden hoffentlich mehr Informationen erhalten, wenn sie die Drohne näher an das Geschehen heranbringen und einige wertvolle Informationen sammeln könnten.

„Woher hat er den Sprengstoff?"

„Gute Frage." Novak rollte seine Schultern nach hinten. Sie hatte ihre Daunenjacke angezogen, aber er hatte sich nicht die Mühe gemacht und schien auch nicht zu frieren. Der Kerl musste Frostschutzmittel in seinen Adern haben. „Aber ein Mann wie er hat bestimmt jede Menge Beziehungen."

Novak und sie gingen durch einen Bereich, in dem die Bretter noch nicht richtig angebracht waren. Das obere Stockwerk ragte über ihnen auf.

„Nach Aussage der Frauen, die den Bunker verlassen haben, befindet sich der Hauptkantinenbereich dort drüben." Novak deutete auf die andere Seite des Gebäudes. Er schritt die hölzernen Gänge entlang und zeigte auf leere Türen. „Diese Räume gehören der Familie Harrison. Sie haben ein ganzes Drittel der unteren Etage für sich allein, und niemand sonst darf sich ihren Räumlichkeiten nähern. Ich wette, das sorgt für ein wenig Unmut, wenn sich fast vierzig Leute die anderen Wohnräume teilen müssen."

„Vor allem, wenn die Leute krank werden, oder die Babys nachts zu schreien anfangen."

Novak grunzte. „Warum sind die überhaupt alle hierhergekommen? Irgendeine Prophezeiung, von der ich nichts weiß?"

„Agent Truman hat herausgefunden, dass es sich wohl eher um einen Fall von wirtschaftlicher Not handelt." Charlotte entging nicht, dass sich Novaks Augen verengten, als sie den teuflisch gutaussehenden Agenten erwähnte. *Interessant.*

„Die ersten Leute sind während des Immobiliencrashs vor Harrisons Tür aufgetaucht. Offenbar hatten sie ihre Häuser verloren, und Harrisons verstorbene Frau brachte es nicht übers Herz, sie abzuweisen. Ich vermute, dass, als Harrison anfing, Leute in seinen Bunker aufzunehmen, andere kamen wahrscheinlich wegen der Abgeschiedenheit und des Schutzes, den er bot."

„Sieht so aus, als könnte der Akt der Nächstenliebe nach hinten losgehen."

Sie gingen um den gesamten Bunker herum, dann zog Novak sich auf die obere Ebene, ohne die Leiter zu beachten.

Charlotte erlaubte sich einen Moment der Bewunderung für die schiere Perfektion eines Mannes auf dem Höhepunkt seiner körperlichen Verfassung. Sie mochte zwar fit sein, aber sie konnte sich auf keinen Fall mit den Händen da hochziehen. Sie entdeckte die Leiter und kletterte hinauf. Novak wartete oben auf sie. Er grinste, und ein Funkeln in seinen blaugrünen Augen ließ ihn wie einen frechen Schuljungen und fast unwiderstehlich aussehen.

Fast.

Ihr Mund wurde trocken. Irgendwie hatte sie es in den letzten zwei Tagen geschafft, sich ernsthaft zu diesem Mann hingezogen zu fühlen. Während sie ihn vorher für schroff und unkommunikativ gehalten hatte, erkannte sie jetzt, dass er ruhig und nachdenklich war, aber dazu neigte, ständig finster dreinzublicken. Und während sie ihn früher für kräftig gehalten hatte, erkannte sie jetzt, dass er gut gebaut war.

Sie wollte ihre Reaktion auf ihn unterdrücken, aber er packte sie und zog sie an seine Brust.

„Vorsicht", mahnte er.

Sie blickte nach unten und stellte fest, dass sie fast in eine Lücke im Holz getreten wäre. Sie atmete schnell ein und versuchte, das Klopfen ihres Herzens zu ignorieren, das nicht nur der Tatsache geschuldet war, dass sie beinahe gestürzt wäre, sondern auch daran lag, dass er seine Arme um sie gelegt hatte.

Vorsichtig bewegte er sie zusammen nach hinten, bis sie sicher von der Kante entfernt waren. Charlotte krallte ihre Finger in seine Hüften und hielt sich an seiner Jeans fest. Sie schluckte ihren Schreck hinunter, während ihr Herz weiter hämmerte. „Danke."

Sie drehte sich in seinen Armen herum und blickte in seine Augen, die die Farbe des Ozeans hatten und von blonden Wimpern umgeben waren. Die Welt um sie herum wurde langsamer.

Dann plötzlich zog er sich zurück.

„Oh Gott. Entschuldigung. Ich wollte Sie nicht begrapschen, ich wollte nur –"

Charlotte legte eine Hand auf seine Brust, und er verstummte sofort. „Novak. Ich habe schon verstanden, warum Sie mich festgehalten haben. Danke, Sie haben mich vor einem bösen Sturz bewahrt."

Novak nickte langsam.

Sie spürte, wie sein Herz unter ihrer Handfläche so schnell schlug wie das ihre. „Warum mache ich Sie auf einmal so nervös?"

Sein Blick wurde ungläubig. „Ich weiß nicht, wovon Sie sprechen."

Verleugnung.

„Hmm." Sie schaute ihn noch einen Moment länger an, doch als sie Schritte hörte, die sich auf der unteren Ebene näherten, zog sie sich von ihm zurück, wobei sie dieses Mal darauf achtete, wo sie hintrat. Sie ging weiter durch das Gebäude, denn sie wusste, dass er jeden Zentimeter erkunden wollte, und das war vielleicht seine beste Gelegenheit.

Sie wollte mehr Informationen. „Ich dachte, wir würden uns allmählich mögen und gegenseitig schätzen, aber jetzt ist mir klar, dass Sie meine Gesellschaft nur tolerieren."

„Was? Das ist doch Quatsch. Ich mag und schätze Sie sehr wohl."

Charlotte fühlte sich ein wenig schuldig, weil sie seine Gefühle absichtlich falsch dargestellt hatte, aber er war ein aufrichtiger Kerl, der keine Lügen oder Ungenauigkeiten duldete.

„Ich mache Ihnen also keine Angst?"

„Mir Angst machen?" Er sah aus, als hätte sie ihm gesagt, sie wolle ihm mit einem Zahnstocher die Seele aus dem Leib picken. „Warum sollten Sie mir Angst machen?"

Sie beschloss, seine Verärgerung mit einem einfachen „Das freut mich" zu besänftigen.

Also warum war er so nervös? Hatte er Angst, dass sie sich ihm an den Hals werfen und eine Szene machen würde, wenn er sie zurückwies? Wut stieg in ihr auf. Nun, sie war an diesem Morgen nicht diejenige gewesen, die eine Erektion gehabt hatte.

Sie gingen durch den Rest des Gebäudes, und Novak wies die Techniker auf ein paar mögliche Ungenauigkeiten hin, während sie ihre und Novaks Interaktionen in den letzten Tagen Revue passieren ließ. Sie war sich ziemlich sicher, dass er sich zu ihr hingezogen fühlte, es aber anscheinend nicht ausleben wollte. Vielleicht machte er sich aber auch Sorgen darüber, wie sie reagieren könnte. Immerhin arbeiteten sie gemeinsam an einem hochbrisanten Fall, und wenn sie seine Annäherungsversuche zurückwies – sollte er welche machen –, dann würde sich der Rest dieses Vorfalls als beschämend erweisen.

Dasselbe galt, wenn er sie zurückweisen sollte ...

Nicht, dass sie vorhatte, irgendwie auf diese Verrücktheit, die zwischen den beiden zu schwirren begonnen hatte, zu reagieren. Wahrscheinlich war es einfach ein Nebenprodukt der erzwungenen Nähe.

Er half ihr die Leiter hinunter, und bei der Tatsache, dass er sich Sorgen um sie zu machen schien, obwohl sie durchaus in der Lage war, eine Leiter hinabzusteigen, wurde ihr warm ums Herz. Aber was, wenn sie das alles falsch verstanden hatte, und er sich nur bemühte, höflich zu sein und eine gute kollegiale Beziehung aufzubauen versuchte?

Was, wenn ihm aufgefallen war, dass sie angefangen hatte, ihn zu begehren ...?

Das wäre schrecklich.

Er ging zu einem anderen Teil des Hangars, wo zwei Männer gerade eine kleinere Tür in eine massive Stahlkonstruktion schweißten, die den Eingang zum Gelände darstellte.

„Sie ziehen doch nicht ernsthaft in Erwägung, durch die Vordertür zu gehen, oder?", rief sie aus.

Novak zuckte mit den Schultern. „Damit würden sie sicherlich nicht rechnen."

„Es würde zu lange dauern."

„Nicht, wenn wir jemanden drinnen haben."

„Oder jemanden von denen, die schon drin sind, überzeugen, uns reinzulassen", fügte sie hinzu. Das wäre die Aufgabe eines Verhandlungsführers.

„Das wäre für mich das perfekte Win-Win-Szenario, gefolgt von einem Abmarsch aller mit erhobenen Händen und zurückgelassenen Waffen."

Sie gingen zum Suburban zurück.

„Da drin sind Kinder, Novak", sagte sie leise.

Er schaute auf den Boden. „Ich weiß."

Stille breitete sich zwischen ihnen aus. Die Brise war schneidend, und das dichte Grau der Wolken deutete darauf hin, dass Mutter Natur endlich ihre Versprechen wahrmachen würde. Für morgen war ein Sturm vorhergesagt.

Sie setzten sich in den Wagen und schnallten sich an. Charlotte war sich sicher, dass es eine weitere haarsträubende Fahrt zurück zur Kommandozentrale werden würde.

Novak setzte seine Sonnenbrille auf und drehte den Schlüssel um, aber der Wagen blieb im Leerlauf stehen.

Sie sah ihn an, um zu sehen, was los war.

Er grinste. „Sie *mögen* und *schätzen* mich also, hm?"

Sie gab ihm einen Klaps auf den Arm, und er lachte. Dann legte er den Gang ein und raste über den Asphalt.

Ihre andere Hand krallte sich am Sitz fest. „Fahren Sie immer so, als hätten Sie gerade eine Bank überfallen, oder versuchen Sie, mich zu beeindrucken?"

„Funktioniert es?"

„Nein!"

Novak nahm den Fuß vom Gas, schaltete das Blaulicht aus und bog auf die Hauptstraße ein. „Sie verstehen wirklich keinen Spaß."

Sie schüttelte den Kopf.

„Gibt es noch weitere Hinweise auf den Mann, den Bob Jones auf dem Parkplatz gesehen haben will?", fragte er und lenkte das Gespräch wieder auf ein Thema, mit dem sie sich beide wohler fühlten.

Charlotte überprüfte ihr Handy. „Nein. McKenzie hat jemanden beauftragt, alle Aussagen der Befragungen noch einmal durchzugehen. Ich wünschte, wir hätten gestern Morgen von dieser möglichen Spur gewusst, bevor wir zum Campingplatz gefahren sind."

„Wir können die Befragung wiederholen und die Gegend nach Informationen durchkämmen, aber ich glaube nicht, dass es sich bei ihm um den potenziellen Mörder handelt. Ich meine, er hat sich die Mühe gemacht, die Polizei zu informieren, und hat den Beamten direkt auf den Weg geschickt, der zu der toten Frau geführt hat", sagte Novak.

„Wie wir wissen, tun Mörder Schlimmeres. Ich wollte überprüfen, ob in der Gegend noch mehr Frauen ermordet worden sind oder ob es landesweit Ähnlichkeiten mit Brennas Fall gibt", sagte sie.

„Glauben Sie, dass ihr Tod das Werk eines Serienmörders sein könnte?"

„Ich weiß, dass es unwahrscheinlich ist, aber wir dürfen nichts ausschließen, vor allem, wenn sich unser Hauptverdächtiger in einer uneinnehmbaren Festung verschanzt."

„Nichts ist uneinnehmbar, wenn man genug Zeit und Sprengstoff hat", argumentierte Novak leise.

Charlotte schauderte. „Seltsam, dass er gedroht hat, alles in die Luft zu jagen. Harrison liebt seinen Sohn offensichtlich. Aber wenn er das Haus sprengt, wird er doch sicher auch darin sterben?"

Doch sie kannten beide viele Fälle, in denen die Leute beschlossen hatten, ihre Kinder lieber zu ermorden, als die Kontrolle über ihr Schicksal zu verlieren.

„Hey, was ist mit dem Fahrzeug von Bob Jones passiert?" Charlotte konnte sich nicht erinnern, etwas darüber gehört zu haben.

„Ich nehme an, jemand vom US Fish and Wildlife Service hat es zu seinem Büro zurückgebracht."

„Schauen wir doch mal vorbei, ob wir einen Abstrich von der Kontakt-DNA nehmen können. Jones sagte, der Typ hätte an sein Fenster geklopft."

„Der Unbekannte könnte Handschuhe getragen haben", gab Novak zu bedenken.

„Vielleicht aber auch nicht." Charlotte verstand, dass Novak nach seinen Männern sehen wollte, aber es gab keine neuen Entwicklungen. Wenn es welche gegeben hätte, dann hätten sie davon gehört. „Das Büro liegt sowieso am Weg."

„Das war ja klar."

„Und ich habe ein Beweismittel-Set in meiner Tasche."

„Natürlich haben Sie das."

Seine trockene Antwort entlockte ihr ein Lachen. Sie beobachtete, wie sich seine Hände um das Lenkrad krallten, und eine unerwartete Welle der Lust stieg in ihr auf.

„Wir sollten das Beste aus unserem kleinen Ausflug machen. Ich bezweifle, dass sich das in nächster Zeit wiederholen wird", sagte sie und konzentrierte sich auf alles außer die Anziehungskraft, die sie spürte.

„Morgen Abend können Sie wieder mit den Verhandlungsführern arbeiten."

Sie konnte seine Reaktion darauf nicht deuten, obwohl sie wusste, dass er unbedingt zu seinem Team zurückkehren wollte.

„Ja." Sie räusperte sich. „Dann müssen Sie sich nicht länger mit meinen spontanen Vorschlägen arrangieren." Sie konzentrierte ihre Niedergeschlagenheit auf die mangelnden Fortschritte in dem Fall und nicht auf die Tatsache, dass sie nicht herausfinden konnte, wo genau sie auf persönlicher Ebene standen. „Da die Verhandlungsführer nicht in der Lage waren, effektiv mit diesen Leuten zu kommunizieren, haben die anderen meine Fähigkeiten nicht wirklich benötigt. Vielleicht werden wir uns morgen darauf beschränken, über das Megaphon zu schreien, wie McKenzie ursprünglich vorgeschlagen hat."

Novak warf ihr einen Blick zu, aber seine Augen waren hinter seiner Sonnenbrille verborgen. „Nun, wenn jemand über ein Megaphon Freundschaften schließen kann, dann Sie, SSA Blood."

„Oh. War das etwa ein Kompliment?"

„Gewöhnen Sie sich nicht daran." Aber die Art, wie seine Lippen zuckten, deutete auf etwas anderes hin, und sie hasste die Tatsache, dass es sie mit Freude erfüllte.

SIE ERREICHTEN DAS Büro des US Fish and Wildlife Service wenige Minuten, bevor es über das Wochenende schließen würde. Charlotte machte sich auf den Weg, um für sie beide Kaffee und Sandwiches zu holen. Irgendwie hatten sie wieder einmal das Mittagessen verpasst, und Novak war am Verhungern.

Er ging durch die Vordertür und wurde von der Empfangsdame, die offensichtlich gerade auf dem Weg nach draußen war, mit einem bösen Blick bedacht. „FBI Supervisory Special Agent Payne Novak." Er hielt seinen Ausweis hoch. „Kann ich mit dem Verantwortlichen hier sprechen?"

Die Frau legte ihre Jacke wieder über die Stuhllehne und ging zu den beiden Männern, die in dem offenen Raum hinter ihr standen und über etwas diskutierten.

„Hier ist jemand vom FBI. Er will mit dem Chef sprechen."

Ein großer, schlaksiger Mann mit schütterem Haar und einem freundlichen Lächeln ging zum Tresen und hob die Klappe hoch. „Kommen Sie herein. Was können wir für Sie tun?"

Novak zeigte wieder seinen Ausweis. „Wir ermitteln in dem Vorfall am Eagle Mountain. Meine Kollegin und ich würden uns gerne Bob Jones' Wagen ansehen."

Der Mann stemmte die Hände in die Hüften. „Der steht draußen auf dem Parkplatz. Wir haben ihn am Donnerstagmorgen zurückgebracht. Ich kann Ihnen gar nicht sagen, wie dankbar wir Ihnen sind, dass Sie ihn da rausgeholt haben. Ich hoffe, sie verleihen dem Kerl, der ihn gerettet hat, einen Orden. Mir wird ganz schlecht, wenn ich daran denke, dass Bob die ganze Zeit dort lag und gelitten hat."

„Das FBI ist auch sehr dankbar, dass Bob lebend gefunden wurde." Novak nickte entschlossen, dankbar, dass Charlotte nicht in der Nähe war, um ihn zu outen.

Novak folgte dem Mann in sein Büro, wo er sich einen Schlüsselbund von einem Haken neben der Tür nahm.

„Darf ich fragen, worum es geht?", fragte der Wildlife Officer.

Novak schnitt eine Grimasse. Um diese Frage zu beantworten, würde er ausholen müssen. „Wir haben Jones im Krankenhaus besucht. Er hat uns einen Hinweis auf einen möglichen Verdächtigen oder Zeugen gegeben, den wir identifizieren und befragen wollen."

Der Mann ging zum Fenster und öffnete die weißen Jalousien, um hinauszuschauen. „Dieses ‚wir' sind zufällig Sie und eine hübsche Blondine?"

Novak ging um den Schreibtisch herum und sah, wie Charlotte die Fahrzeuge auf dem Parkplatz begutachtete. „Ja. Sie gehört zu mir."

Und das gefiel ihm. Die ganze Zeit hatte er gedacht, dass er die andere SSA unbedingt loswerden wollte, aber in Wirklichkeit erfüllte ihn die Tatsache, dass ihre zweiundsiebzig Stunden morgen Abend um waren, mit einer Leere, die er nicht erwartet hatte, und die ihm nicht gefiel.

„Das ist der dritte Pick-up von links. Wie lange wird das dauern?" Der Mann warf einen Blick auf die große Uhr an der Wand. „Ich hatte gehofft, Bob selbst besuchen zu können, bevor ich zum Abendessen mit der Familie nach Hause fahre."

„Nicht lange. Wir müssen ihn uns nicht mal von innen ansehen. Wir wollen nur einen Abstrich von außen machen." Novak gab ihm die Schlüssel zurück. „Sie müssen nicht hierbleiben. Wir kommen alleine zurecht."

„Danke." Der Federal Wildlife Officer schnappte sich seine Jacke. „Ich lasse Sie hinten raus, da Doreen die Vordertür wahrscheinlich schon abgeschlossen hat." Er senkte seine Stimme. „Und es ist keine gute Idee, Doreen zu verärgern."

Novak folgte dem Mann durch das Büro und durch die Hintertür auf den hinteren Parkplatz. Dort unterhielt sich Charlotte mit dem anderen Wildlife Officer, den Novak gesehen hatte, als er hereingekommen war. Ihm entging nicht, wie der Mann den Bauch einzog und die Brust aufblähte.

„Das ist Duane. Er ist ein kleiner Frauenheld. Im

Gegensatz zu Bob, der lieber für sich ist und keine Verabredung mehr hatte, seit seine Frau ihn vor ein paar Jahren verlassen hat."

Als Charlotte dem eifrig dreinblickenden Beamten ihre Karte überreichte, war sich Novak nicht sicher, ob dies aus beruflichen oder privaten Gründen geschah. Gab es einen Mann in ihrem Leben? Hatte sie einen Freund? Vorher hatte es ihn nicht interessiert. Jetzt wollte er alles über sie wissen, und das ärgerte ihn.

KAPITEL ZWEIUNDZWANZIG

NOVAK VERABSCHIEDETE SICH von dem Federal Wildlife Officer Chief und ging zu Charlotte, die sich inzwischen von ihrem Verehrer gelöst hatte. Novak starrte sie mit zusammengekniffenen Augen an, als der Typ Anstalten machte, sich Charlotte erneut zu nähern.

„Sie machen es schon wieder", murmelte Charlotte.

„Was?"

„Leute einschüchtern."

„Tut mir leid." Er lächelte, aber es wirkte kalt und messerscharf. „Habe ich Sie bei etwas gestört?"

Er ging auf den dritten Pick-up zu, während Charlotte wütend die Luft einsaugte. Es war ein weißer Ford mit dem Fish and Wildlife-Logo auf beiden Vordertüren.

„Was ist los mit Ihnen?" Sie holte ihn rasch ein.

„Was mit mir los ist?" Er schob seine Brille nach unten und schaute sich das Fenster auf der Fahrerseite an. Dann schaltete er die Taschenlampe seines Handys ein und richtete sie auf die Scheibe. „Mit mir ist gar nichts los. Ich mache nur meinen Job."

„Ich auch."

„Sah eher so aus, als wären Sie damit beschäftigt, die Telefonnummern potenzieller Verehrer zu sammeln." Mist. Das hatte er nicht laut sagen wollen.

Zischend stieß sie einen Atemzug aus. „Verdammt, Payne Novak, ich schwöre bei Gott, wenn wir nicht an einem öffentlichen Ort wären, würde ich Ihnen eins über den Schädel ziehen.“

„*Na, na.* Gewalt ist nicht immer die Lösung, Charlotte.“ Er deutete auf das Fenster, während sie leise vor sich hin schimpfte. „Hier sind ein oder zwei Flecken, die von einer Berührung stammen könnten.“

Er versuchte, ihren verführerischen Duft zu ignorieren. Was auch immer es war, das ihn wie magisch anzog und in ihm den Wunsch weckte, sich noch näher heranzuwagen und tief einzuatmen.

Sie schob ihn aus dem Weg, und ihm wurde klar, dass er sie schon wieder verärgert hatte, und zwar gewaltig.

Aber das war gut. Das war besser, als sich noch mehr in diese Frau zu verlieben. Er hatte vorhin gelogen, als er ihr gesagt hatte, sie mache ihm keine Angst. Sie jagte ihm eine Heidenangst ein, aber nicht so, wie sie wahrscheinlich dachte. Er war nicht gut im Umgang mit Frauen. Nicht, nachdem er mit einer Frau verheiratet gewesen war, die ihm geschworen hatte, ihn zu lieben, und ihn dann innerhalb eines Jahres verlassen hatte, als wäre ihr Ehegelübde nichts weiter als eine Kostümparty für Kinder gewesen.

Außerdem war es keine gute Idee, etwas mit einer Kollegin anzufangen, das sein ganzes Leben aus den Angeln heben könnte. Er musste sich von der Granate zurückziehen, anstatt auf sie zuzustürmen.

Charlotte schaute sich das Fahrzeug genauer an, ohne es zu berühren. „Ich sehe keine erkennbaren Abdrücke, nicht einmal ansatzweise.“

Novak grunzte.

„Er könnte jedem gehören und wird sich nur als nützlich erweisen, wenn wir dieselbe DNA auf Brennas Körper finden und die DNA in eine Datenbank hochladen. Und selbst dann ist es kein Beweis, sondern nur eine Information."

„Ich weiß, wie das Verfahren abläuft", sagte er knapp. Oh Gott. Sie behandelte ihn manchmal wie einen kompletten Idioten. Nur weil ihm die Arbeit als Agent im Außendienst nicht gefallen hatte, hieß das nicht, dass er nicht gut darin gewesen war.

Charlottes Lippen verzogen sich zu einer schmalen Linie, als sie Fotos mit ihrem Handy machte, dann zog sie zwei kleine Fläschchen aus ihren Taschen und strich mit der Spitze des sterilen Tupfers über die Oberfläche eines Fettflecks, bevor sie ihn in einem sterilen Behälter versiegelte, den sie mit einem wasserfesten Stift beschriftete. Dann wiederholte sie den Vorgang mit einem weiteren Abstrich. Sie verschloss auch diese Probe und steckte beide in ihre Tasche.

Sie wedelte mit dem Stift und rückte näher an ihn heran. „Wissen Sie, Ihre Launen sind wirklich anstrengend."

„Meine *Launen*?"

„In der einen Minute heiß. In der nächsten kalt."

„Dann machen Sie sich einfach nicht die Mühe." Seine Stimme war tief und schroff. Er klang gemein. Das war gut. Er nahm seine Sonnenbrille ab und sah sie mit seinem finstersten Blick an.

Charlotte verdrehte die Augen. „Aus irgendeinem Grund gebe ich Ihnen immer den Vertrauensvorschuss, dass Sie doch kein Arsch sind. Dass Sie mich wirklich mögen und respektieren, wie Sie vorhin auf der Basis gesagt haben."

Novak öffnete den Mund, um etwas zu erwidern, aber sie ließ ihn nicht zu Wort kommen.

„Aber Sie sind jedes Mal so mürrisch, wenn ich mit einem Kerl …" Sie brach ab und starrte ihn an, wobei ihre Augen immer größer wurden.

Er verschränkte die Arme vor der Brust. „Was?"

Sie hielt seinem Blick stand, und er wünschte sich, er hätte die Kraft, die Verbindung zu unterbrechen.

„Sie sind eifersüchtig", sagte sie.

„Ha." Er ging um sie herum und winkte mit einer Hand ab, während er zum Suburban zurückging. „Das ist lächerlich."

„Lächerlich?"

„Unsinnig. Ich bin nicht eifersüchtig. Sie haben Wahnvorstellungen."

Er stieg in den Wagen, und sie öffnete die Beifahrertür. „Ich habe keine Wahnvorstellungen, ich habe recht. Oh, mein Gott. Es gab mehr als nur ein paar Anzeichen. Wenn ich zum Beispiel mit oder über Truman spreche, schauen Sie finster drein."

„Ich schaue nicht finster drein, das ist mein Gesicht." Er griff nach dem Kaffee, den sie gekauft und in den Becherhalter gestellt hatte, und nahm einen Schluck.

„Wir haben bereits festgestellt, dass Sie sich zu mir hingezogen fühlen."

Der Kaffee spritzte aus seinem Mund. *Oh Gott.* Sie sprach von seinem Ständer heute Morgen. Er verschluckte sich fast und griff nach einem Taschentuch, um die Sauerei aufzuwischen.

„Sie sind eine attraktive Frau. Ich bin nicht blind." Er würde nicht wegen einer automatischen biologischen Reaktion erröten. Mist.

Sie schnallte sich an und griff ebenfalls nach ihrem Becher, während er sich sein Sandwich schnappte. Ihre Hände berührten sich. Beide erstarrten.

Sie zog ihre Hand nicht weg, und er konnte seine nicht zurückziehen. Die Verbindung fühlte sich sowohl flüchtig als auch zerbrechlich an und er konnte damit nicht umgehen, er war dafür nicht ausgebildet. Er wollte seine Finger umdrehen und sie mit ihren verschränken. Die ganze Wut und Verlegenheit wich aus seinem Körper. Aber die Frustration wuchs. Frustration darüber, dass er nicht die Art von Mann war, die eine Frau wie Charlotte Blood wollte.

„Ich bin nicht gut im Umgang mit Frauen, Charlotte."

„Bei Ihnen klingt das, als wären wir eine eigene Spezies", sagte sie leise.

„Nein. Wenn überhaupt, dann ist es das, was Sie von mir denken. Als wäre ich ein Neandertaler mit mehr Muskeln als Gehirnzellen."

Sie blieb stumm, was er als Bestätigung interpretierte.

„Das hat tatsächlich weh getan." Gott, als Nächstes würde er zugeben, dass er es nicht mochte, allein nach seinem Aussehen beurteilt zu werden, und dann würde er anfangen zu heulen. Wie ein verdammtes Baby.

„Es tut mir leid. Ich habe mich geirrt", sagte sie leise.

Emotionen stiegen in ihm auf. Dankbarkeit, dass sie das gesagt hatte, Neid, dass sie so leicht verzeihen konnte. Schuldgefühle, weil sie ehrlicher war, als er es je sein würde, weil sie recht hatte. Er war verdammt eifersüchtig. Er war ein egoistisches, eifersüchtiges Arschloch, und er würde eher sterben, als sich das einzugestehen.

Er zwang sich, nicht über die weiche Haut an ihrem Handrücken zu streichen.

Er war nicht gut im Umgang mit Frauen. Er hatte seine

Gründe dafür. Nicht nur eine Ex-Frau, die sich einen Dreck um ihn geschert hatte.

Er zwang sich, sein Sandwich zu greifen und sich von ihrer Wärme zu trennen. Er nahm einen weiteren Schluck Kaffee, in der Hoffnung, den Kloß, der halb in seiner Speiseröhre steckte, loszuwerden. Schließlich sagte er: „Sie haben mich vorhin gefragt, warum ich zum FBI gegangen bin."

Zuerst dachte er, sie würde nichts sagen. Dass sie vielleicht wusste, dass es schrecklich sein würde und es nicht wissen wollte.

„Warum?", fragte sie. Denn natürlich wollte sie es wissen. Charlotte wich schwierigen Fragen nie aus.

„Ich muss die Bösen bekämpfen. Ich muss Menschen beschützen, die nicht stark genug sind, um sich selbst zu verteidigen."

Die Stille im Auto verselbständigte sich, bis sie wie der Zinken einer Stimmgabel vibrierte.

Schließlich durchbrach sie die Spannung. „Wer in Ihrem Leben war nicht stark genug, um sich selbst zu verteidigen?"

Ihre Stimme war sanft. Sie war wirklich gut im Zuhören, was eine Schande war, denn er war wirklich verdammt schlecht im Reden. Sollte er ihr die Wahrheit sagen oder sich hinter einer Lüge verstecken? Aber wenn es eine Person gab, die er im Moment nicht anlügen wollte, dann sie.

„Ich. Ich war derjenige, der nicht stark genug war, um sich zu verteidigen. Nicht, bis ich anfing zu wachsen und mich zu wehren. Nicht bevor ich mehr zu einem *Neandertaler* wurde."

Er wollte keine Wunden aufreißen und sie vollbluten, also legte er den Gang ein und fuhr vom Parkplatz. Holpernd steuerte er den Wagen zurück auf die Hauptstraße und nahm einen weiteren Bissen von dem Sandwich. Er war sogar emotional zu verklemmt, um sich dafür zu bedanken. Irgendwie wusste er, dass es Charlotte nichts ausmachen würde. Dass sie es verstehen würde. Und das hasste er. Er kaute, das Brot wie Sägemehl in seinem Mund. Dann nahm er einen weiteren Bissen.

Sein Trauma lag zwar schon lange zurück, aber die psychischen Folgen beeinflussten sein Leben immer noch. Er *hasste* das. Er hasste es, dass seine Mutter nach all den Jahren immer noch eine zerstörerische Wirkung auf ihn hatte.

Aber er wollte nicht über seine Kindheit sprechen und war dankbar, dass Charlotte das auch nicht zu wollen schien. Das Summen des Asphalts unter den Reifen war das einzige Geräusch, das er auf dem ganzen Weg zurück zur Ranch hörte.

———

NACHDEM TJ DEN Rucksack seines Vaters gepackt hatte, verteilte er Gold und Bargeld gleichmäßig auf beide Gepäckstücke, um das Gewicht zu verteilen und für den Fall, dass einer der Rucksäcke verloren ging. Er packte die Pässe, Geburtsurkunden, die Hochzeitsurkunde seiner Eltern und die Sterbeurkunde seiner Mutter hinein.

Dann fuhr er mit der Spitze seines Zeigefingers über das Passfoto seiner Mutter. Die Familie war einmal nach Alaska gefahren, weil sein Vater seine Eltern besuchen wollte. Im Jahr darauf waren sie gestorben, und TJ konnte sich nicht mehr an sie erinnern.

In Anbetracht ihrer derzeitigen Berühmtheit bezweifelte TJ, dass die Pässe von großem Nutzen sein würden, aber er tat, worum sein Vater ihn gebeten hatte, und steckte sie sorgfältig in einen Plastikumschlag.

Er war froh, dass seine Mutter von ihrem Leid befreit worden war, aber er wünschte sich, sie könnten die Zeit zurückdrehen, wünschte sich, dass sie sie trotz ihrer Einwände ins Krankenhaus gebracht hätten. Dass er noch einmal mit ihr durch den Wald spazieren könnte, sie vielleicht Kayla vorstellen könnte – vorausgesetzt, Kayla war noch am Leben.

Er biss die Zähne zusammen. Er hatte nicht einmal ein Foto von Kayla, obwohl sie einige von ihm mit ihrem Handy gemacht hatte.

Er würde sie finden. Sein Vater hatte Beziehungen.

Sie würden zusammen hier rauskommen und die Sache regeln. Es musste niemand mehr verletzt werden.

Als er mit dem Packen fertig war, begann er in der Wohnung auf und ab zu gehen.

Untätig hier rumzusitzen, machte ihn wahnsinnig, also holte er alle Taschenlampen und Ersatzbatterien heraus, sammelte alle Streichhölzer und Kerzen in ihrer Wohnung ein und legte sie auf den Küchentisch, griffbereit für den Ernstfall.

Das größte Hindernis würde das Wasser sein. Ihr Haus wurde von einer natürlichen Quelle gespeist, aber wenn die Behörden sie umleiteten oder irgendwie verunreinigten, würden sie in Schwierigkeiten stecken. Er wusste, dass die anderen für den Fall eines Atomkriegs einen riesigen Plastiktank gefüllt hatten, aber der würde nicht ewig reichen. Irgendwann würden die Leute kapitulieren oder sterben.

TJ füllte mehrere große Gefäße aus dem Wasserhahn. Er stellte die vollen Eimer in der Nähe der Toiletten auf. Zehn Minuten später standen überall in der Küche Töpfe und Krüge voll mit reinem, lebensrettendem Wasser.

Danach überprüfte und stapelte er die Trockenvorräte und

ging die Gefrierschränke durch. Während sie mittags mit allen anderen in der Kantine aßen, bereiteten sie sich ihr Abendessen normalerweise hier in ihrem Wohnbereich zu. TJ schob einen Hirscheintopf in den Ofen und legte sich dann auf die Couch. Er hatte das Warten satt.

Er wollte nicht, dass jemand seinetwegen leiden musste. Aber die Behörden waren auch hinter den Leuten her, die auf sie geschossen hatten, also, wäre das, selbst wenn er sich stellen würde, nicht das Ende dieses Alptraums. Glücklicherweise war bei dem Schusswechsel niemand ums Leben gekommen, sodass die Strafe nicht allzu hart ausfallen dürfte, wenn sie sich stellen würden. Sie könnten sogar freigesprochen werden.

Und wenn die Welt nicht unterging, würden die Männer in ein paar Jahren wieder bei ihren Familien sein.

Wer auch immer Brenna Longie ermordet hatte, würde viel länger im Knast sitzen und hätte jede Sekunde verdient. Sicherlich würden die Bullen Beweise brauchen. Die Aussage eines Mannes, der einfach nur gesehen hatte, wie er den Puls einer am Boden liegenden Frau überprüft hatte, und daraus eine Million Schlüsse gezogen hatte, würde doch sicherlich nicht ausreichen, oder? Wenn es noch andere Verdächtige gäbe, wäre das FBI vielleicht nicht so sehr auf ihn fixiert?

Abrupt setzte er sich auf.

Warum war Malcolm in dem dunklen Korridor herumgeschlichen? Er hatte auf keinen Fall voraussehen können, dass TJ abhauen würde, was bedeutete, dass er ihn kommen hören und sich im Dunkeln versteckt hatte. Aber warum war er überhaupt dort gewesen?

Malcolm hatte von dem geheimen Tunnel gewusst. Offensichtlich. Sein Vater hatte angedeutet, dass Malcolm sich auch hinausgeschlichen hatte. Wo war er hingegangen? Was hatte er dort gemacht?

Hatte *er* Brenna getötet? Hatte er Brenna für Kayla gehalten und sie getötet, weil Malcolm wusste, dass Kayla TJs Freundin war?

Er musste es herausfinden. Eine Möglichkeit wäre, sich die Überwachungsbänder anzusehen, aber das war kaum machbar, ohne dass Malcolm oder einer seiner Kumpels Wind davon bekamen. Die andere Möglichkeit wäre, Malcolms Zimmer zu durchsuchen …

TJ sah auf die Uhr und stand auf. Die meisten Leute, die hier wohnten, aßen gegen fünf zu Abend, und Malcolm ließ selten eine Mahlzeit aus. TJs Finger krallten sich um die Ersatzschlüssel für die Wohnung, die ebenfalls im Safe gelegen hatten. Es war Zeit, herauszufinden, was zum Teufel hier los war.

KAPITEL DREIUNDZWANZIG

CHARLOTTE BRAUCHTE ZEIT für sich, um nachzudenken, aber die würde sie so schnell nicht bekommen, zumal McKenzie bereits auf der Veranda auf sie wartete, als sie zur Ranch fuhren, und unheilvoll dreinblickte. Sie fühlte sich unausgeglichen und eingeengt, weil sie in letzter Zeit nur dann allein gewesen war, wenn sie auf die Toilette oder duschen gegangen war, und selbst für Letzteres hatte sie schon länger keine Zeit mehr gehabt.

Sie wollte darüber nachdenken, was Novak zu ihr gesagt hatte. Über alles. Dass er sie attraktiv fand, es aber als irrelevant abtat. Dabei war es nicht irrelevant. Nicht im Geringsten.

Dass er in seinem Leben Schutz vor jemandem gebraucht hatte, als er noch jünger und verletzlicher gewesen war. Wie jung? Wie verletzlich? Warum hatte er Schutz gebraucht? Vor wem? Was war geschehen? Warum hatte niemand eingegriffen?

War sie unsensibel gewesen, hatte sie ihn schlecht behandelt? Vielleicht am Anfang, aber er hatte es verdient, oder?

Oder?

Oder hatte sie das Grinsen, das er ihr immer schenkte, völlig falsch verstanden? Hatte sie Herablassung gesehen, wo eigentlich verstecktes männliches Interesse war?

McKenzie sah ungeduldig aus, als sie auf die unterste Stufe traten.

„Kaylas Fieber ist gesunken. Sie ist gerade aufgewacht.“

Charlotte versuchte, sich wieder auf ihre Arbeit, anstatt auf ihre persönlichen Probleme zu konzentrieren. Die Leute zählten auf sie. Die meisten von ihnen wussten es nicht einmal.

„Hat sie mit jemandem gesprochen?“

McKenzie schüttelte den Kopf. „Die Krankenschwester hat ihr beim Baden geholfen und sie dann dazu gebracht, etwas Suppe zu essen. Ich möchte, dass Sie mit ihr reden.“

„Haben wir schon etwas über die Familie herausgefunden?“

McKenzie legte den Kopf schief. „Ich werde Sie informieren, nachdem Sie mit ihr gesprochen haben, aber bisher wissen wir nicht viel.“

„Wir gehen blind hinein“, sagte sie. „Verstanden.“

„Was ist mit mir?“, fragte Novak.

Charlotte wusste, dass er es kaum erwarten konnte, sie loszuwerden und zu seinen Männern zurückzukehren. Er hatte sich geöffnet, und er würde sich vor dieser Verletzlichkeit zurückziehen. Selbst „reife“ Männer zeigten ihre Schwächen nur ungern, und sie war sich nicht sicher, ob sie Novak als „reif“ einstufen würde.

Und sie war immer noch unfair ihm gegenüber.

„Sie beide. Zusammen. Als ich zweiundsiebzig Stunden gesagt habe, habe ich es auch so gemeint.“ McKenzie führte sie nach drinnen. „Hat Bob Jones seiner Aussage noch etwas hinzugefügt?“

Sie folgten ihm in die Küche. Auf dem Herd brodelte ein

riesiger Topf mit Chili, dessen Duft sich dampfend in dem Raum ausbreitete.

„Der Puma wurde von dem Mann gemeldet, der ihn auf dem Parkplatz unterhalb des Wanderweges angesprochen hat.“

„Das sagten Sie am Telefon. Hatte er einen Namen oder anderweitige nützliche Informationen?“

Sie schüttelte den Kopf. „Nein. Aber wir haben DNA-Abstriche von der Seitenscheibe seines Wagens gemacht.“ Sie holte die Proben aus ihrer Tasche und reichte sie weiter. „Er meinte, der Kerl habe an die Scheibe geklopft und sei dann mit einer silbernen Limousine weggefahren. Könnte wertlos sein, aber man weiß ja nie.“

„Gute Arbeit.“

Sie rollte ihre Schultern zurück. „Sollen wir Kayla von Brenna erzählen?“ McKenzie presste die Lippen aufeinander, während er überlegte. „Befragen Sie sie zuerst. Sagen Sie ihr erst, dass Brenna tot ist, wenn Sie glauben, dass sie Ihnen alles gesagt hat, was sie weiß, und achten Sie darauf, wie sie reagiert.“

Na toll. Eine taktische Todesnachricht. Bei dem Gedanken daran rumorte das Hühnchensandwich, das sie vorhin gegessen hatte, in ihrem Magen.

Sie nickte und ging zur Treppe, wohl wissend, dass Novak ihr folgte, aber sie wolle nicht mit ihm reden, wenn sie sich darauf konzentrieren musste, wie sie auf Kayla zugehen sollte. Novak schwieg, und sie war dankbar, dass er ihr etwas Freiraum gab. Als sie den Flur vor ihrem Zimmer erreichten, fasste er sie am Arm.

„Ich kann vor der Tür warten, wenn Ihnen das lieber ist.“

„McKenzie hat gesagt, dass wir zusammen reingehen

sollen." Charlotte starrte auf seine Brust.

„Scheiß auf McKenzie", murmelte er vehement.

Charlotte lachte. „Wollen Sie wirklich seine Entschlossenheit auf die Probe stellen, nun da wir nur noch siebenundzwanzig Stunden vor uns haben?"

„Ich glaube nicht, dass Kayla sich wohlfühlen wird, wenn ich im Zimmer bin."

„Sie sollten sie nur nicht so finster anschauen." Charlotte sah auf und begegnete seinem zweifelnden Blick. Dann schenkte sie ihm ein Lächeln und wünschte, sie hätte nicht angefangen, ihn so sehr zu mögen. Es war einfacher gewesen, als sie ihn nur als Agenten und nicht als Mann gesehen hatte. „Sie sollten vielleicht in der Nähe der Tür bleiben. Und auf nichts reagieren, was sie sagt."

„Verstanden."

Charlotte ging weiter und nickte dem Agenten zu, der die Tür bewachte. „Sie können eine Pause machen und etwas essen gehen. Wir werden Ihnen Bescheid geben, wenn wir fertig sind."

Sie klopfte an die Tür, und eine Krankenschwester öffnete sie. Die Frau war jung, klein und robust wie ein Panzer. „Kayla hat etwas Suppe gegessen und ist alleine zur Toilette gegangen. Ich glaube, es geht ihr schon viel besser, aber alles kostet sie noch viel Kraft. Ich komme morgen früh für eine letzte Kontrolle wieder. Bis dahin sollte sie viel trinken, gut essen, sich ausruhen und ihre Tabletten nehmen."

Die Krankenschwester griff nach ihrem Mantel. „Ich muss jetzt nach Hause. Auf Wiedersehen, Kayla. Bis morgen!"

Charlotte blinzelte angesichts der selbstbewussten Energie, die die Krankenschwester an den Tag legte – beeindruckend in einer Höhle voller FBI-Agenten.

Kaylas Augen huschten nervös zwischen Charlotte und Novak hin und her. Als Charlotte sich dem Bett näherte, setzte Kayla sich auf, zog die Knie an die Brust und zog sich die Decke bis unters Kinn, als ob ihr kalt wäre, obwohl es warm im Zimmer war.

„Hallo, Kayla. Mein Name ist Charlotte Blood, und das hier ist Payne Novak. Wir sind vom FBI."

„Ich verstehe nicht." Kaylas Stimme war heiser und schwach. „Warum bin ich hier? Wo ist Brenna?" Ihre Finger krallten sich in die Bettdecke.

„Du warst krank. Wir haben dich hierhergebracht, damit du gesund werden kannst."

Ein wilder Ausdruck trat in Kaylas Augen. „Seit wann kümmert sich das *FBI* um so etwas?"

Charlotte zog einen Stuhl an die Seite des Bettes. Sie hörte das Knarren von Holz, als Novak sich auf einen ähnlichen Stuhl in der Nähe der Tür setzte. „In erster Linie, weil du *sehr* krank warst und wir *unbedingt* mit dir reden wollten."

Kayla schluckte. Sie sah unsicher aus, hörte aber zu.

„Kannst du uns sagen, was das Letzte war, an das du dich erinnern kannst, bevor du krank geworden bist? Bist du über Thanksgiving weggefahren?"

„Wir hatten vor, ein paar Tage zu vereisen. Vielleicht ins Monument Valley zu fahren oder so. Aber dann bin ich krank geworden und wir sind nirgendwo hingefahren."

„Mhm."

Kayla entspannte sich ein wenig und ließ sich gegen die Kissen am Kopfende des Bettes sinken. „Brenna wollte weiter in den Süden fahren, bevor der Schnee kommt, aber ich konnte noch nicht."

Kayla streckte die Hand nach ihrem Wasser aus, und

Charlotte reichte es ihr.

„Wo ist Brenna? Geht es ihr gut?"

Verhandlungsführer logen im Allgemeinen nur, wenn der nächste Schritt eine taktische Lösung darstellte. „Ich habe ein paar Fragen. Fühlst du dich wohl dabei, mit mir zu reden?"

„Warum? Worüber?" Kayla zuckte mit den Schultern und lachte nervös. „Sicher. Es sei denn, Sie haben vor, mich zu verhaften."

„Ich habe nicht vor, dich zu verhaften." Das hieß nicht, dass es nicht passieren würde, wenn Charlotte Beweise für ein Verbrechen fand, aber sie hielt Kayla nicht für eine ernsthafte Verdächtige in diesem Fall. Niemand konnte so hohes Fieber vortäuschen. „Seid ihr beide miteinander verwandt? Ich meine, ihr habt verschiedene Nachnamen, aber ihr seht euch so ähnlich."

Kaylas Unterlippe begann zu zittern. „Die Leute denken immer, wir wären Schwestern. Ich schätze, deswegen haben wir uns in der Schule angefreundet."

„Das war in Pennsylvania, richtig? Wie kommt es, dass ihr beide in einem Zelt auf einem Berg in Washington State gelandet seid?"

„Wir lieben beide Tiere und die Natur. Und uns ist klargeworden, dass die einzige Möglichkeit, für den Naturschutz zu kämpfen, darin besteht, vor Ort etwas zu tun. Wir haben von den Demonstranten hier gehört und beschlossen, uns ihnen anzuschließen."

Charlotte legte ihren Kopf schief und zog die Augenbrauen zusammen, um Verständnis zu signalisieren. „Nicht viele Menschen sind so entschlossen, ihre Überzeugungen auf diese Weise zu leben."

„Hingabe ist nicht mehr genug. Wenn wir den Planeten

nicht schützen, werden Millionen von Menschen sterben oder vertrieben werden. Milliarden von Tieren sind bereits gestorben. Es wird Krieg um Wasser geführt werden. Anstatt nach alternativen Kraftstoffen zu suchen, in Entsalzungsanlagen zu investieren oder Wege zu finden, Kohlendioxid aus der Atmosphäre zu filtern, jagen die Konzerne dem Profit hinterher. Für die Reichen läuft alles wie gewohnt, während die Welt brennt."

„Man muss schon ein besonderer Mensch sein, um sich gegen die Maschinerie zu stellen."

Kayla warf ihr einen Blick aus dem Augenwinkel zu. „Nun, wenn das FBI eine Datenbank über Umweltschützer hat, dann sind Sie auch Teil der Maschine."

„Wir haben nur Datenbanken über Kriminelle. Ein Aktivist zu sein ist nicht illegal, solange man das Gesetz nicht bricht."

Kayla stieß einen langen Seufzer aus. „Was im Grunde in Ordnung ist. Nur, wenn sich die Unternehmen nicht an die Regeln halten, bekommen sie eine mickrige Geldstrafe oder einen Klaps auf die Finger. Es ist, als gäbe es unterschiedliche Regeln, je nachdem, wer man ist oder mit wem man verwandt ist."

„Das FBI ist ein großer Verfechter des Gesetzes, das für alle gleichermaßen gilt. Keiner sollte über dem Gesetz stehen." Charlotte seufzte ebenfalls. „Ich weiß, dass es nicht immer so aussieht." Das Justizsystem war ein kompliziertes Gebilde und anfällig für politische Korruption und Manipulation. „Wie bestreitest du deinen Lebensunterhalt?"

Kayla rieb sich die Stirn, als ob sie müde wäre. Charlotte hasste diesen Teil ihrer Arbeit. Aber auch wenn sie Kayla nicht ernsthaft verdächtigte, war es möglich, dass sie in den Mord an ihrer besten Freundin verwickelt war oder sich mit jemandem zusammengetan hatte, um die Tat zu begehen.

„Ich habe etwas Geld zur Seite gelegt, und Brenna verkauft ihre Fotos im Internet. Deshalb wollte sie weiterziehen. Neue Orte, neue Bilder. Außerdem hasst sie die Kälte."

Das war das zweite Mal, dass jemand erwähnte, dass Brenna gerne fotografierte. Wo war die Kamera? Charlotte machte sich in Gedanken eine Notiz, zu fragen, ob sie unter den gesicherten Gegenständen gewesen war, die aus dem Zelt oder dem Auto geholt worden waren. Sie hatte keine Kamera gesehen, aber das hieß nicht, dass sie nicht da war.

„Ist sie eine gute Fotografin?"

Kayla nickte eifrig.

„Und was ist mit dir? Was machst du gerne, wenn du nicht gerade aktiv protestierst und versuchst, die Welt zu retten?"

Kayla lächelte sie fragend an. „Warum wollen Sie das wissen?"

Sie sah so klein und allein in dem großen Bett aus und schien keine Ahnung zu haben, was sie verloren hatte. Charlotte wollte das Mädchen am liebsten umarmen.

„Ich erinnere mich noch gut daran, wie ich mit achtzehn war", sagte sie stattdessen. „Ich habe viel gearbeitet, mich mit Freunden getroffen oder bin mit meinem damaligen Freund ins Kino gegangen, aber in diesem abgelegenen Teil des Staates Washington gibt es nicht viel von diesen Dingen."

Kaylas Augen blitzten. „Ich zeichne gerne. Ich schreibe und lese viel. Und ich habe einen Freund." Sie wandte den Blick ab und ihre Finger spielten mit einem losen Baumwollfaden, den sie auf dem Bettbezug gefunden hatte.

„TJ?"

Kayla drehte den Kopf. „Woher wissen Sie von ihm?"

„Du hast SSA Novak seinen Namen gesagt, als er dich aus deinem Zelt geholt und dich hierhergebracht hat."

Kaylas Blick wanderte über Charlottes Schulter zu Novak. „Ich kann mich gar nicht daran erinnern, wie ich hierhergekommen bin. Danke, dass Sie mir geholfen haben."

Charlotte warf Novak einen Blick zu. Er nickte Kayla zu und lächelte Charlotte mit zusammengekniffenen Lippen an. Charlotte wartete geduldig und nutzte das Schweigen als Werkzeug.

„TJ ist mein Freund, aber es ist kompliziert."

Charlotte lachte. „Ist es das nicht immer?" Sie spürte, wie Novaks Augen Löcher in ihren Rücken brannten.

Kayla griff wieder nach ihrem Wasser, und Charlotte half ihr.

„Wie habt ihr euch kennengelernt?"

„Im Wald brütet ein Paar von Fleckenkäuzen, nicht weit weg von seinem Zuhause. Brenna hat Fotos von ihnen gemacht, um sie zu verkaufen. Ich habe mich hingesetzt und sie gezeichnet, was deutlich länger gedauert hat. Eines Tages habe ich gesehen, dass da noch jemand war, der die Fleckenkäuze beobachtet hat."

„Hattest du keine Angst? Allein im Wald mit einem fremden Mann in der Nähe?"

Kayla warf ihr einen Blick zu. „Natürlich war ich nervös. Aber am ersten Tag hat er sich mir nicht genähert. Auch nicht am zweiten. Er hat mir zugenickt, aber Abstand gehalten. Schließlich war ich so neugierig, dass ich zu ihm rübergegangen bin und ihn angesprochen habe."

Kaylas Finger spielten weiter nervös mit der Bettdecke. „Er hat mir angeboten, mir einige seiner Lieblingsplätze in den

Bergen zu zeigen, und so haben wir angefangen, gemeinsam zu wandern. Dann meinte er, er könne nicht jeden Tag weg, also haben wir verabredet, uns einmal pro Woche zu treffen."

„Einmal pro Woche?", wiederholte Charlotte.

„Jeden Mittwochvormittag. Er hat sich bestimmt gewundert, wo ich diese Woche war."

Das erklärte, warum TJ da draußen auf dem Berg gewesen war.

Kayla blickte besorgt zum Fenster hinüber. „Hat es schon geschneit?" Sie klang ein wenig verzweifelt. „TJ meinte, ich könnte nicht mehr auf den Berg wandern, sobald es schneit. Er hat gesagt, der Schnee wäre zu tief und zu gefährlich." Ihre Lippen bogen sich nach unten. „Er hat kein Handy. Nur eine E-Mail-Adresse, aber …"

Aber das reichte nicht aus, um das Verlangen eines verliebten Teenagers im goldenen Zeitalter der Technologie zu befriedigen. Das FBI kannte seine E-Mail Adresse bereits. Die Techniker hatten sich in den Server auf dem Gelände gehackt.

„Es hat noch nicht geschneit. Es sieht jeden Tag danach aus, aber bisher keine einzige Schneeflocke. Was hält Brenna von TJ?", fragte Charlotte.

Kayla lehnte sich in die Kissen zurück, die Müdigkeit zerrte an ihren Augenlidern.

„Brenna hat ihn noch nicht richtig kennengelernt. Aber sie ist der Meinung, ich würde meine Zeit verschwenden, wenn ich wegen eines Kerls hierbleibe. Aber so ist es nicht. Er ist nicht so."

Charlotte runzelte die Stirn. „Wie denn?"

„Er benutzt mich nicht." Kayla atmete scharf ein. „Brenna hat einen schrecklichen Männergeschmack, und denkt, dass alle Männer scheiße sind. Aber ich sage ihr immer wieder, dass nicht alle wie Simon sind.“

„Simon?“

„Ihr letzter Ex-Freund.“ Kaylas Schultern sanken nach unten. „Er ist ein brutales Arschloch. Und dann ist da noch dieser eine Typ im Camp, der ihr nachstellt. Sie denkt, ich hätte nicht bemerkt, dass er mit ihr flirtet.“

„Wie heißt er?“

„Alan Kennedy. Irgendein Professor.“ Kaylas Gesichtsausdruck wurde ein wenig mürrisch.

Komisch. Charlotte hatte Novaks Bericht gelesen. Demnach hatte der Professor so getan, als würde er die beiden Frauen kaum kennen.

„Sagen Sie ihr nicht, dass ich etwas über sie gesagt habe. Gott, warum interessiert sich das FBI für Brennas verkorkstes Liebesleben?“

„Wir machen alle mal Fehler in der Liebe.“ Wieder spürte sie, dass Novak ihr aufmerksam zuhörte.

Ich bin nicht gut im Umgang mit Frauen, Charlotte.

Sie versuchte, sich Novak in einer Beziehung vorzustellen. Sie konnte ihn sich nicht bei allen alltäglichen Aktivitäten vorstellen, wie zum Beispiel beim Einkauf im Supermarkt oder händchenhaltend bei langen romantischen Spaziergängen. Dafür konnte sie ihn sich umso besser bei sexuellen Eskapaden vorstellen. Ihre Wangen wurden heiß. Offensichtlich litt sie unter einer übersteigerten Fantasie, möglicherweise ein Nebenprodukt ihrer Hungerkur.

Wieder verdrängte sie den Gedanken. „Warst du schon einmal bei TJ zu Hause?“

Kayla runzelte die Stirn, offenbar sichtlich verunsichert. „Ich habe es aus der Ferne gesehen. Ein verrückter Bunker mitten im Nirgendwo. Ich bin nie hineingegangen. TJ sagte, sein Vater würde es nicht gutheißen, wenn er mich sehen würde. Warum fragen Sie?" Kaylas Lippen zitterten erneut.

Charlotte fühlte sich mies, weil das Mädchen emotional verletzlich war, aber sie machte weiter. Sie hatte einen Job zu erledigen. „Was haben TJ und du vor, sobald es schneit?"

Kayla sah unglücklich aus.

„Er hat ein- oder zweimal davon gesprochen, mit uns zu kommen."

Charlotte rang sich ein Lächeln ab. „Was hielt Brenna davon?"

Kayla runzelte die Stirn.

Charlotte zuckte innerlich zusammen. Sie hatte die Vergangenheitsform verwendet, aber vielleicht war es Kayla nicht aufgefallen.

„Ich bezweifle, dass er das wirklich tun wird."

„Und falls doch?"

Kayla zuckte die Achseln. „Ich habe noch nicht mit ihr darüber gesprochen. Es wird ihr nicht gefallen. Sie ist gerne nur mit mir allein unterwegs." Sie blickte auf ihre Knie unter der Decke hinab. „Sie ist mal vergewaltigt worden. Keiner außer mir hat ihr geglaubt. Es war auf einer Party, auf der sie gar nicht hätte sein dürfen, und jemand hat ihr etwas ins Getränk getan." Kayla wischte sich eine Träne von der Wange. „Ein paar Typen haben sie abwechselnd vergewaltigt und es ins Internet gestellt. Brenna war am Boden zerstört. Die Mädchen haben sie als Schlampe bezeichnet, und die Jungs haben sie eine Hure genannt. Sie hat die Schule abgebrochen und hatte mehrere Beziehungen mit Mistkerlen wie Simon. Pennsylvania zu verlassen war das Beste, was wir je getan haben, aber ich glaube nicht, dass ihr die Vorstellung gefällt, dass ich mit jemandem zusammen bin, verstehen Sie?"

„Sie will dich beschützen." Charlotte nickte, als sie ein Gefühl der Trauer überkam. Brenna Longie hatte in ihrem Leben einige harte Schläge einstecken müssen. Rückschläge und Situationen, die viele dazu gebracht hätten, im Alkohol- und Drogenrausch zu versinken oder andere schlechte Entscheidungen zu treffen. Die Tatsache, dass sich nie hatte unterkriegen lassen, war herzzerreißend.

Hatte sich Brenna mit TJ wegen Kayla gestritten? Hatte Kaylas Freund ihre beste Freundin umgebracht?

„Wo ist Brenna? Ist sie noch im Lager?"

Kayla bewegte sich, als wollte sie aus dem Bett steigen. „Ich fühle mich schon viel besser. Vielleicht könnte mich jemand zurückfahren?"

Sie sprach hastig, als hätte ihr Gehirn endlich erkannt, dass etwas Schlimmes passiert sein musste. Wie sie schon gesagt hatte, das FBI interessierte sich nicht für das Liebesleben von Menschen, jedenfalls nicht, wenn es sich um volljährige Erwachsene handelte.

Charlotte nahm Kaylas Hand. „Das Lager ist geräumt worden, und die meisten Leute sind abgereist. Ich fürchte, ich muss dir etwas Schreckliches sagen."

Es gab keine einfache Art, das zu sagen. Keine sanfte Annäherung an das Thema. „Brenna ist tot."

Kayla zog ihre Hand zurück, als wäre sie gebissen worden. Ihre Augen füllten sich mit Tränen. „Ich verstehe das nicht. Wie konnte sie sterben? Ist sie auch krank geworden?"

Ihr Blick huschte zwischen Charlotte und Novak hin und her. Er stand auf.

Charlotte schüttelte den Kopf. „Nein. Sie ist auf dem Eagle Mountain tot aufgefunden worden, nicht weit von dort, wo TJ wohnt."

Kaylas Mund verzog sich vor Trauer. „Sie kann nicht tot sein. Woran ist sie gestorben?"

Es wäre so viel einfacher gewesen, Kayla zu sagen, dass Brenna einen Herzinfarkt erlitten hatte oder von einem Puma angegriffen worden war.

„Der Gerichtsmediziner glaubt, dass Brenna eine Art von stumpfer Gewalteinwirkung auf den Schädel erlitten hat."

Charlotte sah, wie Kaylas Miene sich verfinsterte. Ein Laut drang aus ihrer Kehle. Ein tiefes, klagendes Geräusch, das Charlotte direkt in die Trauer des anderen Mädchens eintauchen ließ.

„Es tut mir leid, Kayla. Es tut mir unglaublich leid." Sie schob ihre Gefühle beiseite und versuchte, die andere Frau zu trösten, doch Kayla wandte sich von ihr ab.

„Lassen Sie mich in Ruhe!"

Charlotte nickte. Sie verstand. Dies war nicht der richtige Zeitpunkt, um in der offenen Wunde herumzustochern oder zu fragen, ob Kayla TJ zutraute, dass er ihre Freundin umgebracht hatte.

„Mein aufrichtiges Beileid. Wenn du mit mir oder Novak sprechen willst", sie bemerkte, wie sich seine Augen alarmiert weiteten, „sag dem Agenten an der Tür Bescheid und wir kommen sofort."

Kayla wandte sich von ihnen ab und rollte sich zu einem Ball zusammen. Schluchzer erschütterten ihren zierlichen Körper.

Charlotte verließ den Raum und schloss die Augen.

„Ich werde den Wachmann suchen. Ihm sagen, dass wir hier fertig sind", sagte Novak leise.

Charlotte nickte und stützte sich mit einer Hand an der Wand ab, als er wegging. Sie richtete sich erst wieder auf, als sie die Schritte der zurückkehrenden Männer hörte.

„Das war scheiße", murmelte Novak, als sie sich auf den Weg zurück zu McKenzie machten. Charlotte hatte plötzlich Tränen in den Augen, und sie brauchte einen Moment, um ihre übliche Professionalität wiederzuerlangen. Als sie an ihrem Zimmer vorbeikamen, nutzte sie die Gelegenheit, um nach dem Türknauf zu greifen und hineinzuschlüpfen. „Ich muss ein Ladekabel für mein Handy holen. Ich komme gleich runter."

Schnell schloss sie die Tür und stellte sich ans Fenster, um in die Dunkelheit hinauszuschauen. Traurigkeit stieg in ihr auf. Sie hörte, wie sich die Tür öffnete und schloss und zwang sich, so normal wie möglich zu sagen: „Sie müssen nicht warten. Ich bin gleich unten." Sie brauchte fünf Minuten, um ihre Fassung wiederzuerlangen. Fünf Minuten, um weiterzumachen und ihren Job machen zu können, oder was auch immer McKenzie wollte, dass sie tat.

Einen Moment später legten sich starke Arme um ihre Taille und zogen sie gegen eine starke männliche Brust. Ein Kinn ruhte auf ihrer Schulter.

Sein Trost war wie eine Umarmung für ihre Seele. Sie wünschte, er wäre nicht hier, um ihren Kummer mitzuerleben, aber wenigstens machte er ihr nicht die Hölle heiß. Sie drückte seine Handgelenke, um sich für den stillen Trost, den er ihr bot, zu bedanken. Es half.

„Ich muss ständig an das arme Mädchen denken, das gestorben ist. All die schrecklichen Dinge, die sie durchstehen musste, um hierher zu kommen. All das Grauen. Nur um auf dem Berg zu sterben."

Novak umarmte sie noch fester. Die Emotionen, die sich schon seit einiger Zeit aufgestaut hatten, wollten ungebremst heraus, aber sie konnte es sich nicht leisten, zusammenzubrechen. Normalerweise war sie besser in der Lage, sich von ihren Gefühlen zu distanzieren, aber die Müdigkeit und der Druck machten ihr zu schaffen, der emotionale Tribut der Trauer anderer Menschen zermürbte ihre mentalen Barrieren.

Novak drehte sie langsam herum, bis er sie an seine Brust drückte. „Sie hatte etwas Besseres verdient."

Charlotte nickte. Das Leben konnte grausam sein und sich schlagartig ändern. Sie wusste das besser als die meisten.

Sie betrachtete die dunklen Schatten auf Novaks Gesicht. Durch den Spalt unter der Tür drang genug Licht, dass sie seinen besorgten Gesichtsausdruck erkennen konnte.

„Kommen Sie klar?", fragte er schroff. Und obwohl er sie in seinen Armen hielt, hatte er eine Grenze nicht überschritten. Er spendete ihr Trost, und sie wusste, dass er sie loslassen würde, wenn sie sich von ihm löste.

Sie wollte nicht, dass er sie losließ.

Das Leben war zu verdammt unsicher, um nicht ab und zu ein Risiko einzugehen.

Sie strich mit ihrer Handfläche über seine raue Wange. „Ich dachte, Sie wären nicht gut im Umgang mit Frauen, Novak."

Dann küsste sie ihn. Sie gab ihm Zeit, zurückzuweichen, bevor sie an seinen Lippen knabberte, um ihm eine Antwort zu entlocken. Sie ließ ihn wissen, dass sie an ihm interessiert war, wenn er an ihr interessiert war. Dass diese Sache zwischen ihnen nicht einseitig war.

NOVAK WUSSTE, DASS es wahrscheinlich keine gute Idee war,

Charlotte zu trösten, aber er hätte nie gedacht, dass die Gefahr bestand, dass sie ihn küssen würde. Es war unerwartet, aber unglaublich willkommen, sodass er am liebsten so tief und schnell eingetaucht wäre, dass er sie innerhalb von zwanzig Sekunden nackt und mit seinem Schwanz in ihr an die Wand gedrückt hätte.

Stattdessen schloss er seine Augen und genoss es, ihre Lippen auf seinen zu spüren. Er hielt sich ein paar Sekunden zurück, um das Gefühl, geküsst zu werden, zu genießen. Ihre Lippen, die fast flehentlich an seinen zogen.

Es gab nicht viel Zärtlichkeit in Novaks Leben.

Hingabe, harte Arbeit, Schweiß, Mut, Blut und Schmerz. Aber keine Zärtlichkeit.

Als er spürte, dass sie sich zurückziehen wollte, erlaubte er sich schließlich, ihren Kuss zu erwidern. Er begann genauso wie sie zuvor. Kleine Schritte, um eine Verbindung herzustellen. Eine sinnliche Erkundung ihrer weichen Lippen. Ihre Hand glitt durch sein Haar, was er als Erlaubnis interpretierte, weiter zu gehen.

Er bewegte seinen Mund an ihrem, woraufhin sie bereitwillig ihre Lippen öffnete, ihre Zunge mit seiner verschlang und ihn in ihren Mund aufnahm. Am liebsten hätte er dieses Gefühl in einer Flasche eingefangen und für immer behalten. Diese seidige vulkanische Hitze. Die scharfen Kanten ihrer Zähne, die Bewegung ihrer Zunge in seinem Mund.

Sein Puls kribbelte in seinen Adern, und seine Hand fand ihren Weg zu ihrer Brust. Er strich über die perfekte Handvoll Fleisch unter dem Baumwollstoff und genoss das Gefühl ihrer harten Brustwarze unter seiner Handfläche.

Das Blut schoss in Richtung Süden, und sein Schwanz war so hart, dass er Gefahr lief, ohnmächtig zu werden. Sie berührte ihn und heilige Scheiße, das fühlte sich besser an als die letzten fünf Jahre seines Sexlebens.

Keuchend löste er sich von ihr.

Er steckte in großen Schwierigkeiten.

„Verdammt." Sie drehte sich um und löste sich von ihm.

Und da war es. Das Bedauern. Das „Was zur Hölle hast du getan" und „Das war ein Fehler".

„Wir sollten uns besser bei McKenzie melden, bevor er hier reinplatzt und sieht, wie ich über Sie herfalle."

„Ich bin auch über Sie hergefallen." Seine Stimme war rau. Wie so oft in Charlottes Nähe. Als hätten seine niederen Instinkte seinen Testosteronspiegel erhöht und seine Stimmbänder beschwert.

Sie zog ihr Oberteil zurecht. „Das habe ich bemerkt."

Was sollte das denn heißen?

Sie ging zur Tür, und er stand da wie ein Idiot und fragte sich, ob sie so tun würde, als wäre das nie passiert. Oder vielleicht bedeutete es ihr auch gar nicht so viel. Zum Teufel, vielleicht machte sie ja mit all den Typen rum, mit denen sie arbeitete. Der Gedanke machte ihn rasend vor Wut.

Vielleicht hatte sie ja recht, und er war tatsächlich eifersüchtig …

Sie stand an der Tür und öffnete sie einen Spalt, sodass er ihr Gesicht sehen konnte. Sie senkte ihre Stimme. „Es ist wahrscheinlich besser, wenn wir niemandem davon erzählen."

Er versteifte sich. „Wem genau denken Sie, würde ich es erzählen?"

Sie blinzelte, sichtlich überrascht von seiner gereizten Reaktion. „Ich meinte nur –"

„Vergessen Sie es. Ich weiß, was Sie gemeint haben." Er wandte sich ab und schämte sich für seine Gereiztheit. Vor allem, weil sie immer so gut gelaunt durch die Gegend lief. Aber glaubte sie wirklich, er würde zu seinen Jungs rennen und damit prahlen, dass er die heiße Verhandlungsführerin geküsst hatte, mit der er gezwungenermaßen zusammenarbeiten musste?

So war er nicht.

Aber das wusste sie nicht …

Sie wusste nicht, dass er begonnen hatte, *Gefühle* für sie zu entwickeln. Gefühle, die sie, wie er wusste, nicht erwidern würde, weil sie beide so grundverschieden waren. Gefühle, die die Zusammenarbeit für sie beide verdammt unangenehm machen würden, wenn sie davon erfuhr. Er wollte nicht, dass sie sich in seiner Gegenwart unwohl fühlte, aber vielleicht könnte er ihr erklären, dass er sie respektierte. Dass er sie mochte.

„Charlotte …"

Doch, als die Tür ins Schloss fiel, wusste er, dass es zu spät war.

KAPITEL VIERUNDZWANZIG

TJ SCHRITT DEN Korridor entlang und nickte einer der Frauen zu, die gerade die Treppe hinunterging, um ein Tablett mit Essen in den Überwachungsraum zu bringen.

„Hi, Tara. Wie geht's?"

Sie lächelte ihn an, vielleicht wusste sie nicht, dass er vorhin dazu verdonnert worden war, in seinem Zimmer zu bleiben.

Er ging zielstrebig weiter.

Malcolm hatte eines der besten Zimmer ergattert, die Suite der Harrisons nicht mitgerechnet. Der alte Mann, der früher dort gewohnt hatte, war nicht lange nach Malcolms Ankunft friedlich im Schlaf gestorben. Malcolm hatte das Zimmer sofort für sich beansprucht, weil er der Bruder von TJs Mutter war, obwohl sie ihn nie besonders gemocht hatte.

TJ zögerte nicht. Er steckte den Generalschlüssel in das Schloss, drehte ihn um, duckte sich hinein und schloss die Tür leise hinter sich. Es war dunkel, doch anstatt das Licht einzuschalten, zog er eine Taschenlampe aus der Tasche und leuchtete in den Raum hinein.

Das Bett war leer, also war Malcolm wahrscheinlich gerade beim Abendessen.

TJ begann mit dem Nachttisch. Dort lag eine Bibel und daneben stand ein Glas Wasser, das am Rand verkrustet war.

Im Schrank fand er einen Stapel abgegriffener Pornohefte. *Igitt.* TJ schlug die Tür zu und versuchte, seinen Brechreiz zu unterdrücken, indem er fest auf seinen Bauch drückte.

Er ließ seinen Blick durch den Raum schweifen und ging auf den kleinen Waffenschrank zu. Darin befanden sich die üblichen Gewehre, Schrotflinten, vier Pistolen, Kisten und Schachteln mit Munition in verschiedenen Größen. Sein Vater hatte den Leuten die Möglichkeit gegeben, ihr eigenes Bleischrot herzustellen, aber Malcolm bevorzugte offensichtlich Fertigmunition. TJ sah im obersten Regal nach, aber da war nichts.

Verdammt, TJ wusste nicht einmal, wonach er suchte.

Er ging zu der kleinen Küchenzeile, wo sich eine Mikrowelle, ein kleiner Kühlschrank und ein Spülbecken befanden. TJ warf einen Blick in den Kühlschrank. Jede Menge Bier, aber sonst so gut wie nichts. Im Gefrierschrank lagen einige kleine, in Plastik verpackte Päckchen mit weißem Pulver. TJ nahm eines davon und drehte es in seinen Fingern. Dann legte er es schnell wieder hin und knallte den Kühlschrank zu. TJ wusste nicht viel über die Außenwelt, aber er wusste, dass diese Päckchen Rauschgift enthielten. Wenn sein Vater herausfand, dass Malcolm Drogen in seinem Haus aufbewahrte, würde er ihn sofort rauswerfen, Belagerung hin oder her.

Rasch durchsuchte TJ die wenigen Schränke und fuhr mit der Hand unter die Schubladen und Arbeitsplatten, wie er es in Spionagefilmen gesehen hatte.

Nichts außer einem Splitter in der Mitte seines Zeigefingers.

Sein Onkel hatte einen Tisch an eine Wand geschoben, der als Schreibtisch diente. Dort stand ein Laptop, TJ klappte ihn auf. Er war überrascht, als der Bildschirm zum Leben erwachte, aber enttäuscht, dass er passwortgeschützt war. TJ klappte den Deckel wieder zu. Er überprüfte das Badezimmer, einschließlich des Spülkastens, aber auch dort entdeckte er nichts. Dann ging er zurück ins Schlafzimmer und suchte die Umgebung ab, aber nichts wies darauf hin, dass Malcolm ein Mörder war. Das Geräusch von Schritten im Korridor machte TJ darauf aufmerksam, dass sich jemand näherte, und er suchte verzweifelt nach einem Ort, an dem er seine gut ein Meter achtzig große Gestalt verstecken konnte. Er schob die Bettdecke beiseite und sah, dass er genug Platz hatte, um sich unter das Bett zu quetschen. Kaum war er darunter gekrochen, öffnete sich die Tür, und das Licht ging an. Malcolms Stimme hallte von den kahlen Betonwänden wider.

„Stell eine Wache in der Küche auf, wenn die Leute sich nicht an die Rationen halten. Und stell sicher, dass die kleinen Bälger nur halbe Portionen bekommen."

Derjenige, mit dem Malcolm sprach, murmelte eine Antwort, und Malcolm schlug ihm die Tür vor der Nase zu. TJ überprüfte kurz seine Körperteile, um sicherzugehen, dass seine Füße nicht unter dem Bett hervorragten. Das taten sie nicht. Der Staub kitzelte in seiner Nase, und er konzentrierte sich darauf, nicht zu niesen.

Malcolm schimpfte vor sich hin, aber nicht laut genug, als dass TJ hätte verstehen können, was er sagte. TJ verfolgte die Position des Mannes anhand von Geräuschen, da er wegen der Bettdecke, die über die Seite des Bettes hing, nichts sehen konnte.

Er hörte die Kühlschranktür zuschlagen und ein klopfendes Geräusch, gefolgt von zwei lauten Schnupfgeräuschen und einem langen Naserümpfen.

Die Drogen.

TJ hatte keine Ahnung gehabt, dass Malcolm süchtig war. Woher bekam er seinen Stoff? Kein Wunder, dass er verzweifelt versuchte, die Belagerung durch die Behörden zu beenden. Was würde wohl passieren, wenn dem Arschloch sein Vorrat ausging? Was würde passieren, wenn er festgenommen wurde?

Malcolm warf sich auf das Bett, und TJ musste sein Gesicht zur Seite drehen, um sich nicht die Nase zu brechen. Er blinzelte. Unter dem Bett lag eine teure Kamera.

Malcolm schien nicht gerade künstlerisch veranlagt zu sein. Nicht im Geringsten.

Der Mann über ihm bewegte sich, und TJ sprach ein stilles Gebet, dass der Kerl nicht eine Zeitschrift herausziehen und sich einen runterholen würde. Es war eine Sache, zu wissen, dass er es tat, aber eine ganz andere, unfreiwillig Zeuge zu sein.

Es klopfte an der Tür.

„Kann man hier nicht mal ein paar Stunden Schlaf bekommen?", rief Malcolm.

„Tut mir leid, Boss."

Boss?

„Einer der Generatoren funktioniert nicht richtig. Ich habe versucht, ihn zu reparieren …"

Malcolm hievte sich vom Bett. „Lass deine dreckigen Pfoten davon!"

Sein Onkel war gut darin, mechanische Gerätschaften zu reparieren. „Ich komme ja schon."

Der Mann ließ einen fahren und ging dann zur Toilette. TJ hörte, wie er pinkelte, dann öffnete sich die Tür wieder, die Deckenlampe ging aus, und die Tür schloss sich. TJ atmete erleichtert aus. Er zählte bis zehn, bevor er unter dem Bett hervorkroch. Im letzten Moment griff er nach dem Kameragurt und zog ihn zu sich heran. Dabei bemerkte er, dass etwas im Strahl der Taschenlampe glitzerte.

Was war das? Er tastete den schmutzigen Teppich ab, und seine Finger schlossen sich um eine Goldmünze. TJ drehte sie ein paar Mal um. Sie sah aus wie die Goldmünzen, die er und sein Vater von der US-Mint gekauft hatten.

Nach ein paar Augenblicken warf TJ sie wieder unter das Bett. Er war kein Dieb.

Das Gewicht der Kamera über seiner Schulter verhöhnte ihn, aber TJ wollte sie sich nur ansehen, dann würde er sie wieder zurückbringen. Malcolm würde nicht einmal etwas davon mitbekommen.

NOVAK WARTETE IM Flur vor dem Bad auf Charlotte, weil er reinen Tisch machen musste, bevor sie wieder an die Arbeit gingen. Menschenleben hingen davon ab, dass sie es nicht vermasselten. Ebenso wie ihre Jobs.

Genau in diesem Moment kam McKenzie vorbei. „Wie schön, dass Sie sich meine Anweisungen so zu Herzen nehmen."

Novak verdrehte die Augen. McKenzie hatte keine Ahnung, wie verzweifelt Novak sich wünschte, an Charlottes Seite zu sein.

„Finden Sie das nicht ein bisschen extrem?", fragte er.

„Als ich hier angekommen bin, waren Sie beide kurz davor, in den Ring zu steigen und zehn Runden zu kämpfen. Durch meine Lösung haben Sie Ihre Differenzen schnell überwunden. Ich hätte es nicht getan, wenn ich Sie nicht beide im

Team gewollt hätte, aber die Drohung, dass ich Sie nach Hause schicken würde, war mein voller Ernst. Ich brauche ein geschlossenes Team, kein zerstrittenes."

Novak grunzte. McKenzies Entscheidung hatte Folgen, mit denen keiner von ihnen gerechnet hatte.

Er zuckte zusammen, als er die Toilettenspülung hörte.

„Wir sollten gehen." Novak begann, McKenzie die Treppe hinunterzutreiben, obwohl sein Chef ebenfalls groß und kräftig war. Es war ihm egal, ob er ihn damit verärgerte oder nicht. Er wollte Charlotte nicht blindlings überrumpeln. „Ich will nicht wie ein Stalker aussehen."

McKenzie nickte. „Gutes Argument. Lassen Sie uns etwas essen gehen und danach in der Kommandozentrale eine Nachbesprechung abhalten."

Novak brannte darauf, zu seinen Männern zurückzukehren, aber er wusste, dass es keine wirklichen Neuigkeiten gab. Sie befanden sich immer noch in einer Warteschleife. Scharfschützenteams und SWAT hatten wieder rotiert, und diejenigen, die nicht im Dienst waren, ruhten sich aus.

Novak machte sich Sorgen wegen des Wetters. Für morgen war ein Wintersturm vorhergesagt. Sie waren zwar für winterliche Bedingungen trainiert, aber er wollte nicht das Leben von Mitgliedern des Geiselrettungsteams riskieren, wenn ein Schneesturm hereinbrach. Sie verfügten über die entsprechende Technologie zur Überwachung des Geländes, aber selbst diese könnte durch die widrigen Wetterbedingungen gestört werden. Er war nicht glücklich darüber, aber irgendwann würden sie sich zurückziehen und abwarten müssen, bis der Sturm vorbei war.

Er schöpfte gerade Chili in eine Schüssel, als Charlotte in

der Tür erschien. Während er einen weiteren Löffel hineinschöpfte, suchte McKenzie nach sauberem Besteck. Sie unterhielten sich leise, während die Köchin emsig umherlief, um aufzuräumen und das Frühstück vorzubereiten. Novak warf einen finsteren Blick auf den Topf mit Haferflocken, der auf dem Herd blubberte. Ihm war Speck zum Frühstück eindeutig lieber.

Charlotte hatte sich geschminkt und Lippenstift aufgetragen, und niemand hätte vermutet, dass sie ihn vor ein paar Minuten geküsst hatte.

Niemand außer ihm.

Als sie fertig waren, räumten sie das schmutzige Geschirr in den großen Geschirrspüler und gingen hinaus in die kalte Nacht. Zum Glück hatte Charlotte dieses Mal daran gedacht, ihre Jacke mitzunehmen.

„Ist Ihnen nicht kalt?", fragte sie ihn, als sie beide ihre Gesichter vor dem Wind schützten.

Machte sie Witze? Sein Herz hämmerte noch immer wie wild.

„Nein, alles in Ordnung."

Sie betraten die Kommandozentrale. Charlotte eilte zu ein paar Verhandlungsführern hinüber, die er nicht kannte. Sie sahen zu Tode gelangweilt aus. Eine Agentin säuberte ihre Waffe.

Als es offensichtlich war, dass sich nichts geändert hatte, gingen sie auf die andere Seite des Raumteilers. Charlotte warf ihm immer wieder unsichere Blicke zu, und ihm fiel ein, dass sie ihm vorhin gesagt hatte, dass sie es nicht mochte, wenn er ständig zwischen heiß und kalt wechselte. Damals hatte er es nicht verstanden, aber jetzt wurde ihm klar, dass er sie im Schlafzimmer angeschnauzt hatte, nur Sekunden nachdem er sie getröstet und geküsst hatte. Er war ein Arschloch. Er hielt sie auf, bevor sie um die Ecke gingen, um mit McKenzie zu sprechen.

„Charlotte, es tut mir leid. Ich hätte nicht –" Er öffnete den Mund, um weiter zu erklären, aber McKenzie schrie: „Novak, Blood, hierher!"

Anstatt reinen Tisch machen zu können, schien seine Entschuldigung sie wütend zu machen.

Doch sie hatten keine Zeit, das jetzt zu klären. Eilig bogen sie um die Ecke und betraten den Raum, den McKenzie für sich beansprucht hatte. Agent Truman lächelte Charlotte an und Novak atmete tief durch seine Nase ein. Er war nicht eifersüchtig auf den Penner.

Nein. Ganz und gar nicht.

Genau...

„Das wird Sie interessieren. Wir haben einen der Männer auf dem Video identifiziert."

Ein Agent hatte zwei Bilder auf einem Laptop geöffnet. Das eine war ein Fahndungsplakat. Daneben befand sich ein Standbild von den Drohnenaufnahmen, die sie an diesem Morgen gemacht hatten.

Auf dem Fahndungsplakat wurde ein Mann namens Mark Roberts gesucht.

„Truman hat die Frauen, die den Bunker verlassen haben, gebeten, diesen Mann für ihn zu identifizieren, und sie meinten, sein Name wäre Malcolm Resnick." McKenzie zog ein altes Führerscheinfoto hervor, auf dem ein deutlich jüngerer Mann ohne Schnurrbart und mit dichterem Haar zu sehen war.

„Welche Identität ist die richtige?", fragte Charlotte und beugte sich vor.

„Malcolm Robert Resnick ist der Name des Bruders der verstorbenen Frau von Tom Harrison. Die Hälfte der Leute dort heißt Resnick. Mark Roberts war eine falsche Identität, die er anscheinend viele Jahre lang benutzt hat, als er mit nationalistischen und rechtsextremen Gruppen im Osten zu tun hatte."

„Was hat er getan?" Charlotte zeigte auf das Fahndungsplakat.

McKenzie verzog das Gesicht. „Er hat einen Reporter umgebracht, der ihre Organisation infiltriert hatte. Als die Polizei die Leiche fand, war ‚Mark Roberts' bereits verschwunden."

„Er hat also einen guten Grund, nicht rauszukommen." Charlotte runzelte die Stirn. „Aber ich verstehe Tom Harrisons Gründe immer noch nicht. Es ist mir vollkommen unbegreiflich, warum er TJ nicht einmal mit uns reden lässt. Gibt es etwas Neues darüber, was er in den letzten achtzehn Jahren so getrieben hat?"

McKenzie lehnte sich in seinem Stuhl zurück. „Er hat sich mit Frau und Kind in seiner Höhle niedergelassen. Die Einheimischen sagen, er hat nie Ärger gemacht, war immer höflich, aber zurückhaltend und unauffällig. Sie sind hierhergezogen, als TJ etwa zwei Jahre alt war."

„Sind sie in die Kirche gegangen?", fragte Novak.

„Einige von ihnen schon", antwortete McKenzie. „Harrison und seine Frau sind gelegentlich hingegangen, aber im Allgemeinen sind sie unter sich geblieben. Sie hatten nie wirklich soziale Kontakte in der Stadt. TJ war nie in der Schule oder hat bei Freunden übernachtet. Interessanterweise hat Malcolm Resnick einige Gebetsgruppen auf dem Gelände geleitet."

„Ist er ein gottesfürchtiger Mann?“, fragte Charlotte.

Sie klang skeptisch, aber Mord und Religion schlossen einander in einigen Teilen der USA nicht unbedingt aus. Das einundzwanzigste Jahrhundert war viel mehr „Altes Testament“ als „die andere Wange hinhalten“, auch wenn viele Leute zu blind waren, um den Unterschied zu erkennen.

„Oder inszeniert er einen Putsch?“, fragte Novak. „Wann ist Resnick hier angekommen?“

„Der Journalist ist im Februar verschwunden. Die Leiche wurde erst Ende März gefunden. Die Frauen sagten, dass Malcolm Resnick etwa um diese Zeit hier angekommen ist, aber sie waren nicht hundertprozentig sicher was das Datum betrifft.“

„Wann ist Toms Frau gestorben?“, fragte Charlotte.

„Sie glauben, er hat sie getötet?“, fragte Novak scharf.

Charlotte zuckte mit den Schultern. „Ich weiß es nicht. Aber ich habe auf jeden Fall das Gefühl, dass dies ein turbulentes Jahr für die Harrisons war.“

McKenzie kratzte sich den Nacken. „Das ist ein interessanter Gedanke. Mal sehen, ob wir herausfinden können, ob und wo sie begraben ist. Wir können ihre Leiche exhumieren.“

„Das könnte Tom Harrison und seinen Sohn verärgern.“

McKenzie sah unbeeindruckt aus. „Er hat sein Recht auf zu viel Rücksichtnahme verspielt, als er damit gedroht hat, das Haus in die Luft zu jagen, mit allen, die sich darin aufhalten. Was haben Sie aus Kayla herausbekommen?“

„Sie und TJ haben sich im späten Frühjahr kennengelernt. Sie haben sich den Sommer und Herbst über jeden Mittwochmorgen getroffen.“ Charlotte sah ihn an. „Ich vermute, dass Brenna zu dem Treffen gegangen ist, als Kayla krank wurde. Ich weiß nicht, ob sie ihm sagen wollte, dass er sich von Kayla fernhalten sollte, oder einfach nur, dass seine Freundin zu krank war, um sich mit ihm zu treffen.“

Charlotte wiederholte die Informationen, die Kayla ihnen über Brennas Hintergrund gegeben hatte, und McKenzies Team begann, weitere Datenbanken anzuzapfen.

„Haben wir ihre Familien schon gefunden?“

McKenzie warf ihnen einen Blick über die Schulter zu. „Brenna hat eine Mutter in Pittsburgh. Alkoholikerin und süchtig. Vater unbekannt. Kayla kommt aus bürgerlichen Verhältnissen und hat etwas Geld. Ihre Eltern sind vor etwa eineinhalb Jahren bei einem Autounfall ums Leben gekommen. Es gibt einen Großvater, aber der ist dement und lebt in einer Pflegeeinrichtung.“

„Sie hat mir erzählt, dass sie etwas Geld gespart hat.“

McKenzie nickte. „Sie hat einen Treuhandfonds, der mit der Entschädigung, die sie erhalten hat, eingerichtet wurde, aber sie kann erst mit einundzwanzig voll darüber verfügen.“

„Also schlägt sie sich ein paar Jahre durch?“, fragte Novak.

McKenzie rollte seine Schultern nach hinten. „Ich denke schon. Sie kann sich mehr leisten als ein Zelt, aber ich muss ihr zugutehalten, dass sie für das einsteht, woran sie glaubt. Der Anwalt, der ihr Vermögen verwaltet, hat um die Erlaubnis gebeten, hierherzukommen und sie nach Hause zu holen. Ich bin sicher, dass er die Papiere aufsetzen wird.“

„Kayla ist erwachsen“, sagte Charlotte gereizt. „Sie hat das Recht zu entscheiden, wie sie ihr Leben lebt.“

„Glauben Sie, Brenna wollte ihr goldenes Ticket nicht verlieren und hat TJ gesagt, er soll verschwinden?“, fragte Novak.

„Sie Zyniker.“ Charlotte verschränkte die Arme und sah

aus, als hätte sie vergessen, wie er schmeckte.

Doch als sie ihm in die Augen sah, schien sie sich zu erinnern. Ihre Wangen erröteten und sie wandte sich ab.

Er runzelte die Stirn. Er musste herausfinden, wie er die Gefühle, die er für sie hatte, verbergen konnte. Für gewöhnlich war das kein Problem für ihn. Aber sie hatte ihn *geküsst*. Sie hatte ihn geküsst, als ob es etwas zu bedeuten hätte. Nicht überschwänglich im Eifer des Gefechts. Sie hatte ihn mit voller Absicht geküsst. Leidenschaftlich. Sinnlich.

Und obwohl er es sich vorher nicht eingestanden hatte, es sich nicht erlaubt hatte, fühlte er sich zu ihr hingezogen, seit er sie letzten Sommer auf dem Weg zu einer Gefängnisbelagerung im Bundesstaat New York zum ersten Mal gesehen hatte.

Aber er nahm alles viel zu ernst. Er musste mit dem Strom schwimmen. Menschen küssten sich. Das kam vor. Es war ihm nur noch nie bei der Arbeit passiert.

„Novak hat recht", sagte McKenzie. „Vielleicht hat Brenna TJ gesagt, er solle die Finger von ihrer Freundin lassen, und dass Kayla ihn nicht mehr wolle, woraufhin er vielleicht um sich geschlagen hat."

„Oder vielleicht ist Brenna dort raufgegangen, um TJ eine Nachricht zu überbringen, ist aber stattdessen jemand anderem begegnet. Vielleicht Malcolm Resnick, und er hatte Angst, sie könnte ihn erkennen und hat sie umgebracht", schlug Charlotte vor. „Oder vielleicht war es der Mann, der FWO Jones gemeldet hat, dass er von dem Puma verfolgt wurde."

Novak unterdrückte ein Lächeln.

„Was?" Charlotte sah ihn mit zusammengekniffenen Augen an.

„Sie wollen nicht schlecht über Brenna denken, weil sie ein hartes Leben hatte", sagte Novak ihr ehrlich. „Aber Menschen, die es nicht leicht im Leben hatten, geraten oft auf Abwege."

Er sprach aus Erfahrung.

„Nichts davon erklärt, warum Tom Harrison nicht einmal mit uns reden will", brummte Charlotte. „Ich will die Abschrift dessen, was er vorhin zu uns gesagt hat, noch einmal durchgehen."

McKenzie nickte. „Sollen wir ihnen sagen, dass wir wissen, dass Malcolm gesucht wird?"

Charlotte schüttelte den Kopf. „Malcolm Resnick denkt wahrscheinlich, dass er unter dem Radar fliegt. Vielleicht weiß Tom es nicht, und wenn wir es ihm sagen, wird sich nichts ändern, außer wir beweisen, dass Malcolm etwas mit Brennas Tod zu tun hat. Oder Tom weiß es und will seinen Schwager schützen."

„Außerdem, wenn Malcolm herausfindet, dass wir wissen, dass er da drin ist, könnte sie das dazu veranlassen, nach Wanzen zu suchen", fügte Novak hinzu.

„Die Nummernschilder sind nicht auf seinen Namen ausgestellt?", fragte Charlotte.

McKenzie schüttelte den Kopf.

„Es könnte auch einen Wechsel in der Führung bedeuten, wenn Tom beschließt, sich zu stellen. Malcolm weiß, dass ihm die Nadel droht, wenn er verhaftet und verurteilt wird", sagte Charlotte.

McKenzies Kinn zuckte bestätigend oder vielleicht auch anerkennend. „Hat Kayla sonst noch etwas gesagt?"

„Vergessen Sie die Kamera und den Professor nicht", sagte Novak zu Charlotte, die aussah, als wollte sie den Kopf schütteln.

„Ach ja. Laut Kayla war Brenna eine gute Fotografin und hat ihre Bilder online verkauft. Sehen Sie bitte mal nach, ob sie eine Website hat." Charlotte deutete auf einen Agenten aus McKenzies Team. „Und überprüfen Sie, ob in ihrem Zelt oder Auto eine Spiegelreflexkamera gefunden wurde. Wenn nicht, könnte es sich lohnen, einen Suchtrupp loszuschicken, um den Berg abzusuchen."

„Die Spurensicherung hat am Mittwochnachmittag eine ziemlich umfassende Durchsuchung durchgeführt." Truman stützte eine Hüfte gegen den Schreibtisch.

Sogar Novak entging nicht, dass der andere Agent gut genug aussah, um Herzen zum Flattern zu bringen. Er knirschte mit den Zähnen.

„Die Suche war gründlich genug, dass die Kamera gefunden worden wäre", ergänzte Truman.

„Wir sollten das Suchgebiet ausweiten", sagte Charlotte.

„Denken Sie, sie könnte Fotos von ihrem Mörder haben?", fragte Novak.

„Schon möglich."

„Vielleicht hat der Mörder sie mitgenommen?", schlug Novak vor.

„Bob Jones hat nichts von einer Kamera erwähnt." Charlottes Wangen wurden schmal, als sie die Lippen spitzte – wie immer, wenn sie nachdachte. Verdammt niedlich.

„Vielleicht hat er es nicht bemerkt? Jemand sollte ihn fragen, ob er an diesem Morgen jemanden mit einer Kamera gesehen hat. Sollen wir das machen?", fragte Novak an McKenzie gewandt, der sofort den Kopf schüttelte.

Novak unterdrückte die Welle der Enttäuschung, die ihn durchfuhr. Es war fast acht Uhr abends, und morgen Abend um diese Zeit würden er und Charlotte nicht mehr so eng zusammenarbeiten müssen. Er würde wieder bei seinen Männern sein, wo er hingehörte. Und Charlotte würde hier drinnen bei den anderen Verhandlungsführern sein. Er verstand nicht, warum ihn das nicht mit einer wahnsinnigen Befriedigung erfüllte.

„Laut Kayla ist Brenna in der Highschool das Opfer einer Gruppenvergewaltigung geworden und hatte eine Reihe von missbräuchlichen Beziehungen. Die letzte davon mit einem Mann namens Simon, von dem Kayla dachte, er könnte gewalttätig sein. Ich werde morgen früh versuchen, seinen Nachnamen von ihr zu bekommen."

„Ihr Ex könnte ihr hierher gefolgt sein und sie getötet haben. Das ist extrem, aber wenn dieser Kerl einen Groll gehegt und herausgefunden hat, wo die Frauen waren … ist das durchaus möglich", überlegte Novak.

„Und der Professor?", fragte McKenzie.

Charlotte sah ihn an.

Novak ließ die Arme sinken, die er vor der Brust verschränkt hatte. „Alan Kennedy. Von ihm habe ich erfahren, in welchem Zelt Brenna gewohnt hat. Als ich mit ihm gesprochen habe, ist bei mir der Eindruck entstanden, dass er die Frauen kaum kannte, aber Kayla meinte, dass sie mitbekommen hat, wie er mit Brenna geflirtet hat."

McKenzie verzog das Gesicht. „Ich kenne eine Menge Typen, die mit Frauen flirten, die sie kaum kennen. Das ist doch der Witz dabei. Und ich verstehe auch, warum er es vielleicht nicht zugegeben hat, nachdem er ein Foto der fraglichen Frau auf einer Bahre gesehen hat." Er stand auf. „Schicken Sie noch einmal einen Agenten zu ihm. Er soll ihn fragen, wie gut er die Mädchen kannte und ob er ein Alibi für Mittwochmorgen hat. Wir müssen uns heute Abend das

Gebäude von innen ansehen.“

„Alles klar.“ Novak schaute auf seine Armbanduhr. „Nach Mitternacht, wenn die meisten Bewohner schlafen gegangen sind.“

McKenzie sah frustriert aus. Novak wusste genau, wie er sich fühlte. „Okay. Wir treffen uns um Mitternacht wieder in der Scheune“, stimmte McKenzie zu.

KAPITEL FÜNFUNDZWANZIG

OBWOHL NOVAK AUSSAH, als würde er vor Frust gleich die Wände hochgehen, hatte Charlotte das Kriseneinheits-Team zu einer kurzen Nachbesprechung zusammengerufen, um ihnen mitzuteilen, dass sie um Mitternacht in der Scheune sein sollten.

Eban tauchte an der Türschwelle auf. Er schenkte ihr ein müdes Grinsen, da er gerade erst aufgewacht war. Angespannte Linien umgaben seinen Mund und seine Augen. Er setzte sich neben sie und fuhr sich mit der Hand durch sein verstrubbeltes Haar. Die anderen diskutierten darüber, wie sie die von ihnen geschaffenen Medienkanäle nutzen könnten, um die Menschen auf dem Gelände zu erreichen.

„Was habe ich verpasst?", fragte er.

„Wir vermuten, dass Brenna zu TJ gegangen ist, um ihm zu sagen, dass Kayla krank ist, da die beiden am Mittwochmorgen eine Verabredung hatten. Im Bunker befindet sich ein gesuchter Mörder namens Malcolm Resnick, oh, und FWO Jones hat einen Mann getroffen, der berichtet hat, dass er von einem Puma verfolgt wurde, kurz bevor Jones sich auf den Weg gemacht hat."

Sie nahm einen Schluck Wasser aus der Flasche, die sie in der Hand hielt. „Ich möchte, dass wir die Informationen zusammenstellen, die wir den Bewohnern sowohl über das

Megafon als auch über eine allgemeine E-Mail zukommen lassen können, wobei wir ihnen versichern, dass wir ihnen nichts Böses wollen."

„Wir sollten auch Flugblätter drucken", scherzte Eban.

„Das ist eigentlich gar keine schlechte Idee. Ich werde McKenzie bitten, eine Bedarfsanforderung nach Quantico zu schicken."

Eban stöhnte. „Gott."

„Wir können eine Drohne besorgen, die sie ausliefert. Eine sehr große Drohne. Sie wird zwei Zwecke erfüllen. Wir lassen sie wissen, dass wir Drohnen haben, vermitteln ihnen aber den Eindruck, dass wir nur diese großen Dinger haben und nicht die, die ins Haus gelangen und als Abhörgerät dienen können." Sie erzählte ihnen von der Wanze, die das Geiselrettungsteam eingesetzt hatte, und dass sie versuchen würden, eine kleine Tour durchs Innere des Hauses zu machen, sobald die Bewohner schlafen gegangen waren.

„Cool." Dominic ließ sich auf dem nächsten Stuhl nieder und verschränkte die Hände hinter dem Kopf.

„Die Flugblätter werden allen da drinnen klarmachen, dass wir ihnen nichts Böses wollen."

„Vielleicht glauben sie uns nicht", sagte Eban.

„Vielleicht aber doch. Vielleicht öffnet jemand die Tür, oder die Leute gehen einfach. Wir könnten eine Telefonnummer mit draufdrucken, unter der sie die Frauen im Gemeindesaal erreichen können. Dann können sie sich erkundigen, wie sie behandelt werden, um sicherzugehen, dass wir keine Babys essen."

„Zumindest noch nicht", bemerkte Novak mit einem verschmitzten Grinsen, während er sich an die Wand lehnte und wie das schärfste Stück Männerfleisch aussah, das

Charlotte je zu Gesicht bekommen hatte. Und das war nicht einmal der Hauptgrund, warum sie sich zu ihm hingezogen fühlte. Eigentlich fühlte sie sich mehr aufgrund der Tatsache zu ihm hingezogen, dass er ihr zuhörte und sie unterstützte. Verdammt.

Es war so einfach gewesen, sich zu Agent Truman hingezogen zu fühlen. So verdammt einfach. Er entsprach jeder Vorstellung von einem glücklichen Leben. Und Novak? Eher nicht.

Aber wie konnten ein phänomenaler Kuss und ein intimer Moment so aus dem Ruder laufen?

Sie hatte es vermasselt, als sie gesagt hatte, dass sie den Kuss geheim halten wollte. Aber nicht, weil sie sich für ihn schämte. Es lag daran, dass die Richtlinien des FBIs verlangten, dass sie getrennt wurden, sobald sie sich zu einer persönlichen Beziehung bekannten – unabhängig von McKenzies zweiundsiebzigstündiger Auflage zur Zusammenarbeit. Das wollte sie nicht. Sie wollte diese Sache zu Ende bringen. Sie wollte, dass diese Leute sicher aus dieser Festung herauskamen, bevor noch jemand zu Schaden kam.

Das schloss auch das Geiselrettungsteam ein.

Außerdem wollte sie die ungewöhnlichen Gefühle, die sie für den Supervisory Special Agent Payne Novak entwickelt hatte, erforschen, solange sie die Gelegenheit dazu hatten. Aber das konnte sie nicht, wenn sie an die Öffentlichkeit gingen. Sie wusste, dass diese Chemie nicht alltäglich war. Sie war schon früher gezwungen gewesen, Zeit mit dem anderen Geschlecht zu verbringen. Aber immer, wenn sie sich mit Dominic und Eban ein Quartier geteilt hatte, hatte es sich so angefühlt, als würde sie sich ein Zimmer mit guten Kumpels teilen. Sie hatte ganz sicherlich nie das Bedürfnis gehabt, einen ihrer Kollegen von der Kriseneinheit zu küssen.

Bei Novak jedoch … verspürte sie ein sehr starkes Bedürfnis, ihn zu küssen.

Sein Blick wurde fragend. Sie starrte ihn schon zu lange an.

Sie drehte sich wieder zum Tisch um und stellte fest, dass sowohl Dominic als auch Eban mit dem gleichen überraschten Ausdruck zwischen Novak und ihr hin und her blickten. Erwischt.

Charlotte teilte die Aufgaben unter den Verhandlungsführern auf und wies sie an, den Text, den sie sich ausgedacht hatten, der Verhaltensanalyseeinheit und ihrem Chef vorzulegen.

Novak trat hinter sie. „Bin ich dran?"

Es war eher eine Frage als eine Aussage, was zeigte, dass sie große Fortschritte gemacht hatten. Sie schob ihren Stuhl zurück und schnappte sich ihren Mantel vom Haken an der Tür. Sie spürte Dominics und Ebans grüblerische Blicke, als sie hinausgingen.

Ein heftiger Wind schlug ihnen entgegen, der sich anfühlte, als wollte er ihre oberste Hautschicht abschneiden.

Sie senkten ihre Köpfe, und sie bemerkte, dass Novak versuchte, sie so gut wie möglich abzuschirmen, obwohl er derjenige war, der keine richtige Jacke trug. Er gab sich wirklich Mühe.

Sie griff nach seinem Ärmel und zog ihn auf ihre Höhe hinunter. Anstatt zu flüstern, schrie sie ihm regelrecht ins Ohr, während das Heulen des Sturms die Worte in der Nacht zerriss.

„Der Grund, warum ich vorgeschlagen habe, dass wir niemandem von dem Kuss erzählen sollten, war, weil ich es irgendwann wieder tun wollte. Nicht, weil ich mich dafür geschämt habe." Sie versuchte, in seinem Gesicht ein Anzeichen dafür zu finden, dass er sie verstand. „Ich wollte, dass Sie das wissen."

Sie hielt sich entschlossen an ihm fest. Er sah verwirrt aus, wahrscheinlich fragte er sich, was zur Hölle sie sich dabei dachte.

Sein Blick wanderte über ihren Kopf, und als sie sich umdrehte, sah sie, dass McKenzie auf sie zugeschritten kam. Sie ließ Novaks Arm nicht los.

Er sah ihr in die Augen, und schließlich verzogen sich seine Lippen zu einem Lächeln. Er nickte. „Verstanden. Gute Idee."

Als McKenzie sie erreichte, ließ sie Novak los.

„Was ist eine gute Idee?"

„Eine Videoaufzeichnung von Kayla zu machen und sie an TJs E-Mail-Adresse zu schicken", rief Charlotte.

„Das ist wirklich eine gute Idee, aber heben Sie sich die anderen auf, bis wir aus diesem Wetter raus sind. Verdammt, ich hoffe, die Scharfschützen und das SWAT-Team sind geschützt." McKenzie ging weiter und rieb sich die Hände.

Schnell gingen sie zur Scheune, und ihr wurde schlagartig bewusst, was Novak zu ihr gesagt hatte. Er hielt es für eine gute Idee, dass sie sich irgendwann wieder küssten. Ein Beben der Lust durchfuhr sie. Dann zwang sie sich, sich zu konzentrieren. Sie musste ihre Gefühle vor diesen hochqualifizierten, intelligenten Agenten besser verbergen. Sie hatte sich schon vor Eban und Dominic verraten, aber sie kannten sie in- und auswendig. Sie konnte es sich nicht leisten, dass es noch jemand anderes herausfand.

Sie gingen durch den Korridor im Inneren der Scheune.

Novak ergriff ihre Finger von hinten und drückte sie kurz. Es war nur der Bruchteil einer Sekunde, aber die Berührung prägte sich so unauslöschlich in ihr Wesen ein, wie der leidenschaftlichste Kuss.

Sie zeugte von Verständnis und suggerierte ein Versprechen.

KAPITEL SECHSUNDZWANZIG

Vᴵᴇʀ Sᴛᴜɴᴅᴇɴ sᴘᴀ̈ᴛᴇʀ, nachdem sie ihr vorgeschlagenes Skript für E-Mails, Flugblätter und Kaylas Videobotschaft durchgesehen, bearbeitet und nach Quantico weitergeleitet hatte, rieb sich Charlotte ihre müden Augen und nippte an dem Kaffee, den ihr ein Engel gebracht hatte. Novak und Romano hatten die Laptop-Übertragung an einen riesigen Bildschirm angeschlossen. Sie brauchten nur noch Popcorn und Soda, und der Filmabend wäre perfekt.

Dominic ließ sich auf den Stuhl neben ihr sinken. Sie achtete darauf, Novak nicht anzusehen, aber an der Art, wie Dominics Lippen zuckten, erkannte sie, dass er bereits ahnte, dass sie in den Kerl vernarrt war.

Er lehnte sich dicht an sie heran und murmelte ihr ins Ohr: „Also … du und Novak, was?"

Sie sah ihn finster an. „Psst. So ist es nicht."

Doch, genauso war es.

Agent Fontaine ging auf Novak zu und klimperte mit ihren langen dunklen Wimpern, und Charlotte musste ihren Körper zwingen, nicht zu reagieren. Als Fontaine Novaks Arm berührte, warf er Charlotte einen Blick zu, der fast nervös wirkte, und sie verspürte einen Anflug von Erleichterung, aber auch Ärger über sich selbst.

„Ha“, raunte Dominic. „Wenigstens beruht es auf Gegenseitigkeit.“

„Halt die Klappe.“ Sie verpasste ihm einen Tritt unter den Tisch, um ihrer Aussage Nachdruck zu verleihen.

McKenzie kam herein, und alle suchten sich einen Stuhl oder einen Platz an der Wand. Charlotte schaffte es gerade noch, nicht mit den Zähnen zu knirschen, als Fontaine sich neben Novak auf die Werkbank hievte.

Er bewegte sich einen Bruchteil eines Zentimeters von der schönen Agentin weg, und Charlotte atmete auf.

Sie sah Dominic an. „Kein Wort.“

„Was ist los?“ Eban zog einen Stuhl hinter ihr und Dominic heran und steckte seinen Kopf durch die Lücke.

„Ich studiere nur menschliches Verhalten“, antwortete Dominic lakonisch.

„Wenn du irgendetwas sagst, Dominic Sheridan, werde ich Bilder von jeder Frau finden, mit der du je ausgegangen bist, und sie Ava schicken.“

„Mach keine Witze darüber.“ Dominic erschauderte. „Griechische Frauen haben Temperament.“

„Und du liebst es“, stichelte Charlotte.

Er grinste. „Allerdings.“

Sein Blick huschte zwischen ihr und Eban hin und her. „Ich will, dass meine Freunde genauso glücklich sind wie ich. Nur ohne die verrückte Schwiegermutter in spe.“

„Wer ist dein Trauzeuge?“, fragte Eban. „Ich stehe nämlich zur Verfügung.“

„Hoffentlich ist es nicht dein Arschloch-Bruder“, murmelte Charlotte. Dominics Bruder war ein Säufer und ein Ekelpaket. Ersteres konnte sie ihm verzeihen, Letzteres nicht.

„Er ist nicht eingeladen.“ Dominic gähnte. Charlotte

fühlte sich schuldig, weil er und Eban die Frühschicht hatten. Aber alle waren hier, bis auf einen Agenten, der neben dem Telefon saß, falls es endlich klingeln sollte. Charlotte hatte die Hoffnung aufgegeben, dass diese Leute mit ihnen reden würden, bis sich am Status quo etwas änderte.

Novak stieß sich von der Bank ab und stellte sich neben Romano. Fontaine sah enttäuscht aus.

Romano schaltete die Miniaturdrohne ein und ließ sie dann an die Decke des Betonkorridors fliegen.

„Die Ladung beträgt sechzig Prozent", stellte Romano fest.

Durch den Mangel an Sonnenlicht hatte sie sich nicht aufladen können, was auf lange Sicht ein Problem darstellen könnte. „Geh zur Vordertür", befahl Novak. Sie hatten einige der Routen vorprogrammiert, aber sie mussten langsam vorgehen, falls Harrison Veränderungen am Gebäude vorgenommen hatte oder sich Menschen in den Gängen aufhielten. „Wir gehen davon aus, dass am Tor Wachen stehen und können es uns nicht leisten, dass jemand auch nur Verdacht schöpft, dass wir dieses Gerät in ihrem Haus haben, also lande sie außer Sichtweite und beweg sie dann vorwärts."

Romano nickte. Obwohl alle Augen auf ihn gerichtet waren, wirkte er entspannt und zuversichtlich.

Charlotte konnte der Anziehungskraft nicht länger widerstehen und ging nach vorne, um sich neben Novak zu stellen und die Fortschritte der Drohne auf einer digitalisierten 3-D-Darstellung des Geländes mitzuverfolgen.

Romano flog langsam. Vorbei an einer Reihe von Türen und dann zu einer Öffnung im Korridor.

„Die Treppe hoch und dann nach rechts."

Alle hielten den Atem an. Harrison hatte gedroht, das Gebäude in die Luft zu jagen, wenn sie irgendwelche Tricks versuchten. Charlotte vermutete, dass die Infiltration seines Hauses mit einer Multimillionen-Dollar-Drohne dazuzählen würde.

Eine Schweißperle rann über Romanos Schläfe.

Er flog mit der winzigen Maschine um eine weitere Ecke des Labyrinths und landete sie dann sanft auf dem harten Betonboden. Er verschwendete keine Zeit und krabbelte vorwärts. Auf dem Boden dauerte es viel länger, irgendwohin zu gelangen, aber alle Augen waren auf den Bildschirm gerichtet, als die Drohne durch die Dunkelheit raste.

Charlotte suchte die kahlen Wände nach Anzeichen von Sprengstoff ab. Es war nichts zu sehen.

Dann ertönten Stimmen über das Mikrofon, und alle wurden still und versuchten, zu verstehen, was die Leute sagten. Romano wurde langsamer, bewegte sich aber vorsichtig weiter vorwärts.

Zwei Lampen tauchten den Raum in ein mattes bernsteinfarbenes Licht. Zwei schattenhafte Gestalten waren auf beiden Seiten der Tür postiert. Die langen, schmalen Schlitze im Beton ermöglichten es den Männern, die Lichtung vor der Festung zu überblicken. Die Schlitze waren strategisch um das Gebäude herum platziert.

„Wenn wir es schaffen, unbemerkt zu den Wänden zu gelangen, könnten wir ein paar dieser Schlitze mit C4 füllen und ein Loch in die Wand sprengen", sagte Novak.

„Aber wahrscheinlich nicht, ohne dass Tom Harrison den Knopf drückt und sie alle tötet", sagte Charlotte.

„Nur wenn er die Sprengladungen bereits angebracht hat."

„Was sagt die Verhaltensanalyseeinheit über die Wahrscheinlichkeit eines solchen Falls?", fragte Charlotte.

„Ich habe mit Lincoln Frazer gesprochen, und er konnte

in Toms Profil nichts erkennen, was darauf hindeuten würde, dass er seinen angedrohten Massenmord wahr machen würde, aber er hat auch gesagt, dass sie seine Reaktion auf seinen Kommandanten im nationalen Fernsehen auch nicht vorhergesehen hätten. Der Typ ist unberechenbar. Das ist ein Problem", antwortete McKenzie.

„Wir haben keine Anzeichen dafür gesehen, dass das Haus in die Luft gesprengt werden soll", sagte Novak.

Charlotte versuchte, ihren Kiefer zu entspannen, aber die Spannung wuchs und war nicht mehr zu ignorieren.

Novak sah sich den Monitor genauer an, insbesondere die Scharniermechanismen und Schlösser. Die eingesetzte Tür war ein schweres Ding mit einem Rad, das aussah wie etwas, das man im Inneren eines U-Boots findet.

Die Drohne konnte das gemurmelte Gespräch zwischen den beiden Wachen nicht übertragen, also zog Romano sie zurück, sobald Novak Bilder von allem bekommen hatte, was er wollte.

„Geh wieder zurück in die untere Ebene", sagte Novak plötzlich. „Ich will die Punkte direkt unter der Kantine auf Sprengstoff untersuchen."

„Wir haben nicht mehr viel Saft, wenn du die Kantine länger überwachen willst", sagte Romano. „Wenn Harrison tatsächlich alle umbringen will, dann muss er nur ein Treffen in der Cafeteria einberufen und das Dach zum Einsturz bringen", sagte Novak. „Ich würde den Sprengstoff dort platzieren."

„Aber er hat gesagt, dass er den Ort nur in die Luft jagen würde, wenn *wir* etwas unternehmen würden. Warum sollten sich alle in der Kantine versammeln, wenn sie glauben, dass sie angegriffen werden?", argumentierte Charlotte.

Es war Novaks Entscheidung, und sie konnte erkennen, dass er ihre Aussage ebenso sorgfältig abwog wie die von Romano.

„Im Idealfall sollten wir Tom Harrisons Gespräche belauschen." McKenzie presste die Lippen aufeinander.

„Wir wissen nicht, wo er sich die meiste Zeit aufhält", sagte Novak frustriert.

„Wenn wir Sprengstoff finden, sollten wir keinen Angriff riskieren, aber wenn wir keinen finden, könnte das auch einfach bedeuten, dass wir am falschen Ort suchen. Es ist keine Entwarnung", betonte Charlotte.

Novaks Blick wanderte zu ihr. Der Agent bewertete die Aussage der Verhandlungsführerin, nicht der Mann die Frau. Charlotte verspürte einen Anflug von Stolz.

„SSA Blood hat recht. Wir haben keine Zeit, das ganze Gebäude nach Bomben zu durchsuchen." Novak stieß einen Atemzug aus. „Wir haben nicht mehr viel Saft, also lasst uns stattdessen Informationen sammeln und daran arbeiten, die andere Drohne durch einen der Schlitze in der Wand hineinzubekommen, jetzt, wo wir wissen, dass es keine internen Barrieren gibt."

Das war eine gute Idee, außer dass all diese Punkte bewacht waren.

„Wir könnten die Geräusche der zweiten Drohne mit einem Megafon übertönen, während wir sie in das Gebäude fliegen", schlug Charlotte vor.

McKenzie grinste sie an. „Ich wusste, dass Sie es irgendwann so sehen würden wie ich."

„Klar, Boss." Sie lachte.

Romano steuerte das erste Gerät in die Nähe der Decke des Korridors, und alle hielten den Atem an, als er die Kantine erreichte. Zum Glück war niemand in der Nähe. Romano suchte die Umgebung ab. Es war dunkel. Die Gemeinschaft sparte offenbar Strom, was im Angesicht einer langen Belagerung klug war.

Romano flog zu den Dachsparren, die das einzig Gemütliche an dem ganzen Gebäude waren. Vorsichtig landete er die Drohne und bewegte das Gerät zu einem Balken, der, wie er hoffte, vom Boden aus nicht zu sehen war.

Dann warteten sie.

DIE VERSAMMLUNG WURDE aufgelöst, und alle kehrten zu ihren jeweiligen Aufgaben zurück oder gingen nach einer achtzehnstündigen Schicht schlafen. Novak und Charlotte gingen wortlos in ihr gemeinsames Zimmer. Obwohl es schon spät war, war er nicht müde. Sie hatte ihm vorhin gesagt, dass sie ihn wieder küssen wollte. Hatte sie damit heute Abend gemeint? Oder wenn sie zurück in Quantico waren?

Hatte sie nur küssen gemeint oder noch etwas anderes? Etwas *mehr*?

Aber Charlotte musste sich ausruhen. Sie hatte bereits dunkle Schatten unter ihren Augen. Er verdrängte die Gedanken an Küsse aus seinem Kopf. Sie sollten beide erst einmal etwas schlafen.

Sie gingen ins Badezimmer und während er sich die Zähne putzte, hörte er, wie im Zimmer nebenan geduscht wurde. Er tat sein Bestes, sich Charlotte nicht nackt vorzustellen, was ihm nicht leichtfiel, zumal er sie jetzt schon ein paar Mal an sich gedrückt hatte und sie sich nun nackt besser vorstellen konnte.

Sie brauchte ihren Schlaf.

Er mochte geil sein, aber sie war erschöpft.

Er zwang sich, zurück in ihr Zimmer zu gehen und in das obere Bett zu klettern. Er schloss die Augen, um wenigstens so zu tun, als würde er dösen. Er hörte, wie sich die Tür knarrend öffnete und wieder schloss. Sein Herz schlug schneller, als er hörte, wie das Schloss einrastete. Aber vielleicht wollte sie einfach nicht, dass McKenzie reinplatzte, wenn sie sich umzog. Heute Morgen war sein Auftauchen hier auf jeden Fall ein unwillkommener Schock gewesen.

Dies war ihre letzte gemeinsame Nacht. Die düstere Erkenntnis dröhnte wie ein Feuerwerk durch sein Gehirn.

„Novak?", flüsterte sie.

Er grunzte. Er wollte, dass sie ihn Payne nannte.

„Sind sie wach?"

„Ja."

Sie stand auf ihrer Pritsche und lehnte sich über den Rand des Geländers. Er rollte sich auf die Seite und sah sie an. Die Vorhänge waren offen, und es drang genug Licht ins Zimmer, sodass er ihre großen Augen sehen konnte, und dass sie mit den Zähnen an ihrer Unterlippe herumkaute.

Ihre Münder waren nur Zentimeter voneinander entfernt.

„Wie wäre es mit einem weiteren Kuss?", flüsterte sie.

Sein Herz pochte so stark, dass er spüren konnte, wie es gegen seine Rippen hämmerte. Sie war auf *ihn* zugegangen, und das war das Heißeste, was er je erlebt hatte. Träumte er? Er runzelte die Stirn.

„Es sei denn, du willst nicht."

Ihr Gesichtsausdruck wurde unsicher. Und er hatte keine Lust mehr auf Spielchen.

„Willst du hier raufkommen oder soll ich da runterkommen?“, fragte er.

Sie zitterte, und ihre Augen weiteten sich. „Ich glaube, wenn wir zu zweit da oben liegen, könnte das Bett zusammenbrechen“, sagte sie. *Zu zweit da oben liegen.* „Mein Gott, Charlotte. Wenn du das sagst, kann ich an nichts anderes denken, als dich nackt unter mir zu haben und in dich hineinzustoßen.“

Sie blinzelte, aber seine Worte schienen sie nicht abzuschrecken. Im Gegenteil, sie sah begierig aus. „Okay.“

Er lachte und beugte sich etwas näher zu ihr. Küsste sie auf den Mund. „Was meinst du mit okay?“

„Okay, ja. Ich meine damit, dass du mit dem Stoßen loslegen sollst. Bitte.“

Heilige Scheiße. Sie befeuerte seine Fantasie, viel mehr zu tun als nur zu küssen. Er sprang über den Rand des Bettes, landete leise auf seinen Füßen und zog sie an sich. Sie trug ihr übergroßes T-Shirt. Und sonst nichts. Der Stoff war dünn und dehnbar, und er nutzte ihn, um sie noch näher an sich zu ziehen.

„Ist das dein Ernst?“ Er musste wissen, dass er keine Grenze überschritt.

Sie schluckte hörbar. „Nur wenn du es willst. Ich will mich dir nicht aufdrängen.“

Erleichterung durchzuckte sein Hirn, aber auch Belustigung. „Nur zu, Schatz. Jederzeit.“

Ihre Hände glitten über seine Brust und über seine Schultern. „Wie wäre es mit jetzt?“

Sie stellte sich auf die Zehenspitzen und knabberte an seiner Unterlippe.

Seine Finger krallten sich noch fester in den Stoff, bevor sie unter die dünne Baumwolle glitten und ihr das Shirt über den Kopf zogen. Anstatt schüchtern zu sein, was ihren Körper betraf, stand sie nackt vor ihm und ließ sich ausgiebig von ihm mustern. Ihre Finger fuhren über den Saum seiner Boxershorts, dann seine schrägen Muskeln hinauf und zu seinem Bauchnabel. Frauen mochten seinen Körper. Das wusste er. Normalerweise empfand er es als ein wenig beunruhigend, aber Charlotte fing beim Anblick seiner Muskeln, die er sich hart erarbeitet hatte, um seinen Job machen zu können, nicht an zu sabbern. Stattdessen berührte sie ihn, als würde sie die Beschaffenheit seiner Haut mit ihrer Fantasie in Einklang bringen, und ihm gefiel der Gedanke, dass sie sich ausgemalt hatte, wie er wohl nackt aussah. Ihre Hände glitten über seine Brusthaare und seine braunen Brustwarzen.

Er war damit beschäftigt, nicht über ihren Körper in Verzückung zu geraten. Ihre weichen Brüste, die schlanke Taille und die straffen Beine. Sie mochte Verhandlungsführerin sein, aber sie war auch FBI-Agentin, also hielt sie sich fit. Er fuhr mit seinen Händen über ihre Seiten, umfasste ihren Po und zog sie an sich, sodass seine Erektion zwischen ihnen klemmte. Es war eine herrliche Art der Folter.

Als sie sich an ihm rieb, wurde er fast ohnmächtig.

Er hob ihr Kinn an, weil er sie fast so sehr küssen wollte, wie er Sex mit ihr haben wollte. Ihr Mund öffnete sich unter seinem, sie schmeckte nach Pfefferminzzahnpasta, aber er wusste, dass sie noch viel mehr zu bieten hatte als das. Seine eine Hand wanderte umher, fand den steifen Nippel ihrer linken Brust und kniff so fest hinein, dass sie die Augen schloss und den Kopf stöhnend zurückwarf.

„Das gefällt dir, hm?", fragte er.

„Ich liebe es."

Sie sprachen im Flüsterton. Fall sie erwischt wurden, würden sie sexuell frustriert bleiben und mit Zensurbriefen in ihren Akten sofort nach Quantico zurückgeschickt werden, dessen waren sie sich bewusst. Er wusste nicht, was schlimmer wäre.

Ihre Finger umfassten seine Länge und sie gab ein kleines, zufriedenes Brummen von sich, das aus irgendeinem Grund seine Wangen zum Brennen brachte.

Er umfasste ihren Hintern, rieb seine harte Länge an ihrer Klitoris und spürte, wie sie sich gegen ihn drückte.

„Willst du gegen die Wand gefickt werden, Charlotte?", flüsterte er. Seine Hand glitt an ihrem Schlitz entlang. Dann schob er seine Finger in sie hinein. Sie war heiß und bereit. „Oder auf dem Bett?"

„Sowohl als auch", erwiderte sie flüsternd und biss sanft in sein Ohrläppchen.

Seine Knie verwandelten sich in Wachs.

Er holte ein Kondom aus seinem Kulturbeutel. Er hatte sie sowohl für sein Team als auch für sich selbst dabei. Sowohl aus Überlebensgründen als auch für den Sex. Er war noch nie so froh gewesen, auf alles vorbereitet zu sein.

Er war seit einer gefühlten Ewigkeit nicht mehr von einer Frau in Versuchung geführt worden. Es war nicht so, dass er Sex nicht mochte. Er liebte Sex, aber nach anonymen Begegnungen war er immer unbefriedigt. Da war es besser, selbst Hand anzulegen.

Und auch, wenn er nicht gut im Umgang mit Frauen war und eigentlich keine weitere Beziehung wollte, die ihn nicht erfüllte, wünschte er sich mehr als Gelegenheitssex. Er wollte Feuer. Er wollte brennen. Aber er wollte nicht verbrannt werden.

Das hier musste nichts weiter sein als ein wenig pure Leidenschaft zwischen zwei ungebundenen Erwachsenen. Zwei sehr geilen ungebundenen Erwachsenen.

Sie nahm ihm das Kondom aus der Hand, und er entledigte sich seiner Boxershorts. Vorsichtig zog sie das Latex über seinen überempfindlichen Penis. Er zitterte und nahm ihre Hand weg, als sie ihn streicheln wollte. Er drehte sie beide so, dass sie mit dem Rücken an der Wand stand.

Unsicherheit flackerte in ihrem Gesicht auf.

Er ließ ihre Hand los und strich ihr das Haar aus der Stirn. „Was ist los?“

„Ich habe das schon eine Weile nicht mehr gemacht.“

„Die Wand?“

Ihr Mund verzog sich. „Das alles, aber vor allem die Wand.“

Er wollte einen Schritt zurückgehen, aber sie ergriff seine Hand. „Es ist nicht so, dass ich aufhören will. Das will ich wirklich nicht. Ich habe nur Angst, dass ich nicht mehr weiß, was ich tun soll, und dass ich nicht gut bin.“

Er umfasste ihren Kopf mit beiden Händen und küsste sie langsam. Dann zog er sich zurück und legte den Kopf schief. „Wie hart kann es schon sein?“

Die Tatsache, dass er wie ein Stück Stahl gegen sie pochte, entlockte ihr ein Lachen, genauso wie er gehofft hatte.

„Sehr. Hoffe ich.“

Sie strich mit ihren Fingern über ihn, und er schloss die Augen und konzentrierte sich darauf, nicht die Kontrolle zu verlieren. Um sich nicht zu blamieren und sie zu enttäuschen. Gott.

„Sag mir Bescheid, wenn du irgendwelche Tipps brauchst,

aber ich bin mir ziemlich sicher, dass wir das gemeinsam hinbekommen werden." Er nahm ihre Hand und legte sie auf seine Schulter, dann tat er dasselbe mit ihrer anderen Hand, bevor er sie hochhob, damit sie ihre Beine um seine Taille schlingen konnte. Als ihre feuchte Mitte gegen seine harte Länge drückte, erzitterte sie vor Verlangen. „Ich habe dich. Du musst dich nur noch festhalten. Meinst du, du schaffst das?"

Sie nickte, mit großen Augen und ein wenig ernst. Sie machte sich ernsthaft Sorgen, dass sie nicht perfekt sein könnte, und doch war sie schon jetzt perfekter als jede andere Frau, mit der er seit Jahren zusammen gewesen war.

Er platzierte sich vor ihrem Eingang und musterte ihr Gesicht, während er langsam in sie eindrang. Ihre Augen weiteten sich, und ihr Mund öffnete sich. Dann schloss sie die Augen, als ein Schauer ihren ganzen Körper erfasste und sie ihn in sich umklammerte.

Er biss die Zähne zusammen, als die Wellen ihres Orgasmus abklangen.

Als sie ihre Augen öffnete, schenkte sie ihm ein gewinnendes Grinsen. „Ich sagte doch, es ist eine Weile her."

„Nun, ich denke, du hast den Dreh raus." Er schob einen Arm unter ihren Po, um sie zu stützen. Mit der anderen Hand umfasste er ihr Kinn, neigte ihren Kopf nach hinten und küsste sie so innig, als wollte er ihren Geschmack in sich aufnehmen. Dann begann er langsam zu stoßen, wobei er darauf achtete, keine rhythmischen Geräusche zu machen, die jeder andere im Gebäude eindeutig erkennen würde.

Die langsamen, sinnlichen Stöße zogen die erotische Empfindung in die Länge, und das Bedürfnis, zum Höhepunkt zu kommen, baute sich wie die Stufen einer sehr langen Wendeltreppe in ihm auf.

Er wollte ihr endloses Vergnügen bereiten. Er wollte, dass sie es genoss. Sein Kampfgeist fand ein Ventil, an das er vorher nicht gedacht hatte. Er wollte nicht nur großartigen Sex mit Charlotte Blood haben. Er wollte der beste Liebhaber sein, den sie je gehabt hatte.

Er spürte, wie ihr Atem stockte und die Spannung in ihrem Körper zunahm, als er langsam und unerbittlich einen weiteren Orgasmus aus ihr herauskitzelte.

Sie gab einen Laut von sich, und er küsste sie noch fester, während er ihren Atem in seiner Lunge festhielt, ihr Stöhnen schluckte und spürte, wie sie sich ein zweites Mal um ihn herum verkrampfte.

Das zerriss ihn. Er begann, fester zuzustoßen, aber das Geräusch war zu laut, also zog er sie von der Wand weg, stellte seine Füße weiter auseinander und hielt sie fest, während er tiefer und härter in sie stieß. Zufriedenheit erfüllte ihn, als sie wieder leise vor Leidenschaft stöhnte. Trotz seiner Selbstbeherrschung, mit der er sich so gerne brüstete, konnte er ein ebenso lustvolles Stöhnen nicht unterdrücken. Sie bedeckte seinen Mund mit ihrer Hand, während er immer wieder in ihren feuchten Kanal hineinstieß. Schließlich fegte sein Orgasmus über ihn hinweg, wie eine Welle, die ihn auf den Grund des Ozeans zog, während die Empfindungen seinen ganzen Körper überrollten. Er kam mit der Wucht einer Explosion, der Hitzeschwall und das blendende Licht befreite sein Gehirn von allem, außer von diesem Moment der reinen, unverfälschten Ekstase.

Als sich sein Herzschlag soweit verlangsamt hatte, dass er es riskieren konnte, die Augen zu öffnen, schaute er zu Charlotte hinunter, die sich zufrieden an seine Schulter schmiegte.

Er zog sie von sich herunter und trug sie zum Bett. Als er merkte, dass sie ihn nicht loslassen wollte, zog sich etwas in seiner Brust zusammen.

„Gib mir eine Sekunde." Er zog das Kondom ab und verstaute es sorgfältig in einem luftdichten Plastikbeutel. Aber der moschusartige Geruch von Sex würde sie verraten, wenn jemand ins Zimmer käme. „Was hältst du davon, wenn ich das Fenster für ein paar Minuten öffne?"

Sie streckte eine Hand aus. „Solange du mich wärmst."

Er starrte sie an. Wann war er das letzte Mal mit einer Frau in seinen Armen eingeschlafen? Er wusste genau, wann – und es war Jahre her.

Aber bei ihr … Es gehörte viel Vertrauen dazu, um neben jemandem zu schlafen.

„Wir haben ziemliche Fortschritte gemacht, wenn man bedenkt, dass du mir vor ein paar Tagen mit deinem Ellbogen die Luft abgedrückt hast", bemerkte er.

Sie lächelte zufrieden. Verdammt, er mochte diese Charlotte Blood. Sehr sogar.

Er zog seine Boxershorts an und öffnete das Fenster weit.

Ein eisiger Windhauch streifte seine Haut.

„Heilige Scheiße", jammerte Charlotte. Er kuschelte sich neben sie, und sie schmiegte sich an ihn, und zog die Decke über sie beide.

Er lag auf dem Rücken und nahm all die Empfindungen auf, die die Berührung ihrer Körper in ihm auslöste. Ihr seidiges Haar, das gegen sein stoppeliges Kinn strich. Ihre weichen glatten Gliedmaßen, die mit seinen haarigen verschlungen waren. Der Zitronenduft, der ihm in die Nase stieg. Ihre weichen Brüste an seiner Brust. Das Gefühl ihres Herzschlags, der beruhigend an seinem schlug.

Die Luft wurde kühl, aber er wollte diese Zufriedenheit in der öden See seines Lebens nicht stören.

Charlotte schlief ein, und er hätte ihren friedlichen Gesichtsausdruck stundenlang, oder tagelang betrachten können. ... Der Gedanke machte ihm Angst. Sie hatte Sex gewollt, aber er hatte das verhängnisvolle Gefühl, dass er viel mehr von sich gegeben hatte als seinen Körper. Und wenn er nicht aufpasste, würde sie mit seinem Herzen davonspazieren, und er würde wieder einmal mit nichts dastehen.

———————————

TJ SCHRITT IM Zimmer umher. Sein Vater war noch nicht wieder zurück in ihr Quartier gekommen, und langsam machte er sich Sorgen um ihn. TJ hatte den Eintopf allein gegessen, und der Geruch hing schwer in der abgestandenen Luft der Wohnung. Er zögerte, die Dunstabzugshaube zu benutzen, obwohl er sich nicht vorstellen konnte, wie das FBI sie gegen ihn verwenden könnte.

Die Paranoia nahm überhand.

Er warf einen Blick auf die Spiegelreflexkamera, die er unter Malcolms Bett gefunden hatte, frustriert, weil die SD-Karte fehlte. Warum hatte er nicht danach gesucht, bevor er das Zimmer verlassen hatte?

Vorsichtig öffnete er die Tür, aber draußen war es totenstill, und er war sich ziemlich sicher, dass Malcolm schlief. Er konnte es nicht riskieren, noch einmal in das Zimmer seines Onkels zu gehen. Es war besser, bis zum Frühstück oder Mittagessen zu warten, auch wenn ihn das Warten umbrachte.

Er warf einen Blick auf seinen Computer und beschloss,

seine E-Mails zu checken, wohl wissend, dass das FBI vielleicht seinen Account gehackt hatte. Trotzdem könnte er nachsehen, ob er neue Nachrichten bekommen hatte. Vielleicht war etwas von Kayla dabei, auch wenn er wusste, dass das FBI versuchen könnte, ihn auszutricksen. Er war nicht dumm. Abgesehen davon, dass er vor diesem Federal Wildlife Officer weggelaufen war und einen kleinen Krieg ausgelöst hatte, war er nicht dumm.

Das war definitiv das Dümmste, was er je getan hatte.

Bevor er den Computer einschaltete, klebte er einen Klebezettel auf die Kamera. Als die Nachrichten heruntergeladen wurden, sah er, dass einige vom FBI dabei waren und sonst nichts. Die Abwesenheit von Spam-Nachrichten bedeutete, dass das FBI die Kontrolle über sein E-Mail-Konto hatte. Er las die Nachrichten, und sie waren alle Varianten desselben Themas. Dass er mit ihnen sprechen sollte. Ihnen sagen sollte, was passiert war. Er begann, eine Erklärung zu tippen, doch dann hörte er Schritte auf dem Flur. Schnell fuhr er seinen Laptop herunter und klappte ihn zu. Er kickte die Kamera unter den Schreibtisch.

„Wie geht es dir, mein Sohn?"

„Dad." TJ richtete sich auf. „Ist es Zeit zu gehen?"

Sein Vater schüttelte müde den Kopf. „Noch nicht. Ich muss schlafen und noch ein paar Dinge erledigen."

TJ juckte es in den Fingern, etwas zu tun. Von hier zu verschwinden. „Soll ich in den Überwachungsraum? Die Kameras überwachen?"

Tom sah ihn lange an. „Ich glaube nicht, dass das eine gute Idee ist."

„Du kannst mich nicht immer beschützen, Dad." Er richtete sich zu seiner vollen Größe auf, er war fünfzehn

Zentimeter größer als sein Vater. Seine Mutter war auch klein gewesen. Sie hatten immer gescherzt, TJ sei ein Ebenbild seines Urgroßvaters väterlicherseits, der über einen Meter neunzig groß und wie ein Grizzlybär gebaut gewesen war. „Ich bin jetzt ein Mann.“

Tom lächelte langsam, und ein stolzer Ausdruck trat in sein Gesicht. „Das bist du, und das respektiere ich. Aber da sind ein paar Dinge, die du nicht weißt.“

„Was für Dinge?“, fragte TJ.

„Das werde ich dir früh genug sagen, aber nicht heute Abend.“ Tom gähnte. „Hör zu, mein Sohn, ich kann dir nicht sagen, was du tun sollst, aber wenn du da rausgehst und Malcolm oder seine Schläger dich erwischen, könnte es sein, dass sie dich zur Vordertür rauswerfen werden.“

TJ schnitt eine Grimasse. „Vielleicht wäre das auch besser so.“

Toms Mund verzog sich zu einer Seite. „Ich habe nicht gesagt, dass du noch am Leben sein wirst, wenn sie das tun.“

TJs Augen weiteten sich, bis seine Haut schmerzte. „Glaubst du, er will mich tot sehen?“

„Ich glaube, er will uns beide tot sehen, aber die meisten Leute haben noch nicht vergessen, dass ich derjenige bin, der ihnen eine Bleibe gegeben hat.“

TJ war fassungslos angesichts dieser Aussage. „Was machen wir jetzt?“

„Wir werden heute Nacht die Tür abschließen und schlafen gehen. Ein Sturm zieht auf, mein Sohn. Wir müssen bereit sein. Hast du unsere Taschen gepackt?“

„Ja, Sir.“ Er nickte in Richtung der beiden Rucksäcke, die auf dem Boden seines ordentlichen Schranks standen. Sein Vater duldete keine Unordnung. „Wie kommen wir hier weg, ohne dass sie uns sehen?“

Sein Vater gähnte breit. „Ich habe mir alles genau überlegt. Deine Mutter hätte es so gewollt.“

„Ich vermisse sie“, gab TJ zu. Sein Vater senkte seinen Blick. „Ich auch, mein Sohn. Ich vermisse sie auch.“ Er sah auf. „Glaubst du, sie hätte dein Mädchen gemocht?“

Heiße Tränen brannten in TJs Augen. „Ja. Ich glaube schon.“

Sein Vater nickte traurig und ging weg.

TJ sah ihm nach. Er wusste, dass er seinem Vater hätte sagen sollen, dass er glaubte, dass Kayla noch am Leben war, aber er wusste auch, dass sein Vater erschöpft war und eine ausführliche Erklärung verlangen würde.

Er würde es ihm morgen sagen, wenn sie mehr Zeit hatten. Dann könnten sie sich zusammen überlegen, wie sie sie finden konnten. Er hatte keine Ahnung, ob sie überhaupt eine Chance auf eine Zukunft hatten, aber er konnte es zumindest versuchen. Sein Vater hatte bestimmt eine Idee, wie sie es schaffen konnten. Sein Vater hatte immer einen Plan.

KAPITEL SIEBENUNDZWANZIG

CHARLOTTE FÜHLTE SICH so wohl und behaglich. Sie rieb sich an dem warmen Körper, der sich an ihre Seite drückte. Je wacher sie wurde, desto klarer wurde die Erinnerung daran, wie sie hier gelandet waren.

Die große weiße Digitalanzeige des Weckers zeigte fünf Uhr morgens an.

Novak schien noch zu schlafen, und sie rückte etwas von ihm weg, um seine Gesichtszüge zu betrachten. Es war noch dunkel, aber ihre Augen hatten sich bereits etwas an die Dunkelheit gewöhnt, sodass sie seinen Gesichtsausdruck erkennen konnte. Seine breite Stirn war glatt und faltenfrei. Die Anspannung, die normalerweise seine Augen umgab, war verschwunden, und seine Lippen waren leicht geöffnet.

Er musste irgendwann das Fenster geschlossen haben, denn die Luft fühlte sich nicht mehr wie ein arktischer Orkan an. Sie hatte sich nicht gerührt. Sie hatte vier Stunden durchgeschlafen, und auch wenn sich ihr Körper später beschweren würde, hoffte sie jetzt, das Beste aus der Zeit machen zu können, die ihnen noch blieb.

Sie strich mit ihrer Hand über seinen Oberschenkel und ertastete seinen heißen, schweren Penis. Sie beugte sich vor und raunte ihm ins Ohr. „Jetzt weiß ich, dass du wach bist."

„Woher?", flüsterte er zurück.

„Weil niemand so schlafen kann."

„Du wärst überrascht." Er klang, als ob er Schmerzen hätte. Da konnte sie definitiv für Abhilfe sorgen.

„Hast du noch ein Kondom?", fragte sie.

Er griff über die Bettkante und tastete einen Moment lang herum.

„Zum Glück ja." Er schenkte ihr ein schiefes Lächeln.

Als sie es ihm abnehmen wollte, riss er es weg, sodass sie auf seiner Brust landete.

„So ungeduldig."

„Ich mache mir Sorgen, dass McKenzie jeden Moment vor der Tür stehen und die Stimmung ruinieren könnte", murmelte sie. „Und heute Morgen brauche ich definitiv eine Dusche."

Novaks tiefblaue Augen funkelten sie an. „Solange es kein Notfall ist, kann McKenzie warten. Ich habe ein paar unmittelbare Aktionspläne, die Vorrang haben."

Charlotte erschauderte. Wie wäre es wohl, den ganzen Tag mit diesem Mann im Bett zu verbringen und nicht nur die letzten paar verstohlenen Stunden?

Gefährliche Gedanken. Wahrscheinlich war er mit einer kurzen Affäre zufrieden und würde sofort davonlaufen, wenn sie das „B"-Wort erwähnte.

„Und was sind das genau für Pläne?", flüsterte sie.

„Das wirst du schon sehen." Er drehte sich auf die Seite und stützte sich auf einen Ellbogen, sodass die Decke von seinem Körper rutschte und sie freien Blick auf seine prallen Muskeln und starken Arme hatte. Sie ließ ihre Hand über die glatte Haut seiner Brustmuskeln gleiten. „Das ist alles etwas einschüchternd", gab sie leise zu.

„Gefällt es dir nicht?"

„Ich habe nicht gesagt, dass es mir nicht gefällt, aber mir wird gerade klar, dass meine Vorstellung von Fitness ziemlich simpel ist."

„Wenn ich mit jemandem Sex haben wollte, der einen Lastwagen stemmen kann, hätte ich mit einem der Jungs geschlafen."

„Das bezweifle ich nicht", sagte sie lächelnd.

Sie wollte ihn küssen, aber er wich ihr aus.

„Was soll das?", fragte sie ein wenig verärgert, um nicht zu sagen kalt.

Anstatt zu antworten, küsste er ihre Brüste, ihre Rippen, ihren Bauchnabel, die empfindliche Haut an der Stelle, wo ihr Bein auf den Rumpf traf, die Innenseite ihres Knies, und sie verstand genau, was das sollte.

„Du hast gesagt, du willst alles, Charlotte." Er umfasste ihre Beine und zog sie weit auseinander, und sie fühlte, wie eine intensive Welle der Lust über sie hinwegrollte. Er umkreiste ihre Spalte mit seiner Zunge, und ihre Muskeln wurden zu warmem Wachs.

Sie stieß ein Stöhnen aus. „Wenn McKenzie an die Tür klopft, werde ich ihn erschießen."

„Ich helfe dir, die Leiche zu vergraben." Seine Zunge war unerbittlich, genauso wie der Rest von ihm. Er bearbeitete ihren Kitzler, bevor er wieder zu ihrem Eingang zurückkehrte und ihr Inneres leckte. Sie zitterte, als sie seinen Atem an ihrem empfindlichen Fleisch spürte. Dann strich er mit seinem unrasierten Kinn über ihre Schamlippen, woraufhin sie fast aus dem Bett fiel.

„Oh mein Gott, endlich weiß ich, warum Frauen so auf Bärte stehen."

Er lachte und konzentrierte sich dann darauf, sie mit der

Geschicklichkeit seiner Zunge und dem sanften Kratzen der Bartstoppeln um den Verstand zu bringen. Als eine seiner Hände nach oben tastete, um ihre Brustwarze zu kneifen, grub sie ihre Fersen in die Matratze und wölbte ihren Rücken, als die Erlösung durch sie hindurchschoss. Nachdem ihr Orgasmus abgeebbt war, lag sie keuchend da und wollte mehr.

Sie hörte das Reißen einer Verpackung und beugte ihre Knie, weil sie sein Gewicht auf sich spüren wollte.

Sie griff nach unten und platzierte ihn an ihrer Vagina, weil sie nicht länger warten wollte. Langsam drang er in sie hinein und stützte sich mit den Armen ab, als er anfing, immer wieder in sie hineinzustoßen, wobei er bei jedem Stoß über ihre Klitoris strich.

Die ganze Zeit über wandte er seinen Blick nicht von ihrem Gesicht ab, als würde er auf Hinweise achten, was für sie funktionierte und was nicht.

Spoiler-Alarm. *Alles* funktionierte. Die perfekte Kombination aus Fülle und Reibung.

Sie umfasste seinen Hintern und zog ihn noch näher an sich heran, wobei sie sich jedes Mal wehrte, wenn er versuchte, sich zurückzuziehen. Zwischen ihnen entwickelte sich eine wunderschöne Synchronität der Raserei, und ein Orgasmus durchfuhr sie. Sie öffnete den Mund, um zu schreien, doch Novak presste seine Hand auf ihren Mund, während er noch härter in sie hineinstieß. Da die Matratze nicht gefedert war, waren sie fast geräuschlos, und sie war sich nicht sicher, ob es ihr etwas ausgemacht hätte, wenn es nicht so gewesen wäre.

Sterne blendeten sie, und ihre Muskeln verkrampften sich in einer Kaskade der Lust, die in ihrem Inneren tobte.

Schließlich straffte sich sein Gesicht, und sein Ausdruck verzerrte sich. Er begann zu stöhnen, und sie legte ihre Handfläche auf seine Lippen, während sie ihre Beine fest um seine Hüften schlang und sich an ihn presste. Einige Atemzüge später brach er auf ihr zusammen. Schwer wie Blei. Warm wie die Sonne. Ihre Herzschläge verlangsamten sich im Einklang.

Sie schlang ihre Arme um ihn und wollte ihn nicht loslassen, selbst als die ersten Schritte in der Ferne sie darauf hinwiesen, dass die Welt erwachte und sie sich wieder dem Rest der Menschheit anschließen mussten.

Er stieß ein letztes Mal in sie hinein, bevor er sich sanft zurückzog. Er entsorgte das Kondom und schlüpfte wieder in seine Boxershorts. Sie beobachtete ihn vom Bett aus und fragte sich, was er wohl dachte. Aber er zeigte keine Gefühle.

„Novak", sagte sie leise.

Er blickte argwöhnisch auf. Sie wusste immer noch nicht, warum er so verschlossen war, oder wer ihn verletzt hatte, aber Charlottes Waffen waren Einfühlungsvermögen und Ehrlichkeit. „Das war unglaublich. Ich hoffe, wir können das wiederholen. Bald."

Er grinste, und sein Körper schien sich um tausend Grad zu entspannen. „Du warst unglaublich. Du hast nichts vergessen, aber ich bin gerne bereit, dein Trainingspartner zu sein, wenn du üben willst."

Sie schüttelte lachend den Kopf und ließ sich zurück auf das Kissen fallen.

„Ich werde das Fenster aufmachen, denn das Zimmer stinkt schon wieder nach Sex. Wenn du duschen willst, bevor McKenzie nach uns sucht, solltest du lieber jetzt aufstehen." Er beugte sich hinunter und küsste sie, und Charlotte spürte es wie einen besitzergreifenden Stempel auf ihrem Herzen.

„Wenn ich mich mit dir unter die Dusche schleichen könnte, würde ich es sofort tun, aber nicht auf die Gefahr hin, dass wir beide unsere Jobs aufs Spiel setzen. Also verschwinde, solange du noch die Chance dazu hast." Sie beäugte die Beule in seinen Shorts.

Kopfschüttelnd trat er vom Bett weg. „Normalerweise habe ich dieses Problem nicht, aber du bist nackt und scheinst meine Kontrolle kurzzuschließen."

Charlotte lachte und schob die Decke beiseite, um ihn absichtlich in Versuchung zu führen, obwohl sie nicht vorhatte, die Dusche heute Morgen zu verpassen. Nicht nach letzter Nacht.

Sie klaubte ihr Nachthemd vom Boden auf und hörte Novak laut schlucken, als sie es sich über den Kopf zog. Dann schnappte sie sich ihren Waschbeutel und ihr Handtuch. Sie schlenderte zur Tür und schaute über ihre Schulter. „Ich wette, ich bin zuerst fertig."

„Diese Wette anzunehmen, würde bedeuten, meinen Vorteil auszunutzen."

„Wenn du dir da so sicher bist, wo ist dann das Problem?", fragte sie.

Novak öffnete das Fenster und schüttelte den Kopf. Der eisige Windstoß ließ sie sofort mit den Zähnen klappern. „Das wäre so, als würde man einem Kind Süßigkeiten stehlen und das wäre nicht fair."

Charlotte ließ ihren Blick über seinen Körper gleiten, bevor sie sich erhob, um ihm in die Augen zu sehen. „Ich habe nie etwas von Süßigkeiten gesagt, Novak. Auch nicht von Geld. Ich habe da eher an sexuelle Gefälligkeiten gedacht." Sie strahlte ihn an, weil sie wusste, dass sie ihn zu Tode schockieren würde. Vielleicht würde er erkennen, dass mehr hinter ihr steckte, als er dachte. „Und ehrlich gesagt, egal ob ich gewinne oder verliere, ich wäre höchst zufrieden."

Sie ging auf den Korridor hinaus, ging in das Badezimmer, das frei war, und grinste, weil Novak warten musste, bis er an der Reihe war.

KAPITEL ACHTUNDZWANZIG

IN DER KOMMANDOZENTRALE angekommen, versuchte sie, Novak zu ignorieren, aber das war unmöglich, da sie sich jeder seiner Bewegungen überdeutlich bewusst war. Jedes Mal, wenn sie ihn ansah, hatte sie das Gefühl, sie hätte Herzchen in den Augen. Außerdem wollte sie den Kerl nicht verwirren, indem sie ihn ignorierte, aber sie hatten beide wichtige Aufgaben zu erledigen.

Wenn sie sich nur das zufriedene Grinsen aus dem Gesicht wischen könnte. Sie schaute zu Novak hinüber und bemerkte, dass es ihm ähnlich zu gehen schien.

Dann fing sie Ebans Blick auf. Er funkelte sie an.

„Kann ich dich unter vier Augen sprechen?", fragte er.

„Sicher." Würde er ihr endlich sagen, was mit ihm los war? Sie dachte, er würde sich in eine ruhige Ecke des großen Raumes zurückziehen, aber stattdessen ging er durch die Vordertür nach draußen, wo Minusgrade herrschten. Na toll. Sie schnappte sich ihren Mantel. Novak ging zu ihr hinüber.

Sie schüttelte den Kopf. „Ich muss kurz mit Eban allein sprechen. McKenzie ist nicht hier. Ich bin in fünf Minuten zurück."

Seine Augenbrauen zuckten, und er nickte zu McKenzies Team. „Ich glaube, seine Leute berichten ihm alles, auch über uns."

„Es wird nicht lange dauern." Sie berührte seinen Arm und sah, wie Dominic zu ihnen herüberblicke. Sie zog ihre Hand weg, obwohl sie ihre Verhandlungsführer-Kollegen regelmäßig auf diese Weise berührte. *Verdammt nochmal.*

Draußen versteckte sie ihr Kinn in dem hohen Kragen ihres Mantels und vergrub die Hände tief in den Taschen. Sie blickte sich um. Eban war nirgends zu sehen, doch dann entdeckte sie ihn an der Ecke des Gebäudes und folgte ihm, bis sie außer Sichtweite waren.

„Was ist los?"

Eban kniff seine dunklen Augen zusammen. „Du hast mit ihm geschlafen."

„Das wurde mir befohlen, erinnerst du dich?" Sie versuchte, sich aus dieser Anschuldigung herauszuwinden.

„Lass den Schwachsinn."

Charlottes Augen wurden groß. Sie öffnete den Mund, um es zu leugnen, aber sie konnte einen ihrer besten Freunde auf keinen Fall anlügen.

„Wie konntest du nur so dumm sein, Char?" Ebans Stimme war leise, aber sie traf ins Schwarze.

Charlotte biss die Zähne zusammen, weil sie verletzt und wütend war. „Das geht dich nichts an. Und ich kann mich nicht erinnern, dass du Dominic die Hölle heiß gemacht hast, als er in New York State mit Ava geschlafen hat."

„Sie haben nicht zusammengearbeitet."

„Theoretisch schon." Seine Doppelmoral ließ eine heiße Wut in ihr aufsteigen. „Außerdem war Ava neu."

„Ava ist mehr als fähig, auf sich selbst aufzupassen", erwiderte Eban bissig.

Sie trat einen Schritt vor. „Und ich etwa nicht?"

„Das habe ich nicht gemeint."

„Das hast du aber gesagt, und als Verhandlungsführer weißt du, wie wichtig Worte sind." Hielt er sie wirklich für eine schwache, unfähige Frau? Als jemand, der Männer nicht lesen konnte und kein Recht hatte, einen Liebhaber zu haben?

„Hör zu, Charlotte. Typen wie Payne Novak sind nur auf das Eine aus."

„Auf das Eine?", wiederholte Charlotte.

„Komm schon. Sei nicht so naiv. Ich weiß, dass du auf der Suche nach einer Beziehung bist, aber Novak ist nicht der Typ dafür."

„Was für ein Typ ist er denn?"

Eban verdrehte die Augen und schaute in Richtung Wald. „Ich habe mit einem Kumpel über ihn gesprochen. Er hat ständig One-Night-Stands und ist nicht der Typ, der am nächsten Tag Blumen schickt. Er hat noch nie erlebt, dass Novak eine ernsthafte Beziehung hatte, noch nie."

Eine eisige Kälte stieg in Charlotte auf. „Vielleicht hat er bis jetzt noch nicht die Richtige gefunden?"

„Werd' erwachsen, Charlotte. Glaubst du nicht, dass das gesamte Geiselrettungsteam Wetten darüber abschließt, ob er dich während dieses Einsatzes vögelt oder nicht?" Ebans Zynismus war wie Säure, die auf ihr Herz tropfte.

Ein stechender Schmerz durchschoss sie. „Weißt du das sicher?"

„Ich habe gehört, wie einer der Jungs spekuliert hat. Ich habe ihm gesagt, dass er aufhören soll." Er legte ihr eine Hand auf die Schulter und lehnte sich mit einem mitleidigen Blick dicht an sie heran.

„Es ist nicht Novaks Schuld. Menschen tun so etwas einfach." Charlotte riss sich von Eban los. „Wie kannst du es wagen, dich in mein Liebesleben einzumischen, wo du doch nie über dein eigenes sprechen willst?" Er bäumte sich auf. „Und glaub nicht, ich wüsste nicht, warum du in den letzten Monaten so mies drauf warst."

„Hey, hier geht es nicht um mich. Ich versuche, dich zu beschützen."

Seine Nasenflügel blähten sich auf, und er machte Anstalten, sich abzuwenden.

Sie packte ihn am Arm. „So funktioniert das hier nicht. Du kannst dich nicht in mein Liebesleben einmischen, ohne eine kleine Retourkutsche zu erwarten."

„Ich habe kein Liebesleben", entgegnete er verbittert.

Sie machte einen Schritt auf ihn zu, weil sie nicht wollte, dass jemand ihr Gespräch belauschte. „Anscheinend willst du dafür sorgen, dass ich genauso unglücklich und allein bin wie du."

Ebans Augen weiteten sich. „Er nutzt dich aus. Ich will nicht, dass du verletzt wirst."

„Was ist, wenn ich ihn verletze? Warum ist das keine Möglichkeit?"

Ebans Gesichtsausdruck sagte ihr ganz genau, was er über diese Möglichkeit dachte. Offensichtlich hielt er sie der echten Zuneigung eines Mannes nicht für würdig.

„Vielleicht wollte ich ja Sex."

Eban zuckte zusammen.

„Frauen wollen das nämlich genauso, weißt du. Manche Frauen wollen ab und zu Sex haben, und zwar ohne Ehering oder ein FBI-Verhör."

„Ich versuche nur, dich zu beschützen."

„Nun, damit das klar ist: Ich habe ihn verführt. Zweimal. Und, ja, wenn ich ehrlich bin, würde ich gerne mehr Zeit mit ihm verbringen und ihn außerhalb der Arbeit kennenlernen.

Zur Abwechslung mal mit jemandem zusammen sein, der nicht in der Kriseneinheit ist." Wut kochte in ihren Adern. „Aber wenn er nur an Sex interessiert ist, dann nehme ich das auch in Kauf. Denn ich verdiene es, geliebt zu werden, Eban. Im wahrsten Sinne des Wortes."

„Du verdienst es, geliebt zu werden. Du verdienst es, glücklich zu sein."

Aber Eban glaubte offensichtlich nicht, dass Novak sie außerhalb des Bettes schätzen oder lieben könnte. Das zeigte genau, was er von ihr dachte.

„Was ist mit Darby O'Roarke?", drängte sie, weil sie wütend war.

„Was soll mit ihr sein?"

„Verdient sie es nicht, glücklich zu sein?"

Er verschränkte die Arme vor der Brust, um sich zu verteidigen. „Natürlich tut sie das. Was hat das mit dir oder mir zu tun?"

Es hatte eine ganze Menge damit zu tun, warum er so unglücklich und entschlossen war, alle mit sich in den Abgrund zu reißen. „Will sie dich nicht?"

Eban starrte sie an. „Das spielt keine Rolle. Sie war traumatisiert."

Charlotte wollte ihn schon anfauchen, bevor ihr einfiel, dass sie normalerweise gut darin war, mit Leuten zu reden. Das war ihr Job. Und seiner auch. „Stimmt. Aber sie ist eine kluge Frau, und vielleicht solltest du anfangen, ihr zuzuhören, anstatt ihr deine Weltanschauung aufzudrängen."

„Sie ist misshandelt worden. Sie wurde fast zerstört." Seine Augen funkelten.

Charlottes Herz verhärtete sich. Sie war nicht der Schwächling, für den sie alle hielten.

„Dann gib ihr Liebe. Gib dich ihr hin. Behandle sie, als wäre sie das Einzige, was in deinem Leben zählt. Mach ihr Leben lebenswert."

Er schüttelte den Kopf. „Du bist so eine verdammte Idealistin."

Sie fauchte ihn an: „Ich bin der pragmatischste Mensch, den du je kennengelernt hast!"

„Blödsinn. Du bist doch schon in ihn verliebt!" Eban drehte sich von ihr weg, bevor er sehen konnte, wie sehr sie diese Bemerkung traf. „Ist er deinen Job wert?"

„Dazu wird es nicht kommen."

„Und wenn doch?"

Sie blickte auf die zertretenen Grashalme unter ihren Füßen hinab. „Dann ist das meine Entscheidung."

Ausgerechnet in diesem Moment, bog Novak um die Ecke des Gebäudes.

Eban war offensichtlich noch nicht fertig damit, ihr das Leben schwer zu machen. Als Novak näherkam, sagte er: „Sie müssen sie verdammt noch mal in Ruhe lassen."

Charlotte klappte der Mund auf.

Novak ging unbeirrt weiter. Er schaute von Eban zu ihr. „Alles in Ordnung?"

„Sie kann es nicht gebrauchen, dass Sie ihre Karriere negativ beeinflussen."

„Negativ beeinflussen ...?", rief sie aus.

„Was bist du? Ihr verdammter Bruder?" Novak blieb neben Charlotte stehen.

Eban stürzte sich auf Novak und prallte dabei versehentlich gegen Charlotte. Sie fing sich an der Seite des Nebengebäudes ab, aber sie war kein zartes Pflänzchen. Sie war eine gottverdammte FBI-Agentin. Eban versetzte Novak einen Schlag, und im nächsten Moment lagen er und Novak auf dem Boden und rangen miteinander. Novak wog dreißig Pfund mehr als Eban und trainierte täglich. Sie bemerkte, dass er versuchte, sich zurückzuhalten, aber Eban war kein Schwächling und gab nicht nach.

Charlotte versuchte, Novak von dem Verhandlungsführer wegzuziehen, denn das war völlig verrückt, aber Eban nutzte Novaks Ablenkung, um ihn in genau denselben Griff zu bekommen, in den sie Novak am ersten Morgen gebracht hatte, als er sie geweckt hatte. Und sie beobachtete, wie Novak Eban mit Leichtigkeit auf den Rücken drehte und ihn schließlich auf den Boden drückte. Ihr wurde klar, wie leicht er ihre Positionen an diesem ersten Tag hätte umkehren können. Aber er hatte es nicht getan. Weil er gewollt hatte, dass sie ihre Macht behielt.

Novak ließ Eban los und rollte sich auf die Füße. Dann streckte er seine Hand aus, um Eban hochzuziehen.

Eban starrte sie an und schien zu begreifen, dass er es völlig vermasselt hatte. Er wartete einen Moment ab, bevor er Novaks Hand nahm und sich von dem anderen Mann auf die Beine ziehen ließ.

„Ich hoffe, Sie behandeln sie gut."

„Wir haben miteinander geschlafen, Eban. Das heißt nicht, dass wir heiraten werden." Charlotte schüttelte den Kopf. „Kümmere dich um dein eigenes Liebesleben, bevor du dich in meins einmischst."

Sie marschierte davon, während Eban den Mund öffnete, um weiter zu streiten. Sie ignorierte ihn. Sie hatte zu tun. Sie alle hatten zu tun, und sie hätte sich niemals ablenken lassen dürfen.

Novak holte sie ein. „Alles in Ordnung?"

Sie stieß einen verärgerten Atemzug aus. „Ich bin nicht diejenige, die sich gerade geprügelt hat.“

Er blinzelte, als ob sie seine Gefühle verletzt hätte.

Sie blieb stehen und sah ihn an. „Tut mir leid. Ja, mir geht's gut. Er hätte nicht auf dich losgehen dürfen.“ Sie fuhr sich mit den Fingern durch die Haare und fragte sich, wie sie in diesen Schlamassel geraten war. „Eban macht sich Sorgen, dass ich verletzt werden könnte.“

Novak wich zurück, und sie verdrehte genervt die Augen. „Ich erwarte nicht, dass du dich zu irgendetwas verpflichtest. Ich erkläre dir nur die Fakten. Im Gegensatz zu dem, was Eban zu glauben scheint, habe ich tatsächlich schon mit Männern geschlafen, und von keinem von ihnen einen Ring gewollt oder erwartet.“ Die Tatsache, dass alles Erwähnenswerte schon Jahre zurücklag, war irrelevant. „Ich will nur nicht, dass unsere“ – sie suchte nach dem richtigen Wort – „Intimität unsere Arbeit beeinträchtigt.“

Seine Miene verfinsterte sich, und sie fragte sich, ob sie es irgendwie geschafft hatte, wieder das Falsche zu sagen. So viel dazu, eine Spitzenverhandlerin zu sein. Im Moment könnte sie sich nicht einmal aus einer weiten Prärie herausverhandeln. Obwohl es schwer war, aktive Zuhörtechniken anzuwenden, wenn der Gesprächspartner absolut *nichts* erwiderte.

In diesem Moment öffnete McKenzie die Hintertür des Ranchhauses und lief die Stufen hinunter.

Novak blickte von ihrem Chef zu ihr und wieder zurück. „Sie haben recht. Wir sollten uns wahrscheinlich ein bisschen zurückhalten.“

„Was?“, stieß sie hervor.

Das Hochgefühl, das sie letzte Nacht empfunden hatte, war wie weggeblasen. Sie schluckte. Vielleicht hatte Eban recht gehabt, als er versucht hatte, sie zu warnen, dass Sex nichts anderes als eine vorübergehende Ablenkung für den Leiter des Geiselrettungsteams war. Sie hatte sich diesem Kerl gestern Abend buchstäblich an den Hals geworfen.

Sie erstarrte bei dem Gedanken, dass sie vielleicht einfach nur da gewesen war, leicht zu haben und willig. Ihr Magen rebellierte, und sie musste die Galle herunterschlucken, die ihr die Kehle hinaufkroch.

Offenbar hatte sie sich selbst belogen. Sie war nicht für rein körperliches Vergnügen gemacht, so sehr sie sich das auch wünschte.

Sie wollte mehr.

Dann begann McKenzie, Befehle zu erteilen, nichtsahnend, dass etwas nicht stimmte, obwohl ihr Herz gegen ihre Rippen pochte. Sie nickte hölzern und tat wie ihr geheißen, während die Müdigkeit unaufhaltsam über sie hereinbrach.

„Alles in Ordnung bei Ihnen beiden?" McKenzie runzelte die Stirn.

Sie nickte schnell. „Wir besprechen den Ablauf des heutigen Tages." Das war im Grunde das Ende von dem, was sie gestern Abend begonnen hatten.

Nun, es hatte Spaß gemacht. Aber wenn man bedachte, dass ihre Gefühle gerade durch den Reißwolf gedreht wurden, war sie sich nicht sicher, ob es das wert gewesen war.

McKenzie nahm ihre Worte für bare Münze.

„Sie beide haben bewiesen, dass Sie zusammenarbeiten können. Sie sind davon befreit, alles gemeinsam zu machen. Das Wetter soll heute Nachmittag umschlagen. Novak, die Gebäudeattrappe ist fertig. Lassen Sie Ihre Männer die Infiltrierung des Geländes üben. Blood, sprechen Sie mit Kayla und versuchen Sie, sie dazu zu bringen, eine Nachricht aufzuzeichnen, um TJ dazu zu bringen, sich zu stellen."

McKenzie sah auf die Uhr. „Wir treffen uns um zwölf Uhr in der Kommandozentrale." Er blickte die beiden erwartungsvoll an, ohne zu ahnen, welchen Sumpf aus Lust und Verwirrung seine Befehle von vor drei Tagen angerichtet hatten.

„Ja, Boss." Charlotte nickte unbeholfen.

Die beiden Männer gingen davon. Novak schaute über seine Schulter, aber sein Gesichtsausdruck war unergründlich.

Verdammt.

Sie atmete tief durch und machte sich auf den Weg ins Ranchhaus, denn sie war noch nicht bereit, Eban oder Dominic gegenüberzutreten. Sie kannten sie zu gut und würden sofort merken, dass es ihr nicht gut ging. Sie fühlte sich angeschlagen, aber sie musste sich zusammenreißen. Menschenleben hingen davon ab.

Bedeutete McKenzies Befehlsänderung, dass das Geiselrettungsteam plante, das Gelände zu stürmen, bevor der Schneesturm aufzog? Oder wollten sie den Sturm nutzen, um ihre Aktivitäten zu verschleiern?

Sie wusste es nicht. Sie wollte es nicht wissen, denn es könnte das, was sie Kayla oder den Leuten im Gebäude sagte, verfälschen, falls sie sich tatsächlich dazu entschließen sollten, mit den Verhandlungsführern zu kommunizieren. Der Schmerz und ihr gebrochenes Herz, die sie im Hintergrund fühlte, erinnerten sie daran, dass sie, obwohl sie jemanden gefunden hatte, mit dem sie sich auf mehreren Ebenen verbunden fühlte, und obwohl sie von Dutzenden von Menschen umgeben war, immer noch genauso allein war, wie sie es immer gewesen war.

KAPITEL NEUNUNDZWANZIG

NOVAK HATTE ES vermasselt. Das wusste er.

Vielleicht hätte er Eban einfach ignorieren sollen, aber als der Kerl Charlotte angerempelt hatte, war er wütend geworden und hatte reagiert, bevor er sein Temperament wieder unter Kontrolle gebracht hatte. Als er seine Emotionen wieder im Griff gehabt hatte, hatten sie sich bereits auf dem Boden gewälzt und gekämpft.

Er würde vielleicht keinen Kampf anfangen, aber er lief auch nicht vor einem davon.

Aber vielleicht hätte er es tun sollen.

Eban hatte offensichtlich herausgefunden, was sie letzte Nacht getan hatten, und fand, dass Novak nicht gut genug für seine Freundin war.

Der Kerl hatte nicht unrecht, aber das bedeutete nicht, dass die Beleidigung nicht wehtat.

Deshalb hatte er Charlotte vorgeschlagen, dass sie sich zurückhalten sollten. Es war nicht das, was er wollte, aber auf lange Sicht war es wahrscheinlich besser für sie. Er konnte wirklich nicht gut mit Frauen umgehen.

Wem wollte er etwas vormachen? Er wollte sich davor schützen, dass sie es auch herausfand. Ablehnung war scheiße.

Und dann war McKenzie gekommen.

Er schüttelte den Kopf.

Was für ein verdammter Feigling. Sex haben, sich mit ihrem Freund prügeln, weil der Scheißkerl gesagt hatte, Novak würde Charlotte wehtun, und ihr dann verdammt wehtun, weil er zu feige war, ihr zu sagen, was er wirklich fühlte. Nämlich als ob die Welt heller wäre, die Luft frischer und jede Zelle in seinem Körper zum ersten Mal in seinem elenden Leben verdammt glücklich war, wenn er mit ihr zusammen war.

Verdammt. Er konnte ihr nicht einmal eine Nachricht schreiben, weil er ihre private Nummer nicht hatte, und ihr das, was er ihr sagen wollte, auf keinen Fall über ihre Diensthandys sagen konnte.

Verdammte Scheiße.

Auf dem Weg in die Scheune hörte er kein einziges Wort von dem, was McKenzie sagte, außer irgendetwas über das Megaphon.

„Lagebericht", bellte Novak, als er zu den Tischen schritt, an denen sie ihre Karten und Computer aufgestellt hatten. Alles, was er sehen konnte, war der Schmerz und der Verrat, der sich in Charlottes Gesichtszüge eingebrannt hatte.

„Die erste Drohne ist in einer guten Position, um qualitativ hochwertige Informationen zu empfangen, die wir direkt nach Quantico zur Analyse weiterleiten. Ein Team von Bild- und Tontechnikern ist dabei, so viele Informationen wie möglich aus dem Rauschen herauszufiltern." Angeletti runzelte konzentriert die Stirn. „Bisher keine Spur von Tom Harrison oder seinem Sohn."

„Stell das Charlie-Team zusammen. Sie werden den Vormittag damit verbringen, den Angriff auf den Bunker zu üben und den besten Handlungsplan auszuarbeiten." Den besten Handlungsplan, also das beste Szenario, bei dem das

Geiselrettungsteam den Angriff unter Kontrolle bekam, anstatt sich von der Notwendigkeit leiten zu lassen, in den Bunker zu gelangen und Geiseln zu retten, wenn die Dinge außer Kontrolle gerieten.

„Kein scharfes Feuer. Das Baumaterial ist nicht kugelsicher, aber es wird den Jungs die Möglichkeit geben, ein Gefühl für den Raum zu bekommen. Ich möchte, dass sie ihn in- und auswendig kennen. Das Echo-Team wird heute Nachmittag eingewechselt." Ein Team musste hierbleiben, für den Fall, dass die Situation aus dem Ruder lief, und sie sofort reagieren mussten.

„Ja, Sir." Angeletti warf McKenzie einen kurzen Blick zu, bevor er wegging, um das Charlie-Team in Aktion zu versetzen.

Novak stand da und starrte auf die Karte, ohne etwas zu sehen, stattdessen erinnerte er sich an Charlottes entsetzten Gesichtsausdruck, als er ihr gesagt hatte, dass sie sich zurückhalten sollten.

Als hätte er einen Welpen getreten.

Es war wie ein Stich ins Herz für ihn. Sie würde ihn nie wieder in ihre Nähe lassen. Warum sollte sie auch? Niemand brauchte diese Art von Zurückweisung, schon gar nicht eine kluge, schöne Frau wie Charlotte Blood. *Oh Gott.* Er fuhr sich mit der Hand übers Gesicht.

„Die Verhandlungsführer werden über das Megafon kommunizieren, und die Flugblätter werden um zehn Uhr morgens per Drohne verteilt", sagte McKenzie hinter ihm.

„Das ging schnell." Normalerweise würde es eine Woche dauern, um überhaupt die Erlaubnis zu bekommen, das Geld auszugeben, geschweige denn die Flugblätter zu drucken.

„Ich habe eine exekutive Entscheidung getroffen."

„Oh, die liebt das FBI ja." Novak schnaubte.

McKenzie grinste. „Wem sagen Sie das." Dann wurde er ernst. „Denken Sie, dass SSA Blood der Aufgabe als Verhandlungsführerin bei diesem Vorfall gewachsen ist?"

Novak richtete sich abrupt auf. „Ja, Sir."

McKenzie legte den Kopf schief.

„Glauben Sie, sie würde dasselbe über Sie sagen, wenn ich sie frage?"

Taubheit breitete sich in Novaks Körper aus. „Ich habe keine Ahnung. Ich weiß nur, dass Sie ein Narr wären, wenn Sie ihre Ideen oder ihre Vorgehensweise unterschätzen würden. Sie ist eine kluge Agentin. Und Sie sind kein Narr."

„Danke, SSA Novak", sagte McKenzie ernst, dann grinste er. „Zufällig stimme ich Ihnen zu, was SSA Blood betrifft."

Novak wandte seinen Blick ab, als sein Mund trocken wurde. Auch wenn er McKenzie die harte Vorgehensweise übelnahm, musste er zugeben, dass sie gewirkt hatte. Anstatt so schnell wie möglich zu seinen Männern zurückzukehren, um den Job zu erledigen, trieb er sich jetzt wie ein liebeskranker Teenager in der Scheune herum.

Es war Zeit, die Sache zu beenden, bevor jemand starb.

―――――――

ALS TJ AUFWACHTE, lag ein Zettel auf seinem Nachttisch. „Mach dich bereit."

Sein Vater war offenbar schon weg.

Er schaute auf die Uhr und stöhnte. Es war Frühstückszeit, also zog er sich saubere Sachen an und schlich sich aus ihrem Wohnbereich, wobei er die Tür sorgfältig hinter sich abschloss, da er nicht darauf vertraute, dass Malcolm nicht

353

hereinkommen und ihre Sachen stehlen würde, wenn er die Gelegenheit dazu hatte.

Er hatte sich die Kamera des Mannes über die Schulter gehängt und hinter seinem Rücken versteckt und schritt selbstbewusst den Gang entlang, als ob er auf dem Weg zum Frühstück wäre. Er trug Turnschuhe und bewegte sich auf leisen Sohlen. Zum Glück war weder an der Treppe noch vor dem Überwachungsraum jemand zu sehen, sodass er zügig weiterging, bis er an Malcolms Tür ankam.

Sein Mund wurde trocken, als er stehenblieb und mit der Hand am Türknauf lauschte. Wenn Malcolm hier drin war, saß TJ in der Patsche.

Nach ein paar Sekunden der Stille steckte TJ den Schlüssel ins Schloss und klopfte leise an die Tür. „Onkel Malcolm?"

Er bekam keine Antwort. TJ ging hinein, aber das Licht war an, also machte er sich nicht die Mühe, seine Taschenlampe zu benutzen. Das Bett war ungemacht.

Als er das Rauschen des Wassers in der Dusche hörte, zog sich TJs Herz zusammen. *Verdammt.* Malcolm war immer noch hier drin. Schweiß bildete sich auf TJs Handflächen. Das war wahrscheinlich seine einzige Chance, und er musste schnell sein, wenn er nicht erwischt werden wollte. Er ging zum Laptop hinüber und entdeckte die Karte. Er warf sie aus und kickte die Kamera schwungvoll unter das Bett, wobei er darauf achtete, dass der Gurt nicht hervorlugte. Dann ging er hinaus und schloss die Tür leise hinter sich, während ihm das Herz fast aus der Brust sprang.

Verdammt.

Er steckte die SD-Karte in seine Hosentasche und ging den Flur entlang zurück in sein Zimmer. Er hielt den Kopf gesenkt, seine Schritte waren leise, und er betete bei jedem Schritt, dass ihn niemand erwischte.

CHARLOTTE KLOPFTE AN Kaylas Tür und steckte ihren Kopf hinein. „Darf ich reinkommen?"

Kayla nickte.

„Wie geht es dir heute?"

Kayla zuckte mit den Schultern. „Besser, denke ich." Sie sah elend aus.

„Hast du schon etwas gegessen?" Ein Frühstückstablett stand auf dem Nachttisch. Der Teller war noch halb mit Essen gefüllt.

„Die Krankenschwester hat darauf bestanden."

„Du musst wieder zu Kräften kommen." Charlotte versuchte, aufmunternd zu lächeln. Es war ganz natürlich, dass Kayla noch über den Tod ihrer Freundin bestürzt war. Es war normal, die Schuld des Überlebenden zu spüren. „Darf ich dir noch ein paar Fragen stellen?"

Kayla nickte ein wenig unsicher. „Darf ich Sie etwas fragen?"

Charlotte zögerte. „Ich werde dir sagen, was ich kann."

„Wo ist Brenna?"

„Beim Gerichtsmediziner. Er wird die Leiche bald freigeben."

Kayla schluckte. „Ich will, dass sie eine ordentliche Beerdigung bekommt. Ich habe Geld." Ihr Ton war trotzig.

Charlotte nickte. „Ich werde Bescheid geben."

„Ich will nicht, dass die Leute denken, sie wäre nicht geliebt worden." Kayla wischte sich über die Augen. Die Nachricht war noch frisch, und die junge Frau sah aus, als hätte sie fast die ganze Nacht geweint. Im Gegensatz zu Charlotte, die Sex mit einem Mann gehabt hatte, in den sie sich leicht hätte verlieben können, wenn sie auch nur ansatzweise den Eindruck hätte, dass er genauso empfinden könnte.

Wir sollten uns wahrscheinlich zurückhalten.

Offensichtlich nicht.

„Ich werde dir heute die Kontaktdaten geben. Wir werden uns gut um Brenna kümmern, versprochen.“

Kayla nickte. „Okay. Was wollen Sie wissen?“

„Weißt du den Nachnamen und die Adresse von Brennas Ex, diesem Simon?“

Kaylas Stirn legte sich verwirrt in Falten, dann dämmerte es ihr. „Sie glauben, er hat sie umgebracht?“

„Wir wissen noch nicht genau, wie sie gestorben ist. Wir wollen ihn aus unseren Ermittlungen ausschließen.“

„Sie glauben, er wäre den ganzen Weg hierhergefahren?“ Kayla dachte angestrengt nach.

„Worüber denkst du nach?“

„Er war wütend, als sie ihn verlassen hat. Er hat damit gedroht, sie umzubringen. Und mich auch.“ Ihre Lippen zitterten. „Aber ich kann mir nicht vorstellen, dass er sich die Mühe gemacht hat, hat den ganzen Weg hierherzufahren. Er ist ein Tyrann und ein Schwein, aber ein faules Schwein.“ Sie nannte Charlotte seinen Nachnamen und seine Adresse. Charlotte schickte die Daten an McKenzie und verdrängte die Gedanken an Novak aus ihrem Kopf. Sie würde sich daran gewöhnen müssen, ohne ihn zu arbeiten, und ihre Kränkung ignorieren, bis ihr Einsatz hier vorbei war.

„Hast du TJ am Mittwoch vor einer Woche das letzte Mal gesehen?“

Kayla nickte, dann runzelte sie die Stirn. „Hat er Brenna gefunden?"

„Ja."

Ihre dunklen Augen wurden groß. „Was hat er gesagt?"

„Das ist das Problem", gab Charlotte zu. „TJ hat gar nichts gesagt. Er ist weggerannt, als er von einem Federal Wildlife Officer zur Rede gestellt worden ist. Als der Beamte in Sichtweite der Mauern kam, haben die Leute da drinnen das Feuer eröffnet und ihn verletzt. Er ist im Krankenhaus und hat Glück, dass er noch lebt."

Kayla sah immer noch verwirrt aus. „Warum ist TJ weggelaufen?"

„Vielleicht weil er Angst hatte?"

„Warum sollte er Angst haben?"

Charlotte ließ die Stille für sich arbeiten.

Kayla schlug die Decke weg. „Nein. Ich weiß, was Sie denken, aber TJ würde Brenna auf keinen Fall etwas antun."

„Und wenn Brenna TJ gesagt hätte, dass du ihn nicht mehr sehen willst?"

„Dann wäre er entweder nach Hause gegangen oder ins Camp gekommen, um mit mir zu reden. Er würde niemals jemanden verletzen."

„Vielleicht hat er es nicht gewollt? Vielleicht hat er aus Wut um sich geschlagen, und Brennas Tod war ein schrecklicher Unfall?"

Kayla stand auf und begann auf und ab zu gehen. Sie sah in ihrem geliehenen Nachthemd unglaublich zerbrechlich aus. „TJ ist nicht gewalttätig. Er ist ein sanftmütiger Mensch. Glauben Sie wirklich, ich würde mich zu jemandem hingezogen fühlen, der sein Temperament nicht zügeln kann? Nein. Auf keinen Fall. Ich habe diesen Zyklus schon zu oft gesehen, um auf diesen Mist hereinzufallen."

Ihre leidenschaftliche Verteidigung war überzeugend.

Charlotte seufzte schwer. „TJ muss unbedingt mit uns sprechen, aber sein Vater will nicht kooperieren. Ich hatte gehofft, du wärst bereit, eine Nachricht für TJ aufzunehmen, die wir per E-Mail versenden oder über einen Lautsprecher abspielen können. Ich hoffe, du kannst ihn vielleicht überreden, herauszukommen und mit uns zu reden."

„Soll das etwa heißen, sie haben sich in ihrem Bunker verschanzt und sind vom FBI umzingelt?" Kayla schien plötzlich den Ernst der Lage zu begreifen.

Charlotte nickte. „Ich tue alles, was in meiner Macht steht, um sie dazu zu bringen, mit uns zu sprechen, aber sie gehen nicht ans Telefon. Wir wollen die Sache ohne Gewalt lösen, aber sie helfen uns nicht dabei."

Kaylas Mund verzog sich zu einer schmalen Linie. „Bitte lassen Sie nicht zu, dass jemand TJ etwas antut. Er würde niemanden verletzen. Niemals. Ich würde es nicht überleben, wenn ich ihn auch noch verliere."

Charlotte drückte ihren Arm. „Eine Nachricht von dir könnte ihn vielleicht dazu bringen, mit uns zu reden."

Kayla schluckte geräuschvoll. „Ich werde es tun. Ich werde alles tun, was in meiner Macht steht, um ihn da lebend herauszuholen." Sie zupfte an ihrem Hemd. „Aber nicht in dem hier. Haben Sie meine anderen Sachen aus dem Zelt geholt?"

Charlotte musste fast grinsen. Es musste Kayla schon deutlich besser gehen, wenn sie sich Sorgen um ihr Aussehen machte. „Ich sehe mal nach, wo deine Sachen sind." Möglicherweise war das Labor schon mit ihnen fertig und konnte sie freigeben. Es war allerdings eher unwahrscheinlich. „Wir haben ungefähr die gleiche Größe, also werde ich dir in der

Zwischenzeit Klamotten von mir besorgen. Eine Sache noch. Wärst du bereit, mit einem einfachen Skript von uns zu arbeiten? Eines, das TJ ermutigt, sich für eine Befragung bereit zu erklären, damit wir herausfinden können, was genau mit Brenna passiert ist?"

„Ich werde ihn nicht anlügen", sagte Kayla knapp.

„Du musst ihn nicht anlügen. Ich will nur nicht, dass du etwas zu ihm sagst, das er falsch interpretieren und möglicherweise sein Leben oder das der anderen auf dem Gelände in Gefahr bringen könnte."

Kayla sah aufgebracht und verwirrt aus, aber Charlotte konnte ihr nicht von der Drohung erzählen, die TJs Vater ausgesprochen hatte. Es bestand die Möglichkeit, dass die anderen Leute im Bunker nicht gehört hatten, wie Tom sie dem FBI verkündet hatte. Sie wollte vermeiden, Tom in die Enge zu treiben oder eine Panik auszulösen, und das bedeutete, dass sie sehr vorsichtig vorgehen musste.

Kayla nickte. „Okay."

Charlotte ging zur Tür. „Ich hole dir etwas zum Anziehen und eine Bürste. Wir machen die Aufzeichnung unten, damit du nicht eine ganze Gruppe von FBI-Leuten in deinem Schlafzimmer hast." Ein sicherer Rückzugsort war in diesem Moment äußerst wichtig für das Mädchen.

Charlotte ging den Flur entlang und öffnete die Tür zu dem Zimmer, das sie sich mit Novak teilte. Sie stand einige Augenblicke wie gelähmt da, als ihr die Erinnerungen an die letzte Nacht durch den Kopf schossen. Aber sie hatte keine Zeit, darüber nachzudenken, dass es für ihn nicht genug gewesen war, während es für sie fast zu viel gewesen war.

Stattdessen schnappte sie sich eine schwarze Leggings, ein T-Shirt und ein graues FBI-Sweatshirt aus ihrer kleinen

Tasche. Der Raum roch nach ihrer gemeinsamen Nacht, also öffnete sie das Fenster einen Spalt. Sie würde es wieder schließen, wenn sie mit Kaylas Video fertig waren. Sie brachte Kayla die Kleidung und ließ das Mädchen allein, damit sie sich umziehen konnte. Dann ging sie nach unten, wo ein Techniker die Kamera vor dem lodernden Feuer aufbaute.

Fünf Minuten später kam Kayla herunter, sie sah unglaublich jung, verängstigt und zerbrechlich aus. Aber ihr Kiefer war entschlossen, das erkannte Charlotte.

„Setz dich hier ans Feuer", ermutigte Charlotte sie.

Kayla saß auf der Couch, und ihre Socken berührten nicht ganz den Boden. Das Sweatshirt war viel zu groß, aber wenigstens würde es sie warmhalten.

„Lies einfach vom Teleprompter ab. Du kannst den Text gerne vorher durchgehen und einzelne Passagen umformulieren, damit er etwas natürlicher klingt."

Kayla sah sie an, sie sah jung und unsicher und überwältigt aus. Es dauerte fast eine Stunde, bis sie eine brauchbare Aufnahme hatten, obwohl sie am Ende ein wenig vom Drehbuch abgewichen war, als sie davon gesprochen hatte, wie sehr sie ihn an ihrem besonderen Baum wiedersehen wollte. Jetzt saß Kayla zitternd da und trank heißen Kakao.

„Schicken Sie es an McKenzie und die Verhaltensanalyse und bitten Sie sie, es sich so schnell wie möglich anzusehen. Wenn wir in dreißig Minuten nichts hören, werden wir es einfach verwenden", murmelte Charlotte dem Techniker zu.

Charlotte ging zurück zu Kayla. „Du siehst müde aus. Wie wäre es, wenn ich dich in dein Zimmer bringe?"

„Sagen Sie mir Bescheid, wie es gelaufen ist? Wenn TJ eine Nachricht für mich schickt?" Kayla schlurfte ein paar Schritte in den Hausschuhen, die der Ranchbesitzer ihr besorgt hatte.

Charlotte nickte. „Sobald ich die Gelegenheit dazu habe. Ja.“

Vor ihrer Zimmertür drehte Kayla sich um. „Bitte tun Sie ihm nicht weh. Tun Sie TJ nicht weh.“

Charlotte schluckte. „Wir tun unser Bestes, um dafür zu sorgen, dass alle heil aus dieser Sache herauskommen, Kayla. Darauf hast du mein Wort. Der Agent wird dir in der Zwischenzeit alles besorgen, was du brauchst.“ Charlotte deutete auf den Wachmann.

„Kein Problem. Ich helfe gerne.“ Der Mann schenkte ihr ein aufmunterndes Lächeln.

Kayla nickte und versuchte, ein Gähnen zu unterdrücken. Sie hatten sie definitiv mehr erschöpft, als sie es hätten tun sollen.

„Ruh dich etwas aus.“ Mit einem schlechten Gewissen drehte Charlotte sich um und ging. Sie musste auf den Berg und nachsehen, ob ihr Team Fortschritte damit gemacht hatte, die Mauer des Schweigens, die die Menschen auf dem Gelände errichtet hatten, niederzureißen. Sie musste sich beschäftigen, um sich von dem Scherbenhaufen abzulenken, den Supervisory Special Agent Payne Novak aus ihrem Herzen gemacht hatte.

KAPITEL DREISSIG

V IERZIG MINUTEN SPÄTER beobachtete Charlotte aufmerksam, wie Eban aus dem Schutz des Waldes heraus über das Megafon einen Monolog abspulte, den sie in solchen Barrikadensituationen häufig verwendeten.

Wie können wir Ihnen helfen?

Was brauchen Sie?

Wir alle wollen eine friedliche Lösung.

Keiner will, dass jemand verletzt wird.

Wir wissen, dass Sie nicht ins Gefängnis wollen.

Wir verstehen Ihre Ängste.

Helfen Sie uns, die Sache friedlich zu lösen.

Die Worte hallten unheimlich durch die Luft, wirbelten durch die Bäume und prallten an den nackten Felsen des Berghangs ab – nicht gerade förderlich für eine Kapitulation.

Das Geiselrettungsteam hatte die Kameras und Bodensensoren abgeschaltet, da sie nicht wollten, dass die Menschen im Bunker Informationen über die Absichten des FBI erhielten oder auf jemanden schossen. Charlotte befand sich wieder in demselben Bachbett, das sie schon mehrmals besucht hatte – eine sichere Zone, in der sich das FBI-Personal versammeln konnte.

Sie versuchte, ihre Wollmütze weiter über ihre Ohren zu ziehen, aber verdammt, es war kalt. Ein Sturm zog auf. Die

Spannung um sie herum wurde immer größer, alle waren nervös und zogen sich immer mehr zusammen, bis Charlottes Nerven blank lagen.

Novak funkte sie an. „Flugblätter sind unterwegs.“

„Verstanden“, erwiderte sie lahm, aber schließlich konnte sie ihn nicht anschreien: „Ich will nicht, dass wir uns zurückhalten!“ Zumindest nicht, ohne sich vor allen zu blamieren und möglicherweise ihren Job zu verlieren.

Sie hörte das leise Summen der großen Drohne, die sich von Osten her näherte, und blickte in den bedeckten Himmel hinauf. Die Baumwipfel schwankten heftig im Wind, und laut Wetterbericht würde es noch viel, viel schlimmer werden.

Die Drohne sauste über sie hinweg, und Charlotte drehte sich, um sie zu beobachten, während Eban seinen Monolog fortsetzte.

Obwohl es keine Verteidigungsspalten an den Innenwänden gab – wahrscheinlich, damit sich die Verteidiger nicht gegenseitig im Kreuzfeuer töteten – sollte die Lieferung schnell ausgeführt werden, um zu verhindern, dass jemand im Bunker die Drohne ins Visier bekam. Die Drohne würde in den Stacheldrahtzaun eintauchen, ihre Ladung abwerfen und direkt wieder hinausfliegen.

„Flugblätter abgeworfen.“ Novaks tiefe Stimme knisterte wieder in ihrem Ohr, und sie hasste es, dass die Erinnerungen an ihre Intimität mit seiner knappen militärischen Präzision kollidierten. Er war distanziert, und damit meinte sie nicht die physische Entfernung zwischen ihnen.

Sie tippte den Funkkanal ein, der sie mit dem Verhandlungsteam verband. „Erzähl ihnen von den Flugblättern, Eban. Bevor sie ausflippen.“

Sie hasste es, während eines Einsatzes wegen einer

persönlichen Angelegenheit abgelenkt zu sein. Genau aus diesem Grund ließ das FBI es nicht zu, dass Agenten, die in einer Beziehung waren, in derselben Einheit arbeiteten. Aber sie und Novak gehörten theoretisch nicht zur selben Einheit, und sie waren hinsichtlich Rang und Autorität gleichgestellt. Sie hatten nicht gegen die Regeln verstoßen, aber ihre Affäre, wenn man das so nennen konnte, würde von Leuten in der Zentrale, die zu viel Zeit hatten, missbilligt werden.

Nicht, dass jemals *irgendjemand* davon erfahren würde.

Und was spielte das schon für eine Rolle? Novak hatte bewiesen, dass er an ihr nicht für mehr als einen One-Night-Stand interessiert war. Sie war nicht die Art von Frau, die es nötig hatte, die Botschaft zweimal zu hören. Kommunikation war ihre Stärke. Zurückhalten? Sie war gerne bereit so zu tun, als wäre die Sache nie passiert. Sie war weder dumm noch verzweifelt. Und sie würde auch nie zugeben, wie nahe er daran gewesen war, ihre Vorstellung von der Art Mann, in die sie sich verlieben wollte, zu revidieren.

Wieder flog die Drohne über sie hinweg, während Eban über das Megafon erklärte, dass das FBI sie weder angreifen noch ihnen Angst machen wollte. Sie wollten ihnen lediglich Informationen per Drohne übermitteln, da die Leute in dem Gebäude ihnen keine andere Möglichkeit gelassen hatten. Dann kehrte er zu den ruhigen, besänftigenden und einlullenden Erklärungen zurück.

Novak hatte ihr gesagt, er sei nicht gut im Umgang mit Frauen, und sie hatte gedacht, er würde das als Ausrede benutzen, um Beziehungen zu vermeiden. Aber sie hatte sich geirrt – er konnte wirklich nicht gut mit Frauen umgehen. Er war mürrisch und schwierig. Aber er war auch aufmerksam und nett.

Sie hasste ihn. Sie hasste ihn wirklich.

Ein heftiger Windstoß ließ sie besorgt in den Himmel blicken. Die erste Schneeflocke rieselte herab, gefolgt von einer weiteren und dann noch einer. Der Winter war da, und sie war stinksauer.

TJ BEGANN, SICH die Fotos auf seinem Laptop anzusehen. Es waren hunderte von Bildern. Tausende. Von den Bergen. Von den Eulen, die im späten Frühjahr geschlüpft waren. Wunderschöne Bilder, die seine Welt in ihrer ganzen Pracht zeigten. In der Morgendämmerung. Bei Sonnenuntergang. Bei strahlendem Sonnenschein und im strömenden Regen.

Dann stieß er auf eines von Kayla, die in ihrem Schlafsack saß und aussah, als wäre sie gerade in einem sonnengelben Zelt aufgewacht. Sein Mund wurde trocken.

Er druckte das Bild aus, denn er brauchte diese physische Verbindung zu dem Mädchen, das er liebte, das er verloren zu haben glaubte. Er berührte den Bildschirm und wünschte sich, er wüsste, wo sie war und ob es ihr gut ging.

Warum hatte Malcolm diese Kamera? Hatte er sie gestohlen?

Natürlich hatte er sie gestohlen. Aber von wem?

TJ sah sich die Bilder mit wachsender Beklemmung an. Wie er geahnt hatte, kamen die Antworten am Ende der Bilder. Die, die am Mittwochmorgen aufgenommen worden waren. Die, die von dem Mädchen gemacht worden waren, das gestorben war. Das Mädchen, das Kayla so ähnlichsah. Kaylas Freundin.

Er ging jedes einzelne Foto durch, bis er endlich

herausfand, was geschehen war und warum Brenna Longie ermordet worden war.

Eine ruhige Wut legte sich über ihn. Jetzt verstand er. Jetzt verstand er alles.

Ein Ping ertönte und wies ihn darauf hin, dass er eine neue E-Mail erhalten hatte. Er erwartete einen weiteren Appell des FBIs, die Sache friedlich zu beenden, doch sie war von Kayla, und im Anhang befand sich ein Video.

Sein Herz stand in Flammen, als er auf „Abspielen" klickte.

NOVAK WARF DAS Funkgerät auf den Tresen und zuckte zusammen, als Romano ihm einen erschrockenen Blick zuwarf.

„Tut mir leid."

„Kein Problem, Chef."

Romano hatte die zweite Drohne warmlaufen lassen, mit der sie die Innentür und den Flugblattversand überwachten. Die kleinen, weißen, postkartengroßen Zettel flatterten um das Gebäude wie ein riesiger Ticker beim Super Bowl.

„Du musst es vermissen, mit einer schönen Frau zusammenzuarbeiten. Stattdessen sitzt du jetzt mit mir neben einem Haufen Heuballen." Romano schenkte ihm ein Grinsen.

„Halt die Klappe." Novak biss seine Zähne so fest zusammen, dass er überzeugt war, er würde sich den Kiefer brechen, wenn er sprechen musste.

Romano wurde nüchtern, und Novak entging nicht, wie er das Gesicht verzog, als er zu seinem Monitor zurückkehrte.

Novak seufzte. Eigentlich hätte er einen Witz darüber

machen sollen, wie schwierig es war mit Frauen generell oder besonders mit Charlotte zusammenzuarbeiten, doch irgendwie konnte er sich nicht dazu durchringen. Nicht einmal, um die Tatsache zu verschleiern, dass er sich absolut miserabel fühlte. Die Jungs waren nicht dumm. Es würde nicht lange dauern, bis sie eins und eins zusammenzählten.

„Bewegung an der Tür", sagte er stattdessen.

Die Leute auf dem Gelände schickten den Jungen wieder hinaus. Er rannte wie ein Kaninchen im Zickzack hin und her und sammelte eine Handvoll Flugblätter ein, bevor er hastig zur Tür zurückeilte. Er war sichtlich verängstigt.

„Verdammte Feiglinge", knurrte Novak.

Romano warf ihm einen weiteren misstrauischen Blick zu. „Alles in Ordnung, Chef?"

Novak kratzte sich an der Augenbraue. Verdammt noch mal. „Tut mir leid, dass ich so miese Laune habe, aber ich habe es langsam satt, dass diese Leute den Ton angeben. Ich weiß, dass die Verhandlungsführer recht haben. Wir müssen alle friedlichen Möglichkeiten ausschöpfen, es sei denn, drinnen gibt es eine Veränderung. Aber ich glaube, die Leute in diesem Bunker sind ein Haufen paranoider Idioten." Und Novak hatte jemandem wehgetan, der ihm etwas bedeutete, ob er es gewollt hatte oder nicht. Kein Wunder, dass seine Ex beschlossen hatte, dass er die Mühe nicht wert war.

Die erste Drohne nahm Bewegungen in der Kantine auf.

„Du kannst mir in den Arsch treten, wenn wir wieder in Quantico sind, aber jetzt flieg die zweite Drohne zum Beobachtungsspalt, solange die Leute abgelenkt sind."

Sie hatten den Ort gezielt ausgesucht, weil es dort die größte Geräuschverzerrung geben würde, wenn der *verdammte* Eban Winters ins Megafon sprach. Scheißkerl. Der

Spalt, den sie gewählt hatten, lag nicht in der direkten Sichtlinie zu der Stelle, wo die Verhandlungsführer wahrscheinlich im Dickicht auf Position gegangen waren.

Und vielleicht war Eban Winters nicht der einzige Dreckskerl hier.

Novak hatte Charlottes verletzten Gesichtsausdruck gesehen, als er vorgeschlagen hatte, dass sie sich zurückhalten sollten. Und da sie diejenige war, die bisher immer auf ihn zugegangen war, hatte sie natürlich nicht gesagt, dass sie nicht wollte, dass sie sich zurückhielten. Dabei wollte er die Sache zwischen ihnen sogar noch weiter anheizen, weil er seit seiner späten Teenagerzeit keinen vergleichbaren Sex wie den letzte Nacht mehr gehabt hatte. Er war nicht mehr so emotional aufgewühlt gewesen, seit seine Frau ihn verlassen hatte.

Zwischen ihnen hatte es gefunkt.

So bizarr die ganze Sache auch erscheinen mochte, ihre Gelassenheit war die perfekte Ergänzung zu seiner üblichen Verbissenheit. Und während er vor ein paar Tagen ihre zurückhaltende Diplomatie noch für eine Ausrede gehalten hatte, wusste er jetzt, dass sie genauso entschlossen war wie er, die Welt zu einem sichereren Ort zu machen. Leider war die andere Gemeinsamkeit, die sie hatten, ein eiserner Wille.

Sie würde auf keinen Fall den nächsten Schritt machen. Nicht jetzt.

Wenn er wirklich eine Chance bei ihr haben wollte, musste er das, was zwischen ihnen schiefgelaufen war, in Ordnung bringen. Aber was dann? War er wirklich bereit für eine ernsthafte Beziehung? Ein Teil von ihm sehnte sich danach, aber war es den alles verzehrenden Schmerz wert? Verdammt, nein. Seine Ex hatte seine Vorstellung von einer Beziehung vollkommen zerstört. Er sollte sich damit begnügen, für die heiße Nacht dankbar zu sein. Stattdessen war er todunglücklich.

Er wollte mehr.

Und er hatte zu viel Angst, sich zu holen, was er wollte.

Ihm war die Ironie nicht entgangen. Die Verhandlungsführerin war diejenige mit den größeren Eiern in ihrem persönlichen Gefecht.

Er richtete seine Aufmerksamkeit auf die Monitore.

Romano hatte wegen des stürmischen Windes Mühe, die Drohne durch eine zwei Zentimeter breite Lücke zu fliegen. Der Mann war völlig auf seine Aufgabe konzentriert, und Novak wurde klar, dass in der Kantine etwas Ernstes im Gange war.

Novak wich vom Tisch zurück, um Romano nicht abzulenken, und rief McKenzie.

„Sie müssen herkommen. Sofort."

„Die Drohne ist drinnen." Obwohl es in der Scheune kühl war, lief Romano der Schweiß über das Gesicht.

„Gute Arbeit." Novak stützte sich mit den Händen auf dem Tisch ab und schaute auf den Bildschirm. „Such die unteren Stockwerke nach Sprengstoff ab, während die meisten Bewohner in der Kantine sind. Sag mir sofort Bescheid, wenn du etwas findest."

„Was haben wir?" McKenzie schritt auf ihn zu.

„Irgendeine Art von Treffen. Sieht nicht freundlich aus."

„Stellen Sie den Ton lauter. Mal hören, was sie zu sagen haben."

„Ich denke, wir sollten das Charlie-Team zurückholen und das Echo-Team auf den Hügel schicken." Novak gefiel der Anblick dieser Bande nicht. Und vor allem gefiel ihm der Gedanke nicht, dass Charlotte auf dem Hügel war, trotz der

SWAT-Verstärkung.

„Bringen Sie das Echo-Team auf Position, aber hören wir uns erst einmal an, was da los ist, bevor wir Charlie zurückrufen“, entschied McKenzie über ihn hinweg.

Aber Novak wusste, wie es aussah, wenn etwas schiefging. Es sah aus wie ein wütender Mob in einem unterirdischen Bunker. Also genauso wie in dieser Kantine gerade.

KAPITEL EINUNDDREISSIG

TJ SCHRITT MIT wachsender Wut auf die Gemeinschaftsküche zu. Er konnte laute Stimmen und Rufe hören, darunter auch die Stimme seines Vaters.

Als er den Raum betrat, verstummten alle. Das einzige Geräusch war das unablässige Hallen des Megafons, das die Polizisten seit etwa dreißig Minuten benutzten. Es ging ihm mittlerweile gehörig auf die Nerven.

„Da ist ja der kleine Prinz. Der Bastard, mit dem alles angefangen hat." Malcolm stand auf einem Tisch und verhöhnte ihn.

Wut durchzuckte TJ. Er drehte sich weg, als einer von Malcolms Freunden ihn packen wollte, und im nächsten Moment stand sein Vater mit erhobenen Händen neben ihm.

Zum Glück respektierten die Leute Tom Harrison immer noch genug, um auf ihn zu hören und beruhigten sich.

„Meine verstorbene Frau und ich haben euch Unterschlupf gewährt, als euch niemand sonst helfen wollte." Er legte den Kopf schief und schaute jeden von ihnen der Reihe nach an. Die meisten hatten den Anstand, beschämt dreinzuschauen. Er legte seine Hand auf TJs Schulter. „Wir haben unser Essen und unser Zuhause mit euch geteilt. Wir haben euch Betten zum Schlafen gebaut. Wir haben eure Zimmer geheizt. Euch einen sicheren Ort geboten, an dem eure

Kinder aufwachsen können. Und das ist euer Dank? Ihr wollt meinen Sohn genau den Behörden ausliefern, vor denen sich die meisten von euch verstecken?"

Seine Stimme wurde nicht lauter, aber die Missbilligung war deutlich herauszuhören.

„Es ist nicht sicher, wenn wir mit einem Mörder zusammenleben."

„TJ ist kein Mörder." Sein Vater versuchte, sie zur Vernunft zu bringen.

Aber es funktionierte nicht.

Malcolm fuchtelte mit einem weißen Zettel herum. „Das FBI wird die Tore stürmen, wenn wir ihnen nicht geben, was sie wollen."

„Wie wäre es, wenn wir mit demjenigen anfangen, der auf den Wildlife Officer und den Hilfssheriff geschossen hat?", konterte Tom.

„Wie wäre es, wenn wir mit demjenigen anfangen, der Brenna Longie umgebracht hat." TJs Stimme schallte durch den Raum.

„Das sage ich doch die ganze Zeit, du kleiner Trottel", höhnte Malcolm.

TJ starrte Malcolm an, bis der andere Mann ins Stocken geriet. „Ich weiß, was du getan hast. Ich weiß, dass du unser Gold gestohlen hast. Und ich weiß, dass du Brenna Longie ermordet hast. Ich weiß es, und ich habe Beweise!", schrie TJ, woraufhin die Hölle losbrach.

Sein Vater packte ihn am Arm. „Zeit zu gehen, TJ."

TJ wollte Malcolm weiter zur Rede stellen, aber es war klar, dass ihm niemand glaubte.

„Sofort!" Sein Vater zerrte ihn aus dem Zimmer, und sie liefen die Treppe hinunter.

Malcolm schrie ihnen hinterher: „Ihr könnt weglaufen, aber ihr könnt euch nirgendwo verstecken. Ich komme euch holen.“

Sein Vater sprintete zur Tür, zog seinen Schlüssel hervor und steckte ihn ins Schloss. TJ stürmte ins Zimmer und hielt die Tür zu, während sein Vater den Riegel vorschob.

Jemand fing an, gegen das Metallportal zu hämmern.

„Was ist mit den Ersatzschlüsseln im Büro?“, fragte TJ plötzlich.

„Die habe ich vor ein paar Wochen ausgetauscht, als ich gemerkt habe, dass Malcolm sich hier reingeschlichen hat und versucht hat, den Safe zu knacken.“ Tom schob die anderen Riegel vor und nickte zufrieden. „Schnapp dir die Rucksäcke und schließ auf dem Rückweg jede Tür sicher ab. Es wird sie nicht für immer aufhalten, aber lange genug.“

TJ hatte keine Ahnung, wie sie entkommen sollten, aber es war keine Zeit für Fragen.

„Wusstest du, dass er unser Gold gestohlen hat?“, fragte TJ, während er die beiden schweren Rucksäcke hochhievte und die Tür zwischen Wohnzimmer und Küche abschloss.

„Ich wusste, dass er es versucht hat, aber ich wusste nicht, dass er etwas davon gefunden hat.“ Tom schritt ins Bad und holte ein Brecheisen aus dem Wäscheschrank. Er steckte es in einen schmalen Spalt zwischen den Marmorplatten, aus denen der Boden bestand. „Nimm du die andere Seite.“

TJ tat, wie ihm geheißen, und gemeinsam schoben sie die schwere Marmorplatte zur Seite. Direkt darunter verlief ein etwa fünfzig Zentimeter breites Abflussrohr.

„Das habe ich eingebaut, als ich die Badewanne für deine Mutter installiert habe. Ich dachte, es könnte nicht schaden, einen Notausgang zu haben, von dem niemand weiß.“ Tom schlüpfte in seine Winterjacke.

TJ schluckte. „Wo führt es hin?"

„Oben auf den Hügel. Ich habe dort vor Jahren Gras angesät, also könnte es etwas dauern, bis wir es dort hinausschaffen, aber es ist unsere beste Chance, hier lebend rauszukommen."

„Glaubst du wirklich, dass sie mich umbringen würden? Ich bin mir sicher, dass Malcolm Brenna ermordet hat."

Tom schaute ihn an, sagte aber nichts.

„Kayla ist am Leben, Dad."

„Kayla?"

„Das Mädchen, mit dem ich zusammen bin."

Sein Vater lächelte fast traurig und tätschelte ihm den Arm. „Das freut mich, mein Sohn. Und jetzt lass uns von hier verschwinden."

TJ packte seinen Vater am Arm. „Wird uns das FBI nicht aufspüren, sobald wir aus dem Tunnel kommen?"

„Es hat angefangen zu schneien. Das wird ein höllischer Schneesturm." Tom schüttelte den Kopf. „Klettere da runter, mein Sohn. Ich muss die Platte wieder zurückschieben, damit sie nicht wissen, wohin wir gegangen sind."

Das Hämmern an der Tür wurde immer lauter, als würden die Leute davor einen Rammbock benutzten.

TJ warf das Brecheisen in den Tunnel und kletterte kopfüber und seinen Rucksack hinter sich her schleifend, in das enge Rohr. Er hörte das Kratzen von Stein auf Stein und sobald die Platte wieder an ihrem Platz war, drückte die Dunkelheit auf ihn herab. Der Abfluss roch nach modriger Erde und vereistem Schmutz. Es roch wie ein eiskaltes Grab.

Er setzte seine Stirnlampe auf und begann, Zentimeter für Zentimeter durch das Rohr bergauf zu kriechen.

„Der Abfluss führt unter dem anderen Ausgang hindurch, aber es kann sein, dass wir uns durchgraben müssen, wenn er durch die Explosion beschädigt wurde", erklärte Tom hinter ihm. Die Worte hallten unheimlich nach.

Na toll. Panik breitete sich in TJs Lunge und seinem Körper aus. Wie hatte sich seine Welt innerhalb weniger Tage in diesen Albtraum verwandeln können? Er verdrängte den Schrecken und die Angst aus seinem Kopf und konzentrierte sich stattdessen darauf, seinen großen Körper durch das enge Rohr in Richtung Ausgang zu bewegen.

Es war alles in Ordnung. Alles war gut.

Selbst als er an einem Erdhaufen ankam, ließ er sich nicht von seiner Angst übermannen. Er schob die Panik beiseite und konzentrierte sich auf den nächsten Atemzug. Sein Vater reichte ihm seine Klappschaufel, und er begann, sich durch die lose Erde zu graben, die durch einen Sprung in der Seite des Rohrs eingedrungen war.

Alles ist gut. Es würde alles gut werden. Sein Vater hatte immer einen Plan.

KAYLA LAUSCHTE EINEN langen Moment lang an der Tür. Das ganze Haus war so still, dass jedes Knarren und Ächzen der Holzbalken deutlich zu hören war und von den Wänden widerhallte.

Nichts davon half ihr.

Sie schaute sich um und bemerkte den Fernseher. Nachdem sie ihn eingeschaltet hatte, stieg sie wieder ins Bett und zog sich die Decke bis zum Kinn hoch.

Nach ein paar Minuten tauchte der Agent, der ihr als

Wächter zugeteilt worden war, auf.

„Geht's dir gut?", fragte er.

Er schien nett zu sein und erinnerte sie an ihren alten Geografielehrer aus Pittsburgh.

Sie nickte. „Mir war langweilig. Macht es Ihnen etwas aus, wenn ich mir etwas im Fernsehen ansehe? Störe ich Sie?"

„Nein, überhaupt nicht."

„Ich glaube, ich werde gleich ein Bad nehmen."

Er nickte. „Klingt gut. Ich bin draußen, wenn du etwas brauchst."

Sie schluckte. „Vielen Dank."

Sie entschied sich für eine besonders schrille Talkshow, stellte die Lautstärke allerdings nicht so hoch, dass sie jemanden stören würde. Das würde reichen, um ihre Bewegungen zu übertönen. Sie ging ins Bad, drehte den Wasserhahn auf und gab etwas von dem Schaumbad hinein, das auf dem Regal stand.

Dann ging sie zurück zum Fenster und öffnete es mit einem leichten Ruck. Sie erstarrte, doch der Agent schien nichts gehört zu haben. Sie fröstelte, als ein eisiger Windstoß über sie hinwegfegte, ließ sich aber nicht davon abschrecken. Eine Sache, für die es sich zu kämpfen lohnte, war eine Sache, für die es sich zu leiden lohnte.

Die Dachschräge war steil, und der Wind wirbelte Schnee auf.

Sie schob einen Stuhl unter das Fenster, nahm den Nippes von der Fensterbank und stellte ihn auf das Bücherregal, um nichts kaputt zu machen und kein Geräusch zu verursachen. Dann lief sie zurück, drehte den Wasserhahn zu und zog die Badezimmertür hinter sich zu. Zurück im Schlafzimmer, bewegte sie sich so leise wie möglich. Sie kletterte über den

Stuhl auf die Fensterbank und wagte sich dann auf das Dach hinaus.

Oh Gott! Sie hatte ein flaues Gefühl im Magen, als wäre sie auf einer Achterbahn. Sofort zerrte der Wind an ihrem Haar und blendete sie regelrecht. Vorsichtig kroch sie weiter, wobei die Schindeln ihre Handflächen und Knie aufschürften.

Die eisige Kälte raubte ihr den Atem. Sie drehte sich um und schloss das Fenster hinter sich, froh, dass es so altmodisch war und über keinen mechanischen Aufziehmechanismus verfügte. Stattdessen schloss es aufgrund der vielen Farbe auf dem Holzwerk sehr gut.

Vorsichtig robbte sie auf dem steilen Dach entlang und versuchte, kein Geräusch zu machen, damit die Leute, die drinnen vielleicht schliefen, nicht bemerkten, dass jemand auf dem Dach war.

Sie erstarrte, als sie den großen Mann sah, der Charlotte gestern begleitet hatte. Der, der sie aus dem Zelt getragen und hierhergebracht hatte. Falls er nach oben schaute, würde er sie auf jeden Fall sehen, obwohl sie in Schwarz und Grau gekleidet war, das mit dem Farbton der Dachziegel verschmolz und völlig unbeweglich neben einem Schornstein stand. Sie hielt ihr Haar zurück und lehnte sich nach hinten, bis sie flach an das Dach in der Nähe der Schornsteinmauer gepresst war.

Novak – sie erinnerte sich an seinen Namen – öffnete das Scheunentor, und ein anderer Mann kam mit zwei Pferden heraus. Der Schnee war jetzt dicht und wurde von Sekunde zu Sekunde dichter. Sie bewegte sich nicht, als Novak das Scheunentor schloss und dann auf eines der Pferde stieg. Die beiden Männer ritten davon, und sie *wusste*, dass dies ihre Chance war. Als sie weiter über das Dach kroch, sah sie ein offenes Fenster. Kayla klapperte mit den Zähnen, als sie den

Riegel aufschob und das Fenster behutsam öffnete, während sie betete, dass niemand im Raum war. Sie hielt sich am Rahmen fest, um nicht vom Wind erfasst zu werden, und kletterte hinein. Dann schob sie das Fenster hinter sich zu und ließ sich langsam zu Boden gleiten.

Ihr Herz pochte.

Ihre Hände waren bereits taub, ebenso wie ihr Gesicht.

Schnell wühlte sie in der Tasche, die auf dem Boden stand. Sie zog das dicke Sweatshirt aus und schlüpfte in ein langärmeliges T-Shirt und einen dünnen schwarzen Pullover, der sich so weich anfühlte als wäre er aus Kaschmir. Dann zog sie das Sweatshirt darüber. In der Ecke des Zimmers entdeckte sie Turnschuhe. Sie waren eine Nummer zu groß, also zog sie ein weiteres Paar dicke Socken an und versuchte es noch einmal. Nicht perfekt, aber auch nicht schlecht.

Ihre Hände zögerten, als sie die Windjacke und die Mütze betrachtete. Auf beiden prangte in dicken gelben Lettern „FBI", und sie anzuziehen war wahrscheinlich illegal, es sei denn, es war Halloween. Das Problem war, dass sie ohne winddichte Klamotten vermutlich nicht lange überleben würde.

Sie band ihr Haar zu einem dicken Pferdeschwanz im Nacken zusammen, setzte sich die Mütze auf und griff nach der Jacke. Sie hatte keine Ahnung, ob TJ eine Möglichkeit hatte, aus dem Bunker, in dem er lebte, herauszukommen oder nicht. Er hatte immer angedeutet, dass er sich wegschleichen würde, aber sie wusste nicht genau, was das bedeutete. In ihrer Botschaft hatte sie hinzugefügt, dass sie sich wünschte, ihn an ihrem Baum treffen zu können, weil sie gehofft hatte, dass er es irgendwie schaffen würde, dort hinzukommen. Er würde es verstehen, sobald er ihre Nachricht sah, und wenn er könnte, würde er kommen.

Sie musste wissen, was vorgefallen war. Danach würden sie herausfinden, was sie tun konnten. Wenn er ihr erzählte, was auf dem Berg mit Brenna passiert war, würden sie gemeinsam hierher zurückkehren und sie würde ihn dazu bringen, mit Charlotte zu reden. Sie hoffte inständig, dass sie die Situation nicht völlig falsch einschätzte.

Aber TJ war kein Mörder. Ganz sicher nicht.

Kayla lauschte an der Tür, während sie langsam bis zehn zählte. Dann machte sie sich auf den Weg nach draußen, selbstbewusst und konzentriert, als gehöre sie hierher und habe eine sehr wichtige Aufgabe zu erfüllen. Auf leisen Sohlen schlich sie den Korridor entlang, die Treppe hinunter und in den Sturm hinaus.

CHARLOTTE BLICKTE IN den sich verdunkelnden Himmel hinauf. Was sie immer noch beunruhigte, war Brennas fehlende Kamera. Man verlor vielleicht einen Hut oder Handschuhe, aber eine Fotografin würde niemals ihre Kamera verlegen.

Charlotte hatte die Beweismittel überprüft, und weder im Zelt noch im Auto war eine Kamera gefunden worden. Als sie erneut in den Himmel blickte, wusste sie, dass dies ihre letzte Chance sein würde, vor dem Frühling danach zu suchen. Bob Jones hatte sich nicht daran erinnern können, eine Kamera gesehen zu haben, bevor auf ihn geschossen worden war.

Was, wenn auf der Kamera Fotos von Brennas Mörder waren? Wie würde die Beweislage dann aussehen?

Eban war immer noch am Megafon, mit Unterstützung

von Max. Dominic war in der Kommandozentrale mit den anderen Verhandlungsführern am Telefon. Sie kam sich überflüssig vor. Alle wussten genau, was sie zu tun hatten. Solange sich nichts änderte, wurde sie nicht gebraucht. Und selbst dann waren die Verhandlungsführer hier die Besten der Besten. McKenzies Anweisung, sie zu „beaufsichtigen", machte sie im Grunde arbeitslos, bis diese Leute anfingen, mit ihnen zu kommunizieren.

Als sie mit Novak zusammengearbeitet hatte, hatte sie wenigstens dazu beigetragen, den Fall voranzubringen. Hier draußen auf dem Berg konnte sie nicht einmal das tun.

Truman lief auf und ab. Er war heute ihr Assistent und sah ebenso frustriert aus.

Sie stand auf. „Lassen Sie uns schnell die Umgebung des Tatorts absuchen, wo wir Brenna Longies Leiche gefunden haben, und nach ihrer Kamera suchen."

Truman runzelte die Stirn und blickte in den Himmel hinauf. „Ich bin mir nicht sicher, ob das eine gute Idee ist." Er warf ihr einen Blick zu. „Außerdem würde SSA Novak mich in der Luft zerreißen, wenn Ihnen etwas zustößt."

Er hatte also gemerkt, dass sich zwischen ihnen etwas verändert hatte. Etwas Erdbebenartiges.

„Das geht SSA Novak nichts an." Truman runzelte angesichts der Bitterkeit in ihrer Stimme die Stirn. Charlotte wandte den Blick ab. Sie war nicht bereit, zuzugeben, dass Novak sie verletzt hatte. Nicht öffentlich. Innerlich sah die Sache anders aus. In ihrem Inneren schwelte eine Masse von Unsicherheit und Schmerz, die nur schwer zu verbergen war.

Sie begann zu laufen, und Truman holte sie schnell ein. „Ich möchte einen halben Kilometer außerhalb des Bandes ein Gittermuster ablaufen, für den Fall, dass Brenna ihre Kamera hat fallen lassen und weggelaufen ist, als sie angegriffen wurde.“

Sie konnten durch die Bäume hindurch gut sehen, aber auf dem Boden hatte sich bereits eine dünne Schneeschicht gebildet. Sie rief das Sondereinsatzkommando an, um sie zu warnen, dass sie sich einige Minuten in diesem Gebiet aufhalten würden, damit sie nicht auf sie schossen.

Als sie das Absperrband erreichten, markierte sie im Geiste ihren Ausgangspunkt. Dann begannen Truman und sie, systematisch in entgegengesetzte Richtungen zu gehen, die Augen auf den Boden gerichtet.

Trumans Satellitentelefon klingelte. Sie schaute auf, als er abnahm.

Er kam auf sie zu gejoggt. „McKenzie ist auf dem Weg und will, dass wir ihm entgegengehen.“

Charlotte blickte sich frustriert um. Sie hatten erst etwa ein Fünftel des Gebiets, das sie absuchen wollte, geschafft. „Gehen Sie vor. Ich komme in zwanzig Minuten nach.“

„Ich kann Sie hier nicht allein lassen.“

„Machen Sie sich nicht lächerlich. Ich kenne den Weg zurück. Ich will das hier erst fertig machen.“ Sie wollte die Kamera finden. „Es wird nicht lange dauern.“

Truman sah immer noch unsicher aus. „Was ist, wenn es einen Whiteout gibt?“

„Was wollen Sie dann machen? Meine Hand halten?“ Sie neckte den Mann, wohl wissend, dass er diese Worte vor ein paar Tagen noch als Flirterei hätte interpretieren können, während heute beiden klar war, dass es das nicht war. Sie hatte das ungute Gefühl, dass er wusste, warum, und fragte sich, wie viele die heimliche Anziehung zwischen Novak und ihr noch bemerkt hatten.

„Rufen Sie mich sofort an, wenn sich etwas ändert." Mehr als zwanzig Minuten würde Mutter Natur ihr ohnehin nicht gewähren.

Truman presste die Lippen zu einer dünnen Linie zusammen und nickte, bevor er wegging.

Charlotte senkte den Kopf und setzte ihre Suche fort. Der Wind heulte um sie herum, und sie fröstelte trotz ihrer Kaltwetterkleidung. Wenn sich der Sturm zu dem vorhergesagten Schneesturm entwickelte, würden sie sich zurückziehen müssen, bis es zu schneien aufhörte, und sie die Situation von der Basis aus neu einschätzen konnten.

Ihre Anspannung wuchs, als ob dieser Sturm etwas Großes verheißen würde. Aber Charlotte war nicht abergläubisch, und sie wollte nicht in Panik verfallen. Sie war sich sicher, dass auf der Kamera Hinweise auf die letzten Momente von Brennas Leben zu finden waren. Um herauszufinden, wie das Mädchen gestorben war, würde sie ein paar Minuten vorübergehenden Unbehagens in Kauf nehmen.

KAPITEL ZWEIUNDDREISSIG

Sein Haar, seine Nasenlöcher und sein Mund waren mit einer dünnen Erdschicht bedeckt. TJ hustete, als er sich durch einen weiteren Haufen trockener Erde wühlte. Er fühlte sich wie ein Wurm, der sich blindlings durch die Erde schlängelte. Jeder Atemzug brachte ihn zum Würgen.

„Wir sind gleich da, mein Sohn."

Es fühlte sich aber nicht so an. Sie hatten sich bereits durch drei Meter Erde und Schutt gegraben. TJ war überzeugt, dass sie hier unten gefangen und lebendig begraben waren.

Jedes Mal, wenn der Schrecken überhandzunehmen drohte, konzentrierte er sich darauf, eine weitere Handvoll Dreck aus dem Weg zu schaffen, einen weiteren hart erkämpften Zentimeter voranzukommen. Er hatte schon ein Dutzend Mal fast den Verstand verloren, aber es gab keinen Ausweg mehr. Selbst wenn er den Verstand verlor und ins Leere schrie, saß er immer noch in einem unterirdischen Rohr fest. Außerdem konnte er hören, wie sein Vater hinter ihm her kroch. Die Vorstellung, wie ein Feigling dazustehen und obendrein die Hölle über ihre Welt zu bringen, weil er vor ein paar Tagen eine schlechte Entscheidung getroffen hatte, war unerträglich. TJ konzentrierte sich darauf, sich Zentimeter für Zentimeter durch den Dreck zu wühlen, selbst als das Betonrohr immer enger zu werden schien, bis es seine

Schultern zusammendrückte.

War das seine Einbildung? Schweiß brach auf seiner Stirn aus.

„Fast geschafft, mein Sohn.“

Seine Zähne klapperten vor Erleichterung. Oder vielleicht auch vor Kälte.

TJ erreichte einen Gullydeckel, der über seinem Kopf einbetoniert war – die Außenwelt war wieder in Reichweite, zusammen mit der Gefahr, die sie barg. Aber er würde sich lieber allem stellen, was draußen auf ihn wartete, als noch eine Minute in dieser unterirdischen Hölle zu verbringen.

Er setzte sich auf und versuchte, die Luke aufzuschrauben. Es war schön, wieder aufgerichtet zu sein, doch der Deckel rührte sich nicht, und die Beunruhigung begann erneut in ihm anzuschwellen, Schweiß rann ihm über die Stirn. Er wischte sich mit seinem Ärmel übers Gesicht.

Er musste von hier verschwinden und so schnell wie möglich zu dem Baum. Er musste nachsehen, ob Kayla dort war. Er war sich ziemlich sicher, dass sie versucht hatte, ihm auf dem Video mitzuteilen, dass sie ihn am Baum treffen würde.

Er positionierte sich neu und versuchte, den Deckel mit aller Kraft dazu zu bringen, sich zu bewegen, bis schließlich das befriedigende Knirschen von verrostetem Metall auf verrostetem Metall ertönte und sich die Scheibe zu drehen begann.

Doch selbst als der Riegel sich gelöst hatte, rührte sich die schwere Abdeckung immer noch nicht.

„Das sind die Graswurzeln, TJ. Versuch es weiter. Es wird aufgehen“, ermutigte ihn sein Vater.

„Solange nicht gerade ein FBI-Agent darauf sitzt.“

Sie lachten beide, was die unerträgliche Anspannung etwas löste. Er sah auf seinen Vater hinunter, der im Tunnel unter ihm auf dem Boden lag.

„Woher wusstest du, dass du das eines Tages brauchen würdest?", fragte er neugierig.

Sein Vater wandte den Blick ab, ein gequälter Ausdruck flackerte über sein Gesicht. „Du kennst mich doch, mein Sohn, ich habe gerne einen Plan B."

TJ nickte. TJs ganzes Leben bestand aus Plänen, Ersatzplänen und Notfallplänen. Er hatte immer angenommen, dass das daher rührte, dass sein Vater bei der Armee gewesen war.

TJ stemmte sich erneut mit der Schulter gegen die schwere Metallabdeckung. Sie hob sich einen Zentimeter, und trockene Erdklumpen regneten auf sie herab. Sein Vater fluchte und wich ein Stück zurück, um keine Erde in die Augen zu bekommen. TJ versuchte es erneut und spürte, wie sich die Graswurzeln zu lösen begannen und abrissen.

Als sie schließlich nachgaben, gelang es ihm, die Abdeckung wegzuschieben.

Er kletterte hinaus und direkt hinein in einen ausgewachsenen Schneesturm. Sein Vater reichte ihm beide Rucksäcke, bevor er ihm nach draußen folgte.

TJ strich sich den Schmutz aus den Haaren, zog eine schwarze Strickmütze aus dem Gurtband seines Rucksacks und setzte sie sich auf den Kopf. Verdammt, war das kalt. Sein Vater legte den Deckel wieder auf den Gully und schnallte sich ebenfalls seinen Rucksack auf den Rücken, wobei er auf und ab hüpfte, um die Riemen zu justieren.

„Hier entlang", befahl Tom und schaute auf seine Uhr.

Als TJ ihm nicht sofort folgte, drehte Tom sich um.

TJs Mund wurde trocken. „Ich muss nachsehen, ob Kayla an unserem Treffpunkt ist.“

Tom klappte der Mund auf. „Nein. Auf keinen Fall. Das FBI sucht bestimmt die ganze Gegend ab.“

Als TJ sich umblickte, sah er, wie weit sie im Untergrund vorgedrungen waren. Vielleicht eine Viertelmeile. Sein Vater musste das hier vor Jahren gebaut haben, denn TJ konnte sich überhaupt nicht daran erinnern.

„Dad, sie hat mir ein Video zukommen lassen. Ich glaube, sie hat mir eine geheime Botschaft geschickt. Ich soll sie an dem Baum treffen, an dem wir uns zum ersten Mal begegnet sind.“

Toms Augen wurden groß. „Das ist eine Falle.“

„Nein.“ TJ schüttelte den Kopf.

„TJ, benutz deinen Verstand. Du kannst sie kontaktieren, wenn wir weg sind.“

„Wie denn? Und wie sollen wir überhaupt von hier wegkommen, Dad? Ich meine, kurzfristig können wir vielleicht entkommen, aber auf lange Sicht? Sie werden wissen, dass wir abgehauen sind. Dafür wird Malcolm schon sorgen, selbst wenn die anderen nichts sagen.“

„Sie werden nichts sagen.“

„Und du nennst mich naiv“, sagte TJ.

Sein Vater zuckte zusammen.

„Ich muss Kayla sehen. Wenn sie mit uns kommen will, prima. Wenn nicht, werde ich mich stellen.“

„Nein. Nein, mein Sohn, nein.“ Toms Mund öffnete und schloss sich, als er nach Luft schnappte. „All die Opfer, die wir erbracht haben. Alles, was ich getan habe, um dich zu beschützen. Willst du das alles wegwerfen für ein Mädchen, das vielleicht nicht einmal ehrlich zu dir ist?“

Zorn stieg in TJ auf. „Sie ist ehrlich zu mir. Ich weiß, dass ich einen Fehler gemacht habe. Du musst nicht mit mir kommen. Im Gegenteil, du solltest gehen." Tränen brannten in seinen Augen, aber TJ blinzelte schnell, als wäre ihm nur Schnee in die Augen gefallen. „Wir treffen uns heute Abend am Wildgehege, wenn sie nicht da ist."

Tom packte ihn am Arm. „Ich kann nicht zulassen, dass du dein Leben wegwirfst!"

„Ich bin kein kleines Kind mehr, Dad." Er zog seinen Arm weg, was seinem Vater sichtlich missfiel. „Ich muss meine eigenen Entscheidungen treffen. Ich muss nachsehen, ob Kayla an unserem Baum ist." Er schirmte sein Gesicht mit seinem Arm ab. „Ich muss mich vergewissern, dass sie in Sicherheit ist. So wie du auf Mom aufpassen würdest."

Tom schluckte und nahm einen langsamen, röchelnden Atemzug. „Ich komme mit dir. Wenn diese Kayla dort ist, und zwar allein, ohne das FBI, nehmen wir sie mit."

„Wenn sie mitkommen will."

Tom presste die Lippen aufeinander, bevor er weitere Befehle erteilte. „Schnell. Lass uns durch die Bäume gehen. Sei vorsichtig! Bestimmt haben sie hier draußen Leute."

TJ stimmte zu. Er kannte den Weg. Aber der Schnee war jetzt so dicht, dass die Sicht auf drei Meter gesunken war. Sie würden buchstäblich mit jemandem zusammenstoßen müssen, um entdeckt zu werden. TJ wusste, dass es töricht war, in eine mögliche Falle zu laufen, aber er wusste auch, dass ihm nichts und niemand etwas bedeutete. Außer Kayla.

DA SICH DIE Situation innerhalb des Gebäudes rapide

verschlechterte, setzte das Geiselrettungsteam seinen Sofortmaßnahmenplan in die Tat um.

Novak ritt mit seiner großen braunen Stute an McKenzies Seite den Berg hinauf. Reiten war schneller als mit dem Auto zu fahren und anschließend von der Straße aus zu laufen. Sie sollten in der Lage sein, das Echo-Team einzuholen, das dreißig Minuten zuvor aufgebrochen war, um sich in Position zu bringen und einen Angriff mit ballistischen Schilden und genügend C4 vorzubereiten, um das Haupttor zu sprengen. Das Charlie-Team hatte vor, sich fünfzehn Minuten entfernt in Stellung zu bringen und auf den Einsatzbefehl zu warten. Sie würden sich innerhalb der Betonmauern abseilen und die Tür sprengen, durch die sie den Jungen ein paar Mal hatten herauskommen und hineingehen sehen. Die Scharfschützenteams waren noch vor Ort, aber die Sicht war so schlecht, dass Novak sie anweisen würde, sich zu nähern, sobald die anderen auf Position waren. Scharfschützen konnten nicht schießen, was sie nichts sehen konnten.

Romano war in der Scheune geblieben und steuerte die Drohnen, wobei ihm einige FBI-Techniker und mehrere örtliche Agenten, darunter die hübsche Agentin Fontaine, zur Seite standen. Novak wusste ohne Zweifel, dass Romano lieber mit der Agentin zusammenarbeitete als mit ihm.

McKenzie trug Jeans und ein Sweatshirt unter seiner FBI-Windjacke und ritt, als wäre er im Sattel geboren worden.

Novak fiel immer wieder Schnee in die Augen, und es sah so aus, als würde bald ein Schneesturm losbrechen. Als es steil bergauf ging, verlangsamten sie die Pferde zum Schritt. „Sie scheinen sich auf Ihrem Pferd ziemlich wohlzufühlen." Er erhob seine Stimme, damit McKenzie ihn über den Wind hinweg hören konnte.

„Ich habe schon als kleiner Junge auf Ranches wie dieser hier gearbeitet. Der Winter ist genauso schrecklich, wie ich ihn in Erinnerung habe", entgegnete McKenzie und schirmte seine Augen mit seinem Arm ab.

Novak grunzte.

„Was ich Ihnen vorhin schon sagen wollte", McKenzie nahm die Zügel auf und lenkte sein Pferd näher an das von Novak, „die DNA-Ergebnisse von Brenna Longie liegen vor. Kein Sperma, aber es wurden nicht identifizierte Hautzellen von drei verschiedenen Personen auf ihrem Körper gefunden. Und stellen Sie sich vor, eine davon war in der Vermissten-Datenbank."

„Was?" Novak runzelte die Stirn und schlug einen Ast aus dem Weg.

„Das Labor führt den Test zur Bestätigung noch einmal durch. Die DNA der vermissten Person wurde auf eine andere Art und Weise verarbeitet, also wird auch diese Probe noch einmal untersucht. Sie sagten, die endgültigen Ergebnisse wären in ein paar Stunden da."

Für die Touch-DNA-Tests brauchte man nur ein paar Hautzellen, aber auch hier kam es leicht zu Kreuzkontaminationen, die die Ergebnisse beeinträchtigten.

Als die Steigung nachließ, trieben sie die Pferde wieder zum Galopp an. Sie überquerten den Berg südlich des Harrison-Grundstücks und kamen an dem Bachbett vorbei, bevor sie wieder bergauf ritten.

Als sie die Stelle erreichten, an der sich die Verhandlungsführer positioniert hatten, stiegen sie ab. Novak schaute sich um, konnte Charlotte jedoch nirgendwo entdecken. Enttäuschung durchflutete ihn. Ging sie ihm absichtlich aus dem Weg?

Eban Winters ließ das Megaphon sinken, verließ seine Position in den Bäumen und ging auf sie zu. „Was ist los?"

Er und Novak beäugten sich misstrauisch, aber sie hatten beide einen Job zu erledigen, und der hatte Vorrang vor jedem persönlichen Groll.

Novak wollte nach Charlotte fragen, Eban vielleicht sagen, dass er gerne noch eine Chance bei ihr hätte, aber er bezweifelte, dass das Ebans Meinung über ihn ändern würde, besonders jetzt. Und letzten Endes zählte ohnehin nur Charlottes Meinung.

„Sieht aus, als hätten die Leute drinnen einen Putsch angezettelt. Sie waren hinter Tom Harrison und TJ her. Vielleicht bedeutet das, dass sie sich jetzt alle ergeben werden?" McKenzie klang hoffnungsvoll.

Eban schnitt eine Grimasse. „Ein Führungswechsel bedeutet im Allgemeinen, dass die Situation im Inneren unbeständiger wird, und eine neue Führung verfolgt normalerweise eine härtere Linie."

Novak fluchte. „Wo ist SSA Blood?", fragte er, nicht imstande, sich zurückzuhalten.

Eban schaute ihn den Bruchteil einer Sekunde länger an, als ihm lieb war, bevor er sagte: „Sie ist losgezogen, um den Tatort zu erkunden und nach der Kamera des toten Mädchens zu suchen, bevor sie vom Schnee begraben wird. Sie hat Truman mitgenommen."

Ein schelmisches Funkeln flackerte in Ebans Augen auf, was zeigte, dass er wusste, dass Novak verdammt eifersüchtig auf den gutaussehenden Agenten war. Doch als Truman durch die Bäume auf sie zustapfte, runzelten beide die Stirn.

„Warum sind Sie nicht bei SSA Blood?", fragte Novak.

Truman antwortete: „Fontaine meinte, dass McKenzie

mich hier haben wollte. SSA Blood hat darauf bestanden, am Tatort weiter nach der Kamera von Brenna Longie zu suchen. Sie wird nicht lange brauchen."

Novak biss vor Wut die Zähne zusammen. Der Schnee wurde jetzt dichter. Er kämpfte gegen die Sorge an, dass Charlotte allein auf dem Berg sein könnte.

„Ich will, dass sie sofort zurückkommt", befahl McKenzie. „Die Situation ist eskaliert."

Novak hätte ihn küssen können.

Truman rief Charlotte über das Funkgerät an. Nachdem der zweite Versuch gescheitert war, stellten sich Novaks Nackenhaare auf.

Er sah auf seine Uhr. „Ich weiß, wo der Tatort ist. Ich werde zurück sein, bevor hier etwas passiert."

„Und was ist, wenn Sie es nicht sind?", fragte McKenzie gereizt.

Novak streichelte die weiche Schnauze der Stute, die er geritten hatte. „Angeletti hat dieses Szenario schon tausendmal ohne mich durchgespielt. Das Geiselrettungsteam weiß genau, was zu tun ist, und ich werde rechtzeitig zurück sein, um die Ausführung zu überwachen."

Romano meldete sich über das Funkgerät. „Wir haben C4 im untersten Stockwerk des Bunkers gefunden, direkt unter der Kantine, wie Sie es vorhergesagt haben, Novak."

Verdammt. Novak ballte die Hände zu Fäusten. Er wollte Charlotte nachgehen, aber Sprengstoff bedeutete, dass Menschenleben in unmittelbarer Gefahr waren.

„Scheint mit einem Timer versehen zu sein."

„Wie lange?", fragte Novak.

„Dreiundzwanzig Minuten und fünfundzwanzig Sekunden, der Countdown läuft."

Verdammt.

Dominic Sheridan meldete sich über Ebans Funkgerät zu Wort. „Jemand Neues ist gerade ans Telefon gegangen."

McKenzie, Eban, Novak und Truman standen jetzt in einem kleinen Kreis inmitten der Pferde, um sich vor dem tosenden Wind zu schützen.

„Frag, ob Tom Harrison in Hörweite ist, Dom", sagte Eban laut.

Dominic antwortete nach ein paar Augenblicken. „Harrison ist nicht da. Der Typ am Funkgerät hat gesagt, dass die Leute, die diese Show veranstaltet haben, verschwunden sind, und der Rest will so schnell wie möglich abhauen."

„Sagen Sie ihnen, sie sollen ihre Waffen niederlegen und nach draußen kommen, weil sich im Gebäude eine Bombe befindet", sagte McKenzie.

„Warten Sie", sagte Novak scharf. „Wir wissen nicht, ob die Türen vielleicht manipuliert sind. Die Explosion könnte ausgelöst werden, wenn sie geöffnet werden. Sagt ihnen, sie sollen sich in der Mitte des Geländes versammeln, unbewaffnet und mit erhobenen Armen, und sich ergeben. Wir müssen sicherstellen, dass das hintere Tor nicht mit Sprengstoff präpariert ist, bevor sie es öffnen. Sagt ihnen, sie sollen sich warm anziehen, vor allem die Kinder, denn sie werden von diesem Berg herunterlaufen müssen, und der Sturm wird ganz schön heftig werden."

„Wann kommt der Bombentechniker?", fragte Dominic über das Funkgerät.

Angeletti war der zuständige Techniker.

„In fünfzehn Minuten", antwortete Novak und fluchte. So sehr er sich auch wünschte, Charlotte zu finden, er war der beste Sprengstoffexperte vor Ort und konnte während einer

Krise nicht einfach weggehen, egal wie sehr er sich um sie sorgte.

Sie war ein Profi.

„Ich werde es tun." Er stieß einen langen Atemzug aus und gab dem Echo-Team die Anweisung, sich aufzuteilen und darauf zu warten, dass die Leute das Gebäude verließen.

„Wohin zum Teufel ist Harrison verschwunden?", fragte McKenzie und griff nach den Zügeln von Novaks Pferd.

Hatte sich der Kerl irgendwie davongeschlichen? Oder hatte er sich in einem noch tieferen Bunker versteckt, während er ein Weltuntergangsszenario für alle anderen Bewohner der Anlage geschaffen hatte?

„Hoffen wir, dass er uns aus dem Weg geht, bis die Leute außer Gefahr sind." Novak rannte auf die Mauern des Bunkers zu. Es war ein Risiko, aber wenigstens war er dieses Mal nicht nackt. Trotzdem lief ihm ein kalter Schauder über die Haut.

Wo zum Teufel war Charlotte? Ging sie ihm absichtlich aus dem Weg?

Nein, so feige wäre sie nie.

Hatte sie etwas gefunden? Steckte sie in Schwierigkeiten?

Verdammt noch mal. Er musste es herausfinden, sonst würde er sie wegen seiner Unkonzentriertheit vielleicht nie wieder sehen. Dann würde er ihr nie sagen können, dass es ihm leidtat. Dass er ein Arschloch gewesen war, weil er so viel Angst davor hatte, wieder abserviert zu werden. Dass er sich vor einer emotionalen Beziehung mit jemandem zurückzog, der nicht zu seinem Team gehörte. Die einzigen Menschen, auf die er sich wirklich verlassen konnte, und die ihn so akzeptierten, wie er war. Menschen, denen er nahe sein konnte, ohne zerfleischt zu werden.

Aber von ihnen wollte er ganz sicher nicht das, was er von

Charlotte wollte, nämlich eine tiefere Verbindung. Er wollte eine echte, dauerhafte Beziehung zu einer Frau, mit der er sein Leben teilen konnte.

Auch wenn die Wahrscheinlichkeit, dass sie ihn wollte, verschwindend gering war.

Er erreichte das hintere Tor, ohne angeschossen zu werden, was ein Pluspunkt war. Es sei denn, es war zu kalt, um Schusswunden zu spüren, und selbst in diesem Fall war es immer noch ein Plus.

Er ließ seine Finger über die Kanten des rostigen Metalls gleiten. Keine offensichtlichen Drähte. Er sprach in sein Funkgerät. „Informiert die Leute, dass ein FBI-Agent die Wände hochklettert, um hineinzukommen. Sagt ihnen, sie sollen sich verdammt noch mal zurückhalten, dann wird niemand verletzt."

„Negativ. Das ist zu riskant", ertönte McKenzies Stimme über das Funkgerät.

Novak war bereits dabei, die Außenseite des Bunkers zu erklimmen, wobei er sich mit den Fingerspitzen und den steifen Sohlen seiner Stiefel in den schmalen Beobachtungsfenstern festhielt. Er fand Halt in den Rissen, die die Oberfläche des Betons durchzogen, und nutzte den kleinen Vorsprung am Scheitelpunkt der schmalen Spalte, um sich nach oben zu hangeln. Zitternd vor Anstrengung hievte er sich auf die Mauer und blieb dort liegen, um Luft zu holen. Glücklicherweise stand der Draht, der das Gelände umgab, nicht unter Strom. Er schnitt ihn durch und ging weiter.

Als er einen verängstigt aussehenden Mann erblickte, der ihn beobachtete, beschloss Novak, seine Hände zu heben, um ihnen zu zeigen, dass er unbewaffnet war. Er musste über den heulenden Wind hinweg schreien. „Ich werde Ihnen nichts tun.“ Charlotte wäre stolz auf ihn. „Bringen Sie alle in den Innenhof. Jemand hat in der unteren Etage dieses Gebäudes Sprengstoff deponiert, und Ihre Leute sind in Gefahr.“

„Woher soll ich wissen, dass Sie die Wahrheit sagen?“, schrie der Fremde zurück.

„Warten Sie zwanzig Minuten, dann werden Sie es auf die harte Tour herausfinden.“

Der Mann ergriff die Flucht und rannte zurück zu seinen Kameraden.

Novak ignorierte ihn und die anderen, die herauskamen. Schreie drangen aus seinem Funkgerät, aber alles, was er hören konnte, war Charlottes Stimme in seinem Kopf.

Da drinnen sind Babys, Novak.

Und er würde sein Bestes tun, um sie lebend herauszuholen. Zwanzig Minuten waren nicht viel Zeit, aber er durfte jetzt nichts überstürzen.

Wenige Augenblicke später sah er die Drähte, die seine schlimmste Befürchtung bestätigten, und verfolgte sie nach unten bis zu einem Heuballen. Hinter dem Ballen sah er einen großen Block mit Sprengstoff, an dem ein mechanischer Auslöser befestigt war. Es sah so aus, als würde der Auslöser aktiviert werden, wenn sich das Tor öffnete. Er ging auf die andere Seite des Tores, wo er ein ähnliches Gerät fand. Egal, welches Tor geöffnet wurde, es würde eine Bombe hochgehen.

Er wollte gerade einen Schritt auf das Tor zumachen, als er einen Stolperdraht entdeckte, der etwa zehn Zentimeter über dem Boden angebracht war.

Dieser verdammte Mistkerl.

Er ging in die Hocke. Der Bombenbauer, vermutlich Harrison, hatte das als tödliche Begrüßung für Novaks Männer angebracht. Wut stieg in ihm auf, aber Novak schob sie beiseite. Er musste die Geräte untersuchen und entschärfen. Und zwar schnell. Bevor Harrison die Sprengsätze unter ihm zündete, die auch diese Bomben auslösen würden.

Er lockerte seinen Nacken und blendete alles andere aus.

CHARLOTTE HATTE FAST drei Viertel ihres Zielgebiets abgesucht, als sie eine blitzartige Bewegung wahrnahm. Es sah so aus, als würde Fontaine den Hang rechts von ihr hinaufgehen. Der Schneefall war so stark, dass sie kaum etwas sehen konnte. Die Schneeflocken brannten in ihren Augen.

Verflucht.

Charlotte setzte ihre Suche fort, denn in fünf Minuten würde der Schnee zu dicht sein, um irgendetwas auf dem Boden erkennen zu können, und er würde erst im April schmelzen, und das nur, wenn sie Glück hatten. Ihr verschlüsseltes Funkgerät knisterte, aber das Wetter behinderte den Empfang. Sie hoffte, dass sie das Sondereinsatzkommando und andere Einsatzkräfte innerhalb der nächsten halben Stunde zurück auf den Berg rufen würden.

Als sie das gesamte Gebiet abgesucht hatte, stützte sie die Hände in die Hüften und schnaufte vor Enttäuschung. Vielleicht hatte TJ die Kamera mitgenommen und FWO Jones hatte sie bei der Verfolgungsjagd einfach übersehen. Oder vielleicht hatte TJ sie irgendwo in die Büsche geworfen. Vielleicht hatte der Wanderer, mit dem Bob Jones auf dem Parkplatz gesprochen hatte, die Spiegelreflexkamera an sich genommen, nachdem er Brenna umgebracht hatte.

Sie schaute sich um und fragte sich, wo Fontaine geblieben war. Dann entdeckte sie sie in der Nähe eines alten, sturmgeschädigten Baumes. Suchte sie nach etwas? Die Bedingungen wurden immer schlechter. Charlotte beschloss, dass es an der Zeit war, zum Sammelplatz zurückzugehen.

Sie würde Fontaine auf dem Weg abholen. Die Wetterlage wurde langsam kritisch und sie mussten sichergehen, dass sich niemand hier oben verirrte.

Ihr Funkgerät knisterte erneut, und als Charlotte es diesmal an ihr Ohr hielt, konnte sie die Worte vage ausmachen. Die Lage spitzte sich zu. Definitiv Zeit, an die Front zurückzukehren.

Sie wollte gerade einen weiteren Schritt machen, als ein Mann hinter einem Baum hervorkam und eine Pistole auf ihren Kopf richtete.

Es war Tom Harrison.

„Fallen lassen." Er meinte das Funkgerät.

Sie fluchte leise. Wie war er aus dem Bunker herausgekommen? Hatte ihn jemand bemerkt?

Hatte er Fontaine gesehen? Hatte Fontaine mitbekommen, dass Charlotte in Schwierigkeiten steckte? Charlotte ließ das Funkgerät in den Schnee fallen.

Komm schon, komm näher.

„Jetzt die Glock. Ganz langsam, Daumen und Zeigefinger. Wenn Sie es falsch machen, werde ich Sie erschießen."

Charlotte wusste, dass er nicht bluffte. Bei dem Gedanken, sich von ihrer Waffe zu trennen, wurde ihr schlecht, aber sie glaubte nicht, dass sie eine andere Wahl hatte, wenn sie die nächsten Minuten überleben wollte.

Ein Schuss würde weitere Agenten auf den Plan rufen, aber sie würden sie vielleicht erst finden, wenn es zu spät war.

Ihre ballistische Weste funktionierte nur, wenn er ihr nicht in den Kopf schoss.

„Niemand will Ihnen wehtun, Tom." Ganz langsam zog sie ihren Handschuh aus und öffnete in aller Ruhe den Klettverschluss des Holsters, das sie an der Hüfte trug. Mit Daumen und Zeigefinger zog sie ihre Waffe heraus und warf sie etwa drei Meter von Tom Harrison entfernt auf den Boden.

„Zurück, bis ich sage, dass Sie stehenbleiben sollen."

Charlotte befolgte seinen Befehl. Der Mann war intelligent. Sein Gesichtsausdruck war zögerlich, als er nach vorne ging und sowohl das Funkgerät als auch die Waffe aufhob. „Wenn Sie sich auch nur einen Zentimeter bewegen, bringe ich Sie um. Ich bin Ihnen nichts schuldig, verstanden?"

Sie nickte.

„Dad, hör auf."

„Tun Sie ihr nichts!"

Charlotte erkannte die Stimme der Frau, die sie für Agent Fontaine gehalten hatte. Es war Kayla Russell, und sie trug Charlottes Kleidung. TJ Harrison hielt ihre Hand.

„Du hast ihm über das Video eine Nachricht geschickt." Charlotte versuchte, ihre Verbitterung über den Verrat zu verbergen, aber sie war so wütend, dass sie trotzdem durchdrang. Wie hatte sie sich nur so in dem Mädchen täuschen können?

„Ich habe TJ nur gebeten, mich am Baum zu treffen. Ich wollte ihm Fragen über Brenna stellen. Ich will, dass er sich stellt, weil ich weiß, dass er nichts mit ihrem Tod zu tun hat."

Tom richtete seine Waffe auf das Mädchen.

TJ schob Kayla sofort hinter seinen Rücken.

„Was soll das, Dad? Nein."

Was ging hier vor sich?

„Sie hat das FBI mitgebracht." Tom schwang die Waffe zurück zu Charlotte, und sie ärgerte sich, dass sie ihn nicht angegriffen hatte, obwohl er sie wahrscheinlich erschossen hätte.

„Ich wusste nicht, dass sie hier ist, ich schwöre es", schluchzte Kayla. Sie umklammerte TJs Hand und versteckte sich voller Angst hinter ihrem Freund. „Tun Sie ihr nicht weh. Sie hat mir geholfen!"

Das Mädchen bettelte und weinte so heftig, dass Charlotte nicht glaubte, dass es gespielt war. Sie war immer noch wütend, aber sie glaubte nicht, dass Kayla mit diesen Männern unter einer Decke steckte. Sie war nur bis über beide Ohren verliebt.

Charlotte hörte, wie ihre Kollegen versuchten, sie anzufunken. Hoffentlich würden sie einen Suchtrupp losschicken, wenn sie nicht antwortete. Aber die Sicht verschlechterte sich zusehends. Die Scharfschützen vom SWAT und vom Geiselrettungsteam hatten nicht den Hauch einer Chance, sie in diesem Sturm zu finden.

„Er wird dir, Kayla, und der FBI-Agentin nichts tun, stimmt's, Dad?", meldete sich TJ zu Wort.

Sowohl Tom als auch Charlotte warfen ihm einen ungläubigen Blick zu.

„Ich habe Brenna nicht umgebracht", versicherte TJ schnell an Charlotte gewandt. „Ich weiß, ich hätte nicht weglaufen sollen, aber ich hatte Angst." TJ schloss seine Augen. „Das ist alles meine Schuld."

„Stell dich, TJ. Das FBI wird dir glauben", drängte Kayla.

„Das wird er nicht", widersprach Tom entschlossen und sah das Mädchen mit zusammengekniffenen Augen an.

„Doch, das werde ich, wenn Kayla das will", erwiderte TJ.

Sein Vater schnaubte. „Sei kein verdammter Narr, TJ. Sie werden dich einsperren und den Schlüssel wegwerfen."

„Nicht, wenn er nichts Falsches getan hat", betonte Charlotte.

Tom warf ihr einen Blick zu, als wären sie die einzigen Erwachsenen im Raum, und Charlotte erkannte, dass Tom Harrison seine eigenen Vorstellungen hatte und sich weder für die Meinung seines Sohnes noch die von Kayla oder dem FBI interessierte.

„Lass uns mit ihnen reden, Dad. Beenden wir diese Sache, bevor jemand verletzt wird."

Charlotte konnte sehen, dass es Tom Harrison egal war, ob noch jemand verletzt wurde. Ihm ging es nur darum, seinen Sohn zu beschützen und einer Festnahme zu entgehen. Aber wie wollte er das auf Dauer bewerkstelligen?

„TJ?" fragte Kayla nervös.

Willkommen in der Familie, Kayla.

„Sie kann mit uns mitkommen." Tom ruckte mit dem Kopf in Richtung Norden. „Aber wenn du sie nicht unter Kontrolle halten kannst, lassen wir sie zurück."

Charlotte biss wütend die Zähne zusammen.

TJ schien endlich seinen Mann zu stehen. „Ich werde sie nicht zurücklassen."

„Wie wäre es, wenn ich stattdessen die FBI-Agentin erschieße?"

„Dad!" TJ war empört, aber Charlotte wusste, dass Tom es ernst meinte. Sie wusste auch, dass er sie bei der erstbesten Gelegenheit beseitigen würde. Auf die eine oder andere Weise. Andernfalls würde sie die Behörden direkt auf sich aufmerksam machen.

Tom brüllte über den heulenden Wind hinweg. „Beeil

dich, TJ. Wir müssen hier weg, bevor uns das FBI aufspürt. Alles andere können wir später klären."

Charlotte hörte, wie Truman sie erneut anfunkte.

„Hier." Tom warf seinem Sohn das Funkgerät zu. „Hör dir das an, falls sie einen Suchtrupp nach ihr aussenden." Der Junge fing es auf und steckte es in eine Außentasche. Dann setzte er sich in Richtung Norden in Bewegung, den Arm schützend um Kaylas Schultern gelegt.

Tom winkte Charlotte mit seiner Waffe zu. „Ich gebe ihnen ein paar Meter Vorsprung."

„Damit Sie sie nicht treffen, wenn Sie mich erschießen."

„Es gibt keinen Grund, Sie zu erschießen, wenn Sie tun, was ich Ihnen sage."

Na klar. Sie zog ihre Füße absichtlich tief durch den Schnee, um eine Spur zu hinterlassen, die hoffentlich gefunden werden würde. Sie dachte daran, wie Novak in der ersten Nacht, in der sie angekommen waren, TJs Spuren auf dem gefrorenen Boden gefunden hatte.

Finde mich.

„Sie müssen das nicht tun, Tom. Sie haben noch nichts Falsches getan." Außer eine FBI-Agentin zu bedrohen und einem paar Dutzend anderer Straftaten.

„Hören Sie, Lady, verkaufen Sie mich nicht für dumm, und ich werde mich erkenntlich zeigen."

„Charlotte. Mein Name ist Charlotte." Sie offenbarte sich ihm gegenüber als Mensch, nicht als Special Agent.

Er wandte den Blick ab. „Bewegen Sie sich, Charlotte. Oder Sie sterben. Sie haben die Wahl."

KAPITEL DREIUNDDREISSIG

NOVAK RANN DER Schweiß von der Stirn, und er wischte sich mit dem Ärmel über das Gesicht. Er hatte den Stolperdraht demontiert und sich dann auf der Suche nach Sprengfallen an jedem einzelnen Draht entlang gearbeitet.

Das Echo-Team durchsuchte die Bewohner nach Waffen, bevor es sie zu einem von ihnen gebauten Leitersystem schickte, damit sie das Gelände innerhalb kürzester Zeit verlassen konnten. Die Uhr tickte. Sie hatten Signalblocker eingerichtet, um zu verhindern, dass die Bomben absichtlich oder versehentlich aus der Ferne gezündet wurden, aber sie hatten keine Zeit, alle möglichen Zeitzünder zu entschärfen, die bereits aktiviert worden waren.

Novak sah Cowboy mit einem Baby im Arm schnell über die Mauer klettern.

Die Scharfschützen waren von ihren Überwachungspositionen zurückbeordert worden, da sie durch den Sturm nichts sehen konnten. Und obwohl das FBI über einige der besten Piloten der Welt verfügte, war der Wind zu stark, um einen Flug mit dem Hubschrauber riskieren zu können. Das Charlie-Team war auf der Ranch abgesetzt worden und unterwegs, um die Leute zu einem Verhörzentrum zu bringen.

Er legte sich rücklings auf den Boden und betrachtete das Gerät aus diesem Blickwinkel. Drei Drähte führten in den schwarzen Kasten auf der Rückseite. Rot, schwarz, grün. Er versuchte, hineinzuschauen, aber das dicke Plastik war blickdicht. Er machte Fotos mit seinem Handy.

„Zeit zu handeln, Boss."

Er sah zu Cowboy auf, der nun über ihm stand.

„Wir sind so sicher, wie wir nur sein können, dass alle draußen sind. Noch zwei Minuten bis zur Sprengung der unterirdischen Anlage. Wir müssen evakuieren."

Verdammt. Er hatte recht. Novak fluchte und rollte sich von den Geräten weg. Es hatte keinen Sinn, das Risiko einer Entschärfung einzugehen, wenn das ganze Gebäude sowieso in die Luft fliegen würde. Warum wollte Harrison die Bewohner umbringen? Wenn er sie so sehr hasste, warum hatte er sie dann nicht schon vor Monaten rausgeworfen?

„Geh du voran" orderte Novak.

Sie eilten über die Leiter. Die Bewohner waren alle auf einen nahe gelegenen Pfad getrieben worden. Cowboy wollte ihnen folgen, aber Novak hielt ihn am Arm fest. „Hier lang."

Sie sprinteten durch den Schnee dorthin, wo Novak McKenzie und die Verhandlungsführer zurückgelassen hatte. Das Bachbett würde eine gute Deckung bieten, da sie nicht wussten, wie viel C4 Harrison in das Haus gepackt hatte oder wie viel Munition innerhalb der Mauern lagerte.

Sie stürzten sich die Böschung hinunter und kamen schlitternd zum Halt. Novak überprüfte die Reihe der Leute, die in Deckung gegangen waren.

„Gute Arbeit da hinten", lobte McKenzie ihn.

Novak nickte. Wo zum Teufel war Charlotte?

„Die Leute, die rausgekommen sind, waren sich einig, dass alle außer Tom Harrison, seinem Sohn TJ und Malcolm Resnick da waren. Sie meinten, die Harrisons hätten sich in ihren Zimmern eingeschlossen."

Novak runzelte die Stirn. Er bemerkte, dass Eban ihn besorgt musterte, woraus er schloss, dass Charlotte noch nicht zurückgekehrt war.

„Wo ist SSA Blood?", fragte er.

„Ich weiß es nicht, aber wenn sie keine gute Ausrede hat, werde ich ihr eine offizielle Abmahnung erteilen." McKenzie war stinksauer. Die Pferde wieherten, als sie an einem nahen Baum angebunden wurden.

„Nichts von SWAT?"

„Das SWAT-Team hat sich zurückgezogen. Die Lage wird zu gefährlich."

Er und Eban tauschten einen weiteren eindringlichen Blick aus.

„Ich werde sie suchen", stieß Novak hervor.

„Nein, das werden Sie nicht", widersprach McKenzie.

„Ich bitte nicht um Erlaubnis, Boss. Ich glaube, sie steckt in Schwierigkeiten, und ich werde sie suchen."

McKenzie hob die Hand, um ihn zum Schweigen zu bringen, während Romano im Funkgerät die Sekunden herunterzählte.

„Fünf, vier, drei."

Verärgert über die Verzögerung zog Novak die Schultern ein und ging in die Hocke.

Alle duckten sich und bedeckten ihre Köpfe mit den Armen.

„Zwei, eins."

Die Explosion war ohrenbetäubend und ließ die Erde beben. Die Pferde, auf denen er und McKenzie hier hochgeritten waren, bäumten sich vor Schreck auf. Eine Rauch- und Staubwolke stieg zehn Meter hoch in die Luft,

Flammen waren über den Bäumen zu sehen. Sekundäre Eruptionen erschütterten den Boden unter ihm. Verdammte Scheiße. Wenn Novaks Männer da hineingelaufen wären, wären sie alle tot.

Dieser *verdammte* Tom Harrison hatte es ernst gemeint, als er gesagt hatte, dass er alle in die Luft jagen würde.

Ein Gefühl des Unbehagens kroch über seine Schultern, und er stand auf, noch bevor alle Trümmer zu Boden gefallen waren.

McKenzie verdrehte die Augen, als er zu begreifen schien, was Novak vorhatte. „Ich hoffe, SSA Blood hat eine verdammt gute Ausrede.“

Novak lief zu den Pferden hinüber, griff nach den Zügeln und dem Sattelhorn und stieg auf. Eban Winters war direkt neben ihm.

Wenn alles in Ordnung wäre, wäre Charlotte auf jeden Fall hier, wenn es hart auf hart kam. Schließlich sorgte sie sich genauso sehr um alle wie er. Tief über den Hals gebeugt, trieb er das Pferd zu einem schnellen Galopp an, während er hervorstehenden Ästen geschickt auswich.

Die Pferde schnaubten, als sie den Tatort erreichten, das gelbe Absperrband flatterte im Wind. Sie suchten die Gegend ab und hielten im Schnee Ausschau nach Charlotte. Hatte sie einen Unfall gehabt? Sich einen Knöchel verstaucht?

Keine Spur von ihr.

Eban wollte ihren Namen rufen, aber Novak packte ihn am Ärmel, um ihn aufzuhalten.

„Sehen Sie.“ Er deutete auf eine Reihe von Fußabdrücken und eine schnell verschwindende Spur aus plattgedrücktem Schnee, die sich durch den Wald in Richtung Norden zog. „Holen Sie Hilfe.“

Eban schüttelte ihn ab. „Ich komme mit Ihnen.“

Novak schüttelte den Kopf. „Wir brauchen vielleicht Verstärkung, und wir können es nicht riskieren, das Funkgerät zu benutzen.“

Eban runzelte die Stirn, bis er zu begreifen schien. Er fluchte. „Sie glauben, jemand hat sie entführt?“

Novak nickte. „Sie kann nicht einfach abgehauen sein. Wer auch immer sie hat, hat möglicherweise Zugang zu unserer Kommunikation.“

Eban packte ihn an den Gurten seiner ballistischen Weste und schüttelte ihn. „Verlieren Sie sie ja nicht, Novak. Sonst werde ich Ihnen die nächsten fünfzig Jahre das Leben zur Hölle machen.“

Novak nickte, unfähig zu sprechen. Er durfte sie nicht verlieren. Er hatte sie gerade erst gefunden.

———

SIE BEFANDEN SICH in einer windgeschützten Vertiefung, und TJ nahm sich einen Moment Zeit, um zu verschnaufen. Kayla hatte Mühe, durch den Schnee voranzukommen und stolperte immer wieder gegen ihn.

Er blickte in ihr blasses Gesicht. Er hatte ihr seine Handschuhe gegeben, aber sie klapperte trotzdem mit den Zähnen. „Geht es dir gut?“

„Sie war sehr krank“, rief die FBI-Agentin hinter ihm. Ihr Name war Charlotte. Offenbar hatte sie Kayla geholfen. „Deshalb ist sie am Mittwochmorgen nicht zu eurem Treffen gekommen. Stattdessen war Brenna auf dem Berg, um dir zu sagen, dass sie krank ist. Kayla muss aus diesem Sturm raus.“

Ihre Haut war fast so weiß wie der Schnee, mit Ausnahme

der dunklen Schatten unter ihren Augen. Sie nickte, bevor sie wieder stolperte, und er merkte, dass sie erschöpft war. Sie mussten aus dem Sturm heraus, aber bis zum Wildgehege war es noch mindestens eine Meile durch unwegsames Gelände. TJ bückte sich und hob sie hoch, während sein Vater genervt stöhnte.

Kaylas dünnen Körper fest an sich gedrückt, drehte sich TJ zu der FBI-Agentin um. „Ich habe Brenna nicht umgebracht. Aber ich weiß, wer es war. Ich habe Fotos auf Brennas Kamera gefunden."

„Warte", sagte die Frau vom FBI scharf. „Du hast Brennas Kamera?"

„Ich habe sie unter dem Bett von meinem Onkel Malcolm gefunden."

„Malcolm Resnick?"

TJ beobachtete die Miene der FBI-Agentin. Sie war hübsch und sah nicht so aus, wie er es von einer FBI-Agentin erwartet hätte. Sie war nervös. Sie verstand nicht, dass sein Vater ihr nicht wehtun würde. Er würde sie vielleicht fesseln und am Wildgehege zurücklassen, aber er würde sie nicht erschießen. TJ würde dafür sorgen, dass sie nicht erfrieren würde.

„Ich verstehe, dass Sie Ihrem Schwager nahestehen, Mr. Harrison, aber es überrascht mich, dass Sie einem gesuchten Mörder Unterschlupf gewähren und ihn beschützen", bemerkte die FBI-Agentin.

„Dad wusste nichts davon", versicherte TJ ihr.

„Ich spreche nicht von Brenna."

TJ runzelte die Stirn.

„Sie wussten von der Reporterin, die Malcolm umgebracht hat, oder?", fragte Charlotte an seinen Vater gewandt.

Die Worte ergaben keinen Sinn. „Wovon redet sie?"

Sein Vater atmete schwer, Wolken aus gefrorenem Atem stiegen aus seinem Mund in die Luft. „Ich wollte nicht, dass er bleibt, aber meine Frau wollte ihren Bruder nicht im Stich lassen. Also konnte ich ihn nicht abweisen."

„Nicht einmal, als er Brenna umgebracht hat?", drängte Charlotte.

TJ runzelte die Stirn.

Kayla klammerte sich an seinem Mantel fest. „Wer hat Brenna umgebracht?"

„Mein Onkel", sagte TJ verbittert. „Brenna hat Fotos von ihm gemacht, wie er unser Gold stiehlt. Ich glaube, er hat sie deswegen umgebracht und versucht, stattdessen mir die Schuld in die Schuhe zu schieben."

Tom legte den Kopf schief. „Ich wusste, dass er auf der Flucht war, aber er hat geschworen, dass er es nicht getan hat. Als das Mädchen tot aufgefunden wurde, habe ich ihn verdächtigt, aber er hatte bereits alle in der Hand. Ich konnte nichts mehr tun, bis wir eine Chance hatten, zu fliehen."

„War Ihre Frau schon krank, bevor Sie Malcolm Resnick aufgenommen haben?", fragte die FBI-Agentin leise.

Toms Nasenflügel blähten sich bei ihren Worten auf.

Die Welt bebte unter ihren Füßen. TJ schwankte und versuchte, Kayla aufrecht zu halten und dabei selbst das Gleichgewicht nicht zu verlieren. Flammen und Rauch stiegen über den Bäumen auf.

Tom warf einen müden Blick in Richtung des Geländes. „Ich glaube, wir müssen uns keine Sorgen mehr um Malcolm machen."

TJ erschauderte. Er ließ Kayla auf den Boden gleiten. „Was hast du getan?"

„Ich habe getan, was ich tun musste. Um dich in Sicherheit zu bringen. Um dich zu beschützen."

TJ wich einen Schritt zurück. „Du hast unser Haus in die Luft gejagt?" Tränen brannten in seinen Augen. „Was ist mit den ganzen Leuten da drin? Was ist mit den Kindern?"

„Sie waren nicht wirklich bereit, dir zu helfen, oder?"

Die FBI-Agentin wurde kreidebleich. „Das ist Ihr Fluchtplan. Den Bunker und alle Personen darin zu vernichten, damit es Monate dauert, bis jemand merkt, dass Sie nicht drin waren, wenn überhaupt."

„Weitergehen", befahl Tom kalt.

TJ stand unter Schock, aber er ging weiter. Er konnte nicht glauben, dass sein Vater ihr Haus in die Luft gesprengt hatte, während sich Menschen darin befunden hatten. Menschen, mit denen sie jahrelang zusammengelebt hatten. Er zwang sich, ein Bein vor das andere zu setzen, den Arm fest um Kayla gelegt, um ihr zu helfen, da ihr das Gehen sichtlich schwerzufallen schien. Der Mann, der ihn aufgezogen hatte, und den er sein ganzes Leben lang geliebt hatte, war ihm plötzlich vollkommen fremd. Er hatte sich nie vorstellen können, dass sein Vater jemandem etwas antun würde, schon gar nicht Frauen und Kindern.

Seine Mutter hatte einigen dieser Kinder auf die Welt geholfen.

Ihm wurde flau im Magen.

Seine Glieder begannen zu zittern, und er schwankte leicht.

Sein Vater eilte auf ihn zu. „Geht es dir gut, mein Sohn?"

Die FBI-Agentin stürzte sich auf Tom, aber irgendein Instinkt muss ihn gewarnt haben, und er wirbelte herum und feuerte einen Schuss ab. Sie fiel in den Schnee.

TJ keuchte entsetzt auf.

Tom hob die Waffe, um erneut auf sie zu schießen, aber TJ stürzte sich auf seinen Vater.

KAPITEL VIERUNDDREIßIG

NOVAK RITT SO schnell er sich traute, während er seine Umgebung absuchte. Die Spuren wurden zunehmend verweht oder mit Neuschnee bedeckt, und er musste alle seine Sinne und Fähigkeiten einsetzen, um ihnen unter diesen Bedingungen zu folgen. Er musste Charlotte finden.

Er konnte nicht glauben, dass er sie in Bezug auf seine Gefühle so im Unklaren gelassen hatte. Dabei bedeutete sie ihm schon jetzt mehr als die Frau, die er geheiratet hatte.

Der Gedanke, sie zu verlieren, nagte an ihm. Zermürbte ihn. Er würde sie finden. Er würde sie retten. Er würde jedem Dreckskerl den Kopf abreißen, der ihr wehtat, sich selbst eingeschlossen.

Und dann?

Wer wusste das schon. Aber er war bereit, zumindest für die Chance zu kämpfen, mit ihr zusammen zu sein.

Als ein Schuss ertönte, lenkte er sein Pferd nach Osten, während sich sein Herz in seiner Brust schmerzhaft zusammenzog. Er entdeckte die Spur vor sich, die jedoch weiter oben am Berg endete, wo ein kleiner Kamm durch einen dichten Nadelwald führte. Er überblickte die Landschaft darunter und konzentrierte sich mit jeder Faser seines Seins auf die wichtigste Aufgabe seines Lebens.

Dort.

Durch das Geäst war eine kleine Gruppe von Menschen zu sehen.

Tom Harrison. TJ Harrison. Ein Blitz der Überraschung durchfuhr ihn, als er Kayla entdeckte, aber er verschwendete keine Zeit damit, herauszufinden, was es damit auf sich hatte.

Wo war Charlotte?

Er duckte sich und trieb das Pferd an, wobei er darauf achtete, im Schutz der Bäume zu bleiben.

Dann entdeckte er Charlotte. Sie lag auf dem Boden und auf dem Schnee unter ihr war ein scharlachroter Fleck zu sehen.

Sein Verstand stieß einen verleugnenden Schrei aus, und sein Körper bewegte sich allein durch sein Muskelgedächtnis. Er drängte vorwärts und traf taktische Entscheidungen, auch wenn die Angst um sie ihn zu verzehren drohte.

TJ versuchte, seinen Vater davon abzuhalten, erneut auf Charlotte zu schießen. Sie kämpften um die Kontrolle über die Waffe. Wenn TJ diesen Kampf verlor, würde Charlotte eine Kugel in den Kopf bekommen.

Kayla schrie.

Die Waffe ging los, und TJ sackte auf seine Knie.

Das Szenario, das sich vor Novak abspielte, verharrte im Schwebezustand, als er auf sie zugaloppierte.

Tom Harrison ließ die Waffe fallen und hielt seinen Sohn fest. Novak sah, dass er unbewaffnet war, sonst hätte er ihm eine Kugel in den Kopf gejagt.

Er brachte sein Pferd mit einer Hand zum Stehen und sprang ab. Dann packte er Tom, zwang ihn, TJ loszulassen und verdrehte dem Mann erst das eine und dann das andere Handgelenk auf den Rücken, um ihm Handschellen anzulegen. Anschließend schnappte sich Novak Toms Pistole und steckte sie in eine seiner Taschen.

„Helfen Sie ihm!“, schrie Tom verzweifelt.

Charlotte rollte sich keuchend auf den Rücken. „Schön, dass du es zu der Party geschafft hast, Payne.“ Sie lächelte, tapferer als jeder andere, den er kannte. „Ich wusste, dass du kommen würdest.“

Ihr Vertrauen demütigte ihn, ließ Gefühle und Dankbarkeit in ihm anschwellen und vermischte sich mit etwas anderem. Etwas Größerem und Beängstigenderem. Außerdem war ihm nicht entgangen, dass sie ihn zum ersten Mal mit seinem Vornamen angesprochen hatte.

„Bist du getroffen worden?“ Novak öffnete Charlottes Jacke und spürte, wie ihn Erleichterung durchströmte, als er die kugelsichere Weste berührte.

Sie grinste und verzog gleichzeitig das Gesicht, als sie ihm mit dem Handschuh zuwinkte, und er sah, dass das Blut von dort kam. „Die Kugel hat meine Finger gestreift. Tut verdammt weh, aber jetzt, wo ich wieder zu Atem gekommen bin, geht's mir schon besser.“

Die Tatsache, dass sie verletzt, aber nicht tot war, lockerte seinen normalen Widerwillen, seine Gefühle preiszugeben. Seine übliche Feigheit. Er wagte einen Sprung, weil sie nicht tot war, aber es leicht hätte sein können. Er beugte sich hinunter und küsste sie schnell auf den Mund. „Ich will nicht, dass wir uns zurückhalten, SSA Blood.“

Er wollte ihr noch so viel mehr sagen, aber sie mussten aus diesem Schneesturm raus, bevor sie alle hier erfroren.

„Kümmern Sie sich um meinen Sohn!“ Tom wälzte sich im Schnee.

Charlotte lief zu TJ, der im Schnee lag und sich den Unterleib hielt. „Kayla, du musst herkommen und mir helfen." Charlotte zerrte TJs Rucksack von seinen Schultern und versuchte, die Verschlüsse mit einer Hand zu öffnen. Kayla half, immer noch zitternd.

Tom versuchte, näher an TJ heranzurücken. „Helfen Sie ihm! Helfen Sie meinem Sohn!"

Novak schaute von dem älteren Mann zu dem jüngeren, während er über Funk einen Rettungshubschrauber anforderte und die anderen informierte. Aufgrund des Wetters glaubte er nicht, dass es möglich sein würde, den Hubschrauber hierherzufliegen. Als er die beiden Männer betrachtete, sah er keinerlei Ähnlichkeit, weder hinsichtlich der Größe noch der Hautfarbe oder Gesichtszüge. Plötzlich fügte sich alles zusammen. Das abgesicherte Gelände, die Weigerung, mit dem FBI zu sprechen, der verzweifelte Fluchtplan, ungeachtet der Menschenleben, die dabei ausgelöscht werden würden.

„Verdammte Scheiße", sagte Novak und ging in die Knie, ohne den älteren Mann aus den Augen zu lassen.

Er suchte nach einer Austrittswunde und TJ schrie vor Schmerz auf. „Tut mir leid, Junge." Ja, hinter ihm war Blut im Schnee. „Gib mir bitte irgendwas, was ich auf die Wunde drücken kann", bat er Charlotte.

„In meinem Rucksack ist ein Erste-Hilfe-Kasten. Ich habe allerdings nicht damit gerechnet, dass ich angeschossen werde. Was zum Teufel, Dad?" TJs Stimme war fest, sein Mund vor Schmerz verzogen.

„Es tut mir leid, mein Sohn. Es tut mir so leid. Es war ein Versehen. Die Kugel hätte nicht dich treffen sollen!"

Charlotte warf Novak einen roten Beutel und eine Überlebensdecke zu. Da sie alles nur mit einer Hand machte, vermutete er, dass ihre Hand schlimmer verletzt war, als sie zugeben wollte. Aber der Junge könnte ohne schnelle

Notfallmaßnahmen sterben.

Novak drückte TJ ein Kleidungsstück auf den vorderen Teil der Wunde, während er ihn gleichzeitig umdrehte, um seinen Rücken zu untersuchen.

„Da sind ein paar QuikClot-Wundauflagen drin", sagte TJ keuchend zu ihm.

Novak grunzte. Trotz der eisigen Temperaturen zog er die Klamottenschichten beiseite und säuberte die Schusswunde, die er dort fand. Er riss eine Packung Gerinnungsmittel auf und wartete ein paar Sekunden, damit es seine Wirkung entfalten konnte. Es könnte den Jungen am Leben erhalten, bis er in ein Traumazentrum gebracht werden konnte, je nachdem, was die Kugel auf ihrem Weg durch seinen Körper alles getroffen hatte. Novak drückte saubere Gaze auf die Wunde und legte einen Verband an, dann rollte er TJ auf den Rücken, wobei er sein schmerzerfülltes Stöhnen ignorierte. Er musste die Blutung stoppen, also wiederholte er den Vorgang an der Eintrittswunde, während Tom Harrison schluchzte.

„Es tut mir so leid, mein Sohn."

„Er ist nicht Ihr Sohn", schnauzte Novak.

Tom fiel die Kinnlade herunter. TJ drehte verwirrt den Kopf.

Die Bäume bogen sich im Wind.

„Kannst du laufen?", fragte Novak Charlotte.

„Ja." Sie war zwanghaft optimistisch, typisch Charlotte. Behutsam griff er nach ihrem Handgelenk und zog ihr den Handschuh aus, wobei er darauf achtete, dass sie die Wunde nicht sehen konnte. *Verdammt.* Er verbarg seine Besorgnis, schüttete eine weitere Packung Gerinnungsmittel auf ihre zerschundenen Finger und wickelte eine Mullbinde um ihre Hand. Dann zog er den Reißverschluss ihrer Jacke zu und zog seinen großen Handschuh über ihre verletzte Hand, um sie vor Erfrierungen zu schützen. Er küsste sie erneut. „Ich war besorgt, als ich gemerkt habe, dass du nicht bei den anderen warst."

Besorgt beschrieb nicht einmal annähernd, was er gefühlt hatte, als er festgestellt hatte, dass sie nicht da war.

„Mein Sohn verblutet, während Sie Zeit verschwenden!"

„Und wessen Schuld ist das?", knurrte Novak. „Und wie ich schon sagte, geben Sie es auf, er ist nicht Ihr Sohn."

„Doch, das ist er." Tom klang verbittert.

Novak sah Kayla an. „Bitte bleib bei SSA Blood und setz einen Fuß vor den anderen, bis Hilfe kommt. Schaffst du das?"

Das Mädchen sah aus, als ob die leichteste Brise sie umwehen könnte, aber sie nickte. Das Pferd, auf dem er hergeritten war, war weggelaufen. Novak hoffte, dass das Tier allein nach Hause finden würde.

Er kramte in TJs Rucksack und fand ein kleines Zelt. Er holte es aus der Tasche und breitete das orangefarbene Material neben dem verletzten jungen Mann auf dem Boden aus. Dann rollte er den Jungen auf die Plane.

„Das ist eine gute Idee. Nehmen Sie mir die Handschellen ab, dann kann ich ihnen helfen. Er ist alles, was ich noch habe", sagte Tom verzweifelt.

Novak starrte ihn an. „Er ist nicht Ihr Sohn, Tom. Das wissen Sie ebenso gut wie ich."

„Was meinst du damit?", fragte Charlotte.

„Die Ergebnisse der DNA-Spuren auf Brennas Leiche liegen vor, und sie stimmen mit der DNA eines Vermisstenfalls überein. Bewegen Sie sich." Den letzten Befehl richtete er an Tom. „Das ist der Grund, warum Tom und seine Frau sich weit weg von der Zivilisation niedergelassen und sich in einem Betonbunker verbarrikadiert haben. Nicht, weil sie glaubten, die Welt ginge unter, sondern um sich vor den Behörden zu verstecken. Deshalb wollte Tom auch nicht mit uns reden. Er hatte Angst, dass wir es herausfinden würden, wenn wir TJs DNA untersuchen.“

„Dad?“ TJ drückte seine Hand fest auf seine Wunde. „Wovon redet er?“

„Von nichts, mein Sohn. Er ist ein Lügner. Alle FBI-Agenten sind Lügner, und sie würden alles sagen, um uns gegeneinander aufzubringen.“ Wütend presste Tom seine Lippen aufeinander.

Charlotte blickte nachdenklich drein, als sie sich TJs Rucksack über ihre gute Schulter warf. Es war ein Beweisstück und trotz der Situation, in der sie sich befanden, achtete sie darauf, ihren Job gut zu machen.

In diesem Moment kam ihm eine blitzartige Erkenntnis. Er *liebte* diese Frau. Und er würde wahrscheinlich nie darüber hinwegkommen, sollte sie beschließen, dass es zwischen ihnen aus war.

Mach deinen Job. Bring sie in Sicherheit. Leiden kannst du später.

Er verdrängte diese neue und unangenehme Realität aus seinem Kopf. Er wünschte sich nichts sehnlicher, als Tom Harrison den ganzen Weg den Berg hinunter in den Arsch zu treten, aber er musste diese Leute in Sicherheit bringen, da der Schneesturm langsam ihre Sicht zu beeinträchtigen begann. Wenn er sie nicht bald von hier wegbrachte, könnten sie alle sterben.

———

CHARLOTTE WUSSTE, DASS ihre Hand schwer verletzt war, aber sie ignorierte es. Die Kälte half. Die Tatsache, dass Novak sie gerettet und erklärt hatte, dass er diese Sache zwischen ihnen weiterführen wollte, half. Sie war froh, aber ein Teil von ihr war auch verwirrt. Sie hatte sich gewünscht, dass er mehr sagen würde. Dass er ihr seine unsterbliche Liebe gestehen würde. Auch wenn er nicht die Art von Mann war, den sie sich eigentlich als ihren zukünftigen Ehemann vorgestellt hatte. Sie versuchte, sich ihre ideale Zukunft noch einmal vorzustellen, aber der Mann in ihrem Leben verwandelte sich immer wieder in Novak, der sie verschmitzt angrinste.

Wie hatte sie sich nur in einen Mann verlieben können, der so falsch für sie war?

Der Schnee stach ihr in die Augen und weckte den Überlebenswillen in ihr.

Mit ihrer unverletzten Hand stützte sie Kayla, während Tom Harrison mit seinen gefesselten Händen die Plane, in die TJ gewickelt war, zog. Eigentlich erledigte Novak den größten Teil der Arbeit. Tom versuchte zu helfen.

Sie beobachtete Novak und bewunderte seinen starken Körperbau und seine souveränen Bewegungen. Außerdem war er klug. Wirklich klug. Es war dumm von ihr gewesen, ihn zu unterschätzen. Er redete vielleicht nicht viel, aber die Neuronen in seinem Gehirn arbeiteten wie geschmiert. Er hatte Tom Harrisons Motiv herausgefunden, und plötzlich ergab alles, was der Mann getan hatte, einen Sinn. Die Tatsache, dass TJ als Baby gestohlen worden war, war der Schwarze Schwan, nach dem sie gesucht hatten. Das war die Information, die ihnen gefehlt hatte.

In der absoluten Stille zwischen den dichten Nadelbäumen drängte sie Tom Harrison zu Antworten. Er war bereit gewesen, sie kaltblütig zu erschießen, um sein Geheimnis zu schützen, um TJ bei sich zu behalten, koste es, was es wolle. „Warum haben Sie ein Baby gestohlen, Tom? Was ist mit Ihrem echten Sohn passiert?"

„Ich weiß nicht, wovon Sie reden. Sie sind allesamt Lügner!" Tom begann zu schluchzen.

Charlotte ignorierte seine Beteuerungen. „Das erklärt alles. Vor allem, warum TJ Ihnen und Ihrer Frau nicht ähnlich sieht."

„Halten Sie den Mund!"

„Bestimmt sind Sie deshalb so ausgeflippt, als Ihr Vorgesetzter Sie aufgefordert hat, herauszukommen und mit uns zu reden. Sie wussten, dass wir es herausfinden würden, sobald TJ im System war. Hat Ihre Frau das andere Kind umgebracht, Tom?"

Er schnappte nach Luft. „Nein. Er ist gestorben." Ihm schien klar zu werden, dass sein Geständnis das Ende der Fahnenstange war. Aber vielleicht war ihm das schon klar gewesen, als er auf sie geschossen hatte.

„Unser Sohn ist gestorben, und meine Frau war untröstlich. Sie konnte keine weiteren Kinder bekommen. Ich dachte, sie würde vor Kummer sterben, sodass ich sie auch noch verlieren würde." Tom warf einen Blick auf TJ, aber der Junge hörte nicht zu. Der junge Mann war ohnmächtig geworden, und Charlotte machte sich Sorgen, dass er es nicht schaffen würde.

Novak bemühte sich, TJs schlaffen Körper eine weitere kurze Steigung hinaufzuschleifen, bevor sie wieder bergab gingen und versuchten, den Weg, den sie gekommen waren, durch die fast weiße Nacht zurückzugehen.

„Also haben Sie das Baby von jemand anderem gestohlen",

rief Charlotte.

Kayla wurde schnell schwächer. Charlotte packte sie am Arm. „Du schaffst das, Kayla. Denk an Brenna. Denk an TJ. Du schaffst das."

„Wird er wieder gesund?", fragte Kayla und straffte ihre schmalen Schultern.

„Ja. Gib ihn nicht auf."

Auf einmal kamen Gestalten auf sie zugerannt.

Sechs Männer des Geiselrettungsteams sowie McKenzie und Eban.

Noch nie in ihrem Leben war sie so froh gewesen, die Kavallerie zu sehen. Erleichterung durchströmte sie. Alles würde gut werden.

Wenige Augenblicke später fand sie sich in starken Armen wieder. Vielleicht war sie ohnmächtig geworden. Sie war sich nicht sicher. Sie erkannte den Geruch des Mannes, der sie festhielt, das Gefühl seiner harten Brust. Sie lag in Payne Novaks Armen, die ihr Wärme und Sicherheit vermittelten, und eine Euphorie stieg in ihr auf.

„Danke, dass du mich suchen gegangen bist", murmelte sie.

Er küsste sie auf die Stirn, wobei er die anderen Agenten und Ebans strengen Blick vollkommen ignorierte.

„Ich wäre wahrscheinlich schon tot, wenn du nicht gekommen wärst."

„Sag sowas nicht", brummte er barsch.

„Schön zu sehen, dass Sie noch am Leben sind, SSA Blood." McKenzie sah zu, wie Novak sie schützend an sich drückte, während vier Agenten des Geiselrettungsteams TJ aufhoben und die behelfsmäßige Trage den Berg hinuntertrugen.

Ein weiterer Agent hob Kayla hoch, während ein anderer Tom über seine Rechte belehrte, während sie alle in Richtung Sicherheit eilten.

„Wie schlimm ist es?" Charlotte hob ihre Hand, die in Novaks übergroßem Handschuh steckte. Sie hatte starke Schmerzen und wusste, dass die bittere Kälte das wahre Ausmaß des Schadens betäubte.

„Das wird schon wieder. Ein paar Stiche, und du bist so gut wie neu." Doch er erwiderte ihren Blick nicht.

„Ich hoffe, dass ich mit der Hand noch schießen kann, denn ich werde die Kriseneinheit auf keinen Fall verlassen." Sie trainierte zwar auch ab und zu mit ihrer linken Hand, aber sie war schon immer schwächer gewesen. „Ich bin Verhandlungsführerin, verdammt. Auf Verhandlungsführer wird normalerweise nie geschossen."

„Vielleicht bleibst du das nächste Mal lieber da, wo du hingehörst", mahnte Novak.

„Das wird nie passieren." Sie lächelte.

„Vielleicht melde ich dich beim Office of Professional Responsibility, weil du dich nicht an die Vorschriften hältst."

„Solange ich ab und zu mit dir zusammenarbeiten kann, habe ich kein Problem damit."

„Wirklich?" Selbst jetzt klang er unsicher. Als wüsste er nicht, wie sehr sie seine Gesellschaft genossen hatte, wie sehr er den verrückten Teil in ihr in seinen Bann gezogen hatte, sodass sie sich in ihn verliebt hatte, obwohl sie sich so dagegen gewehrt hatte.

Aber sie konnte sich noch nicht dazu durchringen, es auszusprechen. „Wirklich."

Sie musste eingeschlafen sein, denn als sie wieder aufwachte, flog sie, und Novak hielt ihre linke Hand.

Die Sanitäter kümmerten sich um TJ. Sie hoffte, dass er wieder gesund werden würde.

Novak küsste ihre unverletzten Finger. „Ich bin bei dir, Charlotte."

„Aber wirst du auch bei mir bleiben?", scherzte sie und fühlte, wie eine leichte Erregung in ihr aufstieg. Vielleicht scherzte sie auch nicht, denn sie blickte ihm fest in die Augen, während sie auf seine Antwort wartete.

Seine Finger verschlangen sich mit ihren. „Ich lasse dich nie wieder gehen, Schatz. Ich lasse dich verdammt noch mal nie wieder gehen."

„Gut." Sie blickte in seine blaugrünen Augen, die plötzlich von Müdigkeit übermannt wurden. „Denn ich glaube, ich könnte mich in dich verlieben, Payne Novak, und das war wirklich nicht Teil meines Lebensplans." Sie driftete ab, hörte aus der Ferne, wie er sie anschrie, aber sie war nicht in der Lage, sich aus dem Griff der Dunkelheit zu befreien. Unfähig, auf seine Bitten zu reagieren.

KAPITEL FÜNFUNDDREIßIG

E R HATTE CHARLOTTE gesagt, dass er ihre Beziehung weiterführen wollte, und Charlotte hatte den Einsatz erhöht und ihm ganz offen gesagt, dass sie ihn liebte, obwohl er nicht in das Bild passte, das sie sich von ihrer Zukunft gemacht hatte.

Dann war sie ohnmächtig geworden, und er hatte sie angeschrien, dass sie bei ihm bleiben sollte. Selbst in diesem Moment hatte er das „L"-Wort nicht über die Lippen gebracht. Was war nur los mit ihm? Emotionen wirbelten in ihm herum. Wovor hatte er solche Angst? Vor nichts im Vergleich zu dem Bedauern, das er empfand, weil er es ihr nicht gesagt hatte, bevor sie ohnmächtig geworden war. Als er sie blutend im Schnee gefunden hatte, wäre vielleicht ein guter Zeitpunkt gewesen, ihr zu sagen, dass er starke Gefühle für sie hatte. Was, wenn sie gestorben wäre? Und er war zu feige gewesen, sich einzugestehen, dass die wenigen Tage, die er mit ihr verbracht hatte, all seine Schutzmauern zum Einsturz gebracht hatten.

Aber sie würde nicht sterben.

Sie wurde operiert, um die zwei verletzten Finger zu retten und das Endglied des Ringfingers an ihrer rechten Hand wieder anzunähen. Aufgrund der eisigen Temperaturen und der Tatsache, dass sie so schnell ins Krankenhaus gebracht worden war, standen die Erfolgsaussichten gut. Aber was, wenn sie auf ein Problem stießen, von dem sie nichts wussten? Was, wenn sie doch einen Schuss abbekommen hatte, den die Ärzte nicht bemerkt hatten?

McKenzie betrat den Warteraum, das Handy an sein Ohr gepresst. Er hob eine Hand, um Novak zu bedeuten, dass er still sein sollte. „Nein, Mr. President. SSA Blood ist immer noch im OP, aber die Ärzte rechnen damit, dass sie wieder ganz gesund wird.“

Hoffentlich wird sie wieder ganz gesund.

„Wir haben einen Verdächtigen im OP. Kritischer Zustand, nachdem er von dem Mann, der ihn aufgezogen hat, angeschossen wurde“, sagte McKenzie.

Würde TJ als Verdächtiger oder als Opfer eingestuft werden, wenn die Wahrheit herauskam? Das hing wahrscheinlich davon ab, was er Brenna Longie angetan hatte. Falls er überhaupt etwas damit zu tun gehabt hatte.

„Der Aufenthaltsort von einem der Verdächtigen ist unbekannt, aber wir glauben, dass er sich zum Zeitpunkt der Explosion im Keller des Geländes befand und wahrscheinlich tot ist oder tief unter der Erde in einem Bunker liegt. Es wird eine Weile dauern, sein Schicksal zu ergründen. Wir müssen warten, bis sich der Sturm gelegt hat.“

Malcolm Resnick könnte auf demselben Weg entkommen sein, auf dem Tom Harrison geflohen war, aber Tom schwor, dass der Mann nichts von dem Tunnel wusste. Wahrscheinlich hatte er sich versteckt und gehofft, dass das FBI ihn nicht finden würde, ohne zu wissen, dass Tom den Ort mit genug Sprengstoff versehen hatte, um ihn in Schutt und Asche zu legen.

Alle anderen hatten den Berg lebend verlassen und

wurden separat befragt, um zu ergründen, was zum Teufel passiert war.

„Der Besitzer des Anwesens, von dem wir glauben, dass er der Rädelsführer ist, befindet sich in Gewahrsam. Ja, Sir, wie es scheint, haben er und seine verstorbene Frau vor sechzehn Jahren einen Zweijährigen namens Dale Singer entführt, nachdem ihr eigener Sohn verstorben war."

TJs leibliche Eltern waren darüber informiert worden, dass ihr entführtes Kind lebend aufgefunden worden war, kannten aber noch keine Einzelheiten. Wer zum Teufel wusste schon, wie es weitergehen würde. Vielleicht würde TJ sie nicht anerkennen. Vielleicht würde er seine Verletzungen nicht überleben. Wie auch immer, all das spielte keine Rolle. Alles, was zählte, war, dass Charlotte wieder gesund wurde. Und dann konnte er ihr beibringen, mit der linken Hand genauso gut zu schießen wie mit der rechten. Mit ein bisschen Übung und Engagement würde das kein Problem sein. Und er war fest entschlossen. Er war hundertprozentig entschlossen, ihr zu helfen. Für sie da zu sein. Wenn er nur den Mut aufbringen könnte, ihr seine Gefühle zu gestehen, vor denen er sich so fürchtete.

„Der Leiter des Geiselrettungsteams, der das Gelände betreten hat, um die Tore auf Sprengstoff zu überprüfen?", sagte McKenzie und Novak zuckte zusammen. „Er ist hier, Mr. President."

McKenzie drückte Novak das Telefon in die Hand. „Sie sind dran."

Verdammt. Novak hielt sich das Handy ans Ohr und räusperte sich. „Mr. President."

Er erkannte Joshua Hagues Stimme sofort.

„Ich danke Ihnen für Ihr heldenhaftes Handeln heute. Ihre

Tapferkeit hat ein Ereignis abgewendet, das sich in eine schwere Tragödie hätte verwandeln können."

„Ich habe nur meinen Job gemacht, Sir. Genauso wie alle anderen FBI-Agenten und Vollzugsbeamten da draußen. Ich bin kein ‚Held'. Ich gehöre zu einem Team von Profis."

Na toll. Jetzt korrigierte er schon den FBI-Präsidenten.

Zum Glück lachte der Mann. „Sehr bescheiden."

Novak spürte, wie sich sein Magen zusammenzog. Er war nicht bescheiden, er hatte es einfach nicht verdient, besonders hervorgehoben zu werden.

„Danke, Sir", fügte Novak lahm hinzu, bevor er McKenzie das Handy schnell zurückgab, als wäre es eine scharfe Granate.

Als McKenzie es entgegennahm, musterte er Novak argwöhnisch. Novak ahnte, dass er ihm gleich eine Standpauke halten würde.

Schließlich legte er auf. „Gibt es etwas Neues?" Er nickte in Richtung der Türen, die zu den OP-Sälen führten.

Novak schüttelte den Kopf. Er sollte gar nicht hier sein. Er sollte bei seinen Männern sein und die Operation nachbesprechen. Formulare ausfüllen und die Ausrüstung zusammenpacken, falls sie schnell woanders gebraucht wurden.

McKenzie setzte sich auf den Stuhl ihm gegenüber. „Ich schätze, mein Plan, dafür zu sorgen, dass Sie beide besser miteinander auskommen, hat ein bisschen zu gut funktioniert, was?"

Novak ballte die Hände zu Fäusten, da er nicht wusste, was er mit seinen Händen tun sollte. „Sieht so aus. Aber SSA Blood trifft keine Schuld. Es ist alles meine Schuld."

McKenzie verdrehte die Augen. „Wenn es das Richtige ist, sind Sie beide gleichermaßen dafür verantwortlich, glauben Sie mir."

Novak blieb stumm. Er hatte nicht vor, Charlottes Job in Gefahr zu bringen.

„Die anderen Verhandlungsführer wollten herkommen, aber ich habe ihnen den direkten Befehl erteilt, ihre Sachen zu packen und den Papierkram zu erledigen. Ich bin mir sicher, dass sie bald aufbrechen werden."

Novak wollte sich mit keinem von ihnen auseinandersetzen. Weder mit den Verhandlungsführern noch mit seinem Team noch mit McKenzie.

„Ich weiß, was Sie durchmachen. Ich habe genau das Gleiche mit Tess durchgemacht. Ich hätte fast die Frau verloren, die ich geliebt habe." Der Stuhl knarrte. „Haben Sie es ihr schon gesagt?"

Novak presste die Lippen aufeinander. Er schüttelte den Kopf.

„Wenn Sie glauben, dass es echt ist, dann schieben Sie es nicht zu lange auf."

Novak nickte erneut.

McKenzie lachte und stand auf. Novak bereitete sich innerlich darauf vor, sich dem Befehl, für die Nachbesprechung zur Ranch zurückzukehren, zu verweigern. Doch stattdessen warf McKenzie ihm ein Schlüsselbund zu. „Wir haben TJ und Kayla Wachen zugewiesen. Letztere wird gerade von Agent Makimi verhört."

„Ich glaube nicht, dass Kayla in etwas Kriminelles verwickelt war. Und TJ hat mit Tom gekämpft, um ihn davon abzuhalten, ein zweites Mal auf Charlotte zu schießen." Novak drehte sich der Magen um. „Sie wäre tot, wenn der junge Mann nicht gewesen wäre. Nur deshalb ist er angeschossen worden."

„Ich brauche Sie auf der Basis, Novak. Es gibt eine Menge

zu tun. Aber ich werde Ihnen genug Zeit geben, damit sie nach Charlotte sehen und sich vergewissern können, dass sie das alles gut überstanden hat." McKenzie nickte. „Sie wissen, dass Sie sich nicht ewig vor dem Papierkram drücken können, oder?"

Novaks Mundwinkel zuckte. „Ja, leider weiß ich das."

McKenzie drückte Novak die Schulter, bevor er zur Tür hinausging, und Novak saß da und starrte auf einen Fleck auf dem Boden. Schließlich kam die Chirurgin heraus, um mit ihm zu sprechen, zum Glück mit einem beruhigenden Lächeln, das ihm sagte, dass die Operation gut verlaufen war.

Er atmete tief und erleichtert aus. „Kann ich zu ihr?"

Sie lächelte wissend. „Sie können kurz zu ihr, aber sie wird wahrscheinlich die nächsten Stunden schlafen."

Er folgte der Ärztin in den Aufwachraum, wo Charlotte klein und blass im Bett lag. Ihre Hand war einbandagiert und mit einer Schlinge über der Brust fixiert. Sie würde Schmerzen haben, wenn sie aufwachte. Die Wunde war hässlich gewesen, das Fleisch aufgerissen, die Muskeln zerfetzt. Aber nur ein Knochen war von der Kugel zertrümmert worden, und die Chirurgin erklärte ihm, sie habe ihn genagelt und versucht, ihn wieder richtig zusammenzusetzen. Jetzt mussten sie warten, um zu sehen, wie gut die Hand heilte.

Er hielt Charlottes gesunde Hand und küsste sie auf die Stirn. Wenn man bedachte, dass sie Verhandlungsführerin war, konnte sie sich in kurzer Zeit eine Menge Ärger einhandeln. Es war neu für ihn, sich Sorgen um jemanden zu machen.

Er beugte sich zu ihr hinunter und küsste sie schnell, diesmal auf die Lippen, aber sie war völlig weggetreten und zeigte keine Reaktion. Ihre Haut fühlte sich warm und weich an.

„Ich komme so schnell wie möglich wieder", versicherte er ihr. Es fiel ihm schwer, sich von ihr zu trennen, aber die Krankenschwestern versprachen, ihn anzurufen, sobald sie aufwachte. Dann würde er zurückkommen. Und ihr sagen, was er fühlte.

ALS CHARLOTTE DAS erste Mal nach der Operation aufwachte, hatte sie versucht, nicht enttäuscht zu sein, dass nicht Novak, sondern Eban neben ihrem Bett saß.

Sie wollte ihre rechte Hand bewegen und stellte fest, dass sie einbandagiert war und in einer engen Schlinge steckte. *Verdammt.* Das tat weh.

„Vorsichtig." Eban erhob sich von seinem Stuhl und lächelte sie an. „Du wirst wieder gesund, aber die Chirurgin musste zwei deiner Finger operieren."

„Was ist auf dem Gelände passiert? Ist jemand verletzt worden?"

Er erzählte ihr, was vorgefallen war. „Dein Freund war knallhart." Er erklärte ihr, wie sie den Sprengstoff mit dem Zeitzünder entdeckt hatten, und Novak die Sprengfallen an den Toren des Geländes entdeckt und versucht hatte, sie zu entschärfen, während die Leute über die Mauer evakuiert worden waren.

Die Tatsache, dass Eban Novak als ihren Freund bezeichnete, entlockte ihr ein Lächeln. Es war eine Art Entschuldigung. Ein Zeichen der Anerkennung des Mannes, in den sie sich verliebt hatte, nicht, dass sie das gebraucht hätte.

Aber wo war er? Wahrscheinlich mit McKenzie beschäftigt.

Er hatte ihr gesagt, dass er für sie da sein würde. Ihre Wangen wurden heiß, als sie sich daran erinnerte, dass sie ihm gesagt hatte, dass sie ihn liebte. *Verdammt.* Aber es war die Wahrheit.

Die Frage war nur, ob Payne Novak ihre Liebe jemals würde erwidern können.

Doch sie würde ihn überzeugen, dass sie das Beste war, was ihm je passiert war. Hoffentlich würde sie nicht allzu viel Überzeugungsarbeit leisten müssen. Sie gähnte. Darum würde sie sich morgen kümmern. Sie versuchte, sich keine Gedanken über ihre verletzten Finger zu machen. Nur die Zeit würde zeigen, ob sie ihre Hand wieder wie früher benutzen und ihrem Job wie gewohnt nachgehen können würde.

„Sind alle lebend rausgekommen?", fragte sie schläfrig und unfähig, sich über irgendetwas Gedanken zu machen, außer um ihre Genesung.

„Die einzige Person, die noch nicht gefunden wurde, ist Malcolm Resnick. Er wurde zuletzt in der Nähe des Privatquartiers der Harrisons gesehen."

Die Krankenschwestern kamen herein und schickten Eban hinaus. Er sagte ihr, dass er zurück zur Ranch müsse und morgen wiederkommen würde.

Die Krankenschwestern wollten ihr vor dem Schlafen Morphium gegen die Schmerzen geben, was sie jedoch entschieden ablehnte. Sie bekam stattdessen hochdosiertes Tylenol.

Vier Stunden später fühlte sie sich, als stünde ihre Hand in Flammen, und der Schmerz zog sich durch ihr Handgelenk und ihren ganzen Arm hinauf.

Charlotte hatte keine Ahnung, wie spät es war, aber draußen war es noch dunkel. Kaum zu glauben, dass sie letzte Nacht um diese Zeit wilden Sex mit Novak gehabt hatte.

Sie hatte weder ein Telefon noch Kleidung dabei. Und wo zum Teufel war ihre Waffe? Sie hoffte, dass Novak sich darum gekümmert hatte.

Hatte TJ überlebt?

Sofort warf sie die Decke von sich und schwang die Beine aus dem Bett. Die Fliesen waren kalt, als sie sich auf den Weg zur Tür des Privatzimmers machte, in dem sie sich befand. Sie streckte den Kopf hinaus und merkte, dass ihr nackter Hintern durch den Kittel lugte.

Mit ihrer guten Hand hielt sie das Gewand hinten zusammen und schlurfte den Korridor entlang. Sie erkannte die Etage. Es war dieselbe, auf der sich Bob Jones befand, aber der Wachmann war nicht auf seinem Posten. Vielleicht hatte die Presse nach dem Ende der Belagerung das Interesse an der Geschichte verloren.

Sie ging zur Schwesternstation, aber dort war niemand. Als sie nach dem Telefon griff, um Novak anzurufen, hörte sie Schritte und zog ihre Hand schuldbewusst zurück.

„Ich habe mein Telefon gesucht", erklärte sie. Doch die Krankenschwester scheuchte sie zurück ins Bett.

Charlotte hatte zu starke Schmerzen, um zu schlafen, und war zu stur, um Opioide zu nehmen.

Vielleicht war Bob Jones auch wach? Ob ihm jemand gesagt hatte, dass TJ verhaftet worden war und er Malcolm Resnick des Mordes an Brenna beschuldigt hatte?

Sie beschloss, nach ihm zu sehen, falls er wach war und reden wollte.

Charlotte sah sich nach der Krankenschwester um, aber

sie war schon wieder weg. Also ging sie zu Bob Jones' Tür und blieb davor stehen. Sollte sie klopfen? Aber was, wenn er schon schlief? Vorsichtig schob sie die Tür einen Spalt auf.

Der Anblick eines nackten Mannes, der ausgestreckt auf dem Boden lag, ließ sie zusammenzucken.

„Das würde ich an Ihrer Stelle nicht tun."

Charlotte erstarrte und drehte sich langsam um. Bob Jones war aus dem Bett gestiegen und trug die Uniform des Hilfssheriffs. Außerdem richtete er die Waffe des Hilfssheriffs auf ihr Gesicht.

Und dann wurde ihr klar, dass sie einen Anfängerfehler gemacht hatte. Eigentlich sie alle. Sie hatten Bob Jones wie einen Zeugen behandelt, obwohl er als Verdächtiger hätte behandelt werden müssen.

„Es gab gar keine Pumasichtung. Sie und Resnick steckten da gemeinsam drin", sagte sie dumpf.

Seine Augen funkelten böse in dem schwachen Licht. „Wir haben eine Abmachung. Und jetzt machen wir einen kleinen Spaziergang."

„Ich bin wohl kaum für einen Spaziergang angezogen." Ihre Zähne begannen bereits zu klappern.

Bei seinem Lächeln bekam sie eine Gänsehaut. „Da bin ich anderer Meinung." Er wedelte mit dem Ende der Waffe, war aber zu weit weg, sodass sie sich nicht darauf stürzen konnte. „Ein Laut und ich erschieße Sie."

Verdammt noch mal. In den letzten zwölf Stunden hatten wirklich genug Leute mit einer Waffe vor ihrer Nase herumgefuchtelt und auf sie geschossen. „Sie werden mich genauso umbringen, wie Sie Brenna ermordet haben. Sie waren es, der sie umgebracht hat, richtig?"

Er schüttelte den Kopf. „Nein. Das war Malcolm. Ich hätte

sie noch eine Weile am Leben gelassen."

Charlotte erschauderte bei der Andeutung in seinem Ton. Hatte er das Gleiche jetzt mit ihr vor? „Sie haben TJ die Schuld zugeschoben. Sie haben diese ganze Sache ausgelöst." Sie sah ihn stirnrunzelnd an und versuchte, sich unauffällig auf ihn und seine Waffe zuzubewegen.

Doch er schien zu wissen, was sie vorhatte. „Ein Schritt näher und ich verpasse Ihnen noch eine Kugel."

„Was ich nicht verstehe, ist, warum Sie überhaupt dort waren." Dann machte es plötzlich Klick. „TJ meinte, sein Onkel hätte seinem Vater Gold gestohlen."

„Der Kandidat hat hundert Punkte."

„Fesseln Sie mich, und lassen Sie mich hier."

„Nein, das werde ich nicht." Er grinste. „Kommen Sie schon. Zeit zu gehen, Süße."

Sie blickte auf ihren hauchdünnen Kittel und ihre nackten Füße hinunter. „Wenn ich so rausgehe, werde ich erfrieren."

Sein Blick war gleichgültig. „Ich schätze, Sie haben die Wahl zwischen Erfrieren oder einer Kugel. Los jetzt."

KAPITEL SECHSUNDDREIßIG

NOVAK HATTE SICH auf dem Vordersitz des Chevy ausgestreckt, vollständig bekleidet, und seine Stiefel auf dem Armaturenbrett abgelegt. Er war trotz des Schneesturms zum Krankenhaus zurückgefahren, was ihm einen verärgerten Blick von McKenzie eingebracht hatte, da immer noch ein Berg von Papierkram auf ihn wartete.

Sein Team hatte hingegen verständnisvoll reagiert.

Die Krankenschwester hatte ihm mitgeteilt, Charlotte würde schlafen, also hatte er beschlossen, ein Nickerchen zu machen und sich hineinzuschleichen, wenn die Krankenschwester Schichtwechsel hatte.

Das Problem war, dass ihm zu kalt zum Schlafen war.

Er wollte gerade den Motor anlassen, als ein Auto anhielt und an einer Seitentür im Leerlauf wartete. Eine Sekunde später sah er, wie ein Hilfssheriff durch einen Notausgang kam. Der Beamte schubste eine Frau im Krankenhauskittel in den Schnee hinaus. Zuerst dachte er, seine Augen hätten ihm einen Streich gespielt, aber dann erkannte er, dass es Charlotte war, und der Hilfssheriff sie mit seiner Waffe bedrohte.

Was zum Teufel?

Er rief McKenzie an, der so schnell abnahm, dass er unmöglich geschlafen haben konnte.

„Wir haben ein Problem." Er konnte nicht glauben, wie

ruhig er klang, obwohl er den Angreifer am liebsten wütend angeschrien hätte, er solle sie in Ruhe lassen. „Ich bin auf dem Krankenhausparkplatz, hier ist ein Auto mit einem Fahrer, und ein Hilfssheriff, der große Ähnlichkeit mit unserem verletzten Wildlife Officer hat, bedroht eine Frau in einem Krankenhauskittel und mit einer Schlinge mit seiner Waffe."

„SSA Blood?"

„Ja." Novak knirschte mit den Zähnen. „Ich weiß nicht, wer der Fahrer ist, aber Sie müssen so schnell wie möglich Agenten und Polizisten herschicken. Ich werde sie verfolgen. Ich werde sie daran hindern, den Parkplatz zu verlassen."

Novak stellte das Handy auf Lautsprecher und warf es in einen Becherhalter. Dann drehte er den Zündschlüssel herum. Ohne das Licht einzuschalten, wartete er darauf, dass der kleine Pick-up die Straße entlangfuhr, die direkt hinter ihm vorbeiführte.

Wut strömte durch seine Adern. Aus jeder Pore seines Körpers quoll die Bereitschaft, jeden zu erschießen, der Charlotte Schaden zufügen wollte. Er zog ein HK416-Gewehr unter dem Beifahrersitz hervor und wartete. Er hatte Angst, Charlotte zu verletzen, aber er hatte keine andere Wahl.

Er beobachtete, wie sie gemächlich vom Krankenhaus wegfuhren. Sie planten, in aller Ruhe mit einem Mord davonzukommen.

Als sie noch etwa drei Meter entfernt waren, ließ er den Motor aufheulen und raste mit Höchstgeschwindigkeit rückwärts über eine kleine Grasböschung und krachte direkt in die Fahrertür.

Durch den Aufprall wurde der Pick-up von der Straße geschleudert. Novak trat auf die Bremse und sprang heraus, während er die Vorder- und Hinterreifen mit Kugeln durchlöcherte, sodass der Pick-up zum Stehen kam.

Der Fahrer sprang heraus und rannte davon. Malcolm Resnick.

Kakerlaken überlebten jede Apokalypse, aber Resnick würde nicht weit kommen. Novak konnte bereits hören, wie Agenten aus dem Krankenhaus strömten und die Verfolgung aufnahmen. Einer von ihnen bewegte sich in seine Richtung, aber Novak ließ den Federal Wildlife Officer Bob Jones nicht aus den Augen, der auf dem Rücksitz des Pick-up saß und Charlotte eine Waffe an die Schläfe hielt. Sie zitterte heftig vor Kälte oder vor Angst. Novak wusste nur, dass sie litt, und das machte ihn wütend.

Ihre Augen waren trotzig und weit aufgerissen, und in den Augenwinkeln zeichnete sich Schmerz ab.

Ein Kloß bildete sich in Novaks Kehle. Er hatte ihr immer noch nicht gesagt, was er fühlte. „Lassen Sie sie gehen, Jones."

„Lassen Sie mich gehen, oder ich bringe die Schlampe um."

„Es ist vorbei." Novak zwang sich zu einem neutralen Tonfall. Er tat das jeden Tag. Jeden einzelnen Tag. Aber normalerweise war die Geisel nicht die Frau, die er liebte.

„Ich steige jetzt aus und gehe um den Pick-up herum. Dann steige ich in Ihr Fahrzeug und fahre weg", konterte Jones. „Ich werde ihr nichts tun. Ich will Ihren Wagen. Sonst nichts."

Novak nickte, sein Gesicht war eine ausdruckslose Maske.

Bob Jones stieg vom Rücksitz, Charlotte fest an sich gedrückt.

Sie hatte nicht einmal Pantoffeln an.

Novaks Wut wuchs, aber er verdrängte sie in einen anderen Teil seines Gehirns und blickte durch das Visier seiner Waffe. Jones lief immer noch geduckt und versuchte, sich hinter Charlotte zu verstecken. Er benutzte eine verletzte Frau als Schutzschild.

„Wollen Sie wissen, wer Sie vor vier Nächten gerettet hat, Bob?", fragte Charlotte. Ihre Stimme vibrierte vor Kälte. „Es war Novak hier. Er hat sein Leben riskiert, um Ihres zu retten."

Jones spuckte in den Schnee. „Nett von ihm."

„Ich nehme an, Sie wollten TJ an diesem Tag zum Sündenbock machen, aber das ist nach hinten losgegangen, als jemand auf dem Gelände tatsächlich auf Sie geschossen hat."

Jones rang sich ein säuerliches Lachen ab. „Sie haben besser gezielt, als ich erwartet habe. Ich hatte nicht vor, noch näher heranzukommen, aber jemand hat gut gezielt. Es war mein eigener Fehler."

„Sind Sie sicher, dass Malcolm Brenna ermordet hat?" Charlottes Atem war ein scharfes Keuchen.

„Ja. Wir haben sie dabei erwischt, wie sie uns nachspioniert hat."

„Wobei?", fragte Novak.

„Malcolm hat eine Drogensucht, die er stillen muss. Ich helfe ihm mit seinen Lieferungen. Eines Tages hat er einen Haufen Gold bei Tom Harrison gefunden und brauchte Hilfe, um es wegzuschaffen. Der Plan war, es fifty-fifty zu teilen."

Novak bezweifelte, dass es verloren gegangen war.

„Malcolm hat das Mädchen gepackt und geschubst. Sie ist gestolpert und ist mit dem Kopf gegen einen Baum geprallt." Jones bohrte die Waffe fester in Charlottes Schädel. „Es war ein Unfall. Ich habe den Beutel mit dem Gold in den Wagen gelegt und bin zurückgekommen, um die Leiche tiefer in den Wald zu bringen. Aber da hatte TJ sie schon gefunden."

Das Gold musste an dem Tag, an dem Charlotte und er

zum Büro des US Fish and Wildlife Service gefahren waren, immer noch hinten im Wagen gelegen haben.

„Sie müssen sich Sorgen gemacht haben, dass es jemand in Ihrem Fahrzeug finden könnte." Charlotte versuchte, Jones abzulenken.

Sie wusste genauso gut wie Novak, dass Jones versuchen würde, sie zu erschießen. Das war die einzige Möglichkeit für ihn, tatsächlich zu entkommen.

„Bleiben Sie, wo Sie sind", murmelte Novak dem Agenten zu, der zu seiner Unterstützung gekommen war.

Er beobachtete Bobs Finger, der am Abzug lag, und konzentrierte sich, als Charlotte sprach. Sie versuchte, Jones abzulenken. Novak ließ den Mann, der ihm den besten Teil seiner Zukunft entreißen wollte, keine Sekunde aus den Augen. Er hatte eine Mutter gehabt, die das mit Missbrauch und Quälerei versucht hatte. Er hatte eine Ex-Frau gehabt, die es mit gebrochenen Versprechen und beiläufiger Missachtung versucht hatte. Er würde nicht zulassen, dass ein weiteres menschliches Wesen seinem Glück im Weg stand.

Bob ging hinten um Novaks Suburban herum, und Novak bewegte sich parallel auf der gegenüberliegenden Seite. Der Mann musste seinen Griff um Charlotte lockern, um die Beifahrertür des Chevy zu öffnen. Als er es tat, zuckte Charlotte nach links, und Novak schoss durch die Scheibe.

Jones stürzte tot zu Boden.

Novak warf sich das Gewehr über den Rücken und rannte um den Wagen herum, wo er das zerbrochene Sicherheitsglas von Charlottes Kittel wischte und sie an sich zog. Er schloss sie in seine Arme, während ihm der andere Agent bestätigte, dass Bob Jones nie wieder ein Problem darstellen würde.

Novak sprintete zurück in die Wärme des Krankenhauses,

während Charlottes Zähne heftig klapperten. Er stürmte durch die Haupttür und zum Kamin, in dem ein Feuer brannte.

Er legte sie vor dem Kamin ab, zog seine Jacke aus und deckte sie über ihren zitternden Körper.

Dann setzte er sich hin, zog seine Stiefel und Socken aus und hob ihre eiskalten Füße an, um ihr die Socken anzuziehen. Dann zog er sie an sich, wobei er darauf achtete, ihre verletzte Hand nicht zu berühren, und wiegte sie in seinen Armen.

„Ich liebe dich, Charlotte. Du jagst mir ständig Angst ein, aber ich kann den Gedanken nicht ertragen, nicht bei dir zu sein.“

Sie lachte, aber es hatte gefährliche Ähnlichkeit mit einem Schluchzer. „Ich liebe dich auch. Keine Ahnung, warum.“ Sie lächelte, als er zusammenzuckte. „Abgesehen davon, dass du mir immer wieder das Leben rettest, dass du klug bist und dass du mir zuhörst, auch wenn du nicht immer meiner Meinung bist.“

Eine Gruppe von Krankenschwestern eilte den Flur entlang. Er wollte sie nicht loslassen, brachte sie aber zurück in ihr Zimmer, damit sie sich richtig aufwärmen konnte und die Schwestern ihre Nähte überprüfen konnten.

„Außerdem bist du wirklich gut im Bett, Novak“, sagte sie, woraufhin die anderen Leute im Raum kicherten.

„Nenn mich Payne.“

Als sie seine Wange berührte, wäre er vor Erleichterung fast zusammengebrochen. „Innerlich tue ich das immer.“

Die Krankenschwestern und Ärzte eilten herbei, aber er wollte nicht gehen. Sie fanden den jungen Hilfssheriff nebenan bewusstlos vor, doch er kam bereits wieder zu sich.

Nachdem sie Charlotte beruhigt hatten, und sie endlich einer Spritze gegen die Schmerzen zugestimmt hatte, hielt er ihre gesunde Hand.

„Was willst du als Erstes machen, wenn wir wieder in Quantico sind?", fragte er sie.

„Ich will mit dir in den Supermarkt gehen."

Er runzelte die Stirn. „Ernsthaft? Einkaufen gehen ist deine Vorstellung von einem gelungenen ersten Date? Vielleicht sollte ich das alles noch einmal überdenken."

Sie ließ ihren Kopf auf das Kissen sinken. „Ich habe mir immer ausgemalt, wie ich mit dem Mann meiner Träume einkaufen gehen würde. Wie er geduldig und freundlich warten würde, während ich die Zutaten für ein romantisches Abendessen aussuche."

„Kommt in dieser Fantasie auch Sex vor?"

Ihre Lippen verzogen sich. „Kommt darauf an, wie gut wir uns beim Einkaufen verstehen." Sie verschlang ihre Finger mit seinen, bevor sie sagte: „Meine Eltern sind beide zweimal geschieden, und ich habe nie erlebt, dass sie mit ihren Ex-Partnern einkaufen gegangen sind, ohne sich zu zanken."

„Es ist also ein Test."

Sie lachte. „Schon möglich."

„Du weißt, dass ich Herausforderungen mag, oder?", stichelte er und küsste ihre Finger.

„Das ist mir schon aufgefallen. Ich auch."

„Das ist mir nicht entgangen. Wir werden die besten Einkäufer sein, die es gibt." Er beugte sich vor und küsste sie auf die Lippen. Er war besorgt, weil sie sich immer noch kalt anfühlte. „Rutsch rüber." Er war barfuß, also stieg er zu ihr ins Bett, schmiegte sich an ihre unverletzte Seite und hielt sie so fest, wie er es sich für die nächsten acht Jahrzehnte wünschte. Sie lehnte ihren Kopf an seine Brust, und nach ein paar Minuten hörte sie auf zu zittern.

Dreißig Minuten später steckte McKenzie seinen Kopf zur Tür herein, aber Novak rührte sich nicht, und McKenzie kommentierte ihre Schlafsituation nicht. Charlotte schlief endlich, und Novak würde selbst dem Präsidenten trotzen, wenn die Alternative darin bestand, sie zu stören.

„Resnick ist in Gewahrsam", berichtete McKenzie einfach, bevor er wieder hinausging.

Das war gut. Das hieß, dass Novak die Jagd auf den Kerl erspart blieb.

Irgendwie war diese Frau nach nur ein paar Tagen das Wichtigste in seinem Leben geworden, und er hatte vor, sie von nun an zu beschützen. Er hatte vor, sie zu lieben. Und mit einem Lächeln im Gesicht einkaufen zu gehen, selbst wenn er innerlich verzweifeln würde.

EPILOG

TJ SCHAUTE ZUM Seitenfenster hinaus, als die Erde einen helleren Orangeton annahm, und die Vegetation von majestätischen Bäumen zu Kakteen und Gestrüpp überging.

Kayla ließ ihre Hand in seine gleiten. „Wie geht's dir? Willst du anhalten und dich ausruhen?"

Er drehte sich um und sah sie an. Sie war so schön und sah doch so zerbrechlich aus. Sie hatte ihn an der Hintertür des Krankenhauses abgeholt, als er an diesem Morgen endlich entlassen worden war.

Das FBI hatte alle Anschuldigungen fallen gelassen, was ihn eigentlich hätte beruhigen sollen, aber er war immer noch wie betäubt.

„Ich sollte mich um dich kümmern, nicht umgekehrt", erwiderte er. Scham stieg in ihm auf. Mittlerweile hatte er sich an das Gefühl gewöhnt. Der Therapeut, der ihn fast jeden Tag im Krankenhaus besuchte, hatte ihm gesagt, er müsse sich selbst vergeben und sich Zeit geben, mit dem Verlust und dem Verrat fertig zu werden.

Auch Kayla hatte Verlust und Verrat erlebt.

„Das mit Brenna tut mir so leid." Er hatte es ihr schon einmal gesagt, aber er wollte nicht, dass sie dachte, er hätte vergessen, dass auch sie trauerte. Es tat ihm nicht leid, dass es Brenna und nicht Kayla gewesen war, die an diesem Tag auf dem Berg gewesen war. Bei diesem heimlichen Eingeständnis stiegen noch mehr Schuldgefühle in ihm auf.

„Ich vermisse sie." Kayla presste die Lippen zusammen und blickte auf die Straße. „Ich bin froh, dass ich ihr eine angemessene Bestattung ermöglichen konnte."

TJ nickte, obwohl er nicht dabei gewesen war. Damals hatte er noch unter Bewachung gestanden. Erst nach wochenlangen Befragungen hatte er Kayla sehen dürfen.

Sein Vater hatte ihn vom Gefängnis aus angerufen, aber TJ hatte sich geweigert, mit ihm zu sprechen. Trotz allem, was Tom Harrison getan hatte, liebte TJ den Mann immer noch. Genauso wie seine Mutter. Sie waren die einzigen Eltern, an die er sich erinnern konnte, und sie hatten ihn sehr geliebt. Zu sehr. Tom war bereit gewesen, Dutzende von Menschen, darunter auch Kinder, zu ermorden, um ihr Geheimnis zu bewahren.

Das würde TJ seinem Vater nie verzeihen können. Ebenso wenig wie die Tatsache, dass er die FBI-Agentin und Kayla erschossen hätte, wenn sie ihn aufgehalten hätten.

Das konnte TJ ihm nie verzeihen.

Das schockierende Geheimnis von Tom und Martha bedeutete, dass TJ irgendwo noch Eltern hatte. Menschen, die einen unglaublichen Verlust erlitten hatten, nur weil seine Mutter und sein Vater ein Kind gewollt hatten und es ihnen weggenommen hatten.

TJ sollte sich mit ihnen treffen. Allein der Gedanke daran fühlte sich wie ein Verrat an Tom und Martha an. Und das war weder ihm noch seinen leiblichen Eltern gegenüber fair. Sie waren diejenigen, denen Unrecht widerfahren war. Sie waren diejenigen, die sechzehn Jahre lang den Verlust eines Kindes betrauert hatten, ohne zu wissen, ob es lebte oder tot war.

Wer tat so etwas?

Monster.

Monster taten so etwas, und TJ liebte sie trotzdem.

„Wohin fahren wir?", fragte er, obwohl es ihm egal war. Solange sie nur sein chaotisches altes Leben hinter sich ließen.

„Brenna wollte schon immer mal ins Death Valley. Deswegen dachte ich, ich verstreue ihre Asche dort, damit ihr Wunsch in Erfüllung geht. Ist das in Ordnung?"

Er wollte einfach nur die Zerstörung, die Lügen und den Medienzirkus hinter sich lassen, zu dem sein Leben in den Wochen nach dem verzweifelten Fluchtversuch seines Vaters geworden war. „Solange ich mit dir zusammen bin."

Sie schenkte ihm ein strahlendes Lächeln. „Sag mir Bescheid, wenn du irgendwo auf dem Weg anhalten willst. Ich dachte mir, wir suchen uns ein Motelzimmer für die Nacht."

„Willst du nicht zelten?"

Sie schüttelte den Kopf. „Ich habe kein Zelt. Das FBI hat es mir noch nicht zurückgegeben. Außerdem ist einer von uns angeschossen worden, und ich will nicht, dass er einen Rückfall erleidet."

Er zuckte wieder zusammen. Nicht vor Schmerz, auch wenn die Schmerzen unerträglich gewesen waren, sondern wegen der Angst in den Augen seines Vaters, als ihm klar geworden war, was er getan hatte.

„Ich werde dir ein neues kaufen." Er brauchte einen Job, doch im Moment hatte er keine Ahnung, was er mit seinem Leben anfangen sollte.

„Ich brauche dein Geld nicht, TJ."

Er lachte, und die Bewegung zerrte an dem Narbengewebe seines Unterleibs. „Das trifft sich gut. Ich hab' nämlich keins."

„Ich dachte, dein Vater hätte dir das Land und das Gold überlassen, das das FBI ausgegraben hat?"

„Ich nehme es nicht an. Ich will nichts von ihm."

„Er hat dich großgezogen. Er hat das alles nur getan, weil er dich geliebt hat. Wem soll er es denn sonst geben?"

TJ zuckte mit den Schultern. „Er wird eines Tages rauskommen. Dann kann er dort leben."

Kayla warf ihm einen besorgten Blick zu. „TJ, er wird nie wieder rauskommen. Er hat ein Baby gestohlen, ein Gebäude in die Luft gejagt, in der Absicht, Menschen dabei zu töten, und auf Charlotte geschossen. Er wird nie wieder rauskommen."

TJ zuckte die Achseln.

„Nimm das Land. Mach ein Naturschutzgebiet draus oder so. Du liebst diesen Berg. Beschütze ihn."

Er dachte an die scheuen Kreaturen, die in diesem Wald lebten. Der Gedanke, dass niemand sie beschützen würde, machte ihm zu schaffen. Er sah sie an und stellte ihr die wichtigste Frage. „Würdest du zurückgehen? In dieser Gegend leben?"

Sie nickte. „Ich habe darüber nachgedacht, die Ranch zu kaufen, in der das FBI gewohnt hat. Sie steht zum Verkauf."

TJs Augen weiteten sich. Er könnte auf einer Ranch arbeiten. Er konnte reiten und hatte Erfahrung im Verrichten von schwerer körperlicher Arbeit.

Kaylas Finger umklammerten das Lenkrad fest, bevor sie sich wieder lockerten. „Aber ich will nicht ohne dich dort sein. Ich liebe dich, TJ. Daran hat sich nichts geändert. Du bist ein guter Mensch. Du hast nichts Unrechtes getan."

TJ konnte nicht schlucken. Er streckte die Hand aus und drückte ihre Finger. „Ich liebe dich auch."

Sie lächelte, was seine Welt erhellte. „Und wenn du bereit bist, deine leiblichen Eltern zu sehen, werde ich mit dir kommen. Ich werde deine Hand halten, und wir werden es gemeinsam durchstehen."

Zum ersten Mal, seit er Brennas Leiche am Eagle Mountain gefunden hatte, hellte sich TJs Stimmung auf. „Ich habe mit ihnen telefoniert. Es war seltsam. Ich weiß, dass sie mich im Krankenhaus besuchen wollten, aber ich war nicht bereit."

„Ist schon gut. Wir treffen uns mit ihnen, wenn du bereit dazu bist."

„Danke." Er schluckte schwer. Selbst sein Name fühlte sich falsch an. TJ. Tom Junior. Er würde nie Dale Singer sein. Dale Singer war tot. TJ hatte keine Ahnung, was sie davon halten würden. Solange sie nicht redeten, wirklich redeten, würde er es nie erfahren.

Er sah diese wunderschöne, erstaunliche Frau an, die sein Leben völlig verändert und es lebenswert gemacht hatte. „Danke, dass du das Mädchen bist, in das ich mich verliebt habe."

Sie lachte und warf ihm ein neckisches Lächeln zu. „Wir stehen das gemeinsam durch. Wenn wir Glück haben, haben wir noch viele Jahre vor uns, aber ich sehe nichts als selbstverständlich an. Ich werde dich wahrscheinlich viel mehr lieben, als du erwartest."

Er schüttelte den Kopf. „Ich bin zu allem bereit. Ich habe viel zu lange das getan, was andere Leute von mir wollten. Der einzige Mensch, der mir jetzt wichtig ist, bist du." Und vielleicht würden ihm eines Tages auch seine leiblichen Eltern wichtig sein. Vielleicht könnten sie eine Art von Beziehung aufbauen. Nach und nach.

Ein Teil der Last fiel von ihm ab. Er musste nicht alles heute klären. Wie der Therapeut gesagt hatte, konnte er sich Zeit nehmen, um alles zu klären. Zeit, um mit dieser Frau an seiner Seite, die ein Teil seines Herzens geworden war, zu heilen.

––––––––

ES WAR HEILIGABEND, und Novak war dabei, seine Waffen in seinem Ausrüstungsschrank in Quantico zu reinigen.

Solange es keinen größeren Zwischenfall gab, auf den er reagieren musste, hatte er den Großteil der Weihnachtsfeiertage frei. Das Problem war, dass Charlotte gestern nach Kalifornien geflogen war, um ihren Vater zu besuchen, und er seitdem wie ein liebeskranker Trottel herumhing.

Seit ihrem Einsatz in Washington State hatten sie so gut wie jede freie Minute miteinander verbracht. Sogar das Einkaufen im Supermarkt hatte Spaß gemacht, denn er hatte entdeckt, dass er eine Schwäche für Süßes hatte, vor allem, wenn er es direkt von Charlottes Körper ableckte. Neue Schokoladensoßen und Schlagsahnesorten zu finden, war mittlerweile zu seiner neuen Lieblingsbeschäftigung geworden.

Er seufzte missmutig. Er vermisste sie.

Sie hatte ihn eingeladen, mit zu ihrem Vater zu kommen, aber da Kurt Montana immer noch in Übersee war, hätte Novak ein schlechtes Gewissen dabei gehabt, auf die andere Seite des Landes zu fliegen.

Das verbot ihm sein Pflichtbewusstsein.

Zum ersten Mal in seinem Leben ärgerte er sich darüber, dass seine Arbeit seinem Privatleben in die Quere kam. Vorher war es alles gewesen, was er wirklich gehabt hatte. Jetzt war es ätzend. Es war wirklich scheiße.

Angeletti hatte ihn für morgen zum Weihnachtsessen bei seiner Familie eingeladen, also hatte er zumindest etwas, auf das er sich freuen konnte. Er würde sich allerdings in eine festliche Stimmung bringen müssen, sonst würde er alle mit seiner miesen Laune runterziehen.

Als alle Waffen glänzten, wusch er sich die Hände und beschloss, nach Hause in seine trostlose, leere Wohnung zu fahren und anlässlich der Feiertage etwas Originelleres als Toast zuzubereiten.

Als er vor seiner Wohnung anhielt, blieb er im Wagen sitzen und sah in den Himmel hinauf. Er sah genau so aus, wie Payne Novak sich fühlte. Düster. Mürrisch. Er zückte sein Handy und rief Charlotte an. „Ich nehme den nächsten Flug zu dir."

„Warte. Nein –"

„Das blaue Team ist offiziell in Bereitschaft. Wenn es einen Notfall gibt, und das goldene Team doch gebraucht werden sollte, werde ich einen Weg finden, zurückzukommen."

„Nein –"

„Charlotte, ich mache das. Ich muss packen und die Fluggesellschaft anrufen. Ich liebe dich. Wir sehen uns bald." Er legte auf, bevor er seine Meinung ändern konnte. Jetzt, wo er die Entscheidung getroffen hatte, wollte er es auch durchziehen.

Er lief zur Haustür und nahm die Treppe hinauf in den vierten Stock. Als er sein Wohnzimmer schon fast durchquert hatte, entdeckte er den echten Weihnachtsbaum in der Ecke, und an seinem Esstisch saß Charlotte, die einen Mantel, eine

Mütze und etwas, das wie eine Schicht aus mehreren Pullovern aussah, trug.

Vor ihr lag ein nagelneues Kartenspiel.

„Du solltest dir vielleicht angewöhnen, abzuschließen." Sie nickte zur Tür, ein Lächeln umspielte ihre Lippen.

Novak war wie erstarrt. „Du bist hier."

Ihr Lächeln wurde noch breiter. „Mir ist plötzlich klar geworden, wie viele Jahre ich damit verbracht habe, das zu tun, was von mir erwartet wurde, und was andere Leute glücklich gemacht hat." Ihre blauen Augen funkelten, als sie seinen Blick erwiderte. „Also habe ich beschlossen, dieses Jahr das zu tun, was *mich* glücklich macht."

Die Worte fühlten sich an, als würden Reichtümer auf seinen Kopf herabregnen.

„*Du* machst mich glücklich, Charlotte. Du machst mich zum glücklichsten Mann der Welt."

Sie grinste und begann, die Spielkarten langsam zu mischen. „Das ist gut. Dieses Mal wirst du nämlich Glück brauchen."

Ihre Finger waren immer noch nicht ganz verheilt. Er wusste, dass sie manchmal Schmerzen hatte, weil die Knochen zusammenwuchsen. Sie konnte noch nicht alle Bewegungen ausführen, aber sie kamen langsam zurück. Ihr Chef, Quentin Savage, hatte der FBI-Verwaltung deutlich zu verstehen gegeben, dass er es auf keinen Fall dulden würde, Charlotte zu verlieren, selbst wenn sie nicht richtig schießen konnte. Aber Novak fühlte sich besser, weil er wusste, dass sie sich notfalls selbst verteidigen konnte. Er hatte sie so oft auf den Schießstand mitgenommen, dass sie mit ihrer linken Hand fast so gut war wie mit der rechten. Sobald ihre Verletzung vollständig abgeheilt war, würde er sich darauf konzentrieren, sie auch mit dieser Hand wieder auf Vordermann zu bringen.

Er zog seine Stiefel aus und verriegelte die Tür. Dann setzte er sich und betrachtete seine Karten. Mit einer hochgezogenen Augenbraue blickte er auf.

Charlottes Wangen waren leicht gerötet von den vielen Schichten Kleidung, die sie trug.

„Geht es dir gut? Ist dir nicht zu heiß?" Sie hatten schon ein paar Mal gepokert und Charlotte war jedes Mal in Unterwäsche dagesessen, bevor Novak auch nur sein Hemd ausgezogen hatte.

„Ich bin vorbereitet." Ihre Augen funkelten.

Es dauerte fünf Runden, bis sie eine Hand gewann. Er zog langsam seinen Kapuzenpulli aus und freute sich über den verärgerten Blick, den sie auf sein T-Shirt warf.

Nach weiteren fünf Runden hatte sie nur noch einen purpurnen BH an, den er noch nie gesehen hatte.

„Ich verstehe das nicht." Sie fuhr sich mit der Hand durch die Haare. „Normalerweise bin ich gut in Kartenspielen."

„Tja, ich habe eben Glück."

„Das ist mehr als Glück." Sie schüttelte den Kopf. „Kayla hat sich gestern bei mir gemeldet."

„Ach ja." Er wusste, dass sie versuchte, ihn abzulenken, als sie ihre Leggings auszog. Die zusammenpassende Weihnachtsunterwäsche brachte ihn ins Schwitzen.

„Sie kauft die Maple Tree Ranch."

„Nicht zu fassen. Wie schön für sie." Er lachte. Tom Harrison saß im Gefängnis und wartete auf seinen Prozess. Malcolm Resnick war in der gleichen Bundesanstalt inhaftiert, hatte sich aber auf einen Deal eingelassen, um der Todesstrafe zu entgehen und seine Verbrechen gestanden. Die Behörden hatten Martha Harrisons Leiche exhumiert und Spuren von

Thallium in ihrem Körper gefunden. Resnick hatte seiner Schwester offenbar Rattengift ins Essen gemischt, nachdem sie ihn gebeten hatte, den Eagle Mountain zu verlassen. Sie hatte ihn dabei erwischt, wie er sie und Tom bestohlen hatte. Novak ging davon aus, dass der andere Mann bereits tot sein würde, falls Tom seinen Schwager jemals zu fassen bekam.

Zwei Personen hatten gestanden, auf den Wildlife Officer und den Hilfssheriff geschossen zu haben. Beide waren angeklagt worden, und das Justizministerium schien zufrieden, dass der Gerechtigkeit Genüge getan worden war. Ein paar Möchtegern-Revolutionäre waren gefasst worden und saßen im Knast. Eine Verschwörung zur Ermordung von FBI-Agenten wurde von der Regierung nicht auf die leichte Schulter genommen.

„Gewonnen."

Novak hatte ein Full House. Könige und Asse.

Charlottes Schultern sackten nach unten. „Wie? Wie machst du das?"

Novak konnte seine Finger keine Sekunde länger von ihr lassen. Er stand auf und zog sie auf die Beine. „Ich gebe mich geschlagen."

Sie lachte, als er sie in seine Arme nahm und in sein Schlafzimmer marschierte.

„Ich habe ein paar Geschenke für dich." Er hatte zuerst nicht gewusst, was er ihr schenken sollte, und war besorgt, dass er das Falsche ausgesucht hatte. „Aber eines davon kann ich erst in ein paar Tagen abholen."

Er legte sie auf das Bett.

„Ich habe auch ein Geschenk für dich. Eigentlich habe ich dir sogar mehrere gekauft." Charlotte warf einen demonstrativen Blick auf ihre festlichen Dessous.

Novak lachte. „Und ich bin dir sehr dankbar." Er verbrachte die nächste Stunde damit, ihr genau zu zeigen, wie dankbar er war, und als sie fertig waren, brauchten sie beide eine Dusche, bevor sie wieder von vorne anfingen.

Schließlich saßen sie auf seiner Couch, tranken Bier und bewunderten den Baum, den sie ins Haus geschleppt und aufgestellt hatte, während er bei der Arbeit gewesen war. Er spielte mit ihrem Haar. „Hast du deinen Vater überhaupt gesehen?"

„Ja. Ich habe ihm ‚Hallo' gesagt, mich umgedreht und den nächsten Flug nach Hause genommen. Ich musste mein Verhandlungsgeschick einsetzen, um einen Platz an Bord zu ergattern, aber sie hatten zu wenig Air Marshals, also hat alles geklappt."

Er holte das Schmuckkästchen, das er sich im Laden hatte einpacken lassen, überreichte es ihr und küsste sie.

„Aber es ist noch nicht Weihnachten." Charlotte war allerdings schon dabei, es zu öffnen. Es war ein silbernes Armband mit Anhängern, das sie einmal im Laden bewundert hatte. Sie lächelte entzückt, als sie die Anhänger inspizierte, die er für sie ausgesucht hatte. Verschlungene Herzen. Eine sich drehende Weltkugel, weil sie reisen wollte. Eine Pistole. Ein Einkaufswagen. Ein Kätzchen.

Sie runzelte die Stirn. „Warum hast du mir einen Kätzchenanhänger geschenkt? Ist das eine dubiose Anspielung auf Muschis?"

Er verschluckte sich. „Nein. Verdammt, aber jetzt werde ich das Armband nie wieder ansehen können, ohne dieses Bild im Kopf zu haben."

Sie grinste, bevor sie erneut die Stirn runzelte. „Also warum?"

Er küsste sie. „Du musst noch warten.“

„Du schenkst mir ein Kätzchen?“, schrie sie fast.

Er zog eine Grimasse. „Es sollte eine Überraschung werden.“

„Du schenkst mir ein Kätzchen!“ Sie vollführte einen Freudentanz.

Er grinste. „Ich weiß, dass du gerne auf die Haustiere von Freunden aufpasst. Also dachte ich mir, dass es vielleicht an der Zeit für ein eigenes wäre. Zu zweit schaffen wir es doch sicher, uns um eine Katze kümmern, oder?“

Sie setzte sich rittlings auf seinen Schoß und beugte sich hinunter, um ihn zu küssen. „Das ist viel Verantwortung.“

Er strich über ihre Seiten. „Wir sind Profis. Wir schaffen das.“

„Warum müssen wir noch ein paar Tage warten?“, fragte sie und zog sich zurück.

„Weil du weg warst.“

„Jetzt bin ich wieder da. Um wie viel Uhr schließt der Laden?“

Novak überprüfte die Uhr auf seinem Handy. Er grinste. „In ein paar Stunden. Willst du sie jetzt abholen?“

„Es ist ein Mädchen?“ Charlotte war bereits dabei, sich anzuziehen.

Novak hatte gehofft, dass sie sich über eine kleine Katze freuen würde, und war begeistert, Charlotte so glücklich zu sehen. Sie erreichten das Tierheim, wenige Minuten bevor es für die Feiertage geschlossen wurde. Er hatte bereits alles eingekauft, was das Kätzchen brauchen würde, und hatte eigentlich alles einpacken wollen, bevor Charlotte nach Hause kam.

„Sie ist wunderschön“, gurrte Charlotte, als sie das

flauschige Kattunkätzchen auf dem Arm hielt.

„Wir müssen auch eine Familie für ihren Bruder finden, wir haben den ganzen Wurf aufgenommen." Die Frau hinter dem Schreibtisch strahlte sie an.

Novak schüttelte resigniert den Kopf, während Charlotte Formulare ausfüllte.

Als sie in seinem Wagen saßen, fiel ihm ein, dass sie noch einkaufen gehen mussten. Er hatte nichts außer einem Laib Brot zuhause.

„Wo willst du Weihnachten verbringen? Bei dir oder bei mir?", fragte er.

„Das ist mir egal, Hauptsache wir sind zusammen." Ihr Lächeln war das einzige Geschenk, das er brauchte.

„Lass uns zuerst zu mir fahren und das ganze Zeug holen, das ich für die beiden gekauft habe, dann fahren wir zu dir, damit sie sich einleben können." Er blickte zur Rückbank, wo die beiden Kätzchen in ihrer Transportbox miauten.

„Ich habe allerdings nichts zu essen zuhause", warnte Charlotte ihn.

Ihre Vorstellung von keinem Essen war eine volle Kühltruhe mit Fertiggerichten, aber kein frischer Salat. Seine war eine fast leere Flasche Ketchup.

„Ich werde alles besorgen, was wir brauchen, oder wir bestellen was", versprach er.

Die Kätzchen miauten, und Charlotte grinste. Novak hatte endlich das Gefühl, dass sein Leben sich in die richtige Richtung entwickelte. Es fühlte sich endlich so an, als hätte er alles, wovon er immer geträumt hatte.

„Ich liebe dich, Payne. Ich liebe dich so sehr."

„Ich liebe dich auch. Ich finde, wir sollten uns zusammentun und eine eigene Fernsehsendung starten."

„Blood und Payne, klingt gut.“

Er räusperte sich nervös. „Was hältst du davon, uns wirklich zusammenzutun?“

„Du meinst, zusammenzuziehen?“

Er wollte viel mehr als nur zusammenzuziehen, aber das würde für den Anfang reichen. „Wir könnten uns eine größere Wohnung suchen.“

Sie griff nach seiner Hand. „Ein Haus. Ich möchte mit dir und unseren Kätzchen ein Haus haben.“

Er würde wohnen, wo sie wollte. Worin sie wollte. Er wusste auch, dass seine Teamkollegen ihn damit aufziehen würden, dass er Charlotte zu Weihnachten zwei Kätzchen geschenkt hatte, aber er war so glücklich wie seit Jahren nicht mehr. Er hatte alles, was er in seinem Leben wollte. Alles, was er brauchte.

„Fröhliche Weihnachten, SSA Blood.“

„Fröhliche Feiertage, Payne.“

Und einfach so versetzte sie seinem Herzen einen Ruck und gab ihm das Gefühl, ein würdiges Mitglied der menschlichen Rasse zu sein. Das Gefühl, sogar einer Frau wie ihr würdig zu sein.

Danke, dass du Kalte böse Lügen gelesen hast. Ich hoffe, dir hat der Kampf von Charlotte Blood und Payne Novak um ihr Happy End gefallen. Möchtest du mehr über den geheimnisvollen FBI-Vermittler Max Hawthorne erfahren? Lies das nächste Buch der Kalte Gerechtigkeit – die Verhandler-Serie, Kalter grausamer Kuss.

Als die Tochter des US-Botschafters in Argentinien am Heiligabend am helllichten Tag entführt wird, schickt das FBI einen seiner besten Unterhändler.

Supervisory Special Agent Max Hawthorne erreicht eine Botschaft, die tief ins Chaos gestürzt wurde, während die US-amerikanischen und die örtlichen Strafverfolgungsbehörden die junge Frau aufzuspüren versuchen. Ist dies eine einfache Entführung gegen Lösegeld oder Teil einer politischen Agenda? Oder könnte es etwas noch viel Unheilvolleres sein?

Lucy Aston hat etwas zu verbergen. Die bescheidene, modebewusste Büroassistentin zieht es vor, im Hintergrund zu bleiben, und lehnt es ab, Max zu helfen. Aber Max kann einem Rätsel nicht widerstehen… Er beginnt zu vermuten, dass Lucy Aston nicht das ist, wonach es aussieht.

Als Gerüchte über einen mutmaßlichen russischen Spion auftauchen, der von der Botschaft aus operiert, beginnt Lucys sorgfältig konstruiertes Leben zu bröckeln. Während sie und Max um die Rettung der Tochter des Botschafters kämpfen, muss Lucy alles tun, um zu verhindern, dass ihre Tarnung auffliegt – selbst wenn das bedeutet, den Mann zu verraten, in den sie sich verliebt hat.

Kalter grausamer Kuss gleich jetzt lesen!

NÜTZLICHE ABKÜRZUNGEN FÜR TONIS BÜCHER

AG: Attorney General – Generalstaatsanwalt

ASAC: Assistant Special-Agent-in-Charge – Rang beim FBI, eine Stufe über dem Supervisory Special Agent (SSA)

ATF: Alcohol, Tobacco, and Firearms – US-Behörde für Alkohol, Tabak, Schusswaffen und Sprengstoffe

BAU: Behavioral Analysis Unit – Abteilung für Verhaltensanalyse

BOLO: Be on the Lookout – Fahndung

BUCAR: Bureau Car – FBI-Auto

CIRG: Critical Incident Response Group – Zentrale Krisen-Interventions-Abteilung des FBI

CMU: Crisis Management Unit – Unterstützt die CIRG

CN: Crisis Negotiator – Krisenverhandler

CNU: Crisis Negotiation Unit – Krisenverhandlungsabteilung

CODIS: Combined DNA Index System – Nationale DNA-Datenbank der USA

CP: Command Post – Befehlsstelle

DEA: Drug Enforcement Administration – US-Drogenbehörde

DOB: Date of Birth – Geburtsdatum

DOJ: Department of Justice – Justizministerium

EMT: Emergency Medical Technician – Rettungssanitäter

ERT: Evidence Response Team – FBI-Spurensicherungsteam

FOA: First-Office Assignment – Erster Büroeinsatz bei Strafverfolgungsbehörden

FBI: Federal Bureau of Investigation – Zentrale Sicherheitsbehörde der USA

FO: Field Office – Außenstelle des FBI

IC: Incident Commander – Einsatzleiter

HRT: Hostage Rescue Team – Geiselrettungsgruppe, FBI-Spezialeinheit

HT: Hostage-Taker – Geiselnehmer

LAPD: Los Angeles Police Department – Polizei der Stadt Los Angeles

LEO: Law Enforcement Officer – Strafverfolgungsbeamter

ME: Medical Examiner – Gerichtsmediziner

MO: Modus Operandi

NAT: New Agent Trainee – Neuer Agent in Ausbildung

NCAVC: National Center for Analysis of Violent Crime – Nationales Zentrum für die Analyse von Gewaltverbrechen

NCIC: National Crime Information Center – zentrale Datenbank der USA zur Sammlung von Informationen in Zusammenhang mit der Kriminalitätsbekämpfung

NYFO: New York Field Office – FBI-Außenstelle New York

OC: Organized Crime – Organisiertes Verbrechen

OCU: Organized Crime Unit – Abteilung zur Bekämpfung von organisiertem Verbrechen

OPR: Office of Professional Responsibility – Büro zur Untersuchung von Fehlverhalten von beim Justizministerium beschäftigten Juristen

POTUS: President of the United States – Präsident der USA

RA: Resident Agency – Kleine Außenstelle des FBI

SA: Special Agent – FBI-Agent

SAC: Special Agent-in-Charge – Leiter eines FBI-Büros oder Region

SAS: Special Air Squadron (British Special Forces unit) – Spezialeinheit der britischen Armee

SIOC: Strategic Information & Operations – Weltweite Kommando- und Kommunikationsabteilung des FBI

SSA: Supervisory Special Agent – FBI-Teamleiter

SWAT: Special Weapons and Tactics – Besonders ausgebildete taktische Spezialeinheit

TC: Tactical Commander – Befehlshaber einer taktischen Spezialeinheit

TOD: Time of Death – Todeszeitpunkt

UNSUB: Unknown Subject – Unbekanntes Subjekt (im Sinne von unbekannter Täter)

ViCAP: Violent Criminal Apprehension Program – Programm zur Aufdeckung von Gewaltverbrechen

WFO: Washington Field

DANKSAGUNGEN

Ein Buch zu schreiben, ist sowohl ein einsames Unterfangen, als auch eine Gruppenleistung. Mein Dank geht an Kathy Altman, die beste Kritikerin in der Geschichte des geschriebenen Wortes. Und an Rachel Grant, die Beta-Lesungen auf Experten-Niveau durchführt. Ebenso an Jodie Griffin, die ein erstes Exemplar gelesen und mir versichert hat, dass es nicht schlecht ist. Weitere dankbare Umarmungen gehen an Rachel Grant (schon wieder), Carolyn Crane und Jenn Stark, die mir online Gesellschaft geleistet haben und immer zur Stelle sind, wenn ich verrückte Fragen habe oder emotionalen Beistand brauche, wenn mein Selbstvertrauen mal im Keller ist. Danke auch an Leanne Sparks, Amy Gamet, Melinda Leigh und Kendra Elliot für unser wöchentliches virtuelles Treffen, bei dem es nicht nur Alkohol, sondern auch immer reichlich Selbsthilfe gab.

Vielen Dank an meine fantastische Coverdesignerin Regina Wamba für die wunderschöne Gestaltung und an meinen Formatierer Paul Salvette für seine harte Arbeit. Ebenso wie an Jessica von Inkslingers PR für ihre Unterstützung. Außerdem gilt mein Dank meinen Lektoren Deb Nemeth und Joan Turner von JRT Editing sowie meiner Korrekturleserin Alicia Dean. Vielen Dank, dass ihr dafür sorgt, dass meine Bücher stimmig sind.

Danke an meine Assistentin Jill Glass, und an mein großartiges Team für deutsche Übersetzungen, bestehend aus

Martin Wick und Stef Mills. Danke auch an meine Beta-Leser. Ich schätze eure harte Arbeit!

Und wie immer natürlich vielen Dank an meine Familie. Mein Mann und ich hatten erwartet, dass unsere Kinder dieses Jahr das Haus verlassen, aber stattdessen kommt uns das Haus mit vier Erwachsenen darin plötzlich sehr klein vor. Ich bin froh, dass unsere Kinder zu Hause sind, und dankbar, dass wir ein Dach über dem Kopf haben. Ich kann mich wirklich glücklich schätzen, unter anderem wegen meiner wunderbaren Leser. Ich danke euch so sehr. Vielen, vielen Dank!

ÜBER DIE AUTORIN

Toni Anderson schreibt unverblümte, sexy, romantische Thriller und ist eine *New York Times* und *USA Today* Bestsellerautorin. Ihre Bücher wurden mit den Readers' Choice, Aspen Gold, Book Buyers' Best, Golden Quill und National Excellence in Romance Fiction Awards ausgezeichnet. Sie war Finalistin sowohl beim Vivian Contest als auch beim RITA Award der Romance Writers of America, außerdem beim Daphne du Maurier Award of Excellence und der Holt Medallion.

Am bekanntesten für ihre „Cold" Bücher ist es vielleicht nicht überraschend, dass Toni in einem der extremsten Klimazonen der Erde lebt – in Manitoba, Kanada. Als ehemalige Meeresbiologin vermisst Toni immer noch das Meer, hat aber das Glück, zu Forschungszwecken zu reisen (wenn sie nicht gerade eine Pandemie erlebt!). Im Januar 2016 besuchte sie das FBI-Hauptquartier in Washington DC, einschließlich einer Tour durch das Strategic Information and Operations Center (SIOC). Sie hofft innständig, dass sie nicht aufgrund ihrer Google-Suchen verhaftet wird.

Toni liebt es, von Lesern zu hören:
E-Mail: toni@toniandersonauthor.com
Website: www.toniandersonauthor.com/german

Lerne Toni online kennen:
Facebook: facebook.com/toniandersonauthor
Instagram: instagram.com/toni_anderson_author